文学的故事

[美]约翰·阿尔伯特·梅西◎著

孙青玥◎译

北京联合出版公司
Beijing United Publishing Co.,Ltd.

图书在版编目（CIP）数据

文学的故事/（美）梅西著；孙青玥译. — 北京：北京联合出版公司，
2014.12（2018.9重印）
（中小学生必读丛书）
ISBN 978-7-5502-4034-6

Ⅰ. ①文… Ⅱ. ①梅… ②孙… Ⅲ. ①世界文学－文学史－青少年读物
Ⅳ. ①I109-49

中国版本图书馆CIP数据核字(2014)第258852号

文学的故事

出版统筹：新华先锋
责任编辑：孙志文
封面设计：点石堂
版式设计：李小兰

北京联合出版公司出版
（北京市西城区德外大街83号楼9层 100088）
天津旭丰源印刷有限公司印刷　新华书店经销
字数323千字　787毫米×1092毫米　1/16　21印张
2014年12月第1版　2018年9月第2次印刷
ISBN 978-7-5502-4034-6
定价：22.00元

前言 一口气读完文学史 /1

第一部分 古代史部分

第一章 书籍的制作 /1

第二章 文学的起源 /9

第三章 神秘的东方文学 /13

第四章 犹太文学 /20

第五章 希腊的历史及其历史学家 /35

第六章 希腊的史诗 /41

第七章 希腊的抒情诗 /47

第八章 希腊的戏剧 /58

第九章 希腊的哲学、雄辩术及其散文 /63

第十章 罗马的历史及其历史学家 /74

第十一章 罗马史诗 /78

第十二章 罗马戏剧、哲学和抒情诗 /82

第十三章 罗马散文 /90

第二部分 中世纪西方文学

第十四章 日尔曼、哥特和传奇小说的起源 /94

第十五章 中世纪的法兰西文学 /102

第十六章 早期的德意志和斯堪的纳维亚文学 /107

第十七章 但丁与《神曲》/111

第三部分 19世纪以前的近代欧洲文学

第十八章 文艺复兴时期的意大利文学 /115

第十九章 19世纪以前的法国散文 /119

第二十章 19世纪以前的法国诗歌和戏剧 /129

第二十一章 古典时代之前的德国文学 /137

第二十二章 19世纪以前的西班牙和葡萄牙文学 /140

第二十三章 伊丽莎白时代之前的英国文学 /143

第二十四章 伊丽莎白时期的非戏剧文学 /148

第二十五章 莎士比亚之前的英国戏剧 /154

第二十六章 莎士比亚 /158

第二十七章 伊丽莎白时期的其他剧作家和詹姆士一世时期
的剧作家 /163

第二十八章 17世纪的英国抒情诗 /168

第二十九章 弥尔顿 /174

第三十章 17世纪的英国散文 /178

第三十一章 复辟时代的英国文学 /180

第三十二章 18世纪的英国散文 /183

第三十三章 18世纪的英国诗歌 /191

第四部分 19世纪和当代文学

第三十四章 英国浪漫主义诗歌的复活 /195

第三十五章 19世纪的英国小说 /201

第三十六章 19世纪的英国散文家和哲学家 /209

第三十七章 维多利亚时期的诗歌 /215

第三十八章　19世纪的法国散文 /227

第三十九章　19世纪的法国诗歌 /241

第四十章　德国文学的古典时期 /253

第四十一章　歌德之后的德国文学 /259

第四十二章　19世纪的俄罗斯文学 /266

第四十三章　文艺复兴后的意大利文学 /275

第四十四章　近代西班牙文学 /281

第四十五章　荷兰和法兰德斯的文学 /287

第四十六章　斯堪的纳维亚文学 /291

第四十七章　美国的小说 /300

第四十八章　美国散文及其历史 /314

第四十九章　美国的诗歌 /321

后　记 /326

前言　一口气读完文学史

这本书的写作目的在于把世界上最重要的文学著作介绍给人们。但是界定什么是"重要"可是一个难题，或者说是一串难题。人们共同关注这个问题，所以需要我们做出答复。"重要"这种说法并不绝对，因为所谓"重要"，它只是一个相对的概念，并且所谓的公众一致意见也是抽象的难以定论的东西。

对于许多读者来说，他们都有自己心目中的重要书目，这个数目很可能比这整卷书都浩大。因此，对于我们来说，在这本书里面，许多有价值的书都没有提到，或者只是一笔带过。每一个读者都可能会发现，自己所喜欢的某本书的重要位置被另外一本自己认为并不怎么样的书所占据着。这种情况是很难避免的。但是，我希望这本书对文学和其他艺术的讨论有些益处，并能增进讨论者的兴趣与乐趣，或者有助于大家达成一致的意见。

在这本书中，对于选择什么样的作品，选择这部作品的哪些部分，以及最后的评价，都是我的一己之见。由于我个人的兴趣和知识的局限性，必然会导致我在选择作品上存在局限性。这是在所难免的，我也只能提供我的一己之见。对此，饱学的批评家或许会公正地指出："与其说你所写的是什么《文学史》，还不如说是《我偶然读到的一些作家及其作品的评论》。"不过，我可以告诉大家，我不仅参考了其他的书籍，聆听了一些著名的评论家以及著名历史学家的意见，而且还得到了我学识渊博的朋友的赐教。在此，我要特别感谢他们，他们的名字是：路德维格·路易森博士、安东尼·卡里特里博士、A.H.赖斯教授、欧内斯特·博伊德、A.T.巴尔洛博士、亨德里克·房龙博士、比特·桑伯恩、霍华德·欧·文扬、托马斯·R·史密斯、曼纽尔·科姆罗夫、胡果·克努森。他们帮助我改正了书中的许多错误，并帮助我确定了本书的选择范围这一主要问题。书中有关德国文学的两章则完全是路德维格·路易森博士的功劳。

英美文学占了本书的较多篇幅。这也许就导致了它并不能叫《世界文学史》，因为它并没有完全地反映各国文学在世界上应有的地位。因为我把其他许多国家民族中的丰富文学材料忽视了。这样，罗马尼亚人、波兰人、匈牙利人或者芬兰人可能会埋怨："你装着在写什么世界文学史的架势，可是你却把我们国家的文学天才都忽视了。"对此，我的回答是，某些国家的文学并不属于作为一个整体的欧洲文学的一部分，而只局限在他们本民族及其语言的范围之内。这种自我封闭与隔离可能就此把一些本该扬名世界的文学天才扼杀了，这是我们巨大的损失。我曾经与波兰人交谈过，从他们的虔诚与热情的态度来看，我不得不肯定他们古代与近代的伟大文学成就。但，显而易见的是，翻译过来可以让我了解的太少了。就我的知识范围而言，我所知道的在欧洲享有盛誉的波兰小说家只有亨利·西克威茨。一位在匈牙利出生的美国学者告诉我，在他眼中，唯一的一位匈牙利作品是夏卡依·里德尔编写的一部多卷本的鸿篇巨制——《匈牙利文学史》，讲述的是匈牙利思想文化，但书中所涉及到那些重要人物，我敢保证，对许多英国和美国的读者来说，知道其中人物的可能性还不到百分之一。

当然，我引用这些证据并不是要贬低波兰或者匈牙利的文学，如果这样的话，那将是十分荒谬的。我只是想说明一个有趣的事实，由于欧洲长期以来不断的纷争，导致他们在思想上形同路人，他们之间的了解是非常不全面的。一位学识渊博的受过良好教育的匈牙利人毫无疑问会对法国文学非常了解，但是一位学识渊博的受过良好教育的法国人却可能对匈牙利人的文学家及其作品一无所知。对一位丹麦的评论家来说，懂不懂丹麦语并不重要，但是，他必须要掌握英语、法语、德语和意大利语。语言的优势使一些文学增加了在这个世界流传的机会。也许正是由于这个原因，造成了一些国家文学的兴盛；反之，埋没了一些其他语种的优秀文学作品及其作家。但是，作为一种规律性的东西来说，那些有价值的作品总有一天会冲破国家、民族、语言界限的层层束缚，而成为全人类共同的财富。但是，不可否认，许多优秀作品，无论是在国内还是国外，现在都应该取得了更大的声誉。

由于我们这本书的目的并不是要全面讲述世界文学史，所以就必然要省略掉一些国家与民族、一些时代的许多重要人物。我这样做，主要是为了保持我的作品的连续性和有机性，这是我的目的所在。这本书就好像一本内容并不详细的素描，它只是给出了一个整体的俯瞰轮廓，当然其中填充的东西就必然是不完美的，就像我们坐在飞机里面看到外面的事物一样。在我们的视线里是那些非常明显的特征和一些突出的山峰，但是，我们无法停下来细细地、精确地测量山峰的高度，或者仔细凝望那些丰富多彩的高原。在莎士比亚那里我们只能停留15分钟，当然，真正要理解它们，也许要花上不会少于15年或者50年的时间。

莎士比亚可能并没有把他15年或者50年中所有不睡觉的时间都用在他自己以及他认为感兴趣的作家及其作品上。当然，对于普通人来说，比起读莎士比亚的书，还有更重要的书要读，比起读书来说，还有更重要的事情要做。对于许多喜好阅读的读者来说，即使读了许多书，也不过是熟悉几千本书，并从中获得些浮光掠影的东西罢了。

许多人要求保留像大英博物馆和纽约公共图书馆之类藏书机构的藏书目录，这些地方拥有200万卷之多的目录。但是，千万不要让这些浩如烟海的印刷品打乱了我们的思想。事实上这些书都是互相重复、互相复制、原创或是抄袭的。所以，几千本书就足够包容全世界关键的智慧了。因此，那些具有广泛阅读癖好的人，那些读过所有东西而令人景仰和敬佩的人也就不是高不可攀的了。为了成为这样的人，没有必要阅读所有人认为的经典著作，只要研究其中的一些著作就足够了，其他的完全可以省去。我认识一位非常精通文学的人，但他却没有读过但丁的作品，并且直到现在，他还没有想去拜读一下的想法。如果他不喜欢读但丁的书，或者他没有机会去接触读但丁书的话，那他为什么还要去读呢？我觉得完全没有这个必要，他知道其他的伟大诗人就足够了。将大量的时间花在阅读那些伟大作家的经典作品之上，还把它当做是一种道德上的义务——这仅仅是马修·阿洛德、叔本华以及其他一些博学之士所认同的严肃观念而已。这种态度对我来说，实在是荒唐，也是践踏了文学对人类的美好功能。还是让我们根据自己的需要和兴趣去阅读吧！读多读少都不重要。至于那些所谓的文学大师就让他们在图书馆里待着吧！

这样说，好像有些偏激。但它确实是我长久以来的一个信念，并且随着我几个月来写这本书的准备工作而得到强化，这种信念也来自于我写作这本书之前多年的读书经历。读的太多并不是一件明智的事情。千万不要成为亚历山大·波普所讽刺的那种人。

脑袋里面装着没有用的书，还是愚人一个。

还有一点是应该考虑到的。如果你把所有的阅读时间都花在那些所谓的伟大的经典巨著之上,那么,那些不属于伟大的经典巨著、但却是你亲密伴侣的那些书籍怎么办呢?也许这亲密比伟大更伟大!有的时候,我们的衣服口袋里面所装的、可以随时翻阅的并不是某位伟大诗人的杰作,而是某位毫不知名的小人物的一本小书。既然这样,那么,到底什么样的诗人才能被称为伟大的诗人呢?什么样的诗人又是无名小卒呢?在我的一生中,我始终被这个问题所烦扰。

而且,对那些我们非常喜欢的其他著作我们又该如何是好呢?为了阅读《艾丽丝漫游记》和《摇篮曲》,我会把一些所谓的伟大著作剔除出去。因为,优秀的小书可能比伟大的作品更动人,至少优秀的小书中的雅致通常是一些伟大的经典作品无法比拟的。

如果你只是想在书海中漫游一下,或者体会一下被知识拥抱的感觉,或者只是想满足一下自己对文学的好奇心而已,那么,你在家中,只要随心翻阅下那些或厚或薄的书籍就足以了。不要对文学太崇拜,也不要对之太草率。《鹅妈妈》和《哈姆雷特》都是有关人类生活的故事。也许,它就像是一个傻子讲的故事,对我们一点意义都没有,但它却是人类唯一能懂并且感兴趣的。其中的一些章节是充满智慧且引人入胜利的。因此,这些小书成为了人们最伟大而亲切的精神伴侣,而一些所谓伟大的书籍却只能被人们束之高阁。由于我们试图在浩瀚的文学海洋中为大家找出一条多少具有一些合理性的路途来,所以我应该使我描绘出来的景象尽可能地符合现实。这样才不至于被人们认为是没有理性的。然而,我还是想冒险地提出两到三点激进的但不只是我才有的困惑。第一,真正的财富往往藏在不显眼的地方。第二,假如你真的不喜欢某位伟大作家的话,那就让他一边站,不要让他来折磨你。第三,应该读的书实在是太多了。要读完所有的书,对于一个头脑健全的人说,确实是一件令人头痛的事。所以,对于头脑健全的人来说,有选择性地读书才是一件愉快的事情,而不应该逼迫自己读不喜欢的书。读书的艺术是一种优雅的艺术,即使它不像其他艺术那么伟大和富有创造性。在文章中写出几句伟大的话来确实比仅仅阅读它要困难得多。虽然如此,"在接受中创造"仍然是真理。这其中的创造者就是那些观赏这些图画的人、倾听这个音乐的人、阅读这本书的人。这本书就是为这种读书人而著的。

约翰·阿尔伯特·梅西

1924年圣诞节于赫逊河畔哈斯丁斯

第一部分　古代史部分

第一章　书籍的制作

我们偶然间看到的这本书，就像我们曾经看到过或忽略过的成千上万的书籍一样，是非常壮美、传奇的一部分，这部传奇在许多世纪前就已经开始了。书籍本身，任何一本书中的每一页、每页书中的印刷字，都有一个从古至今的故事。这个故事是如此浩如烟海，以至于我们任何人即使读到白发苍苍，都无法将它全部读完。我们不知道它是从什么时候开始的，又是如何开始的，它每天都还在上演，至于它什么时候结束，我们也不得而知。

这个故事还在继续发展，而且涵盖了其他故事的情节，发展到今天，它会聚了所有的故事，变成了一切故事的故事。任何两个读者都无法从同样的角度来把握这个宏大故事的整体框架，或者对它所有的部分产生同样的兴趣。但是这些框架和轮廓，已经成为了历史，成了一个非常引人入胜的故事。而这个故事的作者，不是具体的某个人，而是整个人类。

今天的我们，依然还是这个故事的一部分。那么，就让我们从我们现在所处的位置出发吧，尽快回到这个故事的源头。这样我们既能清楚自己在历史中所处的位置，又能对我们将要经历的事情有个事先的了解。

让我们把目光聚焦于已经印刷好了的书页上，因为我们每天都有阅读的经验，而这样的经验我们已经习以为常了，因此不会特别的注意。我们花上很少的钱，就能在自家门口买上一份报纸或者杂志。我们花一些钱，就能买到书，甚至世界名著，或许我们不用花钱就能从公共图书馆借到它，这一切再正常不过了。但当我们仔细思考所有细节的时候，我们就不能不惊叹了，这是一件多么神奇的事啊！

让我们先考察一下机械过程，这是连接作者思想和读者思想的物质媒介。这主要的奇迹来自印刷机，对现代文明来说，它的发明，其重要影响和价值远远高于其他任何发明物。在印刷机开动之前，铅字是由手工排好，更多的是由莱诺整行铸排机或单型排版机来排好，这些机器虽然需要技术熟练的工人来操作，但是运行起来也仿佛自己能思考，充满了灵性一样。同时，另一方面，造纸厂以木头或破布为原材料，做成一张张又白又薄的纸，随着印刷机的运转，上了墨的铅字就印在了白纸上。然后，装订工就把那些已经印刷好了的纸张折好裁齐，装订成册，再用硬纸板、粗麻布或皮革做的封面包装起来。要不了几天，世界上几乎每个角落里的读者就可以读到它了。

现在，再让我们将时间后退一小步，回到动力印刷机还没有出现的时代。那个时候，书籍的制作就像其他的手工制品一样，也是由手工做成的。那个时代制作出来的精美书籍，不能同我们今天制作的精美图书相媲美。但有一点也是今天的图书无法比的，早先的纸张通常都是麻纤维的，质地优良，手感很好；而今天的纸张大都是以木头为原料加以强酸、强碱制成的，容易变黄，易碎。正如一位明智的历史学家所言，我们今天的书"不是在岩石上而是在灰尘上"印刷出来的。近代和大部分较古老的文献，大都是靠频繁的复制来保存的。自近代以来，人们任其绝版的书籍大多是没什么保存价值的，当然，其中也有不少相当有价值的文献因此消失了。

有一点，我们应该要时刻谨记，任何进步、成就都有其缺点，想要十全十美是不可能的。我们的先辈们用手工制作出来的书籍，比我们今天靠机器制作出来的保存的时间要长得多。但是，许多质量低劣的书籍也是在蒸汽机以前的时代出现的。那时的人们为了节约，字体通常印刷得很小，远没有今天在现代技术下同样小的字体清晰。在动力印刷机出现以前，比起现在来说，书的发行量很少，而且也相当昂贵，因此很少有人买得起书。这样，在那个时代，能识字读书的人就更少了。

我们继续沿着时间的长河回溯，回溯到一个较为漫长的时代——印刷机发明之前的时代。当然，和整个人类历史比起来，它依然是短暂的。让我们参观一下德国美因兹市约翰·古登堡的小作坊吧，在这里，我们将看到印刷术的先驱者——约翰·古登堡，时间是公元1450年。古登堡的贡献在于他发明了活字印刷术，这可以使要印刷的字排列成行，组成页面。今天，我们不知道当时他是怎样将这些活字安装在什么样的印刷机上，我们也不知道他印刷的是何种书籍。因为，博物馆里收藏的那个时代印刷的书籍上都没有他的署名。现在最早的拉丁文版的《圣经》，据说是他印制的，或者他有可能经手过，即使实际上是他的徒弟或者是他的继承人印制的，总之，我们就不妨认定是古登堡制作的吧。虽然，现在从事印刷业的人和读书人对古登堡大都心怀敬意，但对他的生平却知道的甚少。像世界上其他著名的、为人类做出重大贡献的发明家一样，古登堡的一生也是负债累累，穷困潦倒。他的债主把他所有的工具和字模席卷而去，最后，他在贫穷中死去。毫无疑问，他的债主当然不会让这些机器闲着，他充分利用了古登堡的机器为自己赚钱。在短短的半个世纪里，印刷术传到了意大利、荷兰，传遍了整个欧洲。

今天，我们对古代和近代文学的了解，大部分都是通过阅读印刷出来的书籍而得来的，所以，我们对文学的承载形式的印象几乎就是书了。但是，在古登堡发明印刷术之前，文学的历史至少要比第一本"印刷书"的历史长十倍。

假如继续回溯我们的历史，我们就会来到欧洲极少见到纸、甚至是没有纸的时代。纸最先是中国人发明的，后来，阿拉伯人从中国人那里学来了这项技术，并把它传授给了他们西方的基督教兄弟。这样，我们才拥有了这一文明，必不可少的物质——纸，它是近代以来几乎所有书写和印刷不可或缺的载体。它的发明是人类跨时代的进步，它受益于人类种族中的两大支系，而这两大支系的语言和文化都不是欧洲的，而是属于亚细亚的。到了14世纪，纸张在欧洲已经很普遍了，但还算不上很丰富，因为当时造纸的技术落后，费时费力。人们还不能像我们今天一样轻易地浪费纸张，像扔垃圾一样随意乱扔。绅士和学者们不仅仅是出于风雅，更是为了节约，他们用鹅毛笔练就了一手好书法，能在一块很小的地方紧密而清晰地写上很多娟秀而又精巧的字。

在纸张还没有广泛使用之前，书、私人信件以及公文都是写在一种经过特殊压制的羊皮或犊皮纸上的。这种皮革纸经久耐用，在博物馆里，至今还保存着3000多年以前的羊皮卷。在皮革纸上，犹太人写下了许多包括《旧约》在内的圣书，现在，我们还能在犹太人的教堂里看到一些写在兽皮上的卷宗，甚至今天我们依然用所谓的"羊皮纸"来保存那些需要保存很长时间的书写品，像学院文凭、证书之类等。小绵羊、小山羊和小牛犊的血肉可以提供给我们营养；它们的皮毛可以供我们制作大衣和皮鞋；然而这些动物对人类最主要的贡献却在于它们为人类保存了大量宝贵的精神财富——几千年的文献。当我们在市场上订购小牛肉的时候，大概已经忘记了记录着古代文献的"犊皮纸"派生于法文的"小牛"一词。文学的故事在本质上就是许多文字的故事，所以，我们停下来考证这个单词的含义并不是中断，而是继续讲述我们的故事。我曾经思考过很长一段时间，就是关于"羊皮纸"和"烘干"这两个词语之间的联系。很明显，羊皮纸需要经过在烈日下晒干、硝制以后才能使用。这不过是对事实的一种推测，但是我们发现，这个事实远比我们无知地推测要有意思得多。"羊皮纸"来自帕加马，一个小亚细亚的城市，大约在公元前200多年，那里盛产一种质地优良的书写用兽皮，根据传说，这个帕加马的国王建了一栋非常宏大的图书馆，他和他的书记员发明了一种方法，可以制造出两面都能写字的羊皮纸。自此，就有了今天我们看到的正反两面都有字的书册和卷帙。

羊皮纸做的书为我们保存了大量的希腊文和拉丁文的文学遗产，甚至是14世纪以来的基督教的大部分文献资料。书记员们把他们所能见到的写在极易损坏的纸莎草上的更为古老的文献资料誊抄在坚韧的羊皮纸上。（我们一会儿再讲述纸莎草的故事。）那些书记员大部分是生活在寺庙里的僧侣或传教士。许多世纪以来，对于做学问的人来说，寺庙是最安全的地方。大多书记员最感兴趣的，当然还是那些宗教经文、《圣经》以及与圣经有关的其他被视为经典的神圣文字。也有一些僧侣书记员暗中喜欢一些异教徒的东西，这些是非基督的文学。他们中的许多人像热爱艺术品一样喜爱这样的书籍，常常花上好几年的时间装帧一本书籍，修改润色其中的文字。在我们的艺术博物馆和图书馆里还保存着许多当时的精品，那些镶金字体颜色的书籍是如此的明亮、鲜艳，就好像是昨天刚刚装饰上去的一样。

有时，那些贫穷的僧侣，在羊皮纸用完了又没有新的书写材料的时候，就会把寺院里残存的或者在市场上买来的已经在上面写了字的旧羊皮纸重新利用，把那上面的字迹擦去，就又有新的材料可以书写了。僧侣们经常将那些被视为异端学说的文学擦掉，这样就可以在上面重新书写基督教信仰的文献了。这种手稿被称为"重写稿"，意思是"擦过的东西"。有时候，最初的文字没有擦干净，现代的研究者们便能够用化学试剂使它重现出来。通过这种方法，人们发现了许多古代文学作品的片段，而如果没有这种重写稿的话，这些文学作品就可能永远消失了。许多古代典籍能否流传下来，很多时候取决于偶然因素。当然，类似《圣经》这样的书，自然会有人对其精心保护，从而使之代代相传。自然风化、火灾、人间的纷乱与战争等，都给书本的命运增添了传奇色彩。那些专门研究古代文献的学者们，一旦发现了散佚和流失了很久的古文稿，就像是哥伦布发现了新大陆一样，兴奋之情无以言表。随着人们不断地挖掘、发现，对于某些读者来说，见到这些古籍就好比见到北极一样令人兴奋、颤抖！

以羊皮纸或者是其他皮革纸作为书写材料的时代已经离我们远去了。但是，假如你生活在公元4世纪的罗马或者雅典，想拥有一本维吉尔或者荷马的诗集，你得到的也许不是抄写在羊皮纸上的诗歌，而是一种被称为"纸莎草"的干燥的植物叶子。我们都知道，"纸"这个词就是从"paperus"这个词派生出来的。纸莎草原产埃及，是一种非常坚硬的水生植物，据说摩西（注：摩西，《圣经》中讲述的犹太人的古代领袖、领导者以及立法者）就是在这种水草上被人们发现的。人们把这种水草的茎抽掉，再把它压平，晒干，然后粘成条状卷在一起，就成了可以用来书写的纸莎草了。埃及人又把这种纸莎草的制作工艺传到希腊、罗马和附近的地区。在比之更耐用的羊皮纸被广泛使用之前，几乎所有的最优秀的希腊文和拉丁文的文学作品都是用这种纸写的。纸莎草叶子的希腊文是"biblos"，这个词后来又有了一种引申义，即写在叶子上的书，因此，西方世界中的宗教圣书——《圣经》，就被称为"Bible"。

古代埃及人是相当伟大的人，创造了许多世界奇迹。在这些奇迹中，我们首先想到的是金字塔、司芬克斯、木乃伊以及那些法老的坟墓。但是，那些看起来不朽的金字塔，对人类文明的贡献可能还不及那些易碎的纸莎草更重要、更有价值。不仅埃及人，几乎所有地中海沿岸的人们也都把自己的思想记在纸莎草上。埃及人不仅发明了书写的材料，还创造出了表达语音的文字系统，这可能是对欧洲文化影响最早的一种文字了。千百年来，埃及的这种文字表达的核心密码已经被湮没在岁月的长河中了，直到最近100多年，学者们才破解古埃及图画形的文字或称为"象形文字"（hieroglyphics,意为：神圣的雕刻）之迷。在当年的文字考古学年鉴上，破译古埃及的神秘字符的故事，是最富有传奇色彩的。1799年，一位来自拿破仑军队的工程师，在埃及发现了著名的罗塞塔石碑。在这石碑上，刻着一篇很长的布告，是古埃及的教士们为纪念当时一位法老而刻的。石碑上有三种文字，一种是象形文字，另一种是普通的埃及文,第三种是希腊文。因为大家对希腊文字比较熟悉,所以,经过努力研究、推测,破解与其并联的埃及象形文字就有了可能。当时,主持破译文字工作的是法国学者詹姆里昂。今天,埃及古物学者对木乃伊和方尖石塔上的象形文字不再陌生,并且使神秘的司芬克斯也打破了它难解的沉默,逐渐为世人所了解。

即使学者们永远无法破解古埃及象形文字,古埃及人的智慧精华也不会荡然无存。因为它已经被希腊人和罗马以及其他的民族吸收了,并且代代相传,传给了今天的我们,尽管它最初的原型已经模糊,难以辨认。当亚历山大征服埃及,并在埃及建立了一座以自己名字命名的城市——亚历山大城时,当热情奔放的安东尼、冷静沉着的恺撒打败克利奥帕特拉,旋即又为她所迷时,征服者总会从被征服者那里学到其先进的文化。

在离埃及不远的地中海东岸,住着腓尼基人。他们是希伯来人的近邻,他们经常发生冲突和摩擦。腓尼基人整日忙于贸易,他们似乎对文学创作不感兴趣。今天,我们要想了解腓尼基人的文献,只有从古希腊的古文献中,才能发现他们蛛丝马迹的文字。然而,从某种意义上来说,今天的西方人之所以能阅读到这么多的书籍,在一定程度上还得感谢那些丧失了城邦的腓尼基人,因为,是他们发明了取代埃及象形文字的字母文字,他们是书籍的奠基者。我们今天所见到的字母是腓尼基字母经过了几千年复杂演变而来的。根据科学推测,腓尼基字母至少在公元前1000年前就被发明出来了,那时,纸莎草的使用已经很普遍了,它平滑的表面为书写一种连贯的字体提供了可能。极富商业头脑的腓尼基人除了把从埃及人那里贩运来的纸莎草卖给希腊和其他国家,还连带他们发明的字母也一起卖了出去。

如果我们沿着时间的长河继续上溯,就会发现,这个时候人们用来书写的材料几乎都是一些无法移动的东西,我们称这样的时代为石器时代。那时的埃及和其他国家的人们都将要记录的事情刻在石墙或石柱上面。其实,直到今天,我们仍没有超越"石器时代"那种做法:为了记载重要的事件,纪念伟大的人物,使社会和宗教思想永远流传,我们往往会在教堂、公共建筑物和墓碑上雕凿文字,这样,即使所有的书籍全被毁坏了,5000年后的历史学家们仍可以通过这些石头建筑或一些碑文材料,大致推断我们这一时代人的生活和语言的基本情况。

我们也正是根据同样的方法,从石刻上来了解、认识远古人的生活习俗的。但哪怕是最坚硬的石头，也有被损坏的一天，如果没有推陈出新的书籍，恐怕所有的语言迟早会消失。甚至那些石头依然存在，那些雕刻的工人也还活着，而公共图书馆的"书"全是石头，不管里面还是外面，墙壁上全是书，而这些书都完好无缺。即使这样，也还是有缺点的，不是吗？如果这样，我们就无法享受带上书本回家围炉夜读的乐趣了。

巴比伦大帝国位于西亚，那里的人们喜欢把文字刻在泥制的砖和圆柱上，比起无法搬动的石头来，也算是一种进步了。但是，如果想买一本当时很流行的书，那至少得请人把一吨左右的"砖书"搬回来，这无疑是相当不方便的。当然了，这只是一种假设而已，这样的情况在当时是根本不会发生的，因为当时的社会根本就没有流行读物，只有寥寥可数的几位牧师和书记员知道怎样读书认字，而书写的大部分内容大都是关于宗教或者歌颂帝王们丰功伟绩的。

文学的发展要依靠一种既便于书写，又容易得到，交流起来也轻便，而且又光滑、柔软的物质作为媒介。这种物质就是木头，它坚韧、轻便、易于携带，在我们的故事中占有必不可少的一席之地。古代的撒克逊人的语言与我们的英语是同源、同支的，他们曾在山毛榉做成的板子上写字，这也就是为什么我们把装订在一起的印刷物叫做书了。假如你躺在树荫底下看书，怎么也不会想到在你头顶上为你遮挡阳光的东西和你手上捧着阅读的、给你提供知识、增长你的智慧的东西之间，有着这么密切的联系。但是，德国人很容易察觉到这两个词之间的关系，因为他们的"山毛榉"就叫"buche"，而"书"就叫"buch"。也许我们应该把祖先学会锯木头的那一天当做一个纪念日。他们学会了用木板搭建房屋，也学会了用木板记事、写字。记住我们这些智慧的祖先——那些在木板上写字的北欧人，还有那些用木板当"石板"的埃及学童们。

早期的罗马人不仅把木板当做写字的工具，而且连树皮也加以充分利用。他们书的单词叫做"liber"，其原始意义是指树的内层皮。现代社会一些与"书"有关的单词形式都来源于这个拉丁文。比如，法语中的"livre"，意大利语和西班牙语中的"libro"，英文中的"library"，也是源于这一词根。

"树皮"就是"书"这简直是个玩笑，但是这确实是个不争的事实。语言和文学之树，实际上也是智慧和人生之树，以一种美丽、奇特的方式生长着。湮没在岁月长河中的历史也不断以新的面貌出现在今天的现实生活中。本书的纸张是用木质纤维做成的，与千百年前我们祖先用来记事的木板有着本质上的联系。面前放书的家具叫做"table"，而你记录杂事的纸片叫做"tablet"，"板"的拉丁文则是"tabula"。也许你的桌子上还放着这样一本"书"，里面夹满了老照片，这样的"书"我们叫"相册"。为什么这样叫呢？这个词的本意是"白色"。在古罗马时期，有个高级官员，他就是大祭司迈克斯莫斯，他是国家的机密大臣，他把当年发生的事件都记录在白板上。这就是为什么我们把记录家族事件的家谱、存放老照片的影集和收藏花朵标本的书都称为"相册"。

我们的生命之树，我们的知识之树，是一棵神奇而迷人的树，我们没有办法为之描绘出一幅确切的图画，它取材于大自然中的树木，生长在山石之间；它是鸟儿们温暖的巢臼，它们供给我们书写用的鹅毛笔；它是动物们安全的巢穴，它们供给我们书写用的纸张。在这棵大树之下，万物之灵——人类，在这里读书、思考。

第二章 文学的起源

如果我们用书本搭建一座同世界上最高的建筑物一样高的大厦，并且这座大厦象征着自人类进化成有思想、会说话的动物以来的岁月。在大厦顶上，那本只有一两英寸厚的书，代表着自印刷机问世以来我们所知道的一切印制的书；在它下面的三四本书则代表所有的以羊皮纸和皮革纸为材料的手写本书；再下面的五六本书是石器时代刻在石头、砖块和木板上的书；这些书的下面又有大概一英尺厚的书籍，代表着今天的人们无法看懂的符号、标记和图画；至此，这之下的部分直到地面全都是一片空白，也许那个时代从来没有过文字记载，又或者那个时代的文字离我们太久远，已经消失了很久，无法找回了。

这样看来，我们假设的这座大厦，它的绝大部分居然都不是由书组成的。即使其中出现过某种文学，我们也无从得知，只能推测出它或许存在过。在这个漫长的"空白"时代，人们交流思想只能靠口头表达了。说先于写，这种推测是合理的。因此，我们不妨这样假设，文学之前还存在着一种"文学"。

文学的部分材料与思维有关，在思想被文字描述出来之前或许它们已经存在了。我们可以想象——没有想象，也就不会产生那么多我们爱读的文学作品了；我们也就看不到生活在洞穴里的远古祖先在火堆边讲述他们狩猎时遇到奇怪的野兽的故事，还有他们与邻近部落战争的故事，以及关于大自然的神话了。"神话"，我们给予这样的定义：是关于森林和溪流的神仙们的故事。不必怀疑，他们热爱歌唱，并用歌谣的形式把所有的知识和智慧传给他们的孩子，由此建立起部族的风俗、传统、法律和宗教。

我们所有的推测都是有证据的，虽然，这些证据看起来似乎不怎么确凿，但它和根植在我们心中的信仰一样坚不可摧。首先，我们看到的那些最早的先民故事和远古神话并不显得"幼稚"，相反却表现得非常成熟，并且体现了机智灵活的思维。而这些神话和故事不可能在一天之内创造出来，它们是经过了好几代人的加工、积累才完成的。第二，在今天，世界偏僻的角落里，还存在着一些原始部落，他们仍然像我们的远古祖先那样生活，我们称他们为"原始人"，意思是住在原始森林里与世隔绝的人。我们称自己为"文明人"，意思是我们生活在城镇里。我们自认为自己比那些原始人先进、高级，在他们面前有一种与生俱来的优越感。但是，如果当充满智慧的学者来到这些原始人身边的时候，他们便会发现，那些经过不知几万年流传下来的故事和惯例是多么富有智慧。虽然，这些原始人只能写一点简单幼稚的文字，只能进行一些简单的交流，但是他们谈吐之间表现出来的思想要比他们笔下所写的丰富得多。因此我们猜测，远古祖先也是类似的"原始人"，和他们一样，在文字还未发展之前，他们也是把文学的思想酝酿于心中，成章于口头的。

虽然今天的原始部落与我们远古祖先所讲的神话故事并不幼稚，反而更复杂，更"成人化"，然而，从某些方面来说，年轻或者未开化的民族的确是有点像个孩子。我们都是在口头文学的哺育下成长的。在我们咿呀学语的时候，我们的母亲总是给我们吟唱歌谣、摇篮曲；在我们还没有看懂书本上的文字之前，我们的母亲总是给我们讲述一些神话传说和良好的行为典范。今天我们当中许多人的有限的音乐知识，与他在幼年时候学到的语言知识也差不了多少。当我们听交响乐或者欣赏歌剧的时候，我们也能跟着哼唱几句，但却不能像音乐家一样看懂复杂的乐谱。

口语是书面语的基础。正是因为有了语言，所以人类可以超越其他的动物，而被称为"万物之灵"。人类还没学会在树上或者洞穴里刻画之前，就已经开始互相传授用语音表达思想的技能，并把这种技能传给了他们的孩子们。在没有文字之前，知识的积累非常缓慢，人们学习知识也是代代重复。要充分认识这一点，大家只要回忆一下自己在学会读书写字之后，思维和语言能力发生了飞跃性进展。如果没有经过专门的学习和研究，我们是无法看懂12世纪的英文的；即使那个时代的某个人复活了，我们也听不懂他说的话。尽管他的血管里流着和我们同样的血，但在我们看来，他依然是个来自遥远国度的人。

然而，不管人们的口语如何变化，甚至消亡，我们生活的基本信念却依然薪火相传，代代延续，从父亲传到儿子，从母亲传给婴儿。人们总会去保存那些美好的东西。在堪都基和坦尼斯地区，传诵着一篇长诗，据说是他们的祖先从英格兰带去的古代歌谣的延续。近代研究者曾将这些口头长诗的片段记了下来，并把它们与印本和抄本的古代歌谣进行了比照，虽然其中的很多诗句已经有很大的改变了，但幸运的是，它们毕竟没有随着时间的流逝、旅途的漫长，而从他们后代的口头消失。我们这个时代的研究经验和方法，不但可以推测出过去可能发生的一些事，还可以推算出在那蒙昧无知的世纪里，类似文学的某种事物也可能曾经繁荣过。

在我们眼里，不会读书写字似乎是一种非常严重的缺陷。然而，在几百年前，在欧洲黑暗的时代，受过教育的人却非常稀少，即使是在政治、军事、商业上最有影响力的人，都不会写自己的名字，但这并不说明那些人无知愚昧。他们通过"听"和"说"来吸收和影响同时代人的思想。

我们也没有必要把读写能力看得太重。但是，为了表示说话的重要性，我们不妨以那些天生聋哑或幼年失聪的小孩为例来说明这个问题。他们从小就听不见人们的话语，长大之后，他们的知识水平大多没有那些受过正常教育的人的高。在接受正常的学校教育之前，大多数人所接受的那些无意识的启蒙教育，往往是这些聋哑儿童所缺少的。当然，也有那些为他们设立的专门学校，在这里，这些有缺陷的孩子们不仅可以学会如何读写，而且还可以学说话——这是近代教育最壮丽、最高尚的成果之一。我在这本书中引进这样一个故事并不是写有关教育的论文，之所以这样做，是为了说明口语表达的重要性。

在学会写字之后，人们还是继续不断地说话，只有这样，"听"的能力和"写"的能力才能互相影响，互相促进、提高。不过，要想在受教育的人们中间，对思想的不同表达形式做个高低之分是不可能的。至于思想是如何出现在这个世界上，又为什么出现，怎样从一个人的头脑里跑出来，跑到另一个人的头脑里去，怎样跑的，这些问题永远也没有解决的那一天。

从广义的"文学"来说，我们每天都在写它、说它，尽管我们也许没有过多的技巧。关于这一点，法国的大剧作家莫里哀在他的喜剧《中产阶级的绅士》中，曾给过一个有趣的嘲讽。正直、善良的中产阶级绅士嘉坦先生，一直努力使自己和家人成为受过教育的人。当他从请来的老师那里明白散文和诗的区别时，嘉坦突然意识到自己以前说过的话原来都是散文，顿时又惊又喜。

初次听说我们有生以来所说的话都是诗歌或者散文时，相信任何人都会大吃一惊。假如我们把上述观点中的"我们"不当成具体的个人，而是看成人类整体的话，那这种观点是可以成立的。在写出文学意味上的散文之前，人类一直在从事创作、朗诵、记忆并书写诗歌的活动。诗歌是感性的语言，而散文是理性的语言。在人类进行理性思索之前，肯定是先有强烈的感觉。最早的作家或者记录员应该是牧师，为了让人们更好地记住某些道理或英雄的精神，他们往往把英雄的事迹或者宗教中的信仰谱成歌曲，或者以传奇故事的形式传授给人们。一般来说，我们都会觉得有韵律的诗比散文更容易记住。诗能凝固在心中，而散文似乎是从这只耳朵进去，马上又从另一只耳朵出来。在此，我们还可以看到人的幼年时代和文学幼年时代的关系，大多数孩子对音韵的感觉以及他们的遣词造句，都是贴近诗的。

因此，我们可以说，在人类的历史和每个人的心中，诗歌是文学的最初形式。在最有灵性的诗人心中，他都保存着类似孩子般梦幻的东西，尽管他思考的事情很多是孩子所不能理解的，但他的心确是最贴近生命原初意义的赤子之心。这也说明，为什么几百甚至几千年前的诗歌和现代的一些伟大诗人的作品有着相同的魅力。过去的诗人在吟诵自己的诗篇时，与其说是为了给别人看，还不如说是为了给别人听。而对于近代的诗，如果想要充分欣赏它，也必须聆听才行，如莎士比亚写的戏剧，目的不是为了让人们放在案头上研究，而是放在剧院里演出，供人们欣赏的。听先于读，说先于写，而写下的语言也不过是语言的延伸。"太初有道"，圣约翰的《福音书》开头的这句话，适用于一切的创造。把它用在思想者、话语者和作者的身上，应该再适合不过了。

第三章 神秘的东方文学

当今有五分之三，甚至三分之二的人口居住在亚洲，而在更早的时候，亚洲和欧洲的人口比例相差更为悬殊。有记载证明，在亚洲有最古老的文明，而生命力能延续到现在的、最古老的文明也是在这个居于五洲之首的亚洲。美国哲学家杜利先生曾风趣地指出：当我们的祖先还在森林里胡乱砍伐树木的时候，中国人已经学会阅读他们祖先的知识遗产了。

毫无疑问，那些令人敬佩的民族曾经传授给我们很多的知识和智慧。但是，在古代亚洲各民族中，对我们的思想和文化产生重大影响的，却只有把《圣经》传给我们的犹太民族，他们居住在这个大洲的西部，离欧洲很近，几乎可以被视为欧洲人。近代以前，在欧洲人的眼中，东亚和南亚的民族仍被看做遥远得几乎是外星球上的人。18世纪之前，旅行者和商人把有关中国（原文中有"China"和"cathay"两个单词，cathay是古文诗歌中的"中国"的意思，故都译成中国），还有印度的传奇故事带回欧洲。但人们对丝绸和香料的兴趣似乎比对文学的兴趣还要更浓。就算到了19世纪中叶，日本在西方人的眼里，仍然是一本合着的、神秘的书。

远东的古书一直没有人揭秘，一个最简单的原因就是没人能读懂它，翻译工作也仅仅才开始。比起派遣学者来此借鉴思想文化，我们对发动军队去劫掠都市更感兴趣。然而，我们也不能过于苛求自己。那些肩负着教化异教徒使命的传教士们，随身携带着笔记本和词典，承担起"白种人的使命"。东方的亚洲人也派遣使者来到西方学习，这些人不仅对政治、宗教以及文学颇有研究，而且他们还精通我们的语言，能够帮助我们了解他们国家的人民。几乎所有欧洲和美国的大学都有研究东方语言的教授。近年来，我们的诗人和作家，为了寻求灵感远赴亚洲，然后翻译或抄袭一些作品来装点我们的文学世界，这似乎还成了一种时尚。

文学的故事

但在本书中，我不得不犯一个极其荒谬的错误，即无视公正均衡的原则，只用短短的一章来讲述那些比我们的文学更悠久古老，更具有智慧的四五个民族的文学。这种不公平，一方面是因为彻底的无知，另一个方面又说明了文学世界是多么的广博，多么的无边。西方文化和思想的迅速发展，使得我们对历史无比悠久的东方也顾之无暇。我们只能本着谦虚和虔诚的好奇心，对中亚、南亚和东亚的文学做一个简单的探讨。只有这样才不至于违背中国古代的一句名言："知之为知之，不知为不知，是知也。"这句名言出自中国的圣人孔子之口，他比基督耶稣大约早500年。在某些方面，孔子和基督有些相似的地方，他也是站在平民百姓的立场上讲话的导师，他宣扬"己所不欲，勿施于人"这样的原则；他推崇中庸，主张在静默中反省自己；在这两点上，他又与苏格拉底等古希腊哲学家们相似。他不仅提倡谦逊、重义轻利等人生守则，而且身体力行，他的学生和信徒们对他极为尊敬，奉若神明。很多以孔子署名的书籍的作者实际上就是这些人写的，当然，这些书籍中的丰富智慧是以孔子的思想为基础的。

孔子除了以自己贤明和蔼的人格来感化世人以外，他对中国古代文献的编纂和保存也做出了卓越的贡献。这些文献包括历史传说、诗歌和一些道德信条。孔子在道德伦理方面的教导是从实际的角度出发的。他和宣扬和谐、广大无边的自然之"道"，主张神秘主义的老子是互为补充的，这两位圣人和他们的弟子们，以及孟子和庄子对2000年来的中国文化产生了重大影响，而且在今天亿万中国人的思想中还保持着旺盛的生命力。除了孔子的个别思想之外，浩如烟海的中国文学被翻译成西方语言的很少。然而近年来，人们对中国的抒情诗人却表现出了越来越大的热情，这些诗人当中最伟大的就是李白。他生活在公元8世纪，如果用西方的语言来描述，他也许是一个集合了弗朗索瓦·维永、欧玛尔·海亚姆和海涅特点的自由积极而放浪形骸的异教徒。下面的一段译文出自小幡重义之手：

A lovely woman rolls up

The delicate bambo oblind,

She sit deep within   怨情

Twitching her moth eyebrows   美人卷珠帘

Who may it be,   深坐颦蛾眉

That grieves her heart   但见泪痕湿

On her face one sees

不知心恨谁

Only the wet traces of tears

这首小诗让我们窥见了李白的人性与优雅。有兴趣的读者可以去阅读小幡重义的译本，或者读一本书名为《诗》的精装本译文诗集，书中附有阿瑟·韦利的注释。只要去过博物馆，甚至瞥过一眼东方艺术品专卖店的人，就会对中国的绘画和雕刻多少知道一点。当然，要对这些艺术品有深入的了解，光凭眼睛看是远远不够的，就比如欣赏中国的花瓶，如果只是用眼睛看就会产生欣赏障碍，而这种障碍不是由语言产生的。专家告诉我们，中国诗人的艺术想象力是非常瑰丽和奇异的，优美的诗歌就像那些精美的艺术品：象牙雕刻、瓷器、刺绣和丝绸等，能给人带来美的享受。因此，文学是人们表达美好理想、交流思想的一种媒介。

日本近代的思想，比中国的思想更接近西方世界。假如我们了解它的话，它更了解西方。这几乎都是从与文学关联较少的美术里发现的。传入欧洲和美洲的版画、陶器和屏风非常精美，数量也异常丰富。这似乎表明，日本艺术家的清高在商业利润的诱惑面前土崩瓦解了。但日本的诗却没有如此颓废，它无意占领西方的市场，而是沉醉在悠远的过去。正如近代的欧洲从希腊和罗马吸收思想源泉一样，日本人则从中国吸收了古典文学的养分。不过也不能否认日本诗歌的独创性和自发性。日本诗歌的黄金时代在8世纪，麻吕和赤人是当时的两个主要诗人，他们的魅力主要表现在短小而富有蕴涵的深意，但是，平直的翻译却让我们无法欣赏到这种妙处。这一点不仅体现在诗上，在东西方之间的文学交流上，也有不小的影响。小泉八云，是最擅长把日本的生活用英语介绍给西方国家的作家之一，他曾经说："日本的诗，是一幅文字绘成的彩色画，它把存在于内心深处的情感和记忆，用美妙的版画和朴素的小诗重现了出来。"他接着说："海涅、莎士比亚、卡尔德隆、彼特拉克、菲兹、萨笛的伟大的诗篇，即使被译成另一种语言的散文，也不会减损其魅力，因为，这是人类共同的情感和梦想，而那些不能翻译的诗，不但不会为世界文学做出贡献，甚至算不上真正的诗。"对于我们来说，对日本最清楚的一瞥是通过小泉多云的书而来的，他最著名的作品有《古董》、《日本杂记》，和《日本神灵的故事》，这些作品表现出了他非凡的艺术才能。这些优秀的作品都被翻译成了英语，收集在小泉八云的《日本星光集》里面。读者有兴趣的话可以找来阅读。

日本已经成为一半欧化的近代国家了，而印度比之就差远了。印度虽然也是文明古国，但被欧洲的大炮和先进的机器打败，至今还很懒散，而且还在顽固地排斥西方的文化、思想，他们似乎离我们越来越远了。我们称印度人为雅利安人或印度欧罗巴人，他们是欧洲人的一大分支，也可以算作是我们最早的兄弟。3000年前或者更早的时候，他们就有了高度发展的文明。他们的宗教哲学比希腊人的哲学还要古老，对希腊人的思辨性思维的发展有很大的贡献。在我们听到加利岸边柔和的声音更早之前，印度的传道者们就开始讲述人类的同胞性和神之父性了。

遗憾的是，印度的民众们没看到他们西方同胞的可爱之处，而他们以世袭贵族或种姓制度划分人群等级的非民主做法，不能不说是对历史、对他们道义的一种极大的讽刺。在全世界推行他们那套同胞理论的做法失败了，在他们的生命中实行最高圣人的理想也失败了，这点，所有宗教无一幸免，当然也包括基督教，直到今天也还是这样，无法逃离失败的命运。但是，他们的思想、观念，即使没有在现实中实现，在思想中也还依然存在着。作为思想的载体，文学是不管人们是怎样无视它，怎样拒绝它的。在很早的时候，印度人就很擅长表达自己的思想，而且他们把自己的文字精心保存着，所以，印度的文字比其他种族的文字蒙受了更多的灾难和损失。我们之所以能接触到印度人的思想，主要是通过两条途径，一条是古代的，一条是近代的。古代的途径主要是以希腊人为媒介的，间接地传入到我们的思想系统。早期的希腊哲学家们，特别是毕达哥拉斯，从印度的学者那里学到了"智慧是精神的静观"，了解到"物质的表象后面存在着本质，即理念"。这成为后来柏拉图哲学的基础，而柏拉图的哲学则是一切现代哲学生长的土壤，并且渗透到我们每个人的灵魂里面。有句印度谚语说："精神寄寓在一切人心中，但并不是谁都知道这一点。"

印度思想传到西方文学中的另一条路是近代文化的发展。在欧洲的军队征服印度期间，西方的文艺爱好者和学者们把印度的文学翻译传到了西方，这个工作得到了在英国大学里学习、研究的印度学者们的支持，他们是很热心地把印度的文化介绍到西方来。但是这样深邃的思想文化，历经了数千年才被创造出来，对我们这样的人来说，几乎很难真正读懂。布赖恩·布朗编纂了一本叫《印度人的智慧》的小书，就给我们提供了很多生动的哲理。这里包含了印度宗教思想中最古老的财富《梨俱吠陀》（智慧之诗）里选出的格言和赞歌，这本书影响了成千上万印度人的一生。而对那些即使没有这种信仰的西方人来说，这里也洋溢着人间普遍的美和善。印度的两大叙事诗《摩诃婆罗多》和

《罗摩衍那》中的韵文诗句，其浪漫的神话色彩与英勇的探险结合在一起，因而放射出更吸引人的魅力。印度著名的诗人伽梨陀娑的杰作《沙恭达罗》的英译本被英国列入了"人人丛书"计划，这使得英国人对梵语文学（梵语是印度人对他们祖先的文字作品的尊称）的兴趣不断增长，阿瑟·赖得诗一般的翻译，使我们明白为什么歌德对这出诗剧情有独钟。

在印度所有的思想家中，最有号召力的当属佛教的创始人释迦牟尼。他大约生活在公元前500年。他的追随者最初在印度，后来遍及亚洲东部和中部，其人数远远超出了其他宗教、宗师的崇拜者。他不是作家，而是传道者。他之所以受到我们的关注，就是因为他的思想渗透了亚洲文化思想，而与他思想有关的文学开出了非常绚丽的花朵。英语读者在埃德温·阿诺德的流行诗《亚细亚的光》中，可以看到释迦牟尼的事迹和魔力。西方学者所欣赏的那种佛教精神的美，可以从小泉八云的《释迦田野里的落穗》中看到。

在《东方诸圣典》的英文集子中，有翻译过来的佛教文学。以前，在西方各国人中间，只有叔本华等哲学家、学者对佛教感兴趣，一般民众对此并没有太深的印象。由于基督教在西方占绝对的统治地位，所以我们对佛教的理解也是西洋化了的理解。佛教太东方化了，对我们未尝不是一种损失。佛教认为：欲望是一切痛苦的根源，因此，避免一切痛苦的办法就在于摒弃一切欲望，而生命的尽头就是涅槃和湮没。很明显，这种观点从本质上说是生命的倒退，这一点与积极进取的欧洲精神是不协调的，因此我们的思想很难接受这种消极的理念，除非我们的思想在文明的历史中被证明是一种倒退，或者经受了真正意义上的失败，否则很难接受。但佛教并不意味着就是柔弱者的哲学，它对勇敢的人们同样有一种难以抗拒的魔力。不管是厌世主义的叔本华，还是朴素、乐观主义的爱默生。即便如此，以他们文学上的才华和力量也无法把佛教的精义刻进欧洲人的思想里。

亚洲另一个伟大的宗教——伊斯兰教，基督教世界里的民众对其同样难以理解。实际上，欧洲人和伊斯兰教的信徒们就为不同的宗教信仰等其他的原因进行过无数战争，至今，这样的战争依然存在。公元7世纪初，穆罕默德和他的继承者领导阿拉伯人用利剑和舌头征服了亚洲和非洲的许多地方，并且成功地使这些地区的人们改变他们原来的宗教信仰皈依伊斯兰教。今天，信仰这个宗教的人已达两亿之多。伊斯兰教的圣书被称为《古兰经》，由穆罕默德的信徒们根据他传教时的语录内容汇编而成。每位伊斯兰教信徒都要诵读《古兰经》，因此该书成了世界上阅读范围最广的书之一。关于这本书，罗德韦尔的英译本非常出色。卡莱尔在《英雄和英雄崇拜》的论文中，对穆罕默德的伟大做出了公允的评价，这不仅表现出了卡莱尔广博的同情心，还可以看出他没有任何狭隘的地方偏见。卡莱尔说："我认为，从整体上来看，《古兰经》的真义就是'诚实'。对于那些对《圣经》不感兴趣的人来说，也没有必要花太多的时间去看《古兰经》。但在关于世界书籍的历史故事书里，这本从12世纪以来就引领着成千上万人生活的书，理应成为不可或缺的一章。"

从文学和美学的角度（这个角度可能是穆罕默德认为不正当的）来说，我们会立即丢下《古兰经》，而选择《一千零一夜》（又名《天方夜谭》）中的任何几篇故事。这本书第一次被介绍到欧洲的时候是18世纪早期，由法国人翻译的法文译本。一到欧洲，便立即传遍了欧洲的任何一个国家。

几乎每一个欧洲的孩子都对"阿拉丁神灯"、"水手辛巴达"、"阿里巴巴和四十大盗"等故事耳熟能详，就像他们对安徒生童话一样，十分熟悉。巴格达善良的科里普则成了故事中的大王之一，而不管他在历史上的真面目如何。毫无疑问，那些充满了神话与魔术的故事，更是普遍激起了读者的兴趣。此外，还有许多故事，虽然它们与近代作品的品位有一定的差距，但在表达方式上却极具艺术性，也非常巧妙。那些老故事家对一些奇谈、探险之类的故事非常感兴趣，甚至出于自己个人的喜好，而改变故事中主人公的性格；但艾尔·斯马特就完全不一样，他虽然是个饶舌的理发师，却成了喜剧人物的典型代表。在西方读者（阿拉伯文学系的学生也是这样认为的）看来，《天方夜谭》似乎是讲述东方人的故事，是讲述那些来自波斯、埃及、印度等国家人民的日常生活中的故事。

东方的诗歌中，给西方人印象最深、最广的还是波斯的诗歌。正如在西方人心中的位置一样，波斯诗歌以其优美的旋律，在东亚的阿拉伯和土耳其人心中也有着至尊无上的位置。经过欧洲艺术家和学者的介绍，英语读者们也能享受其中的美了。在所有东方诗歌中，对西方读者来说最有名的是欧玛尔·海亚姆的《鲁拜集》，爱德华·菲次杰尔德的英文译本是最经典的译本。（这个问题我们在讨论英国19世纪的诗歌的时候再说。）波斯最伟大的叙事诗人是非尔杜撒，他生活在公元10世纪，他的代表作是《诸王之书》。这是一部鸿篇巨制，讲述了早期的波斯历史，其中的许多对话和篇章都是非常优美的（但好像没有简易可读的英文版本），这也许是世界所有英雄史诗的一个基本特征。当然仅有一篇史诗是个例外，那就是葡萄牙诗人卡摩安兹的《路西塔》，这仅是在作者的有生之年被大家接受的一篇民族史诗。《诸王之书》中有一个章节没有翻译而是原版，这节是马修·阿诺德的《沙场寻父记》，是一首智慧胜于情感的诗。史诗的价值就在于它体现了某个种族或某个国家的传统文化以及风土人情。但这并不意味着它是狭隘的民族性的东西，它既是属于这个民族的伟大史诗，又能超越时空的限制而广为流传，成为全人类的精神财富。除了欧玛尔·海亚姆，波斯著名的诗人还有萨笛和菲兹。萨笛最著名的代表作是《果树园》和《蔷薇园》，韵味悠长，但不沉闷，而且字里行间流动着哲理性的光彩。

菲兹是萨笛的女婿，经常沉迷于酒色，喜欢诗歌和大自然。他继承了欧玛尔·海亚姆的精神，却又比他走得更远。欧玛尔·海亚姆的人生观有些忧郁和悲观，菲兹在很多时候则表现出对生命的喜悦和乐观。

在这一章快要结束的时候，让我再次重申一下，历史悠久的中国文学至少有3000年的历史，但我们只花上两三分钟的时间就完成了对其匆匆的一瞥，实在是很荒唐，也违背了时代精神。赫伯特·翟笛思教授在他的《中国文学史》里，把我带到了诞生于公元前550年的孔子及其更久远的时代，可是，尽管中国古人的思想是那么富有智慧，中国人的文学是那么优美，欧洲的思想界却对此一无所知。欧洲对中国的这些书籍都闻所未闻，直到近代的学者对此进行研究和翻译。中国人肯定在很多方面与我们存在着共鸣，而我们却不知道这一点，这不能说不是个天大的错误。对于这一点，中国人可能会宽容地付之一笑，或者引用翟笛思教授的谚语来表达他们的理解："没有错误，就不会有真理。"

第四章 犹太文学

　　如果我们从广义的角度来看《圣经》，它就是一部文学作品，就像我们阅读或玩味其他的书籍一样。因为它文字优美、充满诗意、充满智慧、有叙述性文学的意味，也有历史价值，所有这些都符合广义上文学的定义，所以我们可以称其为文学作品。而《圣经》是不是神的语言？是不是只在《圣经》而没有在世界其他的书中包含着圣灵感应之义？我们在道德上是否有把它当成绝对真理的义务？这些问题都可以留给神学家们以及各种犹太教会的人去解决。因为在这里，我们感兴趣的不是宗教，而是文学。

　　不过，我们仍然无法回避一个纯宗教的问题，这是任何人都否认不了的事实，也是任何一个有知识的人都不希望否认的事实：那就是许多世纪以来，《圣经》的宗教价值已经远远超出了其他任何事物，它所宣扬的对世人的博爱已经深入成千上万人的心灵，那些虔诚的牧师和传教士们对它的研究，以及数不清的教徒们对它传阅和聆听，已经超出了出于纯文学的目的。宗教的推动，传教士们孜孜不倦的精神，都超出了纯文学的兴趣。《圣经》被翻译成各种语言在世界各地广泛地发行，以及学者们对她它虔诚的献身精神，都不能归之于文学的原因。假如缺少了这种虔诚的热情，我们大多数的祖先又没有什么文学概念，那么《圣经》最终也会像印度的圣典一样，最后只有为数不多的学者们知道了。正是因为《圣经》的宗教和信仰，它里面的成语才演化成为我们日常生活用语的一部分，其中的主要故事、比喻和寓言才能为全世界的人所理解，所接受。当人们谈到"哈米吉多顿"（圣经中的世界末日善恶决战的战场）的时候，很少有普通人会在百科全书中查询它也有"政治家"的含义，即使那些没有宗教信仰的人，或者异教徒们也能在日常的交谈中引用或误用"箴言"，尽管他们并不知道这些字句的出处。

　　我们的思想和我们的语言都深深地烙有《圣经》的印记。这主要的原因，是历史的、宗教的，而非文学的。至今，《圣经》里面的宗教意味还吸引着很多人。尽管，今天的人们对于阅读《圣经》没有古代人那么虔诚。但是美国的记录表明，每年新印刷的《圣经》都不下几十万册。在美洲，只要我们稍微留心一下，就可以发现，几乎每个家庭甚至每家旅馆的房间里都有一部《圣经》。

如此，我们不得不承认宗教是《圣经》的原动力。如果没有这种动力，它的大部分作品都不会写完，而我们中的大多数人都不可能听到它的名字。不过，如果对神学上一切辩论都视而不见，把《圣经》看做欧洲语系的智慧传统，也是一件美事。就像蒲柏在提及女人胸前的十字架时说："犹太人可以在此接吻，而异教徒却只有羡慕的份。"

我们也许不会像先人那样，每天都要诵读一章《圣经》，并且还将其烂熟于心。不过，学者和文学爱好者们，把诵读《圣经》当做受过教育的人的必要修养课，像研究希罗多德和吉本一样来研究《圣经》的历史部分，像欣赏莎士比亚的戏剧和歌德的作品一样来欣赏《圣经》中的诗篇。从文学和历史的角度来说，这种态度是非常有益处的，而从最广泛意义上的宗教方面来说，也没有什么害处。如果仅仅因为教派的冲突，就在法庭上规定禁止公立学校使用《圣经》的话，这对人类高尚趣味来说简直是一件不幸的事情。如果一个人不太理解《圣经》，或在演讲中，或在文学作品中对《圣经》中那些非常简单的事实都弄不明白，那么，他对自己的民族精神，肯定也不会了解多少，对自己本国的文学也不会真正理解，也难真正欣赏了。

《旧约全书》是希伯来文学和犹太教的根基，也是基督教的根源，也是那些信仰基督教国家的基础，因此，这是那些基督教民族文学的万书之源。在人类思想的整个历史中，没有一本书能与《圣经》媲美，其他民族的人们也从中吸收了宗教的，文学的丰富养料。与此相映的例子，还有诞生于印度的佛教，与它的发源地相比，它在中国、其他国家和印度以东的地方发展得更繁荣。当希腊、罗马和北欧的所有宗教都被基督教所压服的时候，《旧约全书》内部又分化出两个互相对立的宗教。犹太人和基督教对共同的渊源抱着共同的尊敬，却在《旧约全书》的最后一句分道扬镳，成为互相敌对的陌路人。回顾一下人类思想的历程，的确让我们感到很惊异、很有趣味。

在这一点上，让我们对犹太人的文学做个简短的小结，当然不是那么充分。这是在基督徒们携着《新约全书》与携着《旧约全书》的犹太人走上了不同的道路之后才发展起来的文学。正如基督教《圣经》的第二部分是《新约全书》一样，犹太教《圣经》的第二部分也以《犹太法典》为参照进行了补充。

《犹太法典》收录的是律法和各代犹太法学博士对律法的解释，这是以口头传统为基础的，而这个传统可以追溯到摩西。时至今日，正统的犹太人仍把它看做神圣的经典。为了维持其宗教和种族的安宁，欧洲的犹太人和非犹太教的人进行了不屈的战斗，他们始终坚持自己传统的法律，并且投入了大量的优秀学者来研究它们。因为《犹太法典》影响了一个繁盛的种族中无数人的生活，凝聚了其中最优秀的思想家的智慧，所以成为世界上伟大的书籍之一。但是，由于犹太人在思想领域上比较孤立，所以《犹太法典》对周围的文学几乎没有产生过什么影响，读过这本书的非犹太人也极少。《犹太法典》的英译本共有二十卷，而与它有关的研究著作则算得上是汗牛充栋了。其中有许多谚语早就被异邦人的文学所引用，而在描写犹太人的小说里，我们经常会看到引用此书中的话语。

《旧约全书》共有三十九章，如果我们把《塞缪尔记》、《诸王记》和《历代记》归在一起的话，那么就只有三十六章了。为什么人们都认为上述各章是《旧约全书》的"正典圣经"，而把其他的章节当做是非权威，而编入"经外书"呢？这个问题值得神学家和历史学家们好好研究。从我们文学的角度来看《茱迪丝的故事》和《德训篇》，不管它们是否编入正式的经典，其中所体现的精巧智慧以及浓厚的文学趣味都是不可否认的。

一般认为《旧约全书》分为三个部分：法典、先知的书、包括《路得记》和《约伯记》在内的性质不同的杂集。这种分类是依据题材不同而划分的。除了法典，即《摩西五书》是最初的"五书"之外，其排列的顺序并不是很恰当。比如《路得记》就排在《士师记》之后，而《雅歌》则排在《以赛亚书》之前。关于排序这个复杂的问题，学者们的意见也各不相同，对于普通的读者来说，这些分类和排序似乎不是很重要。一般的读者可以把它当做是莎士比亚的戏剧或者是狄更斯的小说一样来看，把《圣经》每一章分开来欣赏，而且这样看《圣经》似乎更合适，因为它本身就是许多作家的作品，它的章节和单元的设定都是人为的。

一个比较现实的问题是《圣经》的物理形态，一般来说，它不是被印刷得很大，大得不便携带，就是被印刷得很小，小得让人难以阅读。对于这个问题，牛津大学出版社用漂亮的印度纸印行的版本很好地解决了这个问题，艾丽和斯波蒂伍德这个四卷的版本无论携带还是阅读都令人挺满意的。理查德·摩尔顿教授把他的《现代读者的圣经》分成了二十一卷，它也以一卷本的形式发行。理查德·摩尔顿教授在他的书中将原来《圣经》的章节分类都打乱了，然后按照逻辑顺序重新组句排篇，这就打破了圣经散文的庄严。他的这种安排对那些虔诚的、思维传统的读者来说，无疑是惊世骇俗的，但是对当代的阅读者来说却未尝不是一种明智的选择。

不管《圣经》是以什么样的历史原因来安排书中章节的顺序，我们都没有必要按照它这个顺序来读。不是每一章的内容都有同样的趣味，为了不让那些沉闷的章节诸如烦琐的系谱和枯燥无味的僧侣律法一样破坏我们阅读的兴致，我们大可以略过这些章节，直接跳到壮丽的故事和诗篇中去。虽然，对虔诚的信徒来说，《圣经》中的每一页都是非常宝贵的，但是，普通的读者感兴趣的却是那些充满灵感的、幽默的对话和浪漫的情节。另一方面，人类历史中最重要的问题，以及人类本身的宗教说教往往是非常晦涩、沉闷而且深奥难懂的。

通常，导致这种晦涩是有原因的，首先一个可以归因于为了追求简洁。为了简短，往往把很多事情压缩在一个章节里。另外，也许作者认为在写作自己东西的时候不说明资料来源更能显示其价值，也许可能是出于妒忌而不愿插入别人的话语。

一个惊人的例子就是《圣经》中往往会在一个简短的篇幅里讲述许多事情。在"创世纪"短短的四章中，就包含了创世、伊甸园、亚当、夏娃、该隐和亚伯的全部故事。而在比现代小说还要短的"创世纪"的其他部分，则涉及了诺亚和亚伯拉罕，以撒和雅各，约瑟和他的兄弟，以及许多其他人的生平故事。集宗教狂热和文艺巨匠于一体的托尔斯泰曾说，约瑟的故事是个完美的文学作品。其中的原因也许是约瑟是个活生生的人物，是个血肉丰满的、敢于冒险的人。而他的祖先回溯到亚当，就有神话的色彩，变得神秘莫测了。在后来的文学作品中，加在约瑟身上的故事也越多了，这就更让人怀疑这一人物的真实性了。比如诗人弥尔顿，就使"创世纪"以及"人类的堕落"中那些含糊不清的故事变得更丰富，更明晰起来。这并不是说，他的创作初衷并不是因为它们不完整，而是在此之上增加了更富有诗意的解释。

《旧约全书》的第二章，《出埃及记》是摩西传记的第一部分，而根据古时的传说则认为是他的自传。从《利未记》、《民数记》、《申命记》等篇章，一直到《摩西五书》。这是关于以色列民族迁徙和再度兴盛的伟大叙事史诗。摩西是犹太法典的缔造者，这些法典中的某些部分只具有地方意义，但像

"十戒"等少数几种则被列入现代人的信仰和习惯里。当然，那些较小的、陈腐的法律也是不难理解的。通观《圣经》全文，其中有许多令人叹为观止的诗篇，它甚至照亮了《旧约全书》中最黑暗的篇章。在这里，我们要对《圣经》中的诗歌做个简单的小结。

约书亚——摩西的后继者，因创造奇迹而著名。他率领以色列人民渡过了约旦河，却没有把脚弄湿；他通过用喇叭呼喊的方式占领了耶利哥城；他甚至能使日月停止转动。这是一个带有神话色彩和神秘的宗教色彩的英雄故事，当然也是一个民族历史的故事。这里还写了一个浪漫的故事，小说家和剧作家都可以拿来作为创作素材。这是一个关于叫赖哈姑娘的故事，她将本城的秘密泄露给了约书亚，后来，当她的同乡成了刀下鬼的时候，她却得到了赦免。约书亚本是个冷酷的将军，是克伦威尔等冷血杀人狂的先驱。他能对赖哈姑娘赦免，不能不说明这个冷酷的将军还有一点人性的温情。

约书亚的征服虽然没有像亚历山大的那样广泛，但是对于犹太人来说，这些征服相当于亚历山大对希腊人的征服。不同的是，人们对亚历山大的功绩在他建立起来的时候就给予了公正的评定，而归功于约书亚的以色列人的功绩却是在他和他的父亲长眠于地下之后才给予的。不过这个问题可以留给历史学家去考虑，而答案如何一点也不影响充满活力叙事的文学价值。不管是谁，那些自认为是以傲慢的科学态度来讨论文学中纷繁的历史真相问题的人恰恰是以真正的不科学的态度来对待文学。

接下来的篇章是《士师记》，这也是《圣经》中的重要篇章，在开始讲述这篇章节之前，我们就会接触到《圣经》中众多英雄之一的女英雄——底波拉。尽管我们对此了解甚少，但她的英雄事迹可以和法国的女英雄贞德媲美。她鼓励巴拉克引导百姓取得了胜利，在胜利之后，她又和巴拉克共同创造了最古老的希伯来诗——欢悦和赞颂的二部合唱。其中最壮美的句子是许多胜利和充满胜利希望而经常用到的："不管敌人是谁，我们头顶的星星依然战斗着。"

《士师记》中，还有参孙的戏剧性故事，与赫拉克利特一样，参孙也来自传说中的超人英雄种族，他为复仇而与敌人同归于尽的事迹被称为崇高悲剧的高潮。著名诗人弥尔顿的《力士参孙》对这个故事进行了完美的诗意拓展，法兰西作曲家圣桑还巧妙地以此作为歌剧的主题。这部歌剧结构庄严，在近代歌剧中十分著名。也许我们对《圣经》中的故事太过感兴趣，但这种偏重是有十分正当的理由的。正如罗伯·路易·斯蒂文森曾说，叙事是文学的典型样式。

每个人都几乎喜欢在任何场合听故事，而我们发现，那些一味关注议论或事实的说明往往很难吸引我们的注意力。希伯来的作家和其他一切民族的作家一样，都善于用故事的形式来表达自己的智慧。《圣经》中的故事很多，这些故事主要有两中类型：一种是以记叙为目的的，另一种是用寓意来讲述道德训诫的。《旧约全书》是这样的，《新约全书》也是如此。《新约全书》的主题就是耶稣的传记，而耶稣又比较喜欢用寓意来表达自己的意思，实际上比喻是他最擅长的训导方式。

还有伟大而又短小的《路得记》，它只有短短的四章，总共还不到一百小节。这个简短的故事包含了初期犹太部落里的妇女的生活状况和她们世代相传的律法。然而，许多读者从中可以感受到深沉而哀柔的伤感，作者以丰富的情感描写表现了两个女子的遭遇，就连最冷酷无情的讽刺家看了也会为两个姑娘的幸福结局感到欣慰。在《旧约全书》中，作为一个法则，男人和女人背负着同样的生活重荷，而她们俩的故事给人们独一无二的体验。这个故事得以流传还在于它所体现的那种淡淡的乡愁。济兹在他的《夜莺》里曾将这种美丽的痛苦归结为下面的诗句：

当路得含着泪，站在麦田中间，

苦苦思念着家乡的时候，

在她那悲哀的心头掠过的，

是一首忧伤的歌。

《圣经》中有国王四书，被分为《塞缪尔记》（两书）和《列王记》（两书），都是讲述犹太王国最光辉时代的故事。当时，在伟人的引领之下，以色列人民对自己的胜利得意洋洋。先知们说，这是被胜利冲昏了头脑，所以忘记了神，最终会遭受惩罚、饱受失败和被俘的痛苦。上述四书都是庄严伟大的史诗，它坚固而宏伟的结构就像设计华美的拱门一样。《四书》出于众多的诗人之手，他们中不可能全部都是伟大的诗人，但其中至少有一位或几位是伟大的诗人。所以说，这样宏大的史诗的形成不可能是单独的个体创造得来的。

让我们来看看这个故事讲的是什么。塞缪尔是一个有着坚定信仰并且英勇无比的男人，他只身一人与强大的敌人战斗着，永不屈服。但最终当他年老体衰的时候，他的儿子们却软弱奢靡。扫罗出场了，他是个悲剧性的人物，他不能胜任他的职位，最终受尽了屈辱和唾弃。扫罗的儿子约拿，虽然骁勇善战、心地澄净，却是扫罗的主要心腹，后来约拿也没有能力领导以色列人民。这一切都是为了大卫的出场做准备。大卫是《旧约全书》中最伟大的人物，他是一位将军兼诗人，英勇而又富有谋略，膂力惊人，曾经巧杀歌利亚，他聪明机智，为人贤明。

所以不难理解，《圣经》的作者为什么要让大卫成为耶稣的远祖。不管系谱是怎样的，文学的描写和整体构思总是趋向于圆满、清晰的。新的国王、新的英雄理应从最勇敢的旧王室中诞生。大卫身披紫色的长袍上嵌满黄金装饰而耶稣则赤足行走；大卫浴血奋战而耶稣则是温和的不抵抗者；大卫犯了奸罪而耶稣则过着清苦的生活。这些对立确实会让我们感到大惑不解，但是，如果把他们当做人类的故事来看，就完全可以解释其中的矛盾了。大卫比约瑟尔和扫罗更优秀，而且是真正有血有肉的凡人。像其他史诗中的英雄一样，他脸上带着神话的面具，具有超人的色彩。但是我们又能感受到他的现实性、他的热情、他的悲哀、他的愤怒、他的宽容、他的爱情、他非凡的意志力和他跟常人一样的弱点。他就像《伊利亚特》中的阿喀琉斯一样被描绘得栩栩如生。虽然《圣经》中的有些故事混乱而模糊，但大卫的故事却是一件精品。

关于大卫的儿子所罗门，《圣经》也有几乎同样生动的刻画。所罗门是以色列最繁荣富强、版图最辽阔时期的执政者，他的周围闪耀着璀璨的光芒。《圣经》的作者入木三分地记载了国王的荣华富贵，同时也记载了国王的哀愁。这些记载显然是在以色列衰败后的不幸岁月中留下的，而年代记录者显然是在追忆犹太人已经过去的繁华和光荣时代。传说中的所罗门的性格也是矛盾的，这也是实际生活中人们性格矛盾的反映。他是智慧的典范，几乎世界上流行的十分之九的谚语和圣洁的言论都是出自这位国王之口。同时，他也很愚笨，至少在他老年的时候也是这样的，他任由女人操纵陷入了偶像崇拜的境地，致使他身后的王国都没有较好的发展。（《圣经》的作者包括犹太人和基督教徒，都把女人看做是带给这个世界苦恼和混乱的祸水。）他的后继者们无法同所罗门相比，也无法同大卫相比。

先知以利亚和他的徒弟以利沙都预示了王国颓势的到来。他们都能创造奇迹，在一些事情中，比如划分约旦河的事情中，他们效仿摩西。在另一件事情，为寡妇增加食品的事情中，他们效仿救世主。但他们并不可爱。他们无法使老百姓真正信仰他们，这使得他们变得冷酷，心理充满了复仇的念头。他们加在那些犯了错的诸王身上的惩罚我们还是可以理解的，但他们强加给那些嘲笑以利沙的四十个孩子的血腥惩罚却是难以置信的残忍的事情。很明显，希伯来的历史学家无意于为他们的英雄和先知们的坏事遮丑，甚至都不想美化和解释，这也使得他们的散文残忍但却十分有力。实际上他们记录下来的历史事实确实具有悲剧性，尽管犹太人中出现两三个心地善良的王，如希亚加和约西亚，但总的衰败趋势却已成定局，耶路撒冷陷于巴比伦王尼布甲尼撒之手，以色列的黄金时代遂以犹太人的被俘和流亡而告终。

《历代记》二章是对以前各章曾经提及的诸多事件的并列或补充。接下来的两章《以斯拉记》和《尼希米记》，则记述了犹太人从巴比伦归来以及对耶路撒冷的重建。这些章节在《厄斯德拉记》（以斯拉记的另外一种形式）二书中也可以读到，因为众多原因难以解释为什么这些在逻辑上有从属关系的章节却被分别放在《新约外传》中。经过了诸王的灾难和阴影之后，这两章的格调是十分明快的。尼希米和以斯拉都是伟大的建筑师，正是基于这一点，我们称之为复兴。尼希米从物质的角度复兴了耶路撒冷，而以斯拉则通过发表宣言，重新整理已经遗失的律法和记录，在精神上复兴了耶路撒冷。他和他的书记员在四十天之内写了二百零四本书，不管这件事情真实与否，这却是《圣经》中最美好的故事之一。

让我们再一次重申，关于史实是如何发生的这样的问题，以及任何一个历史事件包含的宗教重要性问题都是历史学家们所要研究的对象。我们有兴趣从广义文学的角度去考察，然而，历史的和文学的平等兴趣往往会交织在一起，我们不能把任何一种兴趣完全同别的兴趣区别开来，所以这点应该强调。我们可以毫无疑问地强调《以斯帖记》的文学价值，它可以被看做是早期的历史传奇的蓝本。这没有什么不尊敬的地方。对于犹太人以及那些几乎全盘接受希伯来《旧约全书》的基督徒们来说，《以斯帖记》是神圣的篇章。原因在于，这篇传记提升并赞扬了波斯王的犹太皇后的机智与美丽。她和她的养父末底改，扭转了曼哈的局面，把犹太人从毁灭的边缘拯救出来，为了纪念这一切，犹太人至今还祭拜着普列莫。不管这个故事是神圣的还是有"亵渎"的嫌疑，都能使人真正感到震惊。在谋杀计划和反谋杀计划中，如果以美丽聪明的女人为中心，这的确可以成为传奇的丰富素材。这个故事言语直接而且结构紧凑，不知道是出于偶然还是借助了文学技巧，正如一句熟悉的短语所说："留下了很多让人想象的余地。"

以斯帖的姐姐犹滴也是女中豪杰。在希腊文版和拉丁文版的《圣经》中，她出现在以斯帖之前；而在英文的新教《圣经》中，她却被"贬黜"到《亚经》

里去了。仅仅从文学的角度来说，我们已经很羡慕这位女性的命运了。特别是当我们的冒险故事是如此的简单，并且还从这本书抄袭那本书的时候，她的冒险传奇就显得格外引人注目了。犹滴冒险的经历是非凡的，简直可以说是震撼人心。她首先迷惑了荷罗孚尼，当他醉倒后，她把他的头割了下来，这个故事令人激动万分。我们称之为"小说"的文学形式是近代人的发明，但是，早在先人的叙事性散文中就已经包含了这种小说的萌芽结构和人物形象的刻画。

《约伯记》是《圣经》中最富有戏剧性的故事，它描写了一个和罪恶势力斗争的人的遭遇，最后，他因为不屈不挠的忍耐与坚强的意志力而得救。这是以人、恶魔和上帝为主要人物的规模宏大的戏剧，可以说是我们近代戏剧的雏形。这个早期的戏剧观点被后来的莫里斯·贾斯特继承发扬。学者们是如何研究《圣经》的也不属于我们的讨论范围。但是从《约伯记》所表现出来的戏剧因素上看，莫里斯·贾斯特有独特深刻的见解，他认为，约伯本来是与恶魔、恶鬼或普罗米修斯一样，是天国可怕的叛逆者，但是不管遭受什么样的苦难，他总是不屈不挠。后世的文人就将他的罪过降低、减弱了，只是让他经受了长期的磨难，为了使他坚定的信仰有所回报，他们给他安排了幸福的老年。

不管这样的解释是否有历史根据，但是很明显，这是具有史诗性和人文性价值的，假如不做任何解释，反而丰富了这个故事的内容。这出戏以大团圆的结局而告终，正如我们当今的戏剧一样，为了对约伯开始所受的磨难以及他曾经被夺去子女的不幸做出补偿，戏剧的结局就把更多的财富和子女赠给了他。其实这种补偿无论是从人性的角度还是从戏剧的角度来说，都是很肤浅的。孩子并不像牛、羊、骆驼那样可以从数量上做出赔偿，即使赐给他的是七个儿子和三个美貌的女儿，但他所怀念的肯定是那些最初被夺走的孩子们。不过，即使这出戏剧有漏洞，但这些"诗篇"，一章接一章，从头至尾，只要你沉浸在其中，你就会发现，这里无处不是完美名句，无处不是闪闪发光的金子。

现在，我们从《约伯记》跳到"诗篇"，是我们该谈谈《圣经》中的《诗篇》的时候了。读过希伯来文的人们都认为，原始版本中的美言是以在转译成另外一种语言的时候表现出来的，这句话也许是正确的。但是我们也有理由相信，在阅读英文版的《圣经》的时候，我们仍然觉得很愉快，即使我们因为无法读懂希伯来语版本而丧失很多美好的东西，但我们仍可以从英语中获得很多。

如果我们回顾一下《圣经》来到我们手中的情形，就可以明白这点了。《旧约全书》原是用希伯来语和另一种塞姆语，即亚拉米亚语写成的，在公元前不久就翻译成了希腊文。希腊文译本称其为"The Septuagint"，这是由拉丁文的七十个字母组成，据说是由七十位学者共同智慧的结晶。那时，还没有拉丁文译本，公元4世纪末罗杰姆，翻译的"The Velgate"（普及版《圣经》）虽然做了很多修订，至今仍是天主教会公认的译本。17世纪之前，《圣经》的节选或完整的英译本有很多种，其中最重要的是16世纪的威廉·廷代尔翻译的那本。廷代尔不仅是精通希伯来语、希腊语和拉丁语的杰出学者，而且是朴素的品位很高的英语作家，他的人格光辉至今仍在英文版《圣经》中的每一页闪耀，人们把他尊为"英语散文之父"。所以，无庸置疑，近代英语的一切重要的作品都受到了这个版本的《圣经》的影响，甚至那些看起来在风格语调和主旨上与它相距甚远的作品也不例外。

17世纪之初，《圣经》的官方译本是由詹姆士王钦定的。许多虔诚的英国人都相信，这一伟大的事业是在主的特别眷顾下促成的。许多极具牺牲精神的、最优秀的翻译家们在一起通力合作，他们几乎浏览了《圣经》早期的所有译本。这样，他们就掌握了大量的古代语言的资源，而且他们都通晓希伯来语、希腊语和拉丁语的语法和韵律。而这时他们也丰富了英语，并且做到了没有违背原来的结构和章节。

时机成熟了，这时的英语正处于发展的大好阶段，正适合翻译那些富有诗意、朗朗上口的文章。因为这是伟大的诗的时代，这是莎士比亚的时代，这时的散文既柔美又庄重，既奔放又厚实，它还没有被18世纪的理性化理论所约束。在伊丽莎白和詹姆士的光辉时代，几乎所有的散文大家都是采取《圣经》式的英语来写作，或者换种方式而言，《圣经》的翻译者们都是用伊丽莎白时代的英语来写的。

所以，如果说希伯来文、希腊文和拉丁文的《圣经》有着英文版所没有的美或立体感，那么我们也可以骄傲地说，钦定的英文版《圣经》也有其特定的价值。实际上，精通古代和近代译本的几个实力雄厚的批评家们坦率地宣称：无论和哪种译本相比，我们的译本都可以算得上是文学中的杰作。

我们坚持从"文学"的角度考察，所以我们不必关注那些当时存在的问题，那些问题无疑已经被一群英国和美国的学者完美地解决了——他们在19世纪又给了我们许多《圣经》的修订本。我们中的许多人，并不是墨守陈规的人，也不是那些宁愿喜欢"钦定"版本中的诗句也不喜欢修订版本的人。"faith、hope and charity"是一组可爱的词语，它们不能被单音节的字来替换"faith、hope and love"。修订者告诉我们，赞美诗作者不是说"我们要用琴对你唱歌"而是"我要对你弹琴"。也许是这样吧，而诗人们确实是用琴歌唱的啊，"歌唱"这个词在一切过去的和将来的权威学者那里会永远地"歌唱"下去。

尽管我是个美国人，但这不是国家主义的，而且我也相信，不会由于州、省的界限原因而仅限于我所知的一种语言，我建议在各种语言版的《圣经》，如英文版的，法文版的，还有路得·马丁德文版的，把这些放在一起作个比较。我这仅仅是建议，并不是评论什么。

然而，无论英语的天才们对希伯来人的创作作了多少修正或修饰，英语的翻译者过分减弱或曲解原著的精神。而且正如《圣经》中三番五次强调，重要的是精神而不是文字。在《约伯记》、《诗篇》、《箴言》、《传世书》、《雅歌》中，尤其可以看出翻译者的独具匠心的用意。以上这些篇章都在充满了隐喻，就像蜂巢充满了蜂蜜一样。不管其诗句的旋律是否动听，它们总像上等的银器那样，闪闪发亮。

"我的美人呀，求你快来，你就像那香草山上的羚羊和小鹿"，《雅歌》在这样美丽的诗句中结束了。接下来的一章是《以赛亚》，以赛亚的抒情和可爱与那些严肃古板的先知们的面孔形成了鲜明的对比。当然，若论先知，以赛亚当然比不上古老的先知有摩西，稍微近的先知我们至少可以回溯到以利亚。先知们为百姓的罪恶而叹息，用神的惩罚威胁他们（在巨大的压力下，他们早就接受了），在劝说他们要信奉神明的时候，这些先知是最为雄辩的，不管他们当时是怎样的悲哀、厌世，或是热情和倾慕的。这些诗歌是暗含在文字里的预言，这些看似传统的预言形式是每个文法学校所必须学习的。而这些形式有时明显比近代任何一篇精雕细凿出来的诗歌还要显得深思熟虑、充满个性。举个例子来说，那些经常浮现在我们脑海中的句子或者是短语都始于《以赛亚》这章中："灾难的翅膀给大地笼罩上了阴影"、"负累就是大海的沙漠"、"负累就是幻想的空谷"。像这样的优美的诗行，不管是否是原创，不管是否是偶然得到的，但确实是一件凝结了高度艺术的作品。

即使是大致地一瞥，我们也可以发现：在诸多有关先知的书的背后，僧侣们的加工使之发生了巨大的改变，因此它总是带有各自明显的风格痕迹，在英文版的《圣经》中，这些差异也存在着。最高贵的以赛亚先知既是审判者又是安慰者，他痛斥坏人，歌颂拯救耶路撒冷的耶和华（耶和华，是犹太人梦想中的复国君主。）他是正直与慈悲的化身。这两种特质几乎形成了戏剧性的情感对照，《以赛亚》的结局就像是交响乐中优美的渐强音。有些学者认为，《以赛亚》中的冲突表明这部分的篇章可能不是出自一人之手，就这一点，他们提出了相当有力的证据。不过，就让他们去争论吧，从人类艺术的观点来看，天才的诗人们的内心都是充满着矛盾的。假如犹太人的编辑和书记员在很早以前把《以赛亚》分散的原始材料放在一起的话，那么他们这样做简直是极具高超的艺术技巧，在《旧约全书》中也就又多了一部完美的篇章。

耶利米，在四大先知中排名第二，虽然他没有以赛亚那样伟大，却同样热情雄辩。在被俘时代以前的犹太历史上最黑暗的时期，他就开始演讲了。耶路撒冷陷落后，他遭受了监禁和流放的磨难。所以，从这点上来看，我们就不难理解他为什么成为厌世者了。在耶利米创造的"耶利米哀歌"中，我们可以明显地感受到他的厌世主义思想，这位先知在灾难面前呻吟，对腐败潦倒的国家和空虚的宗教发起了反抗。在反抗中，一个美丽的文学思想出现了，而这种文学想法直接导致了《新约全书》的诞生。国家衰败，即使国家消亡了，国家与作为国民和民族神性的耶和华之间的关系中断，那么也会存在着一种更坚实的东西，那就是神与个体之间的关系，在这两者之间缔结一种神与信神的关系。"我会把你带到城市中的两个家庭里去"，悲观的耶利米正是由于是这个观点的创始人而成为先知，成为了成千上百人信仰的先知。而这个狂暴的人就像隐喻的投枪一样，成为先知中最伟大的梦想家。《耶利米哀歌》，这沉郁而又美丽的挽歌，作为副书被加在《耶利米》的后面，这不可能是他最后的话语，他真正最后的话语是在《罗马书》（七封保罗书信之一）中重现的。

以西结也是个梦想家，喜欢幻想和比喻。在他的书中，到处都是精致的幻影和精彩的文学寓言。在传输宗教观念上，寓言往往是绝妙的载体，而以西结不但是寓言的巨匠，更是启示录文学（启示录，意味着将隐藏在事情表象后的真实揭示出来。）的先驱。启示文学最优美的实例就是《新约全书》的最后一章"启示录"。真正的诗人所运用的启示寓意是很有效果的，当以西结把埃及沦亡的法老比做是被折断的柏树枝的时候，所起到的效果比始终将法老当人物表现更具有悲剧性。像这样自然的诗篇，充满了想象的空间，假如和其他事情一样被隐藏（实际上不是隐藏）起来，就会收到更深刻的艺术效果。当然，以西结并不会让他的思想躲藏在神秘的云端里，他能摆脱他所塑造的人物的厚重包裹，并能像耶利米一样，通过平和的散文达到鞭笞和非难的效果，水到渠成地引出道德训诫。他当之无愧是先知中最复杂和最富有想象力的人物。

但以理在几大先知中位居第四，他最喜欢冒险，也最具有声望。用他的名字命名的基督教和犹太教孩子的数量比耶利米、以西结和何西阿三位先知的总和还要多，至少也与大卫，约瑟和塞缪尔他们不相上下。但以理的书虽然篇幅短小，但有不少的故事。这些故事是在犹太人被俘、他住在巴比伦时所发生的，还是尼布甲尼撒王之后几百年作者的凭空想象？对此，我们不必追根刨底。这书的主旨就是安慰和鼓舞犹太人，实际上它也达到了这个目的。但以理有一种天赋，即他能够解释异教徒的魔术师无法解释的梦境，因此，他在异国的宫廷里颇受尊重。当他被推到狮坑里时，他安然无恙，他那被抛到烈火中的三个朋友也是如此。就这样，犹太人用上帝赐予的超人的聪明才智，把自己从敌人那里解救出来，并且以故事的形式艺术地表现出来。以西结的幻想是复杂晦涩的，而但以理的幻想则是直白朴素的，宛如儿童故事一样。实际上，他解释自己的梦，以及解释国王的梦的时候，都用非常平白易懂的语言，除了国王和他的专业占卜士们不懂之外，（他们看起来极其愚蠢，比起野蛮的异教徒来有过之而无不及）其他人都能明白晓畅。但以理可以说是第二个约瑟，他们都是凭借着自己的才智和神的恩宠在外国政府里得到了崇高的地位。

小先知的十章被放在了《旧约全书》的结尾，这里所涉及的思想几乎在前面各章中都已经提到，而且都阐述得相当全面、有力，所以颇有重复之嫌。但是，这些小先知们也是很重要的，那些大先知们的很多思想都是从他们这里学的，因为《旧约全书》中各章的顺序并不是按年代的顺序排列的。阿摩司和何西阿都是最早的先知，他们都是开路先锋。阿摩司也许是最早的预言家，他的言论都是在他的直接指导之下记录下来的，这就是最早的以书面形式保存下来的预言，也是最早的口头训诫。

何西阿留下的言论虽然没有以赛亚和耶利米的那样精彩，却体现了同样优美的精神。他的情感冲突，就像耶利米一样，在绝望和希望、激愤与信赖之间，正是《旧约全书》的精神所在。他之所以被编入到小先知的补遗中，并不是因为他就是小人物。而大多数的小先知确实就是小人物，我们没必要花很多时间去了解他们。然而，我们不可忘记一本令人惊叹的小书——那本用了四章的篇幅讲述的有关约拿在鱼腹中的故事。约拿起初被抛进了大海，被一条大鱼吞没了，后来他又被大鱼吐在了干燥的地上——这是个家喻户晓的神奇故事。在这个故事里面，就像但以理的探险一样，预言以象征的形式表达了是以色列再生的故事。约拿象征着那被吞并，但因神的恩宠又蒙得救再生的以色列。约拿的故事还有着更深远的意义，不仅是以色列，一切人类都可以再生，而在《圣经》中，作为这一思想的发展，衍生出了基督再生的故事。

通向《新约全书》的道路有很多，而且这些道路都是非常宽阔，足够无数信徒们通过。我们不妨沿着那些重要人物的传记道路走近它。《新约全书》是关于那些曾经在现实中存在过或者是人们想象出来的重要人物的传记。在信仰基督的国度里，没有什么故事能得到这样广泛的阅读、默诵或讨论了。在宗教或世俗的历史上，没有任何一部作品能像它一样影响了成千上万的人们。即使是那些对基督教漠不关心的人，或者对之持敌对态度的人，至少也会了解这些故事的大致结构，因为它已经渗透到所有欧洲国家的文学和生活中去了。

在马太、马可、路加和约翰的《四福音书》中，以及《信徒行传》中补足的记事部分，关于耶稣的故事其实只有寥寥几笔。福音书的故事加在一起只能构成一本短小的书。如果除去福音书中互相重复的段落，就显得更短了。耶稣简短的传记与后代那些政治家和将军们长篇累牍的回忆录形成了鲜明的对比。耶稣传记的执笔人并不是信徒和后继者们，他同自己的主一样，习惯于用口头相传的方式去激励人们拥有信仰。即使是耶稣最博学的阐释者保罗，也是出于不能同信徒一一面谈的考虑，才产生了文字记载的传教。

在十字架上的刑罚过后的许多年里，产生了光辉夺目的基督文学。这些文学从基督创始直到19世纪，并不在《圣经》的范围之内。它的材料有《新约全书》和许多非宗教的资源，许多后代的作者都试着重新构思基督的故事和生活，增加基督的历史背景和社会背景，并且对各种福音书之间的不同进行调整或者说明。在这样的趋势下，法国哲学家欧内斯特·芮农所写的《耶稣的生涯》被一致公认为是文学上的杰作。我举这本书为例并不是肯定这本书的历史价值——更何况，他的怀疑态度已经激怒了很多基督教信徒——而使它从纯粹的文学领域陷入了愤怒的争论领域，而我，在这里，既没有什么智慧，也没有意愿去追随这本书。对于那些与《圣经》有关的浩如烟海的近代文学，我们仅能投去一瞥而已。对于博学并且有毅力的人们来说，这类文学无疑会给他们提供更多的知识和信息。说到这里，我不禁想起往昔的传教者对苦心经营的注解书的评价："这是一本伟大的书，上面闪耀着《圣经》的光。"如果说《圣经》的记录是不完整的，那么它反倒给读者们提供了发挥想象的空间了。正是因为简略的缺陷，《新约全书》里的故事才会显得出奇的丰富和清晰。这些故事的确是我们应该知道而且也必须知道的一切故事的基础，直到普通的读者都

文学的故事

对它的每一章节相当熟悉了，如果，他对文学还没有什么概念的话，那么他可以通过仔细阅读《新约全书》的每一章节来培养自己的文学感觉。然而，还有好多东西是书本中找不到的，正如《约翰福音书》的结语多说："耶稣的故事还有很多，如果都一一写下来，恐怕这个世界都显得小了。"至于那些故事是什么，永远不会有人来告诉我们了，但是已经写出来的那些还不够吗？《新约全书》更像是耶稣的传记，而他生命的延续是通过他的信徒和使徒们来完成的，特别是保罗，他的地位仅在耶稣之后。如果没有保罗的智慧和协助，耶稣也就无法征服西方世界了。在《四福音书》和《启示录》之间，保罗是主要人物，是中心思想家。我们得感谢他的书信，他的书信不仅使我们了解了他的神学和他对耶稣使命的阐释，还使我们知道了他自身的性格，他的性格极富挑战和诱惑力。对于他的宗教和哲学观点，你可以置之不理，但对他所表现出来的勇气和精力，以及他表达自己的高超技巧，你却不能无动于衷。他最神奇的地方是他能吸引众多的追随者加入他；他并不要求什么权利，除了内心的信仰。他的人生是可信、朴素而又高贵的。举个例子说吧，在与亚基伯的辩论中，他显得非常机敏和大胆，这与在《腓利门书》中的表现是一致的，他的确是个伟大的人，他在困境中所表现出来的机敏，还有他那精彩又不乏幽默的语言风格，都深深打动了他的对手。以至亚基伯由衷地说："我被你说服了。"的确，那些听到保罗声音的人们和追随他的人，几乎全都被他说服了，这在历史上也是毋庸置疑的。

《新约全书》以圣约翰的《启示录》结尾。《启示录》是一篇神秘的诗，充满了令人心醉神迷的幻想，充满了寓言般的象征，这使它显得扑朔迷离，难以捉摸。企图揭开这个谜团的学者和诗人，就像研究《圣经》其他章节的人那样多。但是，没有一篇对这个谜团的阐释是令人满意的，除了作者本人感到满意之外。18世纪有一篇阐释稍微让人觉得有意思，它就是瑞典哲学家和神学家伊曼纽尔·斯韦登伯格的阐释。他认为，新耶路撒冷的幻想，是以《启示录》为基础的，而《启示录》的细节问题永远是迷幻和朦胧的。这篇寓言的主要思想，用最简单的形式来表达就是：这座神圣的城市也许是胜利的，或许是这个有罪的世界的象征。这座城市就像《圣经》中一切美好的事物一样，它只欢迎那些信仰者；对于那些没有信仰的人来说，它是日夜敞开的地狱。这种对比，就好比在战火与上帝荣光照亮的金城之间，充满了诗意和艺术的辉煌，就像戏剧的高潮一样，让人难以忘怀。

第五章 希腊的历史及其历史学家

在我们开始讲述希腊的文学故事之前，让我们稍微了解一下希腊的历史。在这里，我们首先要明确，故事并不是文学的最早形式。它发展得比较缓慢，在一个国家出现了运用语言来表达几个世纪后，诗歌、戏剧和其他的艺术表达形式才发展起来了。以《圣经》中的犹太文学为例，就可以看到其中的历史元素与宗教、伦理的元素融合在一起。即使现代的学者用最精湛的知识，也很难把纯粹的历史元素从中分开。在希腊的文学中，我们几乎可以精确地知道希腊历史从哪年开始的，而且也知道史实和传说之间的分界线在哪。因为他们在讲述自己的故事时，比希伯来人具有更无可挑剔的精密性，对文学类型具有更明确的分类，对史实具有更冷静的理性判断。这些有记载的历史，当然指我们可以看得懂的文字史料，从希罗多德那就已经开始了，这点是要确定的。在人类漫长的历史中以及文学的漫长发展道路中，没有单独的人能够突然发明一种文学的样式和方法。历史的第一课，就是思想不断地在人脑中生成，并且在不同的人之间传来传去。智慧与技艺的女神——帕拉斯·雅典娜是从宙斯的额头勇猛地跳出来的，这个故事，就连希罗多德在内，都不知道到底是诗中女神的形象就是这样呢，还是源自人类的想象。因为希罗多德是个批判家，一个调查家，一个怀疑论者。他被称为"历史之父"，后代的历史学家，直到我们现在"科学时代"的历史学家们都愿意这样尊称他，这就说明他以及他所在的那个时代的文明是多么发达。

那是一个怎样文明的时代啊！公元前5世纪，在雅典那么小的城邦里聚集了那么多的伟大天才人物，而且比任何一个时代、任何一个地方的天才还多。没有哪个地方可以与伯里克利统治时期的雅典相比，几乎直到20世纪，我们稍后要讲到的一个小城市——佛罗伦萨，才能与之媲美。在那个特殊时代，为什么会有那么多的天才人物聚集在那个特殊的地点呢？当时的历史学家，包括希罗多德的弟子们，也没有向我们说明其中的原因。我们今天所知道的，只是已经被陈述出来的史实而已。当时的希腊刚刚把入侵的波斯军队赶跑，尽管国内各城邦战乱不止，四分五裂。但是从文化的角度看，还是一个联合的整体，雅典则是"希腊之光"的中心。

这个城邦，原本就有很多优秀杰出的本地人，后来又有许多杰出的男女从希腊其他地方来到这个城邦中。希罗多德也来到了雅典，成为了雅典人，度过了在他生命中最光辉灿烂的几年生活。他出生在小亚细亚，晚年是在意大利的希腊殖民地度过的。他是世界公民，是个大旅行家。他参与了雅典以及希腊以外各个地方的文化建设。希腊以外的地方，但并不是说是希腊文化之外，因为我们必须要记住这一点：在希罗多德之前和之后的几百年里，包括亚历山大征服世界后的希腊，在地中海的任何地方的一切生活中，没有一处不带有希腊文明的痕迹。希腊军队把亚洲排除在欧洲之外，这一点确实没有希腊精神那样开明。希腊，在武力征服各地的同时，对接触到的各种思想和文化兼收并蓄，以此孕育出了希腊精神。这是多么的开明。

希罗多德历史的主题，是歌颂希腊人战胜波斯人的丰功伟绩。虽然，他用"隆重的形式"来表现这个主题，但他却用散文的形式来讲述他的历史故事，因此，他的历史故事就具有了开阔的视野、戏剧的魅力以及史诗般的光辉。由于他曾经周游过世界，所以他的想象力非常丰富，而且他不是那种夸夸其谈的人。在赞美祖国人民功绩的同时，他也能客观地批评他们。此外，他还用大量的文字记载了其他国家的事情，尤其是波斯帝国的历史。他尊重希腊的敌人，这是因为，敌人越是显赫，就越能衬托胜利的辉煌。但是胜利只是事件的一个高潮。希罗多德不愧是研究人与国民的学者，他看到了战争和生活的关系，他发现了在适当的时间和地点来讨论和平的艺术、商业、风俗等。假如说现代的历史学家比他知道的多的话，那么也应该归功于希罗多德。我们不必研究人们对他记述的史实是否准确，但我们不能小觑他的观点。在叙述史实和处理史料方面，他是个高超的艺术家。那些精通希腊文的人们告诉我们，他的文体甚至比英译本更优美。如果真如他们所言，那么可以相信，希罗多德不仅是"历史学之父"，而且也是"叙事散文之父"了。

希腊另一位伟大的历史学家修昔底德，他主要记述了雅典和斯巴达之间的战争，即伯罗奔尼撒战争的始末。修昔底德亲身经历了这场战争，对我们来说，他无异于这场战争的通讯员和战地记者，当然，他无法用我们熟悉的语言来报道，因为当时并没有像我们今天在早餐之前就能送到市民手中的"雅典早报"之类的报纸。他就在战场上当场记下战争的情况，以及他从重要领导人那里了解到的内幕。在战争结束后，他就利用闲暇时间整理这些记录。与现在许多尝试着写世界大战的人不同的是，他是个天才的艺术家。为了更准确、更生动地再现当时的情景，他就像剧作家一样，给历史人物安排适合他们身份的话语。他最大的不足就在于，他认为发生在希腊的战争也是人类碰巧发生的最大事情。而这场战争在他那个时代不是最大，而且经过24个世纪以后再来看这场战争，它更不是如修昔底德认为的那样。对我们来说，希腊最光辉灿烂的是它和平时期的历史，而修昔底德却提到的很少。从这位忽略历史重大事件或者错误判断历史重大事件的历史学家身上，我们当代和将来的历史学家应该吸取这个教训，这就是，对于我们这个仍然没有从可怕的战争悲剧里挣脱出来的人类来说，我们生活的全部意义不在于杀戮。事实上，在某些编年史学家看来，战争只是人类生活的一个插曲。也许在我们这个时代，当我们很讨厌回忆起那些主要将领、政治家、专业的或者业余的战地记者的时候，也是最不愿意欣赏修昔底德的时候了。然而，他的有关战争的文章生动有趣并且充满了智慧。所有现代的历史学家，甚至最挑剔的分析家都尊敬他。感谢本杰明·周伊特（1817－1893，英国古典学者，以翻译柏拉图和亚里士多德的作品闻名），他翻译了很多希腊作品，因为他，修昔底德也成了一部英文经典著作。

　　修昔底德之后的几年里，希腊又出了一位名人，他就是活动家兼历史学家的色诺芬。作为一名将军，他指挥着一万人的军队，有关这支军队的故事他都记在了《远征记》里。作为他自己故事中的英雄，他与罗马的司令官兼历史学家朱利叶·恺撒极为相似。在这两人之间，有种天然的巧合：恺撒对高卢战争的《高卢战记》，被当做拉丁文近代儿童的课本，而色诺芬的《远征记》，则成了希腊文最初的儿童读本。两篇课文被不谋而合地选做教材，有着同样的理由，那就是色诺芬和恺撒都是用单纯记事的文体去记述动人的故事。如果让哲学家和诗人们来揣摩那些复杂的语言是无可厚非的，但是如果让低年级的学生和老师来玩味，那只会让他们觉得太复杂了。当然，我们不可否认的是，色诺芬的希腊历史散文《远征记》有些地方难免显得幼稚，但他所叙述的故事却是生动的，这是一个传奇式的故事，讲述了很多世纪以前的一千多个军人的冒险史实。如果让今天的人来讲述这件事，也许用一句话就可以概括了：将近一千多个军人，可能战败了，也可能胜利了，几乎看不出撤退的重要性。文学，就

文学的故事

是用文字来记录生活。然而，让我们觉得很奇怪的是，在书籍中含有知识的多少与一个事实中、一个重大事件中、一个思想中含有知识的多少，没有一种精确的联系。而对这样一个问题的最简单的答案就是，色诺芬是一个非常有意思的人，他知道该怎么描述史实。他在《回忆苏格拉底》（又名《言行录》）中回忆了他的老师苏格拉底，并描绘了这位圣哲最生活化的一面，仅仅因为这点，我们都应该感谢他。色诺芬不是一位深刻的思想家，他对苏格拉底的描述相对柏拉图（我们在后面的章节中将会谈到他）来说，明显显得肤浅。在柏拉图的笔下，苏格拉底成了柏拉图哲学派智慧的传递者，但色诺芬则把这位雅典最贤明的人放在生活的场景中，致力于表现他的俗世生活，也正因如此，我们才能看到苏格拉底栩栩如生的形象。

从色诺芬到波利比阿，就像在英国的文学中，我们从沃尔特·罗利的《发现奎亚那》跳到爱德华·吉本的《罗马帝国的衰亡史》一样，这一跳就跳了200年。波利比阿是希腊继前两位历史学家之后的最重要的历史学家。在他的历史著作中，大概有六分之一是讲述从公元前2世纪起罗马帝国兴起的故事。他是一个注重史实的历史学家，他对历史事件的观察和评论也十分公允。对于历史学家来说，他的历史著作具有很高的史料价值。当时的罗马人几乎成了世界的主人，波利比阿虽然是从属于希腊人，但他对罗马的武力与政治极尽赞美之词。即使这样，他的目的与其说是赞美还不如说是注重史实的精确性。他把他的的情感珍藏在自己内心里，因为他并不是文学艺术家。

波利比阿之后的历史学家就没有那么重要了，因为，我们还不知道他们都写了哪些作品。虽然学者们珍藏着他们遗留下来的某些片段，但一般读者对此却不太感兴趣。但是在公元1世纪，我们遇到了一位在历史上和文学上都占有重要地位的作家——普鲁塔克。

在普鲁塔克的《名人传》中，我们再次读到了天才的作品，邂逅了值得欧洲使用不同语言读者珍藏的杰作。普鲁塔克是希腊人，使用的也是希腊语，但在他的作品中，他几乎把一半的文字留给了罗马人。他的叙述特点就是把希腊人和罗马人的英雄比较着来写。举个例子，他把阿尔西比亚德斯和科里奥兰纳斯、德摩斯梯尼和西塞罗放在一起比照着写。他不是盲目的英雄崇拜者，在他的作品里，我们看不到狭隘的爱国主义的痕迹，而在一些人那里盲目崇拜的思想可是根深蒂固的。对于人性，他不仅有着透彻的理解，还有健全的道德标准和温和的伦理标准。除此之外，在对外部的事实及所描写的人物背景方面，他也有着深厚的知识和深刻的理解。虽然近代研究对他的史实有不少修正，但这丝毫不损他的形象，而且他的人物就正像他所描写的那样，即使在近代读者这里仍然栩栩如生。许多古代伟大而又声名较好的，至今还在流传的人物都是普鲁塔克创造的。而他所描写的人物，有的已经成为莎士比亚戏剧中《恺撒》、《克利奥雷娜》、《安东尼》、《克里奥帕特拉》的原型。莎士比亚这些剧本的资料部分是从（因为我认为莎士比亚关于古代知识来源是有限的。）托马斯·诺斯从雅克·阿米欧翻译的法文版《普鲁塔克》中得来的。在《安东尼》和《克里奥帕特拉》这两个剧本里，我们明显看到这样的痕迹，有些人物的语言看起来都是从诺斯那里不加以改变而照搬过去的。在托马斯·诺斯的译本出现100年后，大翻译家德莱敦对普鲁塔克传记进行了补充，但他只在原文的某一部分上做了一些工作。19世纪英国诗人阿瑟·克拉夫对这一译本进行了校订，使之成为了英语读者心中的标准译本。

希腊最伟大的历史学家不是历史学家，而是学者，这个观点听起来是不是有点矛盾？但事实上并不矛盾。因为，意大利文艺复兴后，首先意味着古典趣味的复活，希腊文明遂渐变成了历史学家和文学家共同崇拜和研究的对象。19世纪后，通过对古代文献和其他材料的科学考察，使得这种研究更进一步深入了。正是有了这种精神和视域的优点，近代的历史学家知道了希腊很多连当时希腊人自己都不知道的历史。在英国的文学中，有些声名显赫的作家，比如乔治·格罗特、本杰明·周伊特、J. P. 马哈弗、吉尔伯特·默里、J. B. 贝里等，能告诉我们更多关于修昔底德的生涯及其时代的史料，而这些都是希腊的历史学家提供的比较少的。我们不得不从我们有限的大纲中省略一些法国的、意大利的和德国的历史学家的作品。尽管一些务实的职业技术教育者从一些学校和大学课程中取消了希腊语，我们暂且不管这个行为的动机和结果。实际上，我们仍可以从现代教育中看到古代希腊文化的精神，其原因就在于，文学比教育会议和大学评议会议更了解我们应该读什么和应该想什么。举个例子，许多专家就是由于格罗特所写的《希腊史》中有许多不够精确之处而产生诸多的抱怨。但是他在英国的文学史中，还是具有重要地位的，至于他在所谓科学的历史学派中的地位如何我们就不管他了。我对为什么把吉本、格兰特、达尔文或者赫胥黎那些人所写的真正属于专业领域的东西纳入到广阔的文学世界中去的原因是不清楚的。作者在进行写作的时候，一般情况下，对文学或历史等学科是没有什么清楚的界限的。格兰特所写的东西虽然通俗易懂，但是我并不认为学生们读了他的作品就能够领会希腊的精神实质。确实，他的作品可以让人们比较精确地体会到英语这种语言的语法特点是直接清新的，对于这点，我们毋庸置疑。马哈弗的作品也具有这样的特点。马哈弗也可以算得上是一位艺术家了，在他的《希腊的社会生活》中，我们可以看到古老的文明在复活，或者也可以说还继续活着。剑桥大学的近代史教授J. B. 贝里要比这些维多利亚时代的学者稍晚一些，在他的《希腊历史》中，学者精神和艺术家的气质融为一体。对于一个历史学家来说，这真是一种幸运的结合——具有艺术家气质的他记下了曾经艺术最辉煌的城市的文明以及它的人民的生活状况。

第六章 希腊的史诗

公元前8世纪或公元前9世纪的时候，生活着一个双目失明的吟游诗人，他经常在小亚细亚希腊各城邦中吟唱民谣，或者吟唱由传说改编而来的诗歌，他的名字就叫荷马。他或许是《伊利亚特》和《奥德赛》的作者，他或许就是一个人，或者他的名字代表着一群人，或者他的名字是个诗派的名字等，这些问题至今还让很多学者们争论不休。在希腊的许多城市，都相互争夺着传说中荷马诗人诞生地的殊荣。

我们无法了解荷马的生平。在希腊的历史和批评史上，大概在公元前5世纪到前4世纪，希腊人开始调查荷马的起源，着手研究有关荷马的文献。其实，希腊人对荷马也知之甚少，差不多和近代的读者一样，都觉得荷马是个神话和传说中的人物。柏拉图和亚里士多德，假如仅从文献上来判断，他们知道有关荷马的史料比我们知道有关莎士比亚的要少得多。原因就在于，莎士比亚生活在有印刷机的时代，他或许都看到过他的作品被印成各种版本，就像近代的读者们所看到的一样。然而，很难相信，一个受过教育的雅典人在伯里克利时代没有看过任何版本的荷马诗歌的手抄稿。就能把荷马诗歌牢记在心。但是，他们是通过什么样的方式来记忆的，我们就无从得知了。大概在公元前6世纪，文学家、政治家的庇斯特拉图收集整理了荷马的诗歌，并采用今天我们所用的形式记载了下来，后来的学者就是根据这一版本而编纂的《荷马史诗》。而《荷马史诗》的原创作者是谁这个问题最早是由18世纪末的德国学者弗里德利克·沃尔夫提出来的，这一问题直到今天还在争论不休，没有得到最终解决。

上述这个问题，是研究这一领域的学者们所关注的。然而其中有两三个方面可以引发我们很大的兴趣。首先，我们所提到的诗，是起源于口头吟咏的某些歌谣式的东西。如果它的意思是"最初的""粗糙的"，那么不仅在原始社会，就连我们今天高度发达的文明社会也存在着这种形式。因为，荷马的诗歌，包括其中的神话机制，都不是幼稚的，而是像成年人一样成熟，就像但丁、弥尔顿、丁尼生或勃朗宁夫妇等诗人的诗歌一样。《伊利亚特》和《奥德赛》这两部伟大的作品所表现的高超的结构技巧，后代的诗歌没有一部能超越得了。尽管荷马是古代社会的人，他的诸神不再统治今天的天庭，虽然在后来的希腊人看来，荷马始终被过去神秘的迷雾所包裹，但这并不意味着近代的几个世纪里我们没有创造很多作品。荷马不是深埋在地底下的一件古董，他依然存活在人们心中，因为他所表达的思想，人们可以理解，他的作品人们可以欣赏，然而，他更是一个超级故事大家。荷马以其高超的艺术造诣在文学史上赢得了不朽的地位。

我们或许不该在这个事实上谈论太多，但这又是一个非常重要的事实——荷马的诗歌朗朗上口，听起来是那么的动听、迷人，是那些吟游诗人最喜欢反复吟唱的。但这还不是荷马诗歌美丽音律的全部魅力所在，实际上对于后代的诗歌来说，这是相当有魅力的。甚至，今天的诗人们在考虑他们已经出版了的作品时，也是这样做的。真正的诗人创作诗歌的同时也是在用耳朵写作，他在听自己吟诵了什么。然而在文学的记录和保存方面，这种创作形式就有所改变。但创作散文、诗歌的时候，在丰富的想象力和敏锐的感觉上还是没有必要改变的。根据华兹华斯的邻居们说，他经常一边在乡村小路上徘徊，一边低声吟诵着自己诗篇。丁尼生在他的作品面向观众之前，喜欢向他的朋友们朗诵。每一个诗人，不管是自惭形秽的，还是声名远播的，在创作诗歌的时候，都会反复吟诵自己的诗歌。因此，荷马的诗歌被反复地吟唱，就像演奏七弦琴一样，启发了我们。因此，这其中的意义，并不像吉卜林主观想象的那样，而在他模仿荷马反复吟唱自己的诗歌中。

所以，从这个意义上来说，荷马可以被称为"近代"诗人，他就好像是一两天前还生活在我们生活中的人物一样，而他短暂的一生作为人类的一部分被记载到了文学中。这也算是对两个与文学真正相关的传记问题的回答，即：首先，这个传记到底是谁写的；第二，传记是怎样与我们发生联系的。还有一个问题，那就是，不管这个人是否叫荷马，历史上到底有没有这样一个天才，创造了或者根据材料创造改编了《伊利亚特》和《奥德赛》这两篇结构严谨、风格上一脉相承的宏大诗篇？因为它们的结构紧密，风格上一脉相承，所以即使最挑剔的批评家都无法从中挑出一个小毛病。对有关荷马的一切问题，马修·阿诺德在他的《论荷马的翻译》一文中，已经给出了令人满意的答案。后来的学者在阿诺德的几个观点上做了些修正，尽管我并不知道这样的修正是否正确，但我还是相信他们的所为。而阿诺德也要求人们来修正他的观点，尽管他有武断的态度，不过那也是一种罩在敏感、爱刨根追底之心上面脆弱的外壳。尽管人们认为读懂《荷马史诗》最好的途径就是直接读原著（其实对我们而言也是翻译本），这样才能避开翻译者的干扰，但我还是觉得，读懂《荷马史诗》的最好办法还是读阿诺德的论文。这对英语读者来说有两种好处，一个就是有关荷马的介绍；第二个就是这篇文章本身也是散文中的精品名篇。

让我们直接进入到《荷马史诗》中来，《伊利亚特》讲述了一个什么样的故事呢？它描述的是希腊人攻打特洛伊的情景，这次攻城只花了几天的时间，但是荷马在叙述中穿插并回顾了以前持续9年的战争和引发这些战争的原因。实际上，希腊的大部分神话也都是取材于此。这本书的直接线索是阿喀琉斯的愤怒，他是希腊军队中最勇猛的战士。他对他的统帅阿伽门侬非常恼怒，因为阿伽门侬把他俘虏的女奴全部占为己有，因此，他退出战场，使得希腊联军连连失利。但是当他的心腹好友帕特罗克勒斯被杀后，他为了给死去的朋友报仇，怀着悲愤交加的心情回到了战场，杀死了特洛伊王子——赫克托耳。

上面介绍的仅是《伊利亚特》的故事梗概。如果要对该诗有较深的印象，领略它四射的魅力和阳刚之美（它美得像金色的英雄一样），我们不需要希腊的学者就能轻松达到这个目的。因为我们非常幸运地拥有许多精通希腊语的英国学者，像马修·阿诺德，就是比较著名的一位。他不仅对希腊语精通，而且他还是个诗人和批评家，发现了很多在大家公认最好的英译本中存在的错误。乔治·查普曼，他与莎士比亚是同时代的人，他以十四行诗的形式翻译的，没有完全按照原著逐字逐句翻译，而是在翻译的过程中加进了自己的理解，加进了自己的创作，这不但没有改变原著的思想，反而使原著看起来更生动，更富有诗的韵味。难怪200年后，它激发了青年诗人济慈的灵感，使其写出了优美的《初读查普曼译荷马诗》短诗，从中我们选了两句作为我们这章的开头。我们从查普曼在自己译文中的前言中可以看到，他对荷马的热情："在所有的各种类型的书中，只有《荷马史诗》才是最棒的！"

在查普曼之后的100年，亚历山大·蒲伯出版了他著名的《荷马史诗》英译本，这个译本立即获得了好评，直到今天，他的英译本仍然是最受欢迎的译本。学者本特利对他的评价是："这是一本好诗，蒲伯先生，但是你不应该把它称做、荷马史诗。"也许，这个评价是正确的，也许是蒲伯的诗句韵律简洁有力，绚丽夺目，已不完全是荷马那种行云流水般的六韵部诗行，但是蒲伯的英译本确实是一本好诗，至少，对我们而言是好诗，对18世纪的读者来说也是好诗。我建议那些对希腊语不怎么精通的人读读利夫、兰和麦尔斯译的散文文体的《伊利亚特》，这些译本都是用简明的英语写成的，音韵独特、通俗易懂，它们保存了原诗的精华，读起来就像在读世界上第一流的小说一样。如果有人认为这本散文体的《伊利亚特》是部历史传奇的话，那么我个人认为这并不是歪曲事实的评价。

《奥德赛》和《伊利亚特》有着紧密的联系，这两部史诗相近的部分都是围绕诸神和英雄而展开的，而其他的部分有的在叙事性的篇章中。《奥德赛》和《伊利亚特》在表现形式上是很相近的，假如它们不是出自同一个天才之手，或者不是出于同一个民族天才的构想，那么它们就不会如此相似。《奥德赛》描写的是希腊联军和特洛伊战争的最后结局，主要描述了希腊联军用木马计攻占特洛伊后，希腊军首领之一的奥德修斯的冒险经历。当奥德修斯及其随从还在千难万险的归途中的时候，他的妻子——珀涅罗珀，正被一群求婚者纠缠，他们威逼她改嫁，还欺负她年幼的儿子，忒勒马科斯。而珀涅罗珀始终坚持信仰，保持对丈夫的贞洁，拒绝了无数的求婚者。最后，终于盼来了丈夫，全家团聚。而奥德修斯则设下计谋杀死了那些可恶的求婚者。

在世界文学史中，再没有比《奥德赛》更令人激动的史诗了，它最经典的情节甚至比《伊利亚特》还要紧凑、严密。《伊利亚特》描写的是一系列天上的故事和人间几近白刃战的格斗，而这和塔尔王骑士远征有些相似，也和近代的悬赏格斗类似，所以其中的内容早就为大家所熟悉了。而奥德修斯环绕世界、充满冒险的离奇经历则反映了原始初民的情感和他们积极的探险活动。史诗中表现更多的是，奥德修斯是个比阿喀琉斯还要光辉的英雄。尽管，以我们今天的道德标准去看史诗中的英雄，难免会偏离希腊精神，但如果我们一定要指责阿喀琉斯对联军的不忠，最后又打败了一个比他更厉害的人，也是可以说得通的。

奥德修斯大胜而归，结局相当完美。他机敏、坚忍，他的功绩是伟大的。他的遭遇惊中有险，扣人心弦，又环环相扣，趣味横生。他是一个伟大的人，像他这样的光辉形象将会在文学作品中塑造的名人谱上永远被保存。

这种说法是对的，神话中的人物性格往往具有。双面性。奥德修斯也许代表着太阳神，而珀涅罗珀则代表着等待太阳神回归的春天。太阳神回归后，与春天一起打败了肆虐的冬天（求婚者），也许，珀涅罗珀代表的是与太阳分离且等待太阳回归的月亮。如果我们深究有关神话的象征意味，来解释这个研究课题的话，那么它一定是很迷人的。但我们却很少接触，要想更深入地了解这方面的东西，读者们可以阅读J. G. 弗雷泽的《金枝》，可以说他的译作是一条到达那个奇妙世界的美妙小径。假如我们只稍微了解荷马史诗的大致轮廓，没有深入探寻史诗的深意，我们仍然可以欣赏和体味其中离奇的冒险、优美的神话故事。我们也可以把奥德修斯当做崔斯坦和罗宾汉式的人物来欣赏。奥德修斯在后代的诗人那是个很受欢迎的人物，而在维吉尔那里，奥德修斯是个诡计多端的坏人，因为在维吉尔看来，英雄都是特洛伊的那些人。但丁的惊世之作是《地狱》，在它第二十六篇中描写了奥德修斯之死，其精彩程度被认为已超过了《荷马史诗》。丁尼生的《奥德修斯》同样是大家的上乘之作，也是他早期的最好的作品之一。

　　与《伊利亚特》一样，英语读者同样也是很幸运地读到了优美的英译本的《奥德赛》。查普曼用十音节联句翻译的《奥德赛》，情节扣人心弦，结构严谨，张弛有度，甚至比他翻译的《伊利亚特》还要好上一筹。蒲伯和他的合作者也出了一本生动易读的译本。然而，如果我们从精确、简单和纯粹的娱乐角度来阅读《奥德赛》的话，那我们极其幸运地遇到了乔治·赫伯特·帕尔默翻译的散文体的《奥德赛》。另外一个较好的译本是布启和安德鲁·兰翻译的。假如我很重视翻译的话（关于这个问题，在这本书的结尾传记中有更多的说明），那是因为只有通过翻译世界各个国家的各民族的优秀思想才能够得以流传。同样，翻译还是一门艺术，在翻译古典经典上，英国人有着高超娴熟的技巧。

　　围绕荷马这个名字和他辉煌的史诗，又有一组小诗，名叫《荷马赞歌》，有的是简短的序言，有的是对史诗的简单介绍，还有的是稍长一些的叙事诗。这些小诗的作者同样和伟大的《荷马诗史》的作者一样使人迷惑不解，但是在它们中间，也有不少格调高昂的诗篇。雪莱翻译的《献给雅典娜的赞歌》（有着保护神之称的雅典女神，被称为"城镇守护神"）的最初几行诗就很不错：

　　我用我真诚的心灵来歌颂你伟大的荣光。

　　雅典娜啊！你是野性、贞洁、聪慧的化身！

　　你是我们城邦和家园的守护神。

文学的故事

你把我们的家园从邪恶中拯救!

宇宙之神朱庇特把你带到我们身边,

你是如此的强大,你永远受人尊崇!

你全副武装,金光闪闪,神采奕奕!

赫西俄德,是一位同荷马差不多的神话般的诗人,他因《工作和时日》这首诗而著名,这是一首说教诗,目前只保存下来了八百行。他的另一首诗歌是《神谱》,大概有一千多行,讲的是与神有关的故事。然而,赫西俄德的诗大部分都已经失传了。因此,关于他的生平故事我们知道的也很少,不比荷马的多。很多世纪以前,据说,他和荷马一样,在希腊被推崇、受尊敬。我们都很熟悉的伟大的罗马诗人——维吉尔,他就是从这位希腊导师那里吸取了很多养分。赫西俄德的《工作与时日》是关于劝告农民和水手的诗,对于我们来说,吸引力不大。他的《神谱》其壮丽宏大的场面与荷马的史诗相比,稍为逊色一些。赫西俄德和我们所提及的许多作家一样,都是文学史的一部分。但在浩瀚的、容量不断增长着的世界图书馆中,却不是那么重要。希腊还有几位创作史诗的诗人,他们的名字在一些文献中都有记载,但是他们的作品却失传了。不知道这是人类文化的损失,还是它们经不起时间的考验。

第七章 希腊的抒情诗

在希腊的文学中，就像其他国家的文学一样，最初的艺术表达形式是那些歌谣，以及配乐吟唱的歌谣。毫无疑问，荷马史诗其魁伟的叙事结构，本身就是一种民谣的形式。根据那些幸存下来的文献资料，我们可以发现，那些高度发展的抒情诗要晚于史诗的发展。这并不仅仅是时代发展的结果，也是人类发展史上很有趣味的问题。早期的希腊人在他们谈论那些外部的事情之前，他们会背诵一些神灵和英雄的故事，这样表明他们的诗作是很客观的。当他们的文明得到更进一步发展的时候，他们的情感也变得更复杂多变了，他们会唱一些关于自己内心世界的歌谣，这样诗的主观色彩就浓厚起来了。抒情诗，不管是哭诉，还是欢呼，都是抒发个人的内心感受。因此抒情诗带有强烈的个人主观色彩，这些特征在雪莱的《西风颂》中被魔法般地表现了出来：

把我做成你的竖琴吧，就像森林里的树木一样。

这首诗中有个单词"竖琴"，是来源于希腊的一种乐器。这种乐器的制作和使用是希腊人从其先民那里继承来的，主要是在歌唱或吟诵诗歌的时候做伴奏之用。竖琴的声音听起来单调、细弱，这对那些听起来雄壮、洪亮的诗歌来说很不相称。希腊的一些抒情诗篇如果用七弦琴来伴奏的话是很不相称的，如同雪莱的《西风颂》或济慈的《夜莺》用曼陀铃（一种乐器，常是梨形琴身，在有格纹的琴颈上装有几组琴弦）伴奏一样，是很不合适的。这些都说明，在诗歌创作的过程中，音乐和语言的关系是很紧密的。至于，希腊抒情诗中的语言和音乐的关系如何，我们只能做些推测。因为，尽管我们有一些他们的乐器，但我们没有当时记载的乐谱，因此无从知道那时的音乐旋律是怎样的华丽、圆润，以及那时的和弦是怎样的精美。希腊人写出了雄壮、瑰丽的诗篇，雕刻出了精美的雕塑，完全有可能谱写出世界上最复杂的音乐来，只是我们不知道罢了。史诗、石刻还有这些乐器，至今都还保存着，但是那些曾经的音乐，以及那时的歌声却永远地消失了。

在希腊文学中，抒情诗是一个独特的部分，因为那个时代的批评家们比任何时代的批评家都要精确和犀利，他们将所有的诗歌都明确地分门别类了。如果这些诗人中的某一位能够穿越时空来到现代社会的话，那么他一定会对这样的歌剧广告感到迷惑不解："本歌剧由罗杰姆·史密斯作词，维克托·鲁滨逊作曲。"然而，这样的广告语言在今天的人看来是再自然不过的了。我们可以把任何诗歌中的抒情部分称为抒情诗，不管它有没有乐器的伴奏，也不管它是是否用富于变化的音调吟唱出来的。我们所谓的"抒情诗"还包括抒情散文，或许按照我们的观点，除了史诗和戏剧以外，所有的诗歌都可以称为抒情诗，这样一来我们就模糊了抒情诗和其他诗歌，以及其他文体的界限了。当然，荷马、维吉尔的诗歌中的抒情语句，还有莎士比亚戏剧中的抒情部分等，都可以算作抒情诗了。当然，那些可以吟唱出来的抒情诗歌，有用笛子伴奏的，也可以由交响乐伴奏，甚至不用乐器伴奏，单凭对艺术的理解力，人们也可以在脑海里感受它的魅力。

根据现有的资料，在希腊的抒情诗方面，我们遭遇了两个重大的损失。第一种损失比较小，我们中可能还有人能够修复其中的部分损失，即我们发现很少有人，即使是希腊的教授，他们也很难大声地读出抒情诗的节奏和语感。第二种损失则是很多作品已经永久性地无法修复了。大多数的抒情诗在有记载的文学中遗失了，我们所知道的诗篇也只是断篇残句。有些诗人则永远地从文学史册上抹掉了。这并不是由于他们的诗歌质量不上乘，而是因为一些偶然的事件而被抹掉的。我们知道他们的名字仅仅是因为那些幸存的作品的诗人在其作品中提到过他们，或者模仿过他们。

因此，收集阿尔凯奥斯和萨福的残篇是件令人非常着急、非常头痛的事情。阿尔凯奥斯是个很有名气的大诗人，这点却是我们从他的崇拜者和追随者——罗马诗人贺拉斯那里得知的。他是个严谨的诗人兼批评家，他知道很多阿尔凯奥斯的作品，以及其他希腊诗人已散佚的作品。文学故事中的一大章节，实际上也是人类整个历史故事中的一大章节，这一章也许是消极的。一想到那些凝聚了人类智慧的寺院已经消失了，以及那些永远埋葬在历史坟墓中的已不再为人所知的诗歌王子和诗歌王后们，无人不扼腕叹息。萨福是希腊最早的抒情诗人之一，她大概生活在公元前6世纪，在莱斯博斯岛上，她是妇孺皆知的学院派诗歌的领袖。她现存的几首诗只不过是王后华丽披风上的几片翎羽，但是我们却从中窥视到这位诗坛皇后的气质、风格和热情，还有她在恋爱中敏感、脆弱的内心，以及爱恨交织的情感。在希腊，她的名声几乎可以和荷马相媲美，她被称为"第十位缪斯女神"，这是对诗人最高度的赞扬。除了她的诗歌天才外，还有一个关于她的浪漫的爱情传奇，传说萨福被她所爱的人法翁拒绝以后，便跳海自尽了。但是她是否自杀还是不清楚的。像其他著名的女性诗人乔治·桑和神圣的撒拉·贝纳尔一样，萨福热情彭湃、才华横溢、出类拔萃。据说有一种诗句的形式是萨福创作的，或者是她在别人的基础上改编完美的，总之，是在她运用之后命名的。罗马很多诗人都喜欢用萨福诗体（萨福诗体，由三个韵体组成一节，后跟一行由扬扬格或扬抑格加扬抑抑格组成的诗行的。）来进行写作，其中，贺拉斯最为著名。我们想要了解这种诗体的韵律和节奏，最佳途径就是引用一下斯温伯恩的一段诗句。作为一个近代人，他精通各种诗体，又富有希腊精神，他的诗原文如下：

all the night sleep came not upon my eye - lids, 　彻夜未眠，

shed not dew, nor shook nor unclosed a feather, 　没有眼泪，也没有眨眼。

yet with lips shut close and with eyes of iron 　紧闭双唇，目光如钢铁般坚毅，

stood and beheld me. 　久久注视着我。

除了萨福诗体外，还有一种诗体是以阿尔西阿斯的名字命名的，因为这种诗体的形式最终是由阿尔西阿斯完善的。这一诗体也被希腊和罗马诗人竞相模仿。但是对于英国人来说，这一诗体似乎不太适合。不过也有例外的例子，比如著名诗人丁尼生，他曾用过这种诗体写出过优美的诗篇。丁尼生不仅通晓各种英文韵律，对古代音律也有较深的造诣，这一点丝毫不亚于近代诗人。为了了解阿尔西阿斯诗体，我们不妨看看丁尼生献给弥尔顿的一首诗，诗的原文如下：

O might - mouth's inventor of harmonies, 　啊，新的乐曲的创造者，

O skill'd to sing of Time or Eternity, 　啊，歌唱"时光"和"永恒"的巨匠，

God - gifted organ - voice of England, 　英吉利之神所赐予的声音，

Milton, a name to resound for ages; 　弥尔顿，一个万世流芳的名字；

Whose Titan angels, Gabriel, Abdiel, 　你的提坦神、加百利和神仆，

Starred from Jehovah's gorgeous armouries, 　在上帝那壮丽的纹章塔闪耀，

Tower, as the deep - domed empyrean, 　在深邃的九天的天空里，

Rings to the roar of an angel onset. 　一个正待出击的天使的怒吼声回荡在天际。

　　如果希腊所有的诗人的作品都能够保存下来的话，那么我们图书馆的馆藏是多么的丰富啊！在公元前7世纪到6世纪之间，有个诗人——梭伦，他不只是个诗人，而且还是古雅典的政治家和立法家。他留下了大约三百行的诗句，但这些诗句的教育意义超过了诗歌本身。这个时期的希腊还有两位诗人，墨加拉和提奥格尼斯，我们所知道的他们的诗句也仅仅是数百行而已。这些诗人们所写出来的道德说教，恰恰反映了一部分古希腊人的性格。根据这些诗文的结构，我们可以称之为"挽歌体"，而这些诗人也被称为"挽歌体诗人"，关于挽歌体技巧方面的问题，我们就不必继续谈论了。可能古希腊人还不知道我们在格雷的《墓园挽歌》中"挽歌"的含义。我们把诗歌的形式问题放在一边，先来看看提奥格尼斯的诗歌内容，他的诗歌有别于那些以哀悼死者，以反映人民贫苦生活为主题的挽歌。他憎恨穷人和他们贫穷的生活，实际上他是一个强干的贵族，也有不少雄浑壮丽的诗歌，但流传下来的极少，这不能不说是文学史上的又一件憾事。

　　另一名诗人，在希腊也享受同荷马一样显赫的声誉，他就是阿尔岂洛库斯。他是挽歌体诗人的杰出代表，他还创作了一种句式长短交替的讽刺诗，在某种程度上来说，同德莱顿、蒲伯那种激烈的十部音格的讽刺诗相似。但是，时间的长河冲刷掉了阿尔岂洛库斯的光彩，我们也只能从仅存的断章残句中去想象这位曾令希腊、罗马诗人竞相效仿的诗人和令贺拉斯惊叹不已的诗歌了。

　　阿那克瑞翁，他的诗篇，也像其他的希腊诗人一样，留存下来的并不多，我们也是从残存的片段中知道一点。他诗歌的主题是关于爱情和饮酒。较之萨福，他的诗歌似乎更平实、更轻柔、更舒缓。他那细腻的描写、朴素的语句，使得希腊人和近代诗人对他相当的爱戴，纷纷模仿他的风格，最终，他的模仿者写出了一部《阿那克瑞翁集》。在随后的几个世纪里，人们一直把它看成是阿那克瑞翁自己写的，我们想象的阿那克瑞翁的真正诗歌，近代的模仿者和一些翻译家通常更多的是指这部天才的《阿那克瑞翁集》。确实，《阿那克瑞翁集》中的确有几篇精美之作，值得被称为是阿那克瑞翁的作品。

　　萨福和阿那克瑞翁的抒情诗，充满了个人主观色彩，表达了独特的内心感受。悲痛的哭泣、难过、欢乐和遗憾等真实的人生体验凝聚在他们的诗歌中，从而引起读者的共鸣。抒情诗中比较宽泛的形式是合唱诗，正如它的字面意思一样，合唱诗是用来唱的，是由集体合唱队演唱，表达集体共同的情感。像对上帝的赞美诗，讴歌胜利者的欢乐的歌和欢迎战争中凯旋的英雄的赞歌一样，都可以归之于合唱诗的范围。合唱诗一般都是由一些天才的诗人创作出来的，这些诗人并不停留在自己狭小的个人视角上，而是从广阔的社会取材，像当时的政治问题、宗教问题等各个方面，都是这些诗人的好素材。因此，我们可以得出这么一个结论，这样的抒情诗近似戏剧诗，也像戏剧中的合唱歌曲。然而，一个戏剧诗人可能没有写过赞歌和颂诗，而写过合唱诗的诗人也可能没有写过戏剧。

在创作合唱诗的诗人中（这样的诗人肯定不下百个，但是他们的作品现在都找不到了），有三个诗人最为著名，他们是西蒙尼得斯、巴基里得斯和品达。我们推断他们大致生活在公元前5世纪，比萨福稍晚一个世纪。这些诗人准确的生卒年月没有任何记载，我们这样推断，或许很接近他们确切的生卒年月。

西蒙尼得斯，最终完善了赞美诗，他的诗歌大多是赞美一个伟大的英雄人物。他善于运用夸张、对比的手法，来追述过去的一些英雄。因此传说中的英雄们的故事才得以保存了下来，尽管人们已经忘记了他们的那些英雄事迹。

巴基里得斯本身就是一个例子：在他死后，他还保持着生前作为一个诗人的崇高声望。他的诗已经遗失许多个世纪了，它们中为数不多的几篇还是1896年从一些破烂不堪的、不完整的埃及旧纸莎草中发现的。记载人类冒险的书籍本身也充满了离奇惊险的经历。巴基里得斯的代表作是一篇赞美马的诗，这首诗曾在奥林匹亚地区举行的诗歌竞赛中获得过冠军。从这首诗中我们可以看到巴基里得斯在创作中体现的天才般的才能，以及讴歌胜利的希腊精神的精髓。当时的希腊人对运动的重视程度远远超过今天的大学生们，因为，运动竞技既能体现人们的爱国热情（就像美国的船员在泰晤士河上划船反对英国的船员一样），又能促进人们对宗教的信仰热情，这样的宗教活动是我们没有经历过的。在那篇赞美马的诗篇中，作者赞美了锡拉库扎的统治者亥厄洛。但是，这首诗的真正价值所在是它的神话部分，其中讲述了大力神赫拉克勒斯和梅利埃格在地狱里的相遇，这样的故事在希腊的文学中占有一席之地。在春节期间，为了纪念诸神，人们会在奥林匹亚和德尔斐等其他的希腊城市中，举行各种竞技赛，包括摔跤、竞走、音乐、诗歌、雕刻、哲学演讲、辩论等项目。尽管当时的一些哲学家认为不应该过于重视体育竞技，（对于他们的抱怨，我们是从近代的学者那得知的。）那时的人们像近代的许多人一样，对哲学家相当讨厌。因此，对体育歌功颂德的事情就落到了诗人们的身上，他们以壮丽的诗篇，热情讴歌、颂扬了那些在赛马比赛或者在战车比赛中的胜利者。

歌颂胜利的最出色的诗人是品达。这一点不仅在于他的天才，而且在于他的幸运，因为他有四分之一的作品被保存了下来。包括好几篇完整的颂歌，这是为庆祝在奥林匹亚、匹第阿斯、伊斯明、尼米亚诸城竞赛的胜利者们写的。此外，还有数百个残片。近代人一提到颂歌，就会联想到品达的名字，尽管他在希腊人眼里没有其他的几位诗人有名气。

颂歌实际上是在跳圆舞曲的时候，由合唱队伴唱的一首歌曲。颂歌的第一节为配合从右向左转的动作而被称为"左转圆舞曲"。而接下来的第二章恰恰与第一章相反，是为配合从左向右转而作的，因此就称为"右转圆舞曲"，第三章是"尾声"，唱完"尾声"，合唱队就站在原地静止不动。诗人们可以根据自己的意愿，反复运用这三个章节。颂歌在英国的诗歌中是一种非常重要而又美丽的诗体。尽管它在结构方面比希腊的颂歌显得较松散，两者之间也找不到什么共同之处。雪莱的《西风颂》，济慈的《夜莺颂》和《希腊的瓮》，华兹华斯的《永恒的暗示》，斯威伯恩的《维克多·雨果的诞辰颂》，丁尼生的《威灵顿公爵》等都可以被称为近代颂歌。他们的作品有一个共同点，即它们同希腊先民的颂歌一脉相承，格调高雅，情感真挚。从艺术角度来看，洛厄尔的《纪念颂》没有很大的影响力，但美国人对它却很感兴趣。还有一首和希腊颂歌形式很接近的颂歌，是在马尔巴罗战役胜利后，威廉·康格里夫即兴写下赞美女王的颂歌。他也是第一个指出，品达的颂歌不但结构严谨，而且句子长短不一、错落有致。因此这种诗体被17世纪的诗人考利称作"品达体"。其实品达颂歌的魅力不仅仅在于它的形式美，还在于它的主题思想的高尚、鼓舞人心。他是一个多才多艺的艺术家，几乎所有的希腊人都有敏锐的艺术嗅觉，他也不例外，而他的独到之处就是善于用各种表达形式把这种感觉恰到好处地表现出来。举个例子来说，他在说明诗和雕刻的密切关系的时候，说了一句下面的话，这句话的美妙还没有因为翻译的缘故而丧失："我不要做一个永远坐在凳子上雕刻的工匠，让我美妙的歌声从伊奇那飘出，飘到每一艘载货的船上，飘到每一条轻快的帆船上。"

我们认为，雅典的文化一直是希腊文化的领头羊，这种情况一直持续了好几个世纪，而在公元前5世纪到公元前4世纪最为突出。但是，希腊的文明传播得更远，从小亚细亚、西西里岛直到意大利南部，希腊的艺术也在各个城市和州、省开出绚丽的花朵。甚至有七个城市先后宣布是荷马的诞生地，这在文学史上也称得上是一件趣事。品达出生在底比斯附近，巴基里德斯和西蒙尼德斯则诞生在克阿斯，阿那克瑞翁和阿尔凯奥斯则分别诞生在小亚细亚的特阿斯城和莱斯博斯的米蒂利尼城等。希腊其他地方的诗人和艺术家只要能到雅典来，他们都愿意到雅典城生活。不管是作短期的逗留还是长期的定居。这就有点像近代法国的作家时刻梦想着在巴黎生活，英国的作家时刻梦想着在伦敦生活一样。尽管雅典不是政治和商业中心，人口不像现代大都市那样稠密。

当亚历山大完成了他伟大的征服世界的壮举之后，希腊的所有城市立刻沦陷了，尽管它们还没有立刻丧失它们的个性和地方特色，但是曾经繁荣的文学在许多方面逐渐衰弱下去了。这不是那些天才们的随意断言，而是人们普遍的共识。那时侯，整个世界的人们都说希腊语，搞文学的人也都用希腊语写作，读者相当广泛。但是不久以后，这些都变了，文学逐渐脱离了生活，成为只活在书本中的僵死的文字，而且许多作品互相抄袭，缺少自我独创意识，所以读者也越来越少了，希腊语的文学只成了少数人的娱乐。这时，文化中心发生了转移，不再是希腊的雅典了，而转到了埃及的亚历山大城，这座城是征服者在公元前4世纪末建立的，在很短的时间里，这个小城的人口就增至30万。这部分是由于当时的统治者托勒密（由马其顿国王统治的埃及王朝公元前323－30年），托勒密国王包括托勒密一世（公元前367－283年），他是亚历山大大帝军队中的一位将军，并继他之后成为埃及的统治者（公元前323－285年），最后一位国王是托勒密十五世（公元前47－30年），他和他的母亲克利奥帕特拉共同执政（公元前44－30年）期间建了一座巨大的图书馆，吸引了各地的学者、诗人和艺术家。随后，亚历山大和帕加马，以及其他各新老城市的统治者都竞相采取措施，发展艺术、学术。学术很快发展起来了，哲学和文学批评也都得到了发展。但是艺术却没有像学术发展得那样繁荣，特别是在诗歌方面。

我们也不知道究竟是什么原因使得亚历山大时代的诗歌没有继承古希腊的雄美的气魄和热情奔放的活力。有一种可能性就是新一代的诗人创作诗歌的时候，只注重它们在被阅读的时候是否能给人眼前一亮的感；而老一辈的诗人在创作的时候，不断地反复背诵和吟唱，他们注重的是读起来能否给人以一种朗朗上口、耳目一新的感觉。还有一种可能性就是希腊的天才们已经把所有题材的诗歌都写尽了，新一代的诗人不管从思想上还是形式上都很难再突破前人。

忒奥克里托斯，可能是唯一有创新思维的田园诗人。他进一步完善了田园诗歌，因此后世的诗人一谈到田园诗就想起忒奥克里托斯的名字，把他的名字和田园诗紧紧地联系在一起，就像品达和颂歌的关系一样。田园诗，顾名思义，就是描写牧人们生活的诗歌，描写他们的爱情、他们的思想，以及他们居住地优美的自然风光等。在忒奥克里托斯的笔下，牧羊人谈吐优雅，吟唱优美的歌谣，生活充满了诗情画意。因此，后世的批评家们禁不住疑惑：那些粗俗的牧人怎么会有这样精美的语言和如此细腻的情感？但是我们知道，那些优美的乡村民谣就是由这样的劳动人民创作出来的。他们具有丰富的想象力，创作出来的歌谣语言生动形象，韵律美妙，犹如天籁之音，这是无可争辩的事实。在西西里岛的蓝天下，那些牧民们在碧绿的小山丘上放牧，他们唱着动听的歌谣，吹奏出优美的笛声，过着无忧无虑的生活。正是这如画的生活激发了忒奥克里托斯的创作灵感，他正是从这真实而又美丽的生活中汲取了种种养料，写出了大家都称赞不已的田园诗。由于他善于运用各种复杂的艺术形式来琢磨他的原始素材，因此，他也成为最杰出的诗人。他之所以能够成为优秀的、真诚的诗人，是因为他的素材具有真实性，与那些淳朴牧人的生活场面相符。他的乡村诗是他最优秀的诗作。当他从田园诗转向传统史诗的时候，他就不再是西西里岛上的田园诗人了，而是成为亚历山大时代书卷派诗人了。他的继承者，彼翁和摩斯柯斯，也是值得记住的两位诗人，彼翁的代表作是《悼阿多尼斯》，摩斯柯斯的代表作是《悼彼翁》，这两个作品使得诗人名垂文史。这两篇诗作一篇属挽歌性质，另一篇则是悼念死者的圣歌，都是田园诗歌的代表作。因为其独特的田园风味，它们在近代的田园诗中有着极其崇高的地位。

田园诗是近代所有语言的一个传统诗体之一。维吉尔的《牧歌》就是模仿忒奥克里托斯的田园诗而作的。这是这位青年诗人毫无创作性的作品，当时他还没有发现自己创作的潜能。后来随着他在诗歌创作方面的才能不断成熟，不断巩固，他也名声鹊起。维吉尔，当然，他对罗马以及英国的影响超过了希腊的任何一位诗人。田园诗之所以能够不断地发展壮大，部分也是由于他的缘故。许多近代的田园文学作品都是虚假、拙劣之作。有些田园诗傻到了可以与法国宫廷内那些用丝绸和花边把自己装扮成男女牧人的小丑媲美。但是近代的田园诗中也不乏天才之作，这大概是因为那些诗人真正热爱乡村生活吧，有了真情实感才能写出真挚优美的诗篇。假如某个诗人称一位美丽可爱的英国少女为克洛伊，她实际上和他所称呼的"特丝"或者"安妮"是一样美丽的。

田园诗的发展经历了四个阶段，第一阶段是忒奥克里托斯一维吉尔式的短诗时代，这一时期的田园诗的形式，几个世纪以来都是诗人们最喜爱的。英国伊丽莎白时代的文学充满了各种各样"慈爱"和"热情"的牧人形象，英国田园诗歌中也有些自然清新的可爱之作。其中，最著名的当属斯宾塞的十二篇《牧人月历》，每篇正好对应一年中的一个月份，虽然，这十二篇田园诗有模仿古典作品之嫌，但也充满了英国精神。在18世纪，约翰·盖伊在《牧人的一周》中，开始尝试把牧歌英国化，他宣布说："我们英国诗人笔下诚实和勤劳的农民，比起西西里岛和阿卡笛亚的诗人笔下的农民，一点都不逊色。"

田园诗第二个发展阶段是，田园诗的短小对话加进了戏剧色彩，我们可以称之为"戏剧对话阶段"。其中最著名的作品是意大利作家塔索用意大利语写的《埃米塔》，以及英语中最好的例子是本·琼森的《悲哀的牧羊人》，都散发着浓郁的英国田园风味。还有乔·弗莱彻的《忠实的牧羊女》，这篇深受塔索的《埃米塔》的启发。作品的背景和人名以及作品中的神话故事都是希腊或者假借希腊的神话故事。此外我们不能忘记这篇《温柔的牧羊人》，由苏格兰人艾伦·拉姆齐用苏格兰当地的方言创作的，这是天才之作，诗歌语言简单优美，塑造的人物形象栩栩如生。

田园诗的第三个发展阶段是传奇散文体，或者说是散文和诗歌传奇的结合阶段。这方面的一个例子是意大利的诗人桑那扎罗的《阿卡笛亚》。菲利普·辛尼笛模仿桑那扎罗的《阿卡笛亚》，写了一篇《阿卡笛亚》。他的语言矫揉造作，但是又雅俗共赏。在散文化的田园诗中，我们关注的只是它描写乡村小伙子的浪漫故事那部分。这有点像法国乔治·桑、英国托马斯·哈代的小说。他们基本上没有从忒奥克里托斯那里继承到什么，但是他们和忒奥克里托斯也应该归于同一类，因为他们的田园生活都是真实的。

第四个阶段也是最完善、成熟的阶段。主要的作品有弥尔顿的《利西达斯》和雪莱的《阿多尼斯》。诗人在哀悼自己友人的时候，常常把自己和朋友当成希腊人来看待。在《阿多尼斯》中，田园诗的风味几乎没有。济慈，这已故去的英雄，并不是这首诗的直接人物——牧人的象征，而是作为他悼念的诗人，是"他所爱的，以及一切思想的化身"。阿多尼斯，只不过是借用的一个希腊名字而已。在弥尔顿的《利西答斯》中，他运用象征主义手法，描述了他和他的大学好友的手足之情：

"就像放牧在同一座小山旁的两只小羊，在泉水旁戏耍，在树林里追逐，在小河旁倘佯。"

哀悼死者的挽歌大部分都是精雕细琢的，不免有矫揉造作之嫌，但是也有一些特别的作品，借希腊人的名字来寄托自己对好友的哀思。弥尔顿在这点上做得很巧妙，虽然作品中掩饰不住造作的痕迹。马修·阿诺德的作品《撒伊利思》就比弥尔顿有过之而无不及，诗人充分展示了自己渊博的学识。但是，我不敢确定，我们能否要对后世的这类作品更加注意。人们对这样的田园诗的欣赏已经变得越来越腻味了，除了那些古代的杰作以外，这样的诗文在近代文学中恐怕再也不会出现了。

现存的希腊诗歌中最宝贵的一本书——意味着将所有的诗歌都放在一起——那就是《诗选》了。它收集了公元前6世纪到公元6世纪期间许多诗人的短诗。这些诗歌，大都是短小的颂歌、田园诗、讽刺诗和爱情诗，这些诗以简洁的语言表现了人类各种质朴的情感。与那些史诗、戏剧和历史记载比起来，它们能让我们更深入地了解古希腊生活的实质，或者是某些局部的生活实质。

《诗选》最早开始由公元前1世纪的诗人麦里亚泽编纂，他把大概四十个诗人的作品放在一起，包括前几个世纪的许多经典之作，因此他的《诗选》被称为"花环"，意思是由鲜花做成的圈状物，象征着胜利及美好的事物。而"花环"这个词本身就含有诗选的意思。这本诗集一问世，就受到了大家的欢迎，许多后代的学者竞相模仿，也不断加进了很多新的东西。直到麦里亚泽死后的近1000年里，康斯坦丁·塞法拉斯（其生平不详）编纂了一本《诗选中的诗选》，他从前人的选集那里"抢夺"了一些东西，作为他自己的成果。这本诗选在浩如烟海的书籍中也是非常吸引人的。14世纪一个名叫帕鲁德的修道士，做了一个新的版本，他从塞法拉斯的版本中删掉了很多精美的作品，加进了另外一些作品，其中有好的作品，也有滥竽充数之作。因此，帕鲁德的版本在很长时期里都被当做是标准版本。而塞法拉斯的版本渐渐被人们遗忘了。直到17世纪的早期，海德堡大学的一名年轻的大学生发现了塞法拉斯的《诗选》手稿，把它从被湮没的命运中解救了出来。然而这部差点被遗忘的作品并没有停止历险的命运，在30年的德国战争中，任何一件易损坏的东西都是不安全的，因此，手稿被送往了梵蒂冈。在18世纪末，当法国人攻占了意大利后，他们乘机在意大利大肆掠夺，这部手稿也被掠夺送至巴黎。手稿在巴黎现世，立即引起了轰动，各地的学者云集巴黎，争相一睹手稿的风采。

这部《诗选》的价值是无法估量的，因为它保存了很多值得珍藏的诗作，如果不是它，很多宝贵的诗篇就有可能散失。《诗选》不仅给人们留下了成千上万的奇葩（当然，也有扭捏之作），而且诗选本身就涵盖了整个人类的情感和经历过程。尽管我们对其中的一些诗人知道的很少，但它给我们展示了一段希腊诗歌从魅力四射的早期到光芒渐退的晚期的历史。试问，我们能在其他的文学中（中国的文学除外）找到这样一个持续、悠久，并且充满了寓意的歌谣吗？希腊人，不是希腊的某个人，应该是整个希腊民族，都擅长用各种文学形式来表达人类的思想和感情。（当然，我的意思是指希腊人善于表达人类的基本感情，而不是具体生活中的细节，比如希腊衰亡后，他们就无法表达美国的革命和有关电波的生活了。）希腊人善于表达情感，语言表达得清晰有力、直言不讳。他们善于用犀利的讽刺狠狠地打击敌人，最后还能以不屑的态度、达观的心态静观人类最后的敌人和朋友玉石俱焚。这都是《诗选》中最受人喜爱的一个原因。

英国的诗人把这些优美的短诗翻译成英文，我引用卡利马卡斯（卡利马卡斯，公元前3世纪的诗人，同时也是一名学者，曾任亚历山大图书馆管理员。）的一首诗作为例子，这首诗是英国19世纪的一个学者兼诗人威廉·科里翻译的：

他们告诉我，赫拉克利特，

他们告诉我，你已去世，

听到这个消息，苦涩的泪水顿如泉涌，

想起我们在一起是多么的愉快，

长日漫谈直到夕阳偏西。

而今，我亲爱的故人啊，

一抔黄土中，你永远地睡了，睡了，

可是，你那美丽的声音，你那美丽的夜莺，

还一直活着。

死神也许带走了你的身体，可是却带不走你的声音。

第八章 希腊的戏剧

在生活中发生诸如战争、谋杀、暴死等事情，我们都可称之为悲剧。假如一部小说或戏剧的结局是不幸的，那么它也可以被称为悲剧。"悲剧"一词究竟是怎样从希腊语"山羊"演化而来的呢？在我们看来，山羊更像一只可笑的动物，应该和喜剧挂上钩才对。希腊的悲剧，是伟大的诗性文学，它起源于庆祝丰收之神和酒神狄俄尼索斯的乡村演出或游行活动上。在游行仪式上，演员们装扮成半人形半山羊的萨梯儿形象。"萨梯儿"是希腊神话中具有人形却有山羊尖耳、腿和短角的森林之神，性喜无节制地寻欢作乐。这种萨梯儿剧经过后世"文学"性质的诗人再创作，逐渐变成了精美的戏剧。当然，这个演变过程是相当漫长的，几乎花了好几个世纪的时间，具体多长时间，我们也无从知晓。可能比最早的众所周知的神秘宗教剧形式到莎士比亚戏剧的诞生中间所经历的时间还要长。

希腊悲剧史上最杰出的悲剧家，当然要属埃斯库罗斯，他的一些悲剧被完整地保存下来。他现存的七部戏剧中有三部构成了三部曲，即《俄瑞斯忒斯》，这也是唯一一部保存下来的希腊三部曲。埃斯库罗斯写了七十多部戏剧，其中散失的部分可能包括他最好的作品。作为一位最伟大的悲剧诗人，在戏剧内涵的深度和广度上，后人无法超越这位戏剧天才。他的戏剧主题，像其他大多数的希腊戏剧一样，都是有关于宗教或者神话方面的，主要描写神灵因为人们的罪行或者傲慢无礼而惩罚人们的故事。在这些神灵的背后还藏着更高级的不幸的神——命运，谁也无法逃脱它的摆布。希腊人的人生观念中包含着一定的积极乐观的成分，一些希腊的最具有智慧的人，举个例子来说，苏格拉底经常以乐观、微笑的心态来看待人生和他们生活的世界。但是悲剧诗人的哲学基础则是悲观，以及像《旧约全书》中几近苛责的道德标准。

我们不知道在那个时代最伟大的戏剧家们在戏剧表演时使用的道具是什么

样的，因为时代太久远了，公元前5世纪几乎没有留下来任何关于戏剧剧场的线索。那些装备戏剧舞台的技工们的技术一定很娴熟、精妙，因为，在埃斯库罗斯的《被缚的普罗米修斯》中，扮演海洋中的宁芙女神的合唱队必须漂浮在空中演唱，直到普罗米修斯宣布她们退场为止。也许希腊的戏剧剧本中没有像今天意义上的戏剧动作。那时剧本的影响，正如我们今天读剧本的时候所感受到的影响一样，那时是靠合唱队朗诵抒情诗来讲故事，而不像我们近代戏剧中的对话，还暗含着现场观众感觉到的戏剧动作。在希腊的戏剧舞台上只允许出现两个，最多也只能出现三个重要演员，他们在合唱队的伴唱下朗诵主人公的故事。当主人公在困苦、悲痛下苦苦求索的时候，合唱队就把高尚的、公正无私的神的旨意传达给主人公，合唱队和主人公之间的对话、辩论通常是以诗歌对答来完成的。

对于我们来说，了解埃斯库罗斯的戏剧最佳的途径是阅读罗伯特·勃朗宁翻译的《阿伽门侬》以及勃朗宁夫人所翻译的《被缚的普罗米修斯》。对英国诗歌比较熟悉的读者都知道斯威伯恩的精彩之作《卡莱敦的阿塔兰忒》，J. P. 马哈弗教授（没有比他更权威的了）赞扬这部作品是："这是在近代对埃斯库罗斯戏剧精神的最真、最深的摹本。"

希腊第二位伟大的悲剧家是索福克勒斯，他比埃斯库罗斯要晚一些。当时希腊诗人的风俗是诗人们要举行唱诗比赛，争夺诗人桂冠。在一次诗歌竞赛上，埃斯库罗斯的竞争者是索福克勒斯，28岁的索福克勒斯战胜了包括埃斯库罗斯在内的所有诗人，赢得了最后的桂冠。也是从这个时候开始，一直到公元前400年他90岁去世为止，他一直沉浸在享受自己的荣誉之中，在戏剧上再也没有任何突破。他写了一百多部戏剧，仅仅有七部流传至今。他戏剧的主题都是很传统的，和埃斯库罗斯的戏剧主题差不多，都是关于神话或者神话传说的。希腊的大多数戏剧家有点类似莎士比亚，或者其他的近代诗人，他们都没有在戏剧或者诗歌的情节结构方面有创造性的发明，却只是在戏剧的写作方法和语言方面同其他人竞争。而索福克勒斯在戏剧效果、戏剧冲突、戏剧直接性、戏剧悬念以及戏剧高潮方面都有所提高，使戏剧的艺术有了很大发展。索福克勒斯的戏剧《俄狄浦斯王》、《俄底浦斯王在科洛诺斯》和《安提戈涅》的译本经过稍微改编后在英国、德国和法国上映立即获得了很大的成功，这足以证明索福克勒斯的剧本对人们有着巨大的吸引力和感召力。作曲家门德尔松给《安提戈涅》谱了曲，最近几年，理查德·施特劳斯又在索福克勒斯的这

部作品的基础上把它写成了歌剧。在许多英译本中，R.C.吉本的散文译本和
E.H.普伦普特里韵文译本更适宜那些爱读故事的读者阅读，因为他们在翻译原
著的时候特别注重了它的故事性。而如果想原汁原味地品味出索福克勒斯作品
真正韵味的话，恐怕只有靠那些精通希腊语的学者来告诉我们了。俄狄浦斯和
他母亲伊俄卡斯特乱伦的故事确实是一个触目惊心的悲剧，索福克勒斯用戏剧
性反讽的手法来处理这个故事，一定使当时的观众惊讶得目瞪口呆。他们都很
熟悉这个故事，都清楚等待俄狄浦斯的命运是命中注定的，但是在戏剧中，俄
狄浦斯却不知道他的命运将被怎样安排，他苦苦逃避命运，却最终因盲目和骄
傲掉进了命运给他安排的陷阱，这里展现的悲剧力量非常震撼人心。

　　欧里庇德斯，希腊的第三大悲剧诗人，他只比索福克勒斯小几岁，这两位
诗人在雅典观众面前竞争了几乎半个世纪之久。命运可怕的阴影总是潜伏在希
腊人和我们的世界中，但是却格外对欧里庇德斯青睐一点——相对他同时代的
剧作家来说，因为他的九十部作品中被保存下来的有十八部。在希腊的剧作家
中，欧里庇德斯算得上是比较浪漫的一位，"浪漫"（这个词在现代批评家那
里早已被扼杀了）意味着他写了很多部关于爱情的作品，爱情是推动他戏剧情
节发展的一个重要的因素。

　　当然，爱情因素并非只是欧里庇德斯使用的专利，否则，帕里斯和海伦的
私奔也不会引发使一千多艘战船永沉海底的特洛伊战争了。但是，欧里庇德斯
将爱情的激情、还有人类其他的激情作为戏剧中的主要因素。在欧里庇德斯看
来，人比神灵更重要，甚至神灵和神话传说中的名人也像现实生活中的人一样
谈吐。欧里庇德斯深知雅典变得越来越繁荣，文明发展得越来越高级，哲学和
怀疑论使得人们不再相信神灵，他也知道自己该如何吸引观众的兴趣。他戏剧
的主要内容是我们所感受到的普遍情感和那些无关宗教的热血激情。在欧里庇
德斯的笔下，女巫美狄亚，为了报复，背叛自己的丈夫伊阿宋，不惜杀害自己
的孩子。她保留了传统神话中女巫的外部特征——驾着有翅的双轮马车飞行。
但是，她的内心世界，她的语言，完全是现实世界中受痛苦折磨的妇女的感
受，真实得就像麦克白夫人一样。

　　在《希波吕托斯》这部作品中，主人公菲德拉，因为养子的忘恩负义而悲
愤自杀，他和近代情节剧中的人物很相似。《依菲琴尼亚在托鲁斯人之间》和
《依菲琴尼亚在奥力斯》（依菲琴尼亚：克吕泰墨斯特拉和阿加门侬的女儿，
被阿加门侬献作祭品，但被阿尔特弥斯所救。她后来成了一名女祭司）这两部

作品中的女英雄都是相当迷人的人物。欧里庇德斯像后世的小说家一样，打心眼里喜欢美丽可爱的少女。因此，我们不难理解，比起其他的古代诗人，他更容易对法国和德国的浪漫主义古典剧产生重大的影响。尽管欧里庇德斯关注现实人性，而他的一部杰作《酒神的女伴》，全是描写神的故事。剧中讲述了酒神狄俄尼索斯因盆条斯王反对举行庆祝他的仪式而被惩罚的故事。这部剧作也受到了广泛的好评。即使对古希腊神话知识了解得不多，读者们也可以从吉尔伯特·默里的译本中享受到一部杰作带来的无穷乐趣。

大家都普遍认为悲剧起源于庆祝狄俄尼索斯的礼拜仪式。可是奇怪的是，喜剧也是由此演化而来的。悲剧代表了庆典仪式中严肃的一面，而喜剧，它的欢笑、它的狂欢、它的酩酊大醉则代表了庆典仪式中欢乐的一面。公元前5世纪的后半期，是雅典最负盛名的喜剧家阿里斯托芬最光辉灿烂的时期。雅典旧式的喜剧不仅仅只是博人一笑，其中还蕴涵着对社会、政治的讽刺和批判。它的作用有点像近代的社论和政治漫画。想想E.L.戈德金、托马斯·纳斯特、W.S.吉尔伯特、杜利先生、乔治·埃德、维尔·罗杰斯和阿特·杨等剧作家，就会发现，近代的喜剧和雅典时期以"喜剧之父"阿里斯托芬为首的喜剧家有某些类似之处。阿里斯托芬的作品具有浓郁的"地方特色"，这和他的喜剧精神配合得相当完美。因为他的喜剧深受他所生活的环境的局限。他的任何一部喜剧，不管多么机智、诙谐，都不能引起近代观众的兴趣，因为，在我们看来"飞行"并不可笑，但这对当时的雅典观众来说是相当搞笑的一件事，如果没有注解，人们很难看懂他的剧本，这明显就扼杀了作品的趣味性。但是，他作品中的幽默、讽刺的概念却一直流传至今。在现存的阿里斯托芬的十一篇作品中，有两篇直接刻画了当时雅典政治家克利温和他的煽动行为。《云》这部作品，是针对当时的哲学而写的，实际上就是写给苏格拉底的讽刺书。而《蛙》是一篇针对埃斯库罗斯和欧里庇德斯作品的文学评论。还有两篇是针对雅典与斯巴达媾和之事的政治辩护。在阿里斯托芬所有的喜剧当中最引人注目的喜剧是《鸟》，这是一篇讽刺雅典，而实际上是讽刺整个人类的作品，作品中以喜剧的手法描写了飞鸟在云彩中建立了一个美丽的城邦。这确实是一个令人欣喜的梦想，而且充满了诗情画意。阿里斯托芬不仅是个抒情诗人还是个喜剧家，他常常借一些作品讽刺人类的一些弱点。

阿里斯托芬之后，没有人来继承他喜剧的风格，甚至没有作家敢模仿他。希腊的喜剧以及后来的新喜剧都从关注当地的政治和公众人物转向世情风俗、私情笑话、打趣等轻松的话题上来。新喜剧的主要喜剧家是米南德。他的生平以及他的大部分作品我们知之甚少，尽管只有一些他的残章断句，但是他对我们近代喜剧的影响还是不容忽视的。最近20年来，又发现了他的一些作品，把他从历史黄沙中挖了出来。罗马的剧作家普罗塔斯和忒斯的创作风格、创作形式和创作精神都是源自于他。近代的戏剧家诸如莎士比亚、莫里哀等又是从这些罗马剧作家中汲取了大量的写作精华，可以说，他们同米南德也有着渊源。假如米南德和他同时代的喜剧家费力门在摇篮中就被扼杀了的话，那么我们不敢说，后世就一定能出现像莎士比亚、莫里哀这样伟大杰出的戏剧家。历史是不允许"如果……那么……"这样的假设的，但从这种假设中，我们能感受到米南德等这些希腊的戏剧家们通过后来一代又一代戏剧家们的传承，对我们今天的戏剧确实产生了重大影响，而且在一定方式上他们还活在我们的舞台上。（因为在当今的喜剧主题上，我认为米南德的喜剧《剪短发的女孩》是一个很恰当的笑话，它把我们带到了那个短发时代。但是在他这部喜剧中，剪短发却是给愤怒的爱人造成的一种惩罚。）

希腊的悲剧诗人们，正如我们所看到的，通过法国古典戏剧家和后来的德国古典戏剧家们的直接改编，还一直活在今天的戏剧舞台上。拉辛和歌德创作作品的时候，就直接取材于希腊戏剧，英国人尽可能把希腊的戏剧用英语完美地翻译出来。但是，在英国，我认为没有一部作品可以比得上拉辛和歌德创作的新希腊剧。精力充沛的现实主义剧作家和思想深邃的学者——本·琼森，他对希腊悲剧诗人的了解还没有他对罗马的塞涅卡熟悉，但是塞涅卡熟悉希腊悲剧诗人的风格。这种传承过程当然有歪曲事实的可能性，就像所有的宗谱家系一样。但是毫无疑问的是，在伟大的希腊戏剧诞生之前，近代戏剧与那些古希腊半宗教式的宴会和庆典之间有着一条贯穿其中的线条，或者更确切地说，是一条很粗很结实的纽带。

第九章 希腊的哲学、雄辩术及其散文

在世界各地的图书馆里，再也没有比希腊哲学史更精深的书籍了，如果这本书中包含现代哲学的内容，那就另当别论了。希腊人非常喜欢思辨，乐于探寻事物的起源、本质以及人类思维发展的进程。也许玩世不恭的阿里斯托芬是唯一一位受过良好教育，却对形而上学不感兴趣的雅典人。绝大多数受过教育的希腊人学习和吸收哲学就像人们呼吸空气一样。其证据之一，许多哲学家传授的哲学知识、老师对学生的哲学谈话，都不是在正式、庄严的学校教室中进行，而是随时随地的交谈。亚里士多德那句我们在开头引用的名句——'人在其本性上都有求知的渴望'，是对普通人的真实写照。而我们现在却有许多人完全失去了对知识的好奇心。当亚里士多德说这句话的时候，他像一个希腊人一样，而且像一个空闲着而享有思考特权的希腊人。

在2000多年的时期内，人类在思想上并没有取得多大的进步。当然，要说起对天体运动的了解，在天文台工作的最平庸的学生也比亚里士多德知道的要多。现代物理学也早就用古代提出的四大元素来分析物质世界了。现代心理学对心理机能和心理习性的研究，哪怕是最博学的希腊人也是无法想象的。哲学研究的物理基础得到了极大的巩固和丰富，但是希腊人对哲学上的一切本质问题都研究得太透、太深入，当我们沉浸于柏拉图、亚里士多德的时候，我们发现现代哲学所取得的任何进步都是小儿科——现代哲学大部分的基础在于希腊哲学。我们远远没有达到希腊所具有的智慧。

柏拉图和亚里士多德对前人的思想成就进行了总结，做出了巨大的原创性贡献，而且这种贡献是一直发展至今的绝大多数哲学理论的根基。我认为，哲学是属于普通大众的，它绝不是少数专家学者的专利。不管我们是聪明还是愚笨，我们都是哲学家，我们也会去思考人类的生活，去思索宇宙的奥秘或者去模仿他人的言行。那些被称为哲学家的人，只是比我们思考得更深，更富有条理罢了。哲学家把自己的思想呈现在我们的面前，但是却不在乎我们是否同意他的观点。他们经常用些艰深的专业词汇把那些思想弄得非常复杂、晦涩难懂，他们是在迷惑我们，而不是帮助我们获得一个更清晰、直白的真相。当然，也有可能是因为生活中的问题确实很复杂。总的说来，专业的哲学家对我们来说是一个帮助和启迪，虽然在某种程度上他们确实把我们弄糊涂了。在文学这个庞杂的领域里面，再也没有什么东西比哲学更能令普通人兴奋的了。让我们记住这样一句话，现代最伟大的思想家乔治·桑塔耶那最近说过，哲学经常以纯粹的形式出现在诗人和小说家的作品中，而不是出现在专业哲学家的专门论著里。

插入了很长的一段话，现在让我们回到我们的主题希腊哲学上来。在柏拉图之前，希腊还产生过两三位杰出的思想家。我们还是先谈谈他们吧。赫拉克里特，认为生命是一种永恒的运动，它是不断变化的。没有任何事物会和它在前一刻的形态一样，同样，也没有任何事物会和它在下一刻的时候一样。他认为世界的基本元素是火，火凝结之后变成液体和固体，液体和固体熔解以后又变成了火。恩培多克勒斯发展了他的理论，提出了四元素论，即火、气、水、土。四元素论一直流行，被人们广泛接受。他对"进化论"和"生存论"也有一套自己的观点。毕达哥拉斯，或者毕达哥拉斯学派在自然科学、数学、天文学方面卓有成就、享有盛誉。他们认为物质之间的差异就在于数的差异，两个物体之间之所以会产生这样的差异，是因为构成物体的电子其震动规律不一致。非常可惜的是，富有想象力的希腊人不能在实验室里通过实验来验证他们的理论，而只能停留在原始的直觉想象中。

古希腊哲学从纯粹的个人爱好发展成为一种有报酬的教师职业的时候，被称为诡辩家的"智者"出现了。在公元前5世纪——和索福克勒斯、欧里庇德斯同时代的时候，出现了一个高贵、富有原创精神的思想家苏格拉底。他是一位非常伟大的思想家，但终生没有著作。他经常出现在雅典的大街上，他把大部分时间花在和人们的交谈上，他嘲笑智者的装模作样，鼓励青年去探寻真理。他的方式是非常幽默的，也是富有讽刺意味的。有的时候他直接提出自己的论点，但他更多的时候是通过提问题的方式展现自己的观点。他的样子好像很无知，这并不是他故意要装出一幅怪异的样子，而是他天生有一种戏谑人生的态度。应该说，苏格拉底总体上还是一个严肃的人。他相信在冥冥之中有个声音在敦促他去教化、去诅咒，这是他的宿命。他被那些理解他的人所爱戴，但是他的激进思想、他的城邦的批评、他激奋的言辞、他对习俗的蔑视给他招来了很多敌人。他被控引进新的神而不信希腊的神，他还被控腐蚀青年。指控成立，苏格拉底被判有罪。当然，这个指控是不成立的，有关他的审判完全是狡辩和欺骗。苏格拉底像一个真正的哲学家一样接受了对他的审判结果（事实上，凭借苏格拉底的智慧，他完全可以成功地为自己申辩，但他却没有这样做，在某种程度上来说，是苏格拉底判了自己的死刑），苏格拉底把自己最后的时光花在了和自己的朋友谈论关于什么是不朽的问题上。人类自身的荒谬之一就是对善良和勇敢者的杀戮。苏格拉底就亲自体验到了这个荒谬的幽默。我们可以比较一下苏格拉底和耶稣的命运，不同之处就在于，苏格拉底在上了年纪的时候被判死刑，并且说出了自己想说的话，而耶稣年纪轻轻的时候就被钉死在十字架上。

为了更好地了解苏格拉底的思想，我不得不回到他最优秀的学生柏拉图那里。柏拉图在借他的老师苏格拉底之口传播自己的思想。事实上，要想分清对话中哪些思想是苏格拉底的，哪些思想是柏拉图的是不可能的。分不清它们也是没有关系的，它们都已经成为了人类思想的珍贵宝藏。苏格拉底和柏拉图的思想代表着希腊智慧的最高成就。柏拉图的思想是通过对话录的形式来表示的，他的对话录轻松愉快，富有人文主义味道和戏剧性。柏拉图的对话录大概有20篇，它们涉及到人类思想的各个方面。苏格拉底是柏拉图对话录中的主角（当然，也有例外，如《法律篇》），柏拉图通过苏格拉底来表达自己最想表达的思想。当然，苏格拉底不可能完全同意柏拉图的这些观点。柏拉图在对话中以惊人的平静把各方的观点都展现了出来，因此，我们能对同一事物的各个侧面都有清楚的了解。有些问题是开放性的，它本身并没有确切的答案，需要我们用一颗哲学的心去思索。"许多思想，甚至基督教的思想都包括在柏拉图的学说中"，这是本杰明·乔伊特的观点。他的《柏拉图》译本已经成为了英文译著中的经典之作，他就柏拉图对话中的几篇对话所写的评论也成为了文学评论的杰作。

在这里，要想概述柏拉图思想中的几点内容是不可能的。我们只讲两点。其中一点是苏格拉底最欣赏的，那就是："美德就是知识"和"邪恶就是无知"。他认为人之所以做错事，原因在于他不知道什么是更好的，这一观念在今天被广泛流传，并成为犯罪心理学的一个解释理论。这和一个人临终的时候对他说："主啊！宽恕他的无知吧！"是同一个道理。第二点是柏拉图形而上学思想的核心，那就是他的"理念论"，他认为："世界是由理念组成的，万事万物都是理念的反映。"你之所以喜欢一个美丽的人或者一朵漂亮的花，事实上，你喜欢的并不是这个人，也不是这朵花，你喜欢的只是"美丽"与"漂亮"这个概念，而不是代表它的任何具体物。这就是对柏拉图爱情的一个粗浅比喻，现在这个概念已经被错误地缩小为比喻男女之间的友谊。事实上，柏拉图的思想远比这个复杂，这一点从我们下面要谈到的《会饮篇》可以看出一些。

对于那些对专业哲学不感兴趣的读者来说，最吸引他们的是《理想国》、《申辩篇》和《会饮篇》。《理想国》并不仅仅是讨论理想共和国的文章，而且是关于人类灵魂和自然正义的文章。在理想的国家里，国王既不是政治家，也不是富翁，而应该是思想家——哲学王。就像对一个完美的人来说，他的精神是最高的，它统领着人的思想。《申辩篇》是关于苏格拉底审判的故事，它描写了苏格拉底最后的日子。至于苏格拉底在《申辩篇》中所说的话，所做的演讲到底是苏格拉底的原话，或者大部分是柏拉图的捏造，这都没有多大的关系。他的结局是戏剧性的，也是高贵的。《申辩篇》中最令人回味的结论是："善良的人无论在生前还是死后都不会遭到恶的报应"。

《会饮篇》是柏拉图最优秀的文学作品，它的主题是爱情。爱情这个主题在不同的场景、不同的角色那里得到诠释。苏格拉底在这些角色里面和往常一样，仍然是最具有智慧、最聪明的人，他的话同样是对话的结束语。谈话中的对象还有一位年轻、非常有才气的亚尔西巴德，他后来成为了雅典政治中非常重要的一个人物。正是在这篇对话中，我们发现了"柏拉图式的爱情"到底是什么意思。这个术语在现在已经被人们广泛地歪曲。"柏拉图式的爱情"在对话中的原意是：爱是爱美、爱理念。所爱的客体只是理念的反映，是它的外在表现形式之一。这种抽象的爱情在莎士比亚的戏剧中也有所反映，但是，仍然有所歪曲。在《会饮篇》中充满了智慧与快乐的元素，幽默和雅致也是它的特点，其中也包含了对柏拉图戏剧家般的性格、诗人般的艺术手法的生动描绘。也许现代的哲学家，不管他是哪门哪派，都会承认柏拉图已经达到了哲学成就的颠峰。

亚里士多德是柏拉图最杰出的学生，他也是2000年来欧洲哲学的基础。一直到17世纪，他的名字都一直是哲学家的代名词。基督教在他死后400年建立，但是他的学说却成为了基督教的官方意识形态。他的权威是如此的根深蒂固，以至于近代哲学家培根反对它，并声称哲学在于其独立性。这其实是符合亚里士多德精神实质的，但是一些学者和研究人员并不这样认为。因为亚里士多德的精神实质就在于探索事物的本源，崇尚自由自在的精神状态。他曾经和他极为尊敬的老师柏拉图在哲学上因为一个极其关键的问题而发生了分歧。柏拉图是一个理想主义者、神秘主义者、艺术家和诗人，他认为永恒的世界只是一些抽象的理念，万物只是理念的影像而已。而亚里士多德比柏拉图更加平民化、生活化，他认为万物都于其表象一致，尽管我们可能会误读它们，但是你、我与石头仍然是客观存在的物体。而"人"、"自然"以及"美"这些概念，并不是客观存在的，只有当我们出于分类的目的在心中感受到它们的时候，这些概念才是真实的存在。

亚里士多德和柏拉图在世界观方面的根本差异，长期以来一直是哲学上争论的主要问题。其实这个问题根本没有解决的可能，除非偏袒某一方。如果亚里士多德活到今天的话，可能会被人们归入实用主义者或者物理科学家之列，当然这可能马上就被不赞同实用主义的人所否定。当然，有关对亚里士多德或者其他哲学家最雄辩的论述，我觉得应该属于伟大的思想家乔赛亚·罗伊斯。

"形而上学"是哲学的基本原理，但是"形而上学"这个名称的获得却是一件非常偶然的事情。"形而上学"在亚里士多德那里其实被称为"第一哲学"，但是后来一位对其作品进行编撰的学者把他那篇名为"第一哲学"的论文放在了他的物理学之后，而"后"这个词在希腊语言中是"meoa"，"meoaphysics"（形而上学）就是这样产生的。《诗学》的文学评论家在评论上都不会出大错，包括最近的小说家在内。

在亚里士多德之后，又出现了两大足以主宰希腊和罗马世界的哲学流派：斯多噶学派和伊壁鸠鲁学派。这两个学派并没有抛弃亚里士多德和柏拉图，相反，他们吸收和借鉴了这两位哲学大师的思想精华。对于一个日益世界化、一体化的世界来说，斯多噶主义和伊壁鸠鲁主义是都反映现实哲学的，它特别迎合了那些现实主义者的要求。亚里士多德最伟大的弟子亚历山大大帝征服了所有对希腊人有利的城市，并且在埃及建立了亚历山大城。这个城市成为了希腊文化的又一个中心，尽管雅典作为希腊文明的心脏从来没有停止跳动。当亚历山大帝国崩溃以后，世界主宰的位子传到了罗马。被征服的希腊成了征服者罗马的老师。缺少思辨性的罗马人吸收了希腊哲学中实用主义的思想，并将之提高到一个新的水平，以指导他们的日常生活。

斯多噶学派的哲学为我们建构了一个大同世界。当我们说一个人是斯多噶或者像斯多噶一样的时候，我们是在说他具有平静地忍受痛苦的品格。这种品格的确是斯多噶学派的精神所在，但它并不是斯多噶学派精神的全部。斯多噶学派哲学精神的内涵不仅在于平静地忍受痛苦，还包括控制和压抑愉快的心情。对于斯多噶哲学来说，一个聪明的智者就是不受感情控制的人。生活的目标就在于智慧、理性。对于斯多噶学派来说，最大的幸福就是具有美德的行为。

斯多噶学派最著名的两位代表人物是奴隶出身的爱比克泰德和罗马皇帝马可·奥勒留。爱比克泰德生活在公元1世纪，在他年轻的时候，他曾经是一个奴隶，但他后来被解放，成为自由人，并成为一名传教士。像苏格拉底一样，他也是靠对话的形式来传授、表达自己的思想观念。爱比克泰德的思想集中表现在他的《对话集》中，这本对话集的保存要归功于他的一个学生。他认为要克服贫穷和病痛就要放弃世俗的野心。他认为真正的哲学在于理解自然之道，顺从上帝的意志。爱比克泰德和早期基督教的传道者的相似之处，就是他所教授的东西有点类似于圣保罗的思想。

他认为世间万事万物都是一体的，每个人要想展现自己就要尽力与人为善。但是希腊罗马的思想和基督教思想相妥协并且找到它们之间的共同之处，这已经是很久以后的事情了——这也是思想史上一个非常复杂的问题。在这之后的几个世纪里，保存希腊罗马哲学生命的学者就是基督教的牧师和僧侣了。

因此，当我们发现聪明、温和的罗马皇帝马可·奥勒留对基督教充满敌意的时候，就丝毫不用感到惊讶了。各种哲学学派的对立是人类悲剧和喜剧的一个组成部分。马可·奥勒留作为罗马帝国的皇帝，他深信罗马帝国的神圣，但是基督教却对罗马帝国毫不关心，这在马可·奥勒留看来是非常荒谬的。但是，更荒谬的是，在公元1世纪的时候，马可·奥勒留的老师爱比克泰德和其他哲学家一道被皇帝赶出了罗马，理由是他们是无法无天的"自由主义者"，他们竟然反对罗马皇帝图密善的专制统治。但是，马可·奥勒留并不是一位专制的暴君，相反，他是一位林肯式的人物，对待自己的职位兢兢业业。他整天为瘟疫、饥荒、战争所苦恼，这倒很像今天最彻底的和平主义者和抵抗运动的先锋。马可·奥勒留从斯多噶学派的哲学中找到了力量与信心，找到了责任、节俭、放弃、节制的美德——这在罗马皇帝中是很少见的。他的著作《沉思录》——他在书中题词为"致自己"，是一部鼓励、监督自己，履行皇帝职责的道德宣言书和劝戒书。他的哲学并不在于对世界进行系统的研究，而是讨论一个人的品性，我们今天称之为人生哲学。对于什么是"生活"，皇帝马可·奥勒留不无悲哀地说，"生命与其说像跳舞，不如说更像角斗。"但他在临死前却引用他的老师爱比克泰德的话说："我们的意志是夺不走的。"这是斯多噶哲学的核心，不具有丝毫的思辨性。那么，我们为什么要把一位罗马皇帝放在希腊哲学这一部分呢？这是因为马可·奥勒留这个罗马人虽然处理的是罗马的问题与事务，具有拉丁民族的一切特点，但是他却是用希腊语言思考与写作。但是，在马可·奥勒留之后的西部欧洲国家却用拉丁语言来进行思考和写作，当然如果他能写的话。也许，我们可以在英国人那里找到类似的一个例子。在12世纪至13世纪，受过教育的英国人说的并不是英语，而是法语。"思想无国界"，这一观念大概就是斯多噶哲学或者其他希腊哲学的核心。皇帝马可·奥勒留说："我们是为了彼此而活着。"犹太基督教的保罗也说过类似的话。

从某种程度上来说，伊壁鸠鲁学派及其追随者是斯多噶哲学的对立面，也是柏拉图和亚里士多德哲学在更高层次上的发展。伊壁鸠鲁哲学讲究人情，更具有宽容性，不像斯多噶哲学具有强烈的"清教徒"意味（我在这里用"清教徒"这个现代才有的词汇来比喻斯多噶哲学也许是不恰当的）。伊壁鸠鲁非常清楚人的心理，他们知道人是如何受欲望驱使的，而欲望是永远都得不到满足的。伊壁鸠鲁学派还主张人有生存、自由和追求幸福的权利。伊壁鸠鲁相信感觉是知识的主要源泉。正是由于这个原因，他的名字，或者以他的名字命名的哲学被人们歪曲了。"伊壁鸠鲁"被定义为好吃的人。就我们所知，伊壁鸠鲁是一个生活节制、处事稳重的人，用好吃的人这样的定语来形容这样一位大师实在是荒谬之极。他教导人们体味义务和简单的快乐，就像感觉一样。他了解人性，对待哲学脚踏实地，因而他对那些喜欢幻想、天马行空的哲学家表示不信任。英语读者通过阅读评论家沃尔瑟·佩特斯的《伊壁鸠鲁哲学家梅里阿斯》完全领会到伊壁鸠鲁哲学的精髓。《伊壁鸠鲁哲学家梅里阿斯》是一本非常好的书。到了现代，除了专家学者之外，一些艺术家和诗人也在重新挖掘和阐释伟大的希腊精神。

因此，人们很有可能过分地高估希腊的成就，而成为希腊的盲目崇拜者和追随者。现代的许多文学家就是这样，如斯温伯恩、阿洛德·佩特。科学的态度是把希腊放在世界文明历史的天平上，给它一个恰如其分的地位和评价。事实上，高度评价希腊的成就也是正常的，希腊人确实发展了每一项艺术、每一门科学，当然一些属于现代的项目除外。

雄辩术是在希腊各地尤其在雅典达到非常高的水平的一项文学艺术。如果把人们的演讲用文字记录下来，雄辩术就是一种文学形式。无数的雄辩就像音乐家的音乐、演员的演唱一样随着声音的消失而消失，但是雄辩家的精神和智慧却永存。埃德蒙·柏克的雄辩能力并没有给英国议会留下什么深刻的印象，但是，他的演讲在英国文学史上却占有不朽的地位。其他一些被愤世嫉俗的政治家和民众所关注的雄辩家，如格莱斯顿，在文字表达上却是非常的平常。还有一些非常善于雄辩的演说家，他们还能用文字把自己的雄辩记录下来，因而可以凭借文字印刷的技术留存下来。希腊的雄辩家将这项艺术提升到一个非常完美的高度，它对政治家命运的左右也是在传媒业如此发达的当今社会是无法理解的——演讲的内容都被印刷下来供人阅读，人们根本没有演讲的机会。雅典的天才演说家之一吕西阿斯是一个不具备法律地位的公民，因此，他没有资格在公众场合演讲，所以他就把自己的天分用到专门为别人写演讲稿上来。也就是说，他是一个专职的演讲稿撰写人。但他曾经意外地得到过一次在公共场合进行演讲的机会，那次演讲是指责对他兄弟波勒马科斯之死负有责任的专制统治者忒翁涅托斯。

吕西阿斯和他的客人之间的关系是一种商业关系，他们的关系有点像现代的法律专家和律师的关系。法律专家通晓法律，他提出各种出庭辩论所需要的法律条文以及论点纲要，律师则用自己流利、具有说服力的语言和专业技能来影响法官和陪审团的决定。和吕西阿斯同时代的伊索格拉底是一位希腊历史学家，他和吕西阿斯一样也是一位演讲稿的专门撰写人，而不是出现在公共场合的演讲家。他也是修辞学和雄辩术的老师，也许是公元前4世纪最杰出的。他拓展了吕西阿斯的演讲题材，把它们扩展引申到一些重大的问题上来。演讲的技术在他那里得到了巨大的进步，进入了为雄辩而雄辩的地步。但是他的演讲作品并不仅仅是为了演讲而演讲，他的演讲充满了对雅典真挚的赞美，他还鼓励希腊人反抗波斯的入侵，劝戒人们对希腊城邦要宽容。

德摩斯梯尼是古代希腊最杰出的雄辩家，这也意味着他是从古至今最伟大的雄辩家。有关德摩斯梯尼的雄辩口才被愚蠢的传说所包围。例如，有传说说他为了练习口才而把小鹅卵石放在嘴巴里，我们想过没有，一个人为了练习所谓的口才会做出这样愚蠢的事情。但是毫无疑问的是，德摩斯梯尼的雄辩确实征服了他的听众。他留下来的演讲稿脉络分明、思想繁杂、用词雅致，简直就是最优美的散文。他最著名的演说是对马其顿国王菲利普的攻击。菲利普征服了希腊的其他地方，为他儿子亚历山大的帝国夯实了基础。德摩斯梯尼攻击菲利普的演说气势磅礴，充满了激情，后来人们就把具有此类风格的演讲称为"菲利普"式的演讲。德摩斯梯尼既是一位杰出的语言大师，也是一位务实的政治家。他为了让雅典免于遭受在武器和人力上都有优势的北方人的攻击而去游说他们，用自己的雄辩术来保卫雅典。他最著名的演讲就是因此而产生的《王冠》。当时有人提议，为了表彰德摩斯梯尼对雅典的贡献授予他金色的花环和头冠。但这一提议遭到他的政敌和演讲对手艾斯基涅（菲利普的爪牙）的反对。这是多么大的一项功绩啊！德摩斯梯尼用他的雄辩术打败了敌人，也树立了自己在散文写作方面的天才形象。至于他的辩论效果到底有多么的美妙，我们在此也只能想象了。德摩斯梯尼演讲的雄浑激情在译本里也同样得到了体现，并没有丧失掉。

弥尔顿对希腊文化极其陶醉，他在《复乐园》中插入了希腊的古典诗句，来歌颂那些演说家，那是些非常美丽的希腊诗行，但是和弥儿顿的故事并没有什么关系。

从今开始，需要访问那些著名的雄辩家，

那些古代的，无法阻挡的雄辩，

他们随心所欲，左右着民主，

他们用言辞抗衡武力，他们的力量超越希腊，

击败马其顿，夺取阿塔修斯国王的御座。

后期希腊文学及其语言的历史也很吸引人，但是我们却几乎不了解它们。以雅典为中心的希腊历史上曾经被马其顿和罗马征服过两次。在这两次征服过程中，被征服的都是希腊文明高度发达的地区，包括雅典和它附近的城邦。在整个拉丁文明时期，受过教育的罗马人都会说、写希腊语。到了公元4世纪的时候，由于罗马的政治统治和罗马基督教的一统天下，拉丁语成为了受过教育的人的主要语言，而希腊语却消失了整整10个世纪。直到文艺复兴的时候，希腊的煌煌文化才得以被人们重新认识和重视。

在希腊后期还有个天才的作家，他的伟大就在于他的独创性，也许主要在于他对现代作家的影响。他就是大讽刺家琉细安，一个富有原创性、聪明的

人，但更主要的是，他是一个思想深邃的幽默大师，被誉为他那个时代的斯威夫特、伏尔泰、马克·吐温。琉细安生活的时代的已经到了公元2世纪，时光的流逝把他的许多作品带给我们，并被翻译成英文。他的作品清新明快，可读性很强，具有希腊文学作品的一切特点。他的《真正的历史》描写的是一次月球旅行，以及月球上的人和太阳上的居民的战争，这是一篇非常具有想象力的浪漫主义作品。读过他的这部作品，自然就会让人联想到拉伯雷、斯威夫特和朱尔斯·威尔兰。

很有可能斯威夫特的《格利弗游记》就是借鉴了琉细安的作品而创作出来的，尽管斯威夫特具有不容否认的天赋。琉细安信奉怀疑论哲学，他从来不轻信任何东西。尽管他非常尊敬柏拉图和苏格拉底，但他并没有轻易地接受他们的思想。他敢于向传统诸神和哲学家挑战，如果他生活的年代更早一点的话，他可能会遭受到和苏格拉底一样的命运。在《亚历山大》一文中，琉细安揭穿了长期以来影响希腊和罗马的一个神话。对琉细安来说，所有的宗教都是迷信，所有的或者绝大多数的哲学都不过是语言游戏。但是不管琉细安真正信仰什么东西，他都是一个伟大的、富有想象力的艺术家。那些喜欢读希腊书籍或者装作喜欢的人都不得不承认琉细安作品的魅力。他的魅力、智慧、思想都已经通过翻译家的努力来到了我们的身边。

当希腊文学开始衰败的时候，它的诗歌也进入了萧条期。希腊文化中的精髓——哲学，此时也失去了蓬勃发展的势头，而堕入了诡辩学的泥潭。诡辩学只是教授人们诡辩的技术，对人类的思想发展则没有丝毫贡献可言。

然而，在希腊文明暗淡的时期，文学上出现了两种新的重要形式。一个是小说，另外一个是希腊思想与基督教思想相结合的基督教文学。希腊的小说或者浪漫小说成就并不大，那个时候真正有才能的人并不从事这个行当。诗歌的地位也高于散文。但是，这并不是说希腊的小说就不重要，事实上，它的重要性大于它的成就。它对后世的罗马和中世纪的文学产生了重要影响，也许还对我们今天最新的小说和冒险故事有一定的影响。举例说明，公元2世纪，隆加斯的《达夫尼斯和克洛伊》就对后世的小说有不可忽视的影响。我认为任何受过训练的人都可以把杂志上的故事改造成一篇浪漫小说。但是，这样味道就变了。最好的味道在作品本身，而不在于对它的加工。那种味道是作品本身所具有的，是原汁原味的。

比小说更重要的是将希腊思想和基督教融合而成的基督教文学。许多对教会产生过影响的哲学家在精神上和语言上都是希腊式的。从根本上来说，基督教产生于希伯来。基督教的主要阐释者保罗就称自己为希腊的希伯来人。后来，随着罗马对世界的征服，拉丁语成为了教会的官方语言。但是在基督教早期的几个世纪，就像我们在希腊语版本的《圣经》里所看到的那样，教会中流行的不是希腊思想就是希腊语言。保罗本人也必然是伴随着希腊语版本的《圣经》成长的，他在传教的时候可能用的也是希腊语。这可能是因为那个时代所有从事文学创作的人都通晓希腊语的原因。奥利泽是《圣经》的编撰者，也是基督教的传教士，他小心翼翼地把希腊思想灌输给基督教教徒。与其说他是个文学艺术家，不如说他是个基督教义的传播者。和他同时代的阿塔内西、巴西尔也和他类似。直到希腊政治和文化衰亡的时候为止，基督教文学都没有成熟和繁荣。但是我们应该牢记，基督教文学在1000多年的历史长河里，尽管不是非常突出和重要，但却曾经占有支配性的地位。而14世纪的文艺复兴运动确实是文学史上客观存在的事实。在1000多年的时间里，希腊一直是世界文明的中心，在希腊文明被遗忘了1000年以后，希腊又成为了世界智慧的中心。对于我们中的大部分人来说，我们并没有必要去读希腊语言，只有少数人需要这样做。但是，我们必须要从后来翻译的作品中去领会希腊文化的精粹。希腊人有很多失败，但是历史上还没有哪一个民族用这么多的方式来记录他们的思想和文化。他们把这个世界、这个世界之外的丑陋和美好都用文字记录下来或者雕刻下来，当然也包括世界和宇宙中一部分的人类的痛苦和幽默。

第十章 罗马的历史及其历史学家

书写历史的人不一定就是历史事件的当事人。记录的创造者，生活的阐释人，他们通常可能是一个胆小懦弱的人，是不可能领导一个团队，或者在辩论的时候勇敢地面对一群政客的。但是文学如同生活一样，没有一定的成规。有的时候，历史事件的当事人可能恰好就是历史的书写者。例如有两个突出的例子，就是拿破仑和尤利乌斯·恺撒这两个天才。尤利乌斯·恺撒创造了历史，同时他也记录了历史。他的《高卢战记》和《内战》（在庞培和尤利乌斯·恺撒之间）就是两部清晰、简洁、真实的历史作品。

由于《高卢战记》内容丰富、生动简洁，因而它被当做学习拉丁语的初级教材。也正是因为这个原因，比起其他拉丁作品，它被广泛阅读——如果学校里那种严厉的学习能够称做阅读的话。但是，许多人在年轻的时候都极其憎恨这本书，就如同当我们被要求去分析和解读一些伟大的英语作品的时候一样。但是，一个成熟的读者会喜欢恺撒的作品的，不管是阅读其原著还是作为一项课程来学习。他们会发现恺撒的作品充满了趣味，属于那种轻快、鼓舞人的著作。我们关于罗马北方行省的大半的知识都来自于他的《高卢战记》。罗马后来成为一个伟大的民族。《高卢战记》是我们了解罗马内政不可缺少的材料，它具有很高的史学价值。

恺撒写作的目的就是要为自己做公正的辩护。但是，他知道作为一名艺术家和政治家的节制的重要性和价值所在。因此，他的作品没有浮夸，也没有严重歪曲历史。不仅是在古罗马，就是在德国和俄罗斯也曾经用"恺撒"这个名字来作为皇帝的代称。由此可见，他的影响力和伟大性了。恺撒死于布鲁图斯以及其他的自由主义者或者说是爱国主义者的手中，这在历史上是一个极端的例子，恺撒的命运甚至比拿破仑的命运更有戏剧性，这是对人类的一个伟大的讽刺。对英语读者来说，有关恺撒的悲剧和事迹可以从莎士比亚戏剧中很好地得到。恺撒是让现代历史学家非常着迷的一个人，他的作品又吸引了无数的读者。在记述有关恺撒的历史著作中，最有价值和说服力的是德国历史学家特奥多尔·蒙森的《罗马史》，还有新近的《罗马盛衰论》，这是由意大利的葛利尔摩·费雷罗撰写的。这两本著作都已经有了英文版。

恺撒的著作属于个人回忆录，是一系列比他自身更伟大的冒险事业的记录。与之类似的近代的例子是格兰特将军的《回忆录》。在我们今天这个时代，如果要把1914年到1918年世界大战期间那些将军、元帅、外交官们的自传和回忆录、辩解书之类的东西都收集起来，那已经是不可能的了。

撒路斯特和恺撒生活在同一时代，他既是恺撒的拥护者，又是一个客观公正的历史学家。他曾任罗马官职，由于担任罗马行省努米亚的总督而致富。恺撒在公元前44年遇害身亡以后，撒路斯特退隐在自己的豪华住宅，开始过着绅士和学者的生活。他是一个出色的历史学家，他专门雇用了一个秘书为他准备材料，以帮助他的研究工作。同时他也是一个很有品位的艺术家，在戏剧方面也是个天才。他留存至今的两部著作是《喀提林阴谋》（这同时也是西塞罗的著名演说词）和《朱古达战争》。

恺撒和撒路斯特的著作只是罗马帝国历史长河中的一个片段而已，但是这两部历史片段让我们对罗马有了个清晰的印象。恺撒有助于我们对罗马北方的了解，撒路斯特则有助于我们对罗马南方的了解。

跨过恺撒、西塞罗、撒路斯特等人的时代之后，我们进入了基督教的时代。这个时候的罗马帝国就是整个世界，无论是从形式上来看还是究其实质。这个时候的罗马由奥古斯都·屋大维统治。罗马人称呼他为"神圣的恺撒"。文学史上把这一段时期称为奥古斯都时代一样。就像英国把包括莎士比亚在内的一个文学时期称为伊丽莎白时代一样。在奥古斯都时代最重要、最有名的历史学家、拉丁散文大师是李维。他计划写作一部卷帙浩繁的《罗马史》，记述罗马自建城到他这个时代的历史。他的作品名字有点类似《罗马建城过往史》。他完成的是一项十分艰深的工程。他作品的四分之一得以幸存下来，但这就已经足以奠定他在近代历史学家心目中的地位，并把他列入伟大的编年史作家的行列。他创造了罗马的史诗，就像维吉里创造了散文叙事诗一样，甚至比之更富有诗歌的色彩。

基督教以前的罗马史可能就是李维撰写的罗马史，或者是他在之前的历史学家研究的基础上再编写而成的。李维对他所处的时代是悲观的，就像一般的历史学家和哲学家常常表现的那样。他对国家的热爱主要表现在对过去的热爱和追忆（注：《罗马建城市以来史》共有一百四十二卷，记述了罗马从建立到德鲁苏之死这一段史实。通过对史实的描述体现了李维对罗马共和国的推崇和对现实帝制的不满）。我们发现这种写作手法在现在的作家那里也经常被采用，例如，自从文艺复兴以来，就缺少一种人文的关怀。再如，自从"建国之父"制定美国宪法以后，我们就怎么样等。当然，这并不是一种批评的姿态，但它有益于雄辩术的发展和提高人们对戏剧的兴趣。那种不以自己国家和民族的历史为荣的历史学家绝不是一个真正的历史学家。李维就是那样的一个真正的历史学家，一个土生土长的罗马历史学家。他勤奋好学，视野开阔。他善于学习前代历史学家，哪怕是一丁点儿的长处，并使他们因此相形见绌，从而成为后代历史学家的典范。现在他的作品已经被翻译为多种文字，我们可以很容易地就读到它们。无论是专业研究人员还是一般的读者都会喜欢上它的。

公元1世纪下半期到2世纪初，罗马历史上的第三位著名历史学家塔西佗登上了历史的舞台。他的《日耳曼尼亚志》为我们提供了2000年前条顿民族祖先最早的情况。塔西佗，像恺撒一样，尊重那些相对于罗马民族而言尚未开化的民族。这实际上可以解释罗马可以统治世界的原因。尽管罗马无情地掠夺其他的民族与国家的物质和领土，但他们对这些地方的哲学文化却能给予充分地理解。此外，塔西佗对日耳曼民族德性给予了特别的关注。他们的简朴与诚实都是塔西佗极力想介绍给当时奢靡淫逸的罗马帝国的。他想借此来改变罗马的腐化堕落状态。英语读者可以在他为他岳父——曾任罗马不列颠总督——写的自传中看出这一点，相信英语读者对此应该深有体会。（事实上，塔西佗和西塞罗、撒路斯特、李维一样，属于典型的古典共和主义者，他们对现状都有所不满，希望回复到罗马的贵族共和时代。）塔西佗还把他自己的时代写入了历史。从他遗留下来的著作残片中我们可以看到罗马帝国早期皇帝们的善举与恶行，主要是恶行。他擅长于刻画历史人物的独特性格，并且他的语言非常简洁流畅。他是一个严格的道德卫士，他毫不遮掩地揭露皇帝们的种种劣行。但是，他和他那个时代的罗马贵族一样深信罗马帝国的伟大和罗马人本质的优秀。他说："我相信，历史的功能绝不是为了记住那些没有价值的东西，而是让那些伟大的业绩永存。"塔西佗的精神，就像绝大多数古代的历史学家一样，是道德至上的，是爱国主义的，是艺术的。这种精神，或多或少都可以在近代的那些历史学家的作品中看到。甚至在那些坚持公正地研究、追求历史真相的批评家那里也是一样。

近代人读到的罗马历史并不是原始的拉丁编年史，而是我们的时代和民族那些研究拉丁文学的作家用他们的方式和语言截取的精华，当然这是在他们心中的精华。爱德华·吉本是伟大的英国罗马历史学家，他的《罗马帝国衰亡史》也是一部杰出的英国文学巨著。在18世纪的最后15年里，人们又发现了许多有关罗马历史的资料，并且根据这些资料对吉本的著作在许多地方进行了修正。实际上，爱德华·吉本已经掌握所有他那个时代所知道的有关罗马历史的资料，并将自己掌握的第一手资料尽可能好地编写出来。所以近代的批评家对他给予了很高的评价，把他称为"有史以来最好地处理了罗马历史财富的历史学家"。爱德华·吉本对罗马的把握是如此的纯熟地道，这是一个近代学者所能达到的最高境界。这是因为他早期写作的语言是英语和法语。他的第一部作品就是用法语写的。在他后期用英语所写的作品里面，人们仍然可以找到法语的影子。但不管怎么说，他都是一位伟大的英语散文作家。

吉本是一个不信教的人，是一个天天待在图书馆里的隐士。但他的视野却非常的宽阔，并没有局限在英国，而是放眼全世界。对他来说，所谓神圣机构诸如牛津大学，并没有什么了不起的。作为一个不信教的人，他在书中记述的罗马对待基督教的态度引起了人们的极大争论，因为人们普遍相信罗马皇帝是基督教的殉难者。他的这些偏见，就像其他许多人会具有的那样，像被剑桥大学的伟大历史学家伯里教授在其所编的《罗马帝国衰亡史》中的注释和序言里面所纠正的那样。吉本的《罗马帝国衰亡史》开始于公元2世纪，那些希望更全面了解罗马历史的读者将会发现美国学者特坦尼·弗兰克教授的《罗马史》正是他们所要找的。

第十一章 罗马史诗

　　正是罗马作家的艺术之心与爱国热诚造就了像希腊文学一样伟大的罗马文学。这种从没有在戏剧中实现的野心与热诚在维吉尔的伟大拉丁语诗歌中得以充分的展现。维吉尔不但摘取了早期拉丁诗歌的桂冠，也是几个世纪以来欧洲诗歌所取得的最高成就。如果说希腊的亚里士多德是哲学家中的哲学家，那么自中世纪以来的欧洲古典文化中心就应该是在罗马而不是希腊。当然罗马拉丁文化借鉴和吸收了希腊的优秀文化内涵，维吉尔就是拉丁世界最辉煌的文学代表。不过，有意思的是，基督教把维吉尔变成了一个圣徒、预言家和先知者，甚至是拥有某种魔力的人。13世纪的但丁则把维吉尔尊奉为鼻祖和导师。不管存在怎样的歪曲与诋毁，他伟大的声名都是当之无愧的。所有的诗人与批评家都认为他是这个世界上最伟大的拉丁作家，是世间少有的5个或者6个顶尖的诗人之一。

　　在维吉尔的前一个世纪，诗人英尼尔写过一部《编年史》，这是一部有关他那个民族的长篇叙事诗。从流传下来的几百行残篇来看，他的诗浑厚深沉，具有戏剧风格。但是，他的诗歌的民族风味并不浓厚，更重要的是，其诗歌所使用的民族语言运用并不够纯熟，没有达到其应有的高度。英尼尔把希腊诗歌中的六部韵运用到拉丁诗歌中来，但是，六部韵在维吉尔那里才真正得以纯熟。汀尼生把它称为"人类所能说出的最美丽的句子"。

　　维吉尔的第一部重要作品是他的《牧歌》，这是一首模仿希腊忒奥克里托斯风格的田园诗歌，它表达了维吉尔对热情自然和故土——他所居住的意大利北部的真挚感情。《牧歌》非常出色，仅这一首诗就可以奠定他在整个意大利的民族诗人地位。他甚至为拉丁语成为一门流行的口语做出了巨大的贡献。虽然意大利的风光依旧，景色未变，但是再也没有哪个诗人的作品能达到维吉尔的细腻、敏锐、传神了。由于诗人广博的爱心和同情心，使他笔下的牧人、神仙具有某种人工雕琢的痕迹，但这也弥补了处于早期阶段的散文诗形式的不足。维吉尔的才华在他的早期诗歌中就已经展露出来了。在他的《牧歌》中有一个神奇的鬼怪故事，这有点荒谬，但是在文学史上具有重要的地位，因为它是维吉尔得到基督教推崇的重要原因之一。这个故事讲述了一个以世界和平为己任的小孩的降生，这后来被基督教解释为基督的出世。难能可贵的是，在那个动乱的年代，许多有价值的重要作品被毁坏、被忽视，但是维吉尔的作品却由于误读而被部分保存下来了。

维吉尔的《牧歌》虽然是如此出色，但是比起他的《农事诗》来，却只像练笔之作。《农事诗》是真正的田园之歌，"一首农牧之歌、森林之歌。"这很可能是他的赞助者梅塞纳斯希望他回归大地、回归自然的结果。但是，这其中最重要的原因是诗人能够得心应手地处理自然题材，比他创作《伊尼亚》的时候更纯熟，更游刃有余。他热爱乡村生活，掌握了乡村生活的第一手资料，就像希腊大师赫西俄德一样。他在诗中描绘的那些场景至今还像2000多年以前一样鲜活，他笔下夜莺的啼声至今尤在耳边，就像济慈诗中夜莺的鸣叫。

《伊尼亚》在某种程度上是一首爱国诗歌。诗中真正的英雄不是忠诚勇敢的主人公伊尼亚，而是永恒的罗马。诗人作品中的这个故事充满了传奇色彩，并没有事实根据。故事告诉我们，罗马是由国破后逃离出特洛伊的一个流浪英雄建立的，维吉尔的诗就是以这个传说为框架而展开的。伊尼亚从特洛伊到拉丁姆，路途遥远，充满了冒险的场面，就像《奥德赛》一样。全诗贯穿着武力与人的主题，在这个主体后面，照例涉及到神的社会组织以及被神秘莫测的命运操纵下的罗马的命运。今天，诗歌对我们来说，仅仅是一种具有欣赏价值的艺术形式而已，对于我们来说，要想象当时罗马人对《伊尼亚》的盛赞和礼待是很困难的事情了。诗歌讴歌了罗马一切美好的事物。由于诗中所涉及的主题和其对拉丁语言的完美使用，它从此在拉丁文学史上独占鳌头，没有人能撼动它的统治地位。

但是，维吉尔并没有意识到他的作品是如此的完美。他的诗歌都是在他死后才发表的，事实上，他对自己的作品是非常不满意的——这也许是精益求精的艺术家的通病吧，以至于他都想把自己的作品一毁了之，多亏了他的朋友——当时的皇帝奥古斯都命令他不准这样做。这也许是因为奥古斯都在维吉尔的诗中是维吉尔所称颂的最后一个人的原因吧。正是这个特殊的原因使奥古斯都把维吉尔诗中的许多优秀部分保存下来了。如果维吉尔还活着的话，他的名望可能会仅次于皇帝奥古斯都。事实上，人们给他的荣誉无人能及，他的坟墓被基督教奉为圣地。

如果我们不懂拉丁文不能阅读拉丁语的诗歌的话，也没有什么关系，我们可以阅读翻译过来的《伊尼亚》，约翰·柯灵的译本就是一个忠实原文的翻译。这样，我们就可以像罗马人或专家那样流畅地欣赏其中的内容。《伊尼亚》中唯一不足的地方在于它的战争描写，这是完美中的瑕疵。

维吉尔温和柔顺的性格并不适合描写腥风血雨的战争场面，这和荷马正好相反，荷马非常擅长描写战争场面。但是，战争场面在罗马的建立与征服过程中又是必不可少的。维吉尔只能勉为其难了，其效果就可想而知了。我们千万不要因此问荷马和维吉尔谁是最伟大的诗人，这是一个非常愚蠢的问题，因为世界上最伟大的事物都是独一无二的，也是无法比较的。就像维吉尔在其作品中的序言中所交代的，他的主要目的在于表现罗马和创建罗马的勇敢、艰辛和牺牲。

在记载着古罗马辉煌业绩的诗歌的字里行间夹杂着诗人淡淡的忧伤。从诗中的每一个词句都可以看出他悲伤的浪漫，"浪漫"这个词的词根就是从罗马这个单词引申而来的。维吉尔是一个浪漫主义者。罗马人没有创作过像我们现在这样的小说——可能在我们即将提到的特洛尼阿·阿比特的作品除外。他们的浪漫感、他们对爱情故事的热爱，就是通过他们的戏剧和诗歌来表达的。在《伊尼亚》中，维吉尔加入了女子迪多的爱情故事。迪多的爱情故事只是英雄伊尼亚生活中的一个片段而已，最后迪多的爱情故事也是以悲剧结局而告终。这类描写是符合人性的，也正因如此，它后来成为一切文学创作的基础，对后世的小说、神话叙事等文学形式发挥着巨大的指导作用。

由于拉丁语对后来欧洲文学起到主导的作用，也由于维吉尔是拉丁文学中的天才人物——即使在拉丁语言时代已经过去了的时候，英国人也仍然把拉丁语言作为一门课程来学习，这就吸引了许多天才人物来从事维吉尔作品的翻译工作。宰登的翻译就是一个经典的英文译本，就像查普曼所翻译的《荷马》或者《波普》那样。在19世纪的时候，有个令人惊奇的人物，他的名字叫威廉·莫里斯，他精力旺盛，做事效率极高。他可以在吃早饭前消化掉几百行诗；在午饭前，则可以设计出一张挂毯。他用长诗的形式把维吉尔的诗歌翻译出来了，就像查普曼所翻译的《荷马》，这是非常令人兴奋的翻译。马修·阿诺德写过一篇论维吉尔的翻译的论文，像他写的论荷马的翻译一样，他在论文中对威廉·莫里斯以及其他翻译维吉尔的作品的人都进行了严厉的批评。我觉得在这些译本之中，克林顿、J. W. 麦克尔的翻译是最好的，读起来令人有愉悦之感。麦克尔对拉丁语言的掌握就犹如第二种母语一样，非常纯熟，他翻译出来的英文译文非常的流畅华丽。克林顿在他的译本序言里不但回顾了以前的维吉尔作品的译本，还指出了如何改变一直以来笼罩在人们头上的关于如何处理好从一种语言翻译成另一种语言的问题。

　　诗人也是人，但是如果我们承认诗人的创作受冥冥之中灵感的召唤，那么迪多对伊尼亚所说的话也同样可以用来形容我们的诗人——某种程度上的创造者，那就是："我相信在他的身上流淌着神的血液。"

第十二章 罗马戏剧、哲学和抒情诗

　　罗马对希腊在思想上的依赖几乎在所有的文学形式中都可以看到。这种依赖在罗马戏剧中尤为明显，以至于大部分戏剧都不过是聪明的模仿而已。在拉丁版本的戏剧里，甚至它们的场景名和人名都是和希腊版的一样。这种相似与我们研究的纽约和法国戏剧间的相似一样。纽约的戏剧是从法国的戏剧转化而来的，在它里面还保留着许多法国戏剧中的名字、布景设置。只是在其中加入了一些美国式的幽默和地方特色而已。无论是平庸的还是造诣极高的戏剧家，他们往往都是非常出色的模仿者——或者说是文学大盗。莫里哀、莎士比亚和他的同时代的人就借鉴了古代戏剧中的精华，而现代的戏剧家们公开或者非公开的进行大规模抄袭。

　　对于我们来说，要想分辨出滑稽剧中的内容和现实生活的差距是很困难的，这对希腊人和罗马人都一样，对于他们的继承者也毫不例外。幽默，特别是那种本土特色的，是一种非常稀缺的东西。因此，我认为现代读者，即使是与古典学最密切的那些研究古典学的学生对这些具有独特风格的作品进行冷嘲热讽式的批评都是不合适的。普劳图斯、泰伦斯是罗马戏剧历史上最著名的两位喜剧大师，当今读者就很难领会到他们戏剧的内涵。普劳图斯大概生活在公元前2世纪，他所流传下来的作品都是一些不完整的剧本。他认为文学是一脉相传的，无论是普通人还是那些具有天赋的人的思想都会一代接一代地相传下去。这是普劳图斯关于文学的重要论点。普劳图斯在戏剧历史上具有十分重要的地位，他流传到今天的戏剧有二十来篇。他的戏剧吸取了希腊戏剧，尤其是米南德戏剧的精华。但是米南德的戏剧流传到今天绝大部分都已经失传了，我们只能通过普劳图斯的戏剧来了解一些米南德戏剧作品的特点。后来的戏剧学家，比如法国、意大利、英国都有向普劳图斯的戏剧技术学习的倾向，他已经不仅仅是代表自己一个人的人了，他成为了一种戏剧形式的代表。他的戏剧大概有二十部得以保存下来，其中之一就是《孪生兄弟》，它对我们具有特殊的价值，莎士比亚的《错误的戏剧》就是以此为蓝本而创作出来的。

泰伦斯继普劳图斯之后把戏剧的模仿技艺发展到了一个更高的境界，但是仍然留有希腊戏剧的影子。我们至今仍能记住他在《自我折磨》中的一句名言，那就是："我是一个人，人世间的一切都和我有缘。"

我们并不明白为什么罗马在戏剧上并没有取得什么值得令人骄傲的成就。我们对于文学史不知晓的部分正是我们研究它的乐趣和价值所在。罗马的文学模仿了希腊戏剧，它还模仿了其他形式的希腊文学，并且取得了一定程度上的创新性成果。也许是因为罗马人太热衷于角斗和其他形式的趣味活动，以至于他们没有精力和时间去发展那些大家喜爱的戏剧，这有点像我们现在把精力和目光都放在了电影和体育运动上。另外，一个令人百思不得其解的问题就是，为什么现代诗人对那些二三流的作品给予了那么高的评价？比如塞涅卡的悲剧。他的作品写得实在是糟糕透了。但是莎士比亚时代，公认为最博学的学者本·琼森却对塞涅卡的悲剧的给予了非常高的评价。

他在为莎士比亚早期的戏剧集所作的序言中指出，塞涅卡完全可以和欧里庇得斯、埃斯库罗斯相媲美。这很可能是一句戏言，我们必须争开我们的眼睛、竖起我们的耳朵，实事求是地评价塞涅卡悲剧的成就。莎士比亚曾经以开玩笑的方式借助于《哈姆雷特》中性情古怪、命运悲惨的罗尼阿斯之口说："就像塞涅卡在戏剧史上的地位不可能太高，普劳图斯的地位也不可能太低。"

塞涅卡在戏剧史上的地位不怎么样，但是在哲学上，他却是一个非常重要的哲学家。他是斯多噶哲学的重要代表人物，也是勇敢哲学的奠基者。他曾经是性情古怪的暴君尼禄的家庭教师，并借以获得了高官厚禄，但是最后还是被尼禄赐死而自杀。

罗马人吸取了希腊哲学的优秀内涵，因而和希腊哲学一样具有很强的思辨性。罗马哲学和拉丁诗歌的相遇造就了杰出的大师和标志性的作品，他就是卢卡莱修的《物性论》。

《物性论》是一首非常出色的诗歌，它不仅探求了人类的生命本原，也预示了人类的未来。希腊的早期哲学采用了韵文诗的形式，但是，人们逐渐认识到，散文题材也许更适合自由地阐释和表达哲学思想。卢卡莱修是这些人中极少数的几个成功地运用韵文诗形式表达其哲学思想的哲学家之一。他的诗不仅仅具有韵文诗的韵律，还具有伟大的诗文魔力。令人惊奇的是，生活在现代科学文明之前的卢卡莱修却预言了近代的原子理论和人类鸿蒙开启以来的进化。幸运的是，卢卡莱修的作品都保留下来了。他的诗歌具有宏伟、庄严、雄辩的特点，完全可以和伟大诗人维吉尔的诗篇相比。我们现在已经有了一个非常优秀的英文译本，它来自美国的诗人、学者威廉·埃勒里·伦纳德。卢卡莱修的哲学继承了伊壁鸠鲁哲学的风格，他把自己的想象和他的哲学思维有机地融合在一起，创造出了简洁明快的哲学作品。那些认为古代哲学枯燥晦涩的人将会发现卢卡莱修的诗歌具有惊人的可读性。近代哲学家乔治·桑塔也那的著作《三个哲学诗人》是我们进一步了解卢卡莱修以及希腊、罗马哲学思想的最好作品。

卡鲁图斯是和卢卡莱修同时代的杰出青年诗人，他30岁的时候就死了，他的地位在同时代人心中类似后来的雪莱、济慈。卡鲁图斯对卢卡莱修"万物之性"类的宏大哲学叙事丝毫不感兴趣，他只关心那些像友谊、爱情、厌恶、怜悯之类等局限于个人狭小情感范围之内的事物。他的诗歌中记述了对列斯亚加的倾心爱慕之情，以及失恋后的失意与诅咒，这些都是在文学史上永存的光辉诗篇。卡鲁图斯的诗歌典雅优美，饱含了他的艺术热情与专业精神。他的热情是真挚的、剧烈的、充满感情的，这些都在他的诗中得到了完美表现。

说起卡鲁图斯，我们把他看做后来的伊丽莎白时代的诗人。那些写十四行诗的人，如菲利普·西德尼、莎士比亚或者后来充满激情的诗人彭以及同样富有激情、但更喜欢爱情题材的浪漫诗人雪莱。在他之后的拉丁读者，无论是罗马人还是现代的读者，都能欣赏卡鲁图斯诗中的激情、爱情、完美、自然与艺术。如果你想问诗人丁尼生和斯温伯恩谁是拉丁诗人中的第一人，他们可能会回答你说是维吉尔，但是从他们的内心来说，他们觉得应该是卡鲁图斯。

贺拉斯是在卡鲁图斯之后罗马文化兴盛时期的一位诗人，与别的拉丁诗人相比，他最聪明，影响最大，译著最多，被引用率也最高。贺拉斯睿智稳重，没有卡鲁图斯那样的激情——无论是文学上的还是现实生活中的。他是那种非常冷静、具有超凡智慧、不善言谈的人，但是他是一个非常热心肠的人。这就使他和激情澎湃的卡鲁图斯形成了鲜明的对比。在生活中顺其自然、安详沉着地活着，这是他的生活哲学信条。这就难怪现代人都喜欢他。就是那些18世纪有点愤世嫉俗的英国议员绅士也在他们的演讲中引用贺拉斯的诗句来使他们的演讲生色。就连严肃的政治家格莱斯顿和以聪慧著称的诗人尤金·菲尔德——以及他从事新闻工作的后代都非常欣赏贺拉斯的诗篇，并且翻译过它们。我们可以从近代一个不知名的诗人翻译的贺拉斯诗歌那里领会下他作品的艺术风采。

从痛苦中获得自由，从苦难里得到安定。

我已经活到了今天！

上帝保佑，明天照常会有阳光和雨露！

过去的一切都是零，那就让它过去吧！

还有什么是权力不能损坏的呢？

命运在她的亮丽游戏之中。

一心难以两用。

永不疲倦的精力存在于荒唐的苦役中。

要么帮助你，要么挫败你。

贺拉斯不仅仅是一个聪明的诗人，他还是一个喜欢和朋友在一起畅饮的绅士。他是一个具有多种复杂情感的诗人，他爱思考，他的内心世界充满了惆怅、怜悯。他能用活泼明快、富有节奏感的诗句自在地描写生活中的事物。英语读者可以在弥尔顿精心翻译的《颂歌集》中欣赏到他最好的抒情诗篇。贺拉斯既是一个出色的诗人，他在诗歌的理论上也具有很高的造诣。他的理论代表作《诗艺》看似非常随意，但却对近代的文学具有非常大的影响。从意大利的诗人维达到法国诗人兼评论家布瓦洛，都以贺拉斯的《诗艺》为范本，而英国的波普则直接模仿布瓦洛。

可能是因为19世纪那场缺少自律，但是波及面很广，横扫欧洲的浪漫主义运动，波普的杰出作品《批评论》失去了它曾经享有的一切盛誉，甚至使在世界文学上史享誉近2000年的贺拉斯也盛名不保。但是无论我们的品位如何变化，无论我们的文学理论如何改变，我们不可能找到比贺拉斯还要倾心于文学艺术的人。贺拉斯具有深邃的洞察力、卓越超群的智慧和臻于极致的语言功底，他的诗歌意境高远、幽默诙谐。现实生活中的贺拉斯和他伟大的文学艺术成就一样伟大。拉丁抒情诗并没有随着贺拉斯的逝去而死亡，它的繁荣一直持续了好几个世纪。在这之后，再也没有哪位诗人能够到达到贺拉斯成就的高度。

就在公元前1世纪——贺拉斯的同一个时代，但比贺拉斯稍年轻，出现了一个比较有意思的诗人群体——挽歌诗者。关于他们我在希腊文学史那部分简单地提到过，希腊的挽歌诗者似乎只是创造了挽歌这样一个形式，但是在内容上并没有什么实质性的东西。这种诗体在我们这里是看不到了，尽管他们创造了一个令人惊奇的文学主题，但是我在这里并不讨论题材和艺术技巧这两个问题。因为，在挽歌诗中我已经对二者做了比较多的阐述，所以我在这里只以柯尔律治挽歌中的诗句来做个简单的示例。

泉水的银柱从六步格的诗中奔涌而出；

背后落下的悦耳的音调是五步格诗。

哀歌诗，由于其内容而得名。它主要是悼念死去的朋友，怀念朋友的美德。比如，丁尼生的作品《怀念》中的哀歌的意思就是这样的。正因为这种显而易见的原因，哀歌应该把死亡作为它表现的主题，但事实往往不是这样。最先尝试把希腊文学形式转变为罗马文学形式的诗人加鲁斯，就没有把死亡作为自己诗歌的主题，而是把爱情作为他诗歌的主题。他的诗歌形式一度成为当时时髦的形式，很受人们的喜欢，很多诗人因为这个原因而投入哀歌的写作领域。在这个庞大的哀歌诗人队伍中有三个佼佼者，他们分别是普洛佩提乌斯、提布鲁斯和奥维德。

普洛佩提乌斯是一个早熟的诗人，他很早就熟练地掌握了希腊诗歌的写作技巧，他在20岁的时候就已经自成一家，但几年后他就去世了。"爱情"是他作品的主题，他作品中所塑造的女神辛西亚成为了诗歌中伟大的女英雄之一。至于他自己，就如麦克凯所指出的那样，普洛佩提乌斯是19世纪的浪漫主义诗人的先驱。普洛佩提乌斯是一个多愁善感、对自己充满怜惜、有点神经质的人。英国文学的学生会对格雷模仿自普洛佩提乌斯的诗产生兴趣。

普洛佩提乌斯具有年轻人的活力和激情，这就和他身上的一些缺点一样，因此，招致了那些日益变得希腊化的罗马人对他不断的批评和攻击，大致就是批评他的暴躁和冲动。我们对此不能进行详细的介绍，因为保存下来的相关手稿是破碎和不完全的。挑剔的罗马人欣赏另外一位名叫提布鲁斯的挽歌作者，他清新、细腻的诗风和他诗歌中的爱情题材非常相配。提布鲁斯诗歌的意图和深度还达不到普洛佩提乌斯的一半，但是，他仍然还是受到罗马人的喜爱，毕竟诗歌的意图和深度只是抒情诗的一个元素而已。提布鲁斯本人也是一个沉醉于爱情之中的人，他经常会为了自己作品中的女主人悲惨的遭遇而落泪。他的这些泪水是真挚的，他甚至把令人憎恨的迪利亚描写成了一个忠贞爱情的人。实际上，当我们阅读爱情诗的时候，存在一个普遍的规律，当然也不排除一些例外。那就是，当我们阅读爱情诗歌的时候，读者总是容易和作者产生共鸣。作者的诗在于赞颂纯洁真挚的爱情，而不在乎作品的主人公是西利亚、辛西亚、迪利亚还是珍妮。正像莎士比亚作品中的女主人公黑妇人一样，提布鲁斯诗歌中的这些女子或许是现实生活中真实存在的人物，但是，对于诗人来说，他们心中真正的玛丽、梅尔或者黑妇人只存在于诗人的大脑中。

现代人最熟悉的挽歌作者是奥维德，人们对他最为了解。他认为："提布鲁斯是加鲁斯的继承者，普洛佩提乌斯是提布鲁斯的弟子。而我，是这些人中的第四代。"言下之意，奥维德认为自己是他们的衣钵继承人。

奥维德是贵族子弟，在社会上拥有非常显赫的地位，经常出入宫廷。后来，由于不明原因，他招到了皇帝的不满而被驱逐出罗马。有可能是他的诗歌《爱经》导致了皇帝的不满。但是，至于说他的《爱经》对当时风气污浊的社会产生了震撼，这事实上还是值得怀疑的，并没有确凿的证据来证明这一点。他的《爱经》风趣幽默，能给读者带来非常美妙的感受，但也不够严肃、庄重，甚至于都不能进入休闲类的图书馆。《爱经》是一部饱含真挚感情的著作，但却是很难读懂的一本书，闪光的思想隐藏在晦涩难懂的语言之下。书中缺少那种令人激奋的爱情描写，因此，它不太可能吸引那些涉世不深、阅历不够的人。也正因为这个原因，那些专业人士非常欣赏奥维德的真诚、活泼、想象力。他的这种想象力在他的《变形记》中得到了非常好的体现，他把许多希腊和罗马的神话应用到他的作品中来，然后应用自己的想象力把这些素材很好地融合起来。对现代的诗人来说，这是关于古代神化传奇非常重要的一部作品。从文艺复兴时期的莎士比亚和他的同时代诗人，18、19世纪的英国诗人无不把他的《变形记》作为写作的素材。如果奥维德能够预测到他对后人有多么重要的话，那么他在逃亡的时候就少了很多痛苦。也许，奥维德从来就没有写过什么石破天惊、让人惊讶不已的句子，我和一些拉丁语学者都没有找到过这样的句子。但是，他是一个天生的故事家，他非常善于"讲故事"，他是一位极其优秀的诗人。总的来说，他的作品对现代文学具有不可估量的影响，甚至维吉尔的影响力也没有超过他。对于英国诗人来说——从马娄到德莱顿以及他们之后的英国诗人，奥维德是对他们产生最大影响的人。这不仅仅是因为他能够通过诗歌的形式把古代的诗歌讲述得如此清楚（其他的诗人通过他们的作品让人们熟悉了这些神话故事），还因为他在《爱经》中论及了一些违禁的主题，这就使得他不像一个道德家，而具有作为一位真正学者的品格。他是一个真正的诗人、一个真正的绅士（绅士在近代是对一个人极高的评价，在现在的社会里，我们是很难理解"绅士"这个词汇中所包含的崇高意义的）。

在奥古斯都时代之后（我们就把具体的日期省略了，就是公元以后），罗马诗歌经历了繁荣、平庸、衰落的过程。但是，事情往往并不是这样简单，历史发展的过程并不是直线连续性的，并没有一个合乎科学的逻辑过程。文学并没有像工程师或者地理学家所设计的图纸那样运行。文学在这一点上和生活的发展轨迹一样。拉丁诗歌衰落了，和罗马帝国的衰落一样，但是它的衰落，并不是一个直线下降的过程，而是一个逐渐衰败的过程，是一个缓慢的过程，这个过程一直持续了几个世纪。在此期间，罗马仍然有着真正的诗人，但也许称不上是优秀的诗人。

卢肯就是在公元1世纪产生的这类真正但算不上优秀的诗人中的一位，他是塞涅卡的外甥，他是一个非常优秀的雄辩家。卢肯的《法尔萨利亚》是一首韵文诗形式的编年史，在他那个时代，这是一本被广泛传阅的著作，这种势头一直延续到中世纪。它对编年史的创作，和对法国古典诗歌的创作都有非常长远的影响。它对英国的读者也有特别的吸引力，因为马娄把卢肯的《法尔萨利亚》的第一卷翻译成了出色的英文。还是在这个世纪里产生了一位名叫斯太提乌斯的重要诗人，他是一位拥有多卷本史诗作品的诗人，很多人认为他比维吉尔的诗写的还要好。他的《德贝特》受到了英国诗人波普、格雷的高度评价，其中不具备深度思想，仅仅是语言尚可的一些篇章也都被翻译过来了。

马希尔和朱文纳尔是公元1世纪"黄金时代"的两位讽刺诗人，他们和以前的诗人在写作风格上具有很大的不同，他们的作品并没有像以前的诗歌那样逐渐衰败，而获得非常大的成就。罗马人具有爱嘲讽的天性，因此他们就创造了讽刺诗这种形式，来表达他们的思想情绪。贺拉斯曾经写过非常优美的讽刺诗，但是，讽刺诗仅仅是天才的一部分，因此，他的讽刺诗就显得不是特别的尖锐犀利。马希尔和朱文纳尔，尤其是朱文纳尔，对社会上的腐败与丑闻进行了猛烈的批判。所有的时代、所有的地方都为讽刺诗提供了足够的素材，但是讽刺是一门非常精深的艺术，并不是所有的诗人都能掌握的。英国在这项艺术上达到了很高的水平。伊丽莎白和雅各宾时代的诗人们就能很好的应用讽刺诗这项艺术来作为批判社会现象的有利工具。德莱顿把讽刺诗打造成了尖锐的长矛，波普则把讽刺诗歌锻造成可以杀人的利剑。所有的英国讽刺诗人或多或少、直接或者间接地都继承了罗马讽刺诗的遗产，他们从朱文纳尔那里继承的东西比起其他人都要多很多。

马希尔的《碑铭体诗集》尽管质量良莠不齐，但其优秀与精华之处却是不容忽视的。他把他看到的罗马人的生活都忠实地记录下来了，其形式虽然有点粗糙，但却非常紧凑，具有很强的表达能力。后来的碑铭体诗都继承了马希尔的现实主义手法。朱文纳尔的讽刺诗比起马希尔的更加尖锐剧烈，他是那种毫不妥协的现实主义诗人，他对社会上的阴险、欺诈、伪善、专制表达了强烈的憎恨和不满。他评价自己的作品道："义愤创造了我的诗。"他真实或者宣称的粗糙都来源于生活的粗糙，他对艺术是负责的，他并没有捏造事实。朱文纳尔对语言的驾御能力已经到了炉火纯青的地步，他的文字能够把他想表达的意思准确地表达出来。朱文纳尔已经到无人能出其左右的境界。德赖顿将朱文纳尔《讽刺诗集》中的5篇翻译了出来，其他部分就由他的助手翻译出来了。约翰逊博士两篇模仿之作吸取了朱文纳尔的精髓。尽管约翰逊不是天生的诗人，但他却是个伟大的学者。

罗马诗歌在进入黑暗的中世纪时（现代很多学术成果都已经证明，中世纪远没有人们想象中的黑暗，对其黑暗的描述不过是以讹传讹罢了），就已经开始衰落得难寻踪迹了。我们从罗马诗选中看到罗马诗歌的衰败轨迹。和希腊诗选不一样的是，罗马诗选不是由罗马人自己编选的，它是由现代的诗人学者编撰的。从英尼亚开始到公元1000年间所有诗人的诗歌，还有罗马的最新诗集，都是由近代的学者编选的。在这些诗集中最好的诗歌之一是《维纳斯的维吉尔》，它是一首在春天的时候祭祀春天之母维纳斯的诗歌。它的作者已经不详，只有其创作的日期还可以推断出来诗歌创作的年代。我们所能知道的只在于：它是一首描写春天祭祀的诗歌，表现了罗马想象中美好的一面，而且这种想象的手法来自希腊，其作者大概是一名真正的歌唱家。写到这里，我们要和罗马诗歌告别了。拉丁诗歌死了，但是拉丁散文那充满活力的语言一直繁荣了许多个世纪。

第十三章 罗马散文

　　西塞罗是生活在公元前1世纪前半期的风云人物，无论在当时还是后来，他都是一位非常具有影响力的拉丁语散文家。他是一位政治家、历史学家、雄辩家、哲学家、批评家、道德学家。他的成就还远不止这些，他创造了拉丁散文的标准，并在以后的16个世纪甚至更长的时期内成为人们效仿的标准。在西塞罗之后，好的优秀散文都是西塞罗风格的，在他之后的中世纪的神职人员、哲学家所写的拉丁散文已经远离了罗马的古典优雅。就我所知，除西塞罗之外，在所有的文学领域再也没有任何人能像他那样，使自己的艺术语言能让这么多的人学习使用。后来西塞罗被一个残暴的罗马权贵杀害，他的头被人残忍地割了下来。安东尼的妻子用夹发针把西塞罗的舌头戳穿了，但是西塞罗的声音却一直回荡至今。

　　由于西塞罗在他的作品中大量引用多方材料，这就使他成为前代知识的保存者。比如，英尼斯的诗歌中最美妙篇章的保存，我们就不得不把它归功于西塞罗在其作品中对之的大量引用。他的哲学，是属于学院派的，在其道德上有一种学习斯多噶的明显倾向。他的道德主义倾向使之更容易被基督教的作家所接受，这其中包括圣杰罗姆、奥古斯丁。18世纪以来，西塞罗散文雄辩的特点和典雅的风格一直是许多英国文学家学习的典范。不管我们是否意识到，事实上，我们或多或少都受到了西塞罗的影响。当然，西塞罗也受到了不少的批评。人们批评他没有独创精神，认为他只会引用别人的东西，是一个剽窃者，至少是一个把别人的东西加工一下的"工匠"而已。确实，西塞罗作品中有许多激起他演说热情的政治与法律问题，比之于去年那些在议会上引起强烈反响的问题，确实是枯燥多了。但是，在读过他著名的演说词"反喀提林阴谋"之后谁不会不由得同他一样对谋反者深恶痛绝呢？此外，假如西塞罗只是一个把别人的东西加工一下的"工匠"，那么他也是一个能工巧匠。因为，无论语言是浅显还是深刻，文学家都不能不擅长于遣词造句。西塞罗是一位伟大的文学家，他的书信体诗文不仅易于阅读，还给我们留下了他那个时代有价值的资料。它们是小普林尼书信体诗文的直接刺激物，小普林尼正是在西塞罗的影响下，创作出了非常有价值的关于生命和自然的文章。从某种程度上可以说，18世纪最好的书信体诗文家都是西塞罗的学生。

在西塞罗之后，罗马散文虽然还是受他的影响。但是，罗马散文却一直衰落下去了。但是，尽管如此，在黯淡的古典时代还是显示出了一些动人的亮点。如匹特罗乌斯的《萨迪里康》。匹特罗乌斯是皇帝尼禄的朋友，他的这幅作品非常幽默，也非常重要，他真实地展现了罗马人的生活。匹特罗乌斯的《萨迪里康》如今仅保存下来一些片段，但它是拉丁文学中唯一类似小说的作品。《萨迪里康》展现了当时社会可笑但却真实的一面。由于他所处的社会，风气恶劣，因此，他的作品可能在道德上并没有激人奋进的作用。最近出版的英译本就因此遭到了一些道德批评家的批判和非议。但是，英国文学、拉丁文学的权威，牛津大学的麦克凯教授却对匹特罗乌斯的作品给予了很高的评价，他把匹特罗乌斯和莎士比亚、菲尔丁放到了同一个高度。现在，让我们来复述一下文学作品欣赏的一个基本原则，那就是一个聪明的读者应该去把握作品的真正内涵与意义，而不应该被道德家的观点所控制。对于那些不够聪明、缺少幽默感的人来说，他们是非常"安全"的，因为他们不会去阅读文学作品，也不可能懂得作品到底在表达什么。

匹特罗乌斯的小说中所表现的风俗与习惯同日常生活中真实情况非常相似，这在我们这个时代被称为现实主义。一个世纪以后，阿普勒乌斯写出了他的《金驴记》。书中讲述了丘比特和赛姬的故事，一段非常浪漫、吸引人的故事。如果用它代替伟大的凯撒、西塞罗以及令人难以忍受的尼颇士的作品作为学校的教材的话，也许更能引起人们对拉丁语的兴趣。现在，我们学习了解拉丁语言的知识都凭借现代作家的翻译。如，我们了解丘比特和赛姬的故事是在威廉·莫里斯的《地上天国》里，了解《金驴记》则是在《吉柯德先生》、《吉尔·布拉斯》、《十日谈》里。

阿普勒乌斯充满想象力的、瑰丽的文学创造是当时文学衰败时期的一朵奇葩。那个时候拉丁语言成为了学校和教堂的官方语言，他们中确实有些人是天才，但他们的思想是解释性的，是宗教的和哲学的，而不是艺术的。

许多人在历史、哲学、宗教方面具有重要地位，但他们并不是文学艺术家。无赖、恶棍以及不关心世事的人往往是天生的艺术家，他们往往拥有驾御语言的魔力。昆体良就是这样的一个人，他算不上是一位伟大的诗人，但他却和西塞罗一样建立了拉丁古典文学的范式。一本有关雄辩术的批评与修辞的书告诉我们，昆体良在这方面的成就比任何罗马人都优秀。昆体良在拥有20多年的教学经历以后写出了一部优秀的教材，这使他成为罗马历史上唯一取得成功的教师。在那个充满竞争的时代，教师并没有非常高的地位，昆体良完全是凭着自己的认真、勤学而取得社会承认的。在思想上，他比不上亚里士多德，但也和他相差无几。至于他为什么不如亚里士多德的原因是——尽管已经有许多可恶和繁杂的比较；罗马思想智力成就的决大部分在思想深度上都比希腊要差一个层次。

昆体良的写作风格来自西塞罗，这一传统又出现在小普林尼的作品里。而小普林尼又是罗马君主图拉真最喜欢的一个人，也是历史学家塔西佗朋友和崇拜者。小普林尼的叔叔老普林尼是一个杰出的自然主义者和政治家，他给了小普林尼非常好的教育机会，并帮助他取得令人羡慕的社会地位，成为一个有所成就的学者。他的作品具有很重要的地位，它能让我们更好地了解他那个时代的社会和政治生活。但是从其作品所具有的文学价值上来说，他的作品绝对称不上是一流的。

当基督教征服了罗马的时候，罗马及其语言反过来也征服了基督教。拉丁语到今天为此都还是天主教的官方语言。许多世纪以来，许多语言都获得很大的发展，但是拉丁语仍然被看做是智慧的语言。一个受过良好教育的人都必须掌握拉丁语，这是他和其他人相区别的重要标志。

拉丁语一直走到了今天，因为罗马就是世界，也是因为罗马就是基督教。在1000多年里，无论是宗教作品还是世俗的生活，都是用拉丁语言记录下来的。尽管在基督教的统治下，拉丁语言可能失去了古典拉丁语言的一些优雅，但还是涌现出了一些可以称为大师级的杰作。举几个例子。

在公元4世纪到5世纪之间，由奥古斯丁创作的《忏悔录》、《上帝之城》；同一时期圣杰罗姆版的《圣经》；13世纪圣托玛斯·阿奎那有关宗教、神学的作品。圣托玛斯·阿奎那的作品还因为其思想的深邃而被罗马教会定为哲学的标准。文化知识在当时并没有被僧侣所垄断，在这些宗教神职人员之外，就连斯宾洛莎这样的世俗哲学家也在使用拉丁语进行写作。

在我们今天这个时代，一个受过良好的教育、在文学上具有很深造诣的人也不一定能读懂西塞罗或者维吉尔的一句诗。曾经作为文学训练常规项目的拉丁语言正淡出我们的视野，走向消亡。但是，不管我们自己是否意识到，拉丁语言已经成为了我们血液的一部分。因为，它已经融进了现代欧洲每一个国家的语言之中，如法语、意大利语、西班牙语，还有那充满魅力的，我们都必须要努力学习和读写的英语。法语是现代语言中在内涵和形式上保留最多古代语言精神的一门语言。英语在某种程度上来说是日尔曼语系的，但是它只有部分词汇是属于日尔曼语系的，它还有很大一部分其实是拉丁语系的。我们常说英语是"盎格鲁－萨克逊语"，这完全是胡说八道。英语中的日常用语部分（这类物理过程我们和动物是一样的）大部分来自盎格鲁－萨克逊语，但是那些反映人际交往、社会文明的高级词汇则大部分来自于拉丁语。我们所用的"走"、"开始"、"停止"、"呼吸"、"睡觉"、"醒来"、"谈话"、"活着"与"死亡"这些词汇都是来自于盎格鲁－萨克逊语。但是，像"前进"、"撤退"、"接近"与"退休"、"激励"与"鼓舞"、"授予"和"讨论"、"比较"、"拒绝"、"辩论"、"凋零"与"存活"都是拉丁语的。还有那些像生意、商业、金融、政府、外交等等之类的专业词汇都是来自拉丁语言的。没有拉丁语言对我们来说，就像没有头颅的肩膀。确实，那些没有学习过拉丁语言的人，也能够有效地，甚至是非常漂亮、优雅地使用英语。但是，绝大多数伟大的文学家至少在学校的时候受过古典语言的训练。他们在学校的时候就知道了一些有关希腊和拉丁语言的知识。不可否认，旧式的学校古典学训练课程是非常枯燥的，也很难取得多大的成果。那些缺乏想象力的学究确实可以非常容易地读懂拉丁作品，但是他们并没有独立思考的能力，也不可能熟练地应用这门语言来进行写作。在现在的学校教育系统里，有一些人否认拉丁语言的教学，他们认为普通的学生根本没有必要对拉丁语言有任何的了解，这些人根本就不懂什么是教育。马可尼认为所谓真正的学者是那些脚上被戴上脚镣却仍然要读柏拉图的人。这个定义不但适合于学者，对那些追求阅读乐趣的文学爱好者同样适用。追求阅读的乐趣而不是从中获得进步的义务感才是阅读的真动机。不管马可尼所定义的"真学者"是否存在于这个世界上，但醉心于阅读和翻译古典文学的人还是不少的。因此，我们千万不要认为拉丁语言已经死去。就其对现代语言研究的重要性来说，就其本身的高贵优雅来讲，拉丁语言具有不朽性。罗马仍然是永恒存在的。

第二部分 中世纪西方文学

第十四章 日尔曼、哥特和传奇小说的起源

罗马的语言、文学和宗教对欧洲的大部分地区的统治一直延续到近代，从某种程度上来说，这使罗马成为了永恒的城邦。中世纪神圣的罗马帝国，恺撒大帝时期的文学是以日耳曼文学为基础得以重建的。正如伏尔泰所说的——尽管不是很准确，但是精妙绝伦——"它既不神圣、而且同罗马没有半点关系，甚至并不是所谓的帝国。"作为象征世界上所有教会团结在一起的人格化的领袖，罗马教皇不仅在精神上和宗教上，而且在许多欧洲国家和大公国的现世事务中都充当着统帅的角色，享有至高无上的权力。就像格里高利七世即位时那样，具有伟大力量的人物拥有着超越了君主的权力，国王必须臣服于他。

在长达几个世纪的漫长的中世纪时代（或者是黑暗时代）里，欧洲人并没有改变自己在罗马教义方面的生活传统。那么，什么是中世纪呢？从传统的历史观点来看，这段时期是指从5世纪中叶到15世纪中叶大约1000年的历史进程。不论是文艺复兴时期的人们，还是那些重新发掘出古典精神的人文主义者们，都从内心深处感到自己的精神领域是归属于古代的希腊和罗马那一时期的，并且认为在他们和他们所向往的古代世界的这一段历史空间是所谓的"中间"时期，这其中大部分的历史都是无比黑暗的。但他们并不是高明的历史学家，没有很好地理解在他们之前的这段刚刚逝去的历史。他们给"中世纪"的

含义赋予了种种轻蔑的意味，这些轻蔑也流露出他们对欧洲文明发展情况的一种最基本的误解。

在那1000多年的历史时期中，人类的确生存在一种黑暗的阴影之中，从这个角度来说，那段历史的确是处在"中间"的。然而，即使在那段"黯淡"的历史时期里，人们仍然能够看到灿烂而伟大的光芒，虽然它是微弱的，但它却是永不熄灭的文明火焰。在中世纪时期，顽强的生命力和伟大的乐观精神，以及对艺术的热情战胜了无知、迷信、无休止的战乱和恶劣的物质条件。不仅如此，我们还必须记住一点：人类在思想、生活上的变化并不是一个不受干扰的发展过程，它实际上是一个不间断的发展过程，也许趋向于更好的发展方向，或许更坏。在人类精神的发展过程中，没有哪个阶段是确确实实地走向终结的；或者说在5世纪，当日耳曼人厄尔多瓦废除了最后一位罗马皇帝，成为亚平宁半岛上新统治者的时候，人类的精神会发生急剧的转向。文艺复兴的第一道曙光是什么时候生起在地平线上的呢？我们无法利用时钟得出准确的结论。因为历史并不是层次分明的，但我们可以把它分为一个个不同的阶段，所有重大的历史时刻之间的过渡与转换也都是模糊不清的，从4世纪过渡到5世纪，从5世纪过渡到6世纪，它们之间并没有一个清晰的界限。我们同样要记住，人类的行为、思想、种族、语言以及地理界限也并非是严格而清晰地划定的。在欧洲，没有任何一个省份、民族，甚至国家是独立地发展起来的，并且同他周边邻国的发展也是没有任何联系。

本书主要的研究对象——文学，并不能算作是中世纪最伟大的艺术门类。因为建筑和其他相关的艺术门类才是其真正具有价值的部分。对于哥特式教堂，当我们以一种谦逊的态度来对待中世纪的先辈们的时候，如果他们不能使近代人感到自身的渺小，那么至少，他们的傲慢也应当受到指责。

在中世纪的文学成就中，最为丰富、最有价值的部分就是诗歌、史诗、浪漫小说和抒情诗。对于历史、哲学和宗教来说，散文理应是这一时期最合适的表达思想的文体，然而中世纪的学者们却选择了韵文来表达他们的思想，并将其作为学术著作的写作体裁。直到13世纪，日耳曼人依然没有把散文当做一种艺术表达的载体。在英国，也差不多直到乔叟之后才出现了优美的散文体。将口语表达方式过渡成为标准的书面写作的确是一个漫长的过程。

如果以种族和语言的衍化作为考察的标准的话，那么我们认为中世纪文学大体上可以分为如下几个部分：日耳曼文学（包括斯堪的纳维亚及英国），哥

文学的故事

特文学，法兰西文学，西班牙文学，意大利文学。它们之间并不像有些人说的那样泾渭分明，其实它们之间存在着一种相互借鉴、相互影响的关系。如果要说明这一点，那么就需要我们从比较文学的角度来对其进行深入的研究了。我们需要注意一个很重要的事实：在黑暗的时代里，一些诸侯国互相征战不断，和平的交往进程变得极为缓慢和困难，但是人类的思想却在整个欧洲飞速地流传着，那些引起人们关注的传说最初往往是从一个偏僻的小地方悄然地传出来的，但它逐渐地为人们所熟知甚至成为学者们创作的主题。由于很多原因，我们已经分辨不出一个故事的真实内容与外表形象了，并且不了解它的最初形式与发展演化的结果。我们将从欧洲文学的主要分支中，选取一部分进行研究，以此为途径获取对浩如烟海的中世纪文学的整体认识。

首先，我们需要概括出所有文学种类的一个共同特征。像浪漫小说、叙事诗、传说以及民谣之间就具备以上所有文学分类的共同特征，它们大多讲述的是发生在骑士身上的战争、爱情以及传奇的故事。根据故事中主要叙述的某一个真实的或者是虚构的帝王，又可以进一步分为：关于亚历山大大帝的、关于恺撒的、关于查理曼大帝的、关于亚瑟王的。这些故事的情节大同小异，内容雷同、互相重叠。故事中的英雄人物大多是得到传说中神的授命，英雄救美，保护被欺负的弱者，以及惩罚作恶多端的坏人之类。其中有些神话素材混合了基督教和异教的成分。在这些浪漫的故事中，理想化的骑士都是基督徒，他们用血肉之躯为主而战，投身十字军，东征圣城。奉行的社会伦理规范是所谓的"骑士道"精神，这在一定程度上是现实生活中存在的，而更多的则是一个诗意化的梦想。"骑士道"的理想和实践在文艺复兴时期得以盛行起来，谈吐文雅、心地善良、勇敢无畏的法国人贝亚德和英国人菲利普·西德尼就是实践这种骑士理想的范例。在这些浪漫小说中，许多冒险行为都异常地夸张、可笑，塞万提斯在他的成名作《堂·吉诃德》中以辛辣却不乏同情的笔调"奚落"了他们。西班牙的浪漫小说深受其发源地法国的影响，形成了自己独特的表现方式和风格，比如曾经非常流行的《高卢人阿马迪斯》在这方面就显得尤为夸张，但我们能从其荒谬的叙事中感受到一种愉快，也正是由于这个原因，才促使我们去读塞万提斯的作品。

对古代传说不完整的认知和曲解的翻译，构成了中世纪拉丁文化中浪漫小说的来源。在当时的拉丁文化领域里，只有很少的牧师和学者具备古典文化的素养，然而他们的知识也并不完美。

在伊尼亚、戴多以及周围地区产生了浩如烟海的故事，就连荷马、维吉尔在面对它们的时候，也会变得迷茫和惘然。奥维德是我们先前所谈到过的一个讲故事的行家，他也是一位精通于"爱"的艺术的专家。因为他所写的缠绵优雅的爱情故事被贵族和淑女们深深喜爱，并沉溺于其中，所以他被当成是通俗著作的权威。亚历山大大帝则被描述成半神半人的封建君主，而这即使是敬仰他的希腊人也无法认同。

凯尔特人对浪漫小说的贡献集中表现在两个方面：第一，在他们的散文中有许多充满了诗意的故事，这构成了爱尔兰、苏格兰和威尔士文学的重要部分。这些传说故事对后来欧洲大陆上晚期的浪漫文学产生了影响，而早期的影响并不明显。它们通过近代的译本得以被英国的读者所了解（如麦克弗森的《奥希安》和格兰特夫人用威尔士语写的《马比诺吉安》，还包括近代的复兴凯尔特文学运动的领军人物的作品）。凯尔特文学中包括了很大一部分的诗歌和浪漫小说，在好几个世纪里，它们与欧洲文学的其他部分都处于隔离状态。

"布列塔尼故事"是凯尔特人对浪漫小说的第二个重要贡献，这也是许多法国浪漫小说，尤其是那些与亚瑟王有关的故事群的创作素材。法国西北部的布列塔尼正好与英国隔海相望，英国（或称不列颠岛）海岸的康沃尔和威尔士一带当时还是凯尔特人的土地，而在很早以前，整个海岸都是凯尔特人的领土。在萨克森人跨越海峡、侵入许多前英国人的领地之后，他们在风俗和语言上都被法国人改变了，但是他们却依旧保存了很多自己的凯尔特传说，这些传说故事早于他们任何文字记载的历史。现在，我们能看到下面两种现象：不是法国西北部的凯尔特人的后裔将这些故事讲述给法国的作者，就是留在英国的凯尔特人将这些故事讲给英国的诺尔曼的作者，而后者又将这些故事传到法国。不管怎么样，现存最早的与亚瑟王有关的故事文本都是用法语写成的。亚瑟王到底是一个真正存在的国王呢，还是仅仅只是一个文学创造的形象呢？我们不得而知。如果他是真人，那么他就是凯尔特人的首领，是英国人的敌人。之所以把他描绘成一位威名远扬，甚至扫荡了罗马的征服者，是因为这些传说明显地受到了查理曼大帝和亚历山大大帝传说的影响。

亚瑟王和他的圆桌的故事跨越海峡从法国传回到英国，并将法语文本翻译成英文文本。用英文写就的亚瑟王的故事最早出现在13世纪莱亚蒙所写的韵文编年史《勃拉特》中。莱亚蒙根据泽基岛的诺尔曼诗人韦斯所写的一本法语韵文编年史而写成了《勃拉特》，而另一本拉丁文编年史——可视为不列颠人的

文学的故事

历史——由蒙姆斯（英格兰西部的一个郡）的杰弗里所写，这本书也成为韦斯的作品的材料来源。从文学的角度来说，即使莱亚蒙在他的著作中夹杂了过多的想象成分，那也是无可厚非的。在这些文字中，我们不仅仅看到了亚瑟王及术士默林，我们同样能够找到莎士比亚剧本中的角色"李尔王"的原型。

15世纪后期，托马斯·马娄里根据法国的浪漫小说编撰了《亚瑟王之死》，这部作品所形成的叙事风格让人读起来感到愉悦。这种文体加上大量的情节和插曲，经过长时间的发展之后，亚瑟王故事逐渐由法国文学走入英国文学。尽管当时已经有了几篇以英文编写的讲述兰斯洛特、兰法尔、加尔文等伟大骑士的冒险故事的格律体浪漫小说，但马娄里的作品依然是为英国读者而写作的，很多近代的英国诗人和作家据以改写这类题材，他们从中获取灵感。在这些对亚瑟王故事的改写作品中，最著名、最流行的是丁尼生的《国王的田园诗》。丁尼生把亚瑟王塑造成一个英国化的君主，锦衣玉食、富贵豪华，但其金戈铁马的雄风却荡然无存，毫无古代传说中的那种彪悍、勇猛和神奇。尽管现在的批评家倾向于贬低丁尼生在文学史上的地位，就连受中世纪影响更为深重的斯温伯恩对他也有颇多非议，但是，《国王的田园诗》中依然有许多庄重华彩的篇章，它依然不乏是英国诗歌的杰作。

与亚瑟王相关的作品不计其数，它们在情节上互相雷同。虽然有些作品的内容来自其他与亚瑟王毫无关系的传说，但总的来说，大体上可以分为两类：第一类，主要包括亚瑟王与女王奎尼威尔的婚姻、女王的不贞、她对兰斯洛特的爱情以及借凶狠的摩德瑞德之手颠覆宫廷和亚瑟王之死等内容。第二类是关于圣杯的故事。这类故事最富有诗意。其最初的蓝本与基督教之间没有任何关系，甚至其中一些传说都是早于基督教时期。或许它可以作为一个例证来向我们展示那些前基督教的传说与基督教故事的融合。圣杯是保存基督血液的容器，它是"完美"（perfection）的象征，只有像基督一样圣洁的骑士才能够看它一眼。兰斯洛特的品德是残缺的，因此他不能看圣杯。根据不同的版本，成功的英雄是加尔文、贾兰海德、帕斯瓦尔。帕斯瓦尔在法兰西和德意志的故事中是一个纯洁的骑士，他也是后来瓦格纳歌剧中的同名者。

本身独立却和亚瑟王有关的另一种故事，是关于特里斯丹（tristan）和琦丝的故事。这个故事的人物及其背景都具有典型的凯尔特风格。琦丝是爱尔兰的公主，派特里斯丹把琦丝接回其庄园的马克国王是康沃尔的君主。这个故事是中世纪浪漫小说中最著名的一篇，为欧洲各地方的读者所熟悉。法国的读者能够敏锐地在约瑟夫·贝蒂埃的《特里斯丹和琦丝》中领略到故事的精彩。而斯温伯恩的《雷欧内斯的特里斯丹》则是一部用非常优美的英文创作的韵律感很强的作品，这些故事在瓦格纳的歌剧中都被写成了最为庄重的爱情乐章。

在流行的传说中，与兰斯洛特竞争的骑士英雄是加尔文，他把自己和亚瑟王联系在一起，并且成为众多浪漫小说的中心人物。在早期的故事里，他的地位甚至要高于亚瑟王。《加尔文和绿衣骑士》是英国浪漫小说中最好的作品之一，这是一部纯正的哥特人的作品，而不像其他故事那样源自法国故事。这是一个生动的传说，其笔调比中世纪的松散闲适的故事结构更为紧凑。另外，它还是用来研究早期英文韵体诗的典型作品。

如果我们认为所有中世纪英国文学的素材和灵感都源自于凯尔特人和法国人的话，那么这种观点就有失偏颇。因为中世纪英国文学还强烈地受到了日耳曼文学的影响，这源自于在英国的萨克森人。英国的萨克森人在想象力方面不如他的邻居凯尔特人和法国人，在艺术方面也远远地落后于这两个民族。学者们所使用的拉丁语和绅士们所使用的法语占据着非常重要的地位，这就形成了中世纪英国重要的文学载体，而其他语言如果要取得一定的地位就必须进行艰苦的斗争，即使是这样，萨克森人的语言最终仍然取得了一定的成就。其节奏、口音、语调以及对英语短语的感觉都是日耳曼式的，尽管古英语的韵律与近代英文的韵律完全不一样。盎格鲁－萨克逊作为一门独一无二的语言消失了，我们用一种外来的语调朗诵它，这一语调来自于他的同族亲戚——德意志和荷兰。它留给我们的文学成就，虽然不算丰富，却也值得慢慢回味。

英雄故事《贝奥武弗》是现存的最长并且是最好的盎格鲁－萨克逊的诗歌，它远比史诗要短小，它的素材与灵感同各国的骑士冒险传说在情节上大体相同。这个故事大概被编撰于5世纪亨吉斯特和霍尔萨统帅的日耳曼人入侵不列颠之后，1000年以前——1000年通常所认为的现存最为古老的手抄本所诞生的年代（存于大英博物馆）。尽管用的是盎格鲁－萨克逊语，但是英雄人物和场景却都以斯堪的纳维亚和德意志的传说故事为原型，这说明他们可能来源于欧洲大陆，并且在被文字记录下来之前的很长一段时间里，它一直被口头相传着。诗中的一些情节与冰岛的一些古代传说《强者戈莱蒂尔》中的有些情节相似（关于冰岛文学我们过一会儿将谈到）。贝奥武弗是一位伟大的勇士，当临国国王的宫殿上受到一只可怕的怪物攻击的时候，贝奥武弗挺身而出与怪物搏斗，后来他杀死了那只怪物和它的母亲，后来又杀死了龙，可是最后，他自己也被龙牙和龙所吐出的烈焰杀死。这个完美的神话素材，是欧洲这类题材中最古老的标本。虽然这些素材并不能被称为杰作，但它们的内容却充满了正义和勇敢。这个故事后来被翻译成近代英语文本，并具有多个版本，其中以偏爱古代和中世纪作品的威廉·莫里斯和美国诗人兼学者威廉·伦纳德的最为出色，前者的文风刚劲遒力，后者也毫不逊色。

在盎格鲁－萨克逊诗歌中还有一些佚名的作品，比如《威第斯和德瓦尔》，正如被很多人所编织出来的，它在文学史上是一部非常重要的作品，因为许多盎格鲁－萨克逊的文学作品都已经遗失了。在一篇名为《航海者》的作品中，真实而优美的短诗与约翰·曼斯菲尔德的大海诗一样伟大，这也是在此类诗中留存下来的最早的文本。

凯德蒙和新涅武尔夫是两位宗教诗人。他们的生卒年月已无从查考，对于他们所写的具体作品，我们也所知不多。但是很明显，我们知道凯尔德蒙的《创世纪》和《出埃及记》的韵文的翻译文本是在公元8世纪完成的。据说，《创世纪》中的一节被弥尔顿读到。其中还有一个关于凯德蒙的很重要的故事，这个故事不仅介绍了一个高贵的萨克逊人彼得，而且它还能够反映出那个时代的色彩和特征。彼得属于英国文学史的范围是因为阿尔弗雷德主教翻译了他的《教会史》。这个故事讲的是凯德蒙——一个修道院的仆从——既不会弹奏乐器，也不善于歌唱，在一个节日聚会上，当轮到他演奏竖琴的时候，他只好从聚会上退了出去。在他的睡梦中，出现了一个陌生人，并命令他歌颂造物主创造万物的伟大，这时，那些他从未听过的美丽诗篇竟然脱口而出。

我们可以肯定辛涅伍尔夫创作了以基督为主题的圣诗组中的三篇，因为他把自己的署名藏入"离合体"诗的形式之中。很可能，他还是戏剧性和故事性都非常强的四圣徒传记的作者。诗歌常常是宗教的婢女，长期以来在宗教诗歌的创作传统中，辛德武尔夫的作品具有很高的艺术和精神价值，他也具有相当高的地位（并不是所有虔诚的宗教诗人都能享有如此殊荣）。歌者能从他的信念中获取真正的诗的灵感。

最初将我们祖先的吟咏用文字表达出来，从而赋予它们一种文字形式的是诗人。或许是因为诗歌比散文更加适合于较高的主题，也可能因为散文这种辩理性的语言比诗歌这种满怀情感的语言形式更晚一些的发展出来。尽管如此，盎格鲁－萨克逊的散文还是十分丰富的，而最令人感兴趣的是阿尔弗雷德大帝的作品。在公元9世纪的后三分之一时期，他施行仁政，不但通过法律，更通过艺术和哲学的精神教化来教导他的国民。他翻译了罗马晚期哲学家波义提乌斯的作品，这也许对《编年史》的写作产生了影响。这本书既是盎格鲁－萨克逊最为重要的散文档案，同时也是我们搜集英国从8世纪中期到9世纪中期的主要信息的来源。这本书既具有史学价值，又具有很高的文学价值，并且已经转译成了近代英语。

作为一种独特的纯洁的语言，盎格鲁－萨克逊语是由于诺尔曼人的征服而走向衰败的，但这也并不是唯一的原因。在一个多世纪之后，中世纪英语才开始形成。在12到14世纪这段时期内，散文仍然处于相对滞后的地位，诗歌、韵律体的浪漫小说，以及那些多数来自英国本土、少数来自凯尔特和法兰西的诗歌是这个时期主要的文学遗产。其中有两部截然不同的作品值得我们记住，并且认真阅读。《珍珠》是一部具有真正感伤而哀婉的美的一部诗歌，诗歌中咏叹了一个年轻女子的死亡。另一部则是一篇相对冗长的故事——《兑因人哈维罗克》，我们从其标题就可以知道，它可能原自斯堪的那维亚半岛。当意大利文艺复兴到来的时候，中世纪时期的英语已经发展成虽有古风余韵，但依然可以被认定为和近代英语大体相同的语言，在乔叟的庄重的诗歌中，英国文学的光芒已经开始微露晨曦。

现在，让我们跨越英吉利海峡，来到英国伟大的邻邦——法国、西班牙和德意志诸国。

第十五章 中世纪的法兰西文学

　　法国地理与政治一样，在它的中部从东到西划一条线，便可以根据语言和文学将法国分为两部分：在地域上，南方要比北方稍微小一些；在语言和文学上也如此。北方的文学占据了优势地位，而南方却日趋衰亡。今天，只有从南方布洛温斯的一些诗人身上才能看到文学的流风余韵，他们的诗作体现了一种爱国主义的献身精神。近代名望最高的布洛温斯诗人当属菲特烈·米斯托尔，布洛温斯文学在中世纪达到它的顶峰，在12世纪到14世纪这段时期内，布洛温斯文学融合了其西边的西班牙文学和东边的意大利文学的成分，从而在灿烂悠久的历史上孕育出了欧洲最绚丽、也最具吸引力的文明。

　　当时的诗人都属于"吟游歌手"，这个词具有"发现"和"发明"的意思。法语中的trouver（看出）和英语中的treasure－trove（发现的财富）都和这个词有关系。在这个伟大的时代中，吟游诗人并不是那些在歌剧中穿着华丽衣服、弹着吉他的民谣歌手，他们是绅士、骑士、贵族，甚至是一国之君，他们创作着韵文和诗歌，把音乐当做一种高贵的技艺。吟游诗人的等级是具有排斥性的，只有那些证明自己在诗歌方面具有相当高的才智，并且能够做出优秀的歌曲的人才会被公认为吟游诗人。但另一方面又表现得非常民主，因为一个社会地位很低的人也能够赢得这一很多人都在觊觎着的荣誉。那些不是吟游诗人的贵族会出钱资助这一韵诗和歌唱的艺术，在自己的庄园中宦养一些真正的诗人，或者热情款待那些从其他贵族庄园中过来的吟游诗人。

　　吟游诗人的主题是抒发歌颂爱情。当时大部分的歌曲都得以保留，这些歌曲时而非常简单却感人肺腑，接近于人们自然的歌声；时而又高亢细腻并富有深沉的哲思。诗人们在发明歌曲的新形式上相互竞争，在相对古老的形式中注入新的内容。同时吟游诗人还创作并保存了许多长篇叙事诗，今天看来，散布于欧洲的许多浪漫小说或许也是他们的杰作。布洛温斯游吟诗人的艺术成就主要建立在封建庄园的基础上，直到今天，还有百位以上的布洛温斯游吟诗人仍然有机可寻。然而到了13世纪以后，南部贵族们在战争中衰败下来，吟游诗人也变得无所依靠，人们再也听不到他们的吟唱。在西班牙和意大利，他们也渐渐退出了历史的舞台。

一个更加持久和连续的生活赋予了法国北部地区的诗歌（和散文），正因如此，法国文学才会在好几个世纪里在欧洲占据着统治地位，而且有着一个1000多年来都不间断的传统，直到最近被一个年轻诗人所打破。与布洛温斯的吟游诗人作品相对应，北方文学的成就主要体现在treuvere上。相对于南方吟游诗人的创作，treuvere的创作更为专业化，而不像前者那样带有被贵族所供养的门客色彩。最为重要的是，从文学观点来看，他们对叙事、故事、生活和音乐更感兴趣。其结果是当南方成为保留了上千年的歌曲之乡的时候，而北方则成为叙事性浪漫小说之乡。尽管法国的抒情诗很早就开始繁荣并且永不衰竭，但布洛温斯的歌手们还是创造出了优秀的叙事作品。

最早的诗是具有一种豪迈遒劲风格的记功诗——含义是战功或者冒险颂歌，主人公通常是骑士或者极为忠诚的英雄。记功诗虽然是叙事诗，但具有强烈的民族主义爱国色彩。一般情况下，记功诗是取材于法国历史的，但有时也取材于诸如亚历山大大帝一类的伟人以及荷马和维吉尔神话中的一些英雄人物，还有一些则来自于不列颠的关于亚瑟王以及骑士的传说。这些卷帙浩繁的歌谣最先是用韵文写成的，后来又用散文将其写成浪漫小说，这在一定程度上满足了当时人们对传奇人物冒险经历的自然需求，这种需求与今天的人们对各种流行小说和杂志的需求是一样的。除了那些把古代的只言片语也视为珍奇的学者，一般现代人对这些故事过目即忘，因为在今天看来这些故事着实是有些乏味的。但在上百篇的歌谣中，仍有两三篇杰作，比如我们都知道的《罗兰之歌》。罗兰是查理曼大帝的一个骑士，在西班牙打了败仗从比利牛斯山脉撤退时战死。即使在最后关头，他也拒绝向查理曼吹响救援的号角，最后与他的兄弟奥利维一起壮烈战死。实际上，纯洁的罗兰最终是在向神挑战并与神战斗，因而极为悲壮。

和其他的法国诗歌一样，直到100年以前，歌谣才重新被发现，并被多次编辑，翻译成近代的法语和英文。罗兰的故事从中世纪到文艺复兴时期一直都在被人改编，它在意大利极为流行，成为了阿里奥斯托的杰作《疯狂的罗兰》的创作主题。这个故事直到变换成为散文体，在其他国家的影响变得衰弱的时候，它才为英国人所熟悉。在这个巨大的英语和法语圈中，英国人所熟悉的，并不是查理曼大帝，而是我们在前一章中一带而过的亚瑟王。

早期的法国诗人们将他们的天赋用于对那些传说故事进行的改编与创作，玛丽·德·弗朗斯和克雷蒂安·德·特罗就是其中最重要的两位。玛丽·德·弗朗斯大部分的生命都是在英国所度过的，作为亨利二世的门客，玛丽·德·弗朗斯住在其庄园中。在那里，所盛行的文化都是法国式的，就连国王也是普洛温斯的公主。从弗朗斯的《艺妓》中，我们可以窥见具有童话色彩的特里斯丹和兰法尔的影子。弗朗斯是一位纯真的诗人，不太顾及故事的形式和技巧，但同时，他却非常清楚地意识到了自己的职责。近代的研究家们倾向于认为诗歌并不存在于从一个幼稚到成熟的发展过程，"早期的"诗人并不像一般人所说的那样幼稚——从这个意义上来说，是没有所谓早期的概念的，因为他们的创造也有非常丰富的积淀，几个世纪以来，他们追赶着自己的先驱，从中吸取近代投资所无法企及的活力。玛丽的《艺妓》现在已经有了多个译本，以及一些解释和研究文稿。在英译本中，一些非常有趣的、，随意的意译，出自于19世纪诗人阿瑟·奥肖内齐的手笔。

对亚瑟王故事的发展和演变做出过重大贡献，并且具有重要地位的诗人是克雷蒂安·德·特罗，他从12世纪后半叶就一直住在查理曼的宫廷里。他创造的《里昂的骑士》、《埃里克和爱尼德》，以及关于兰斯洛特的故事《马车骑士》、《特里斯丹和琦瑟》和《帕西法尔》等不仅成为法国早期叙事诗的精华，同时也成为我们在马娄里的英译本中所看到的后代散文体故事的素材。在后面我们还要谈到克雷蒂安·德·特罗在德国文学史上的重大影响。

除了浪漫小说中涉及到的亚瑟王和其他英雄人物之外，在众多毫无价值的作品中，还有三种诗体值得关注，其中，有些杰作可以让我们感受到离奇的想象力。第一种是"诗体故事"，这是一种以动物为主角的寓言，长盛不衰的《伊索寓言》，以及现在我们哄小孩睡觉时所讲的兔子的故事都属于这一类。将这些相关的故事编成一个集子，便出现了《列那狐的故事》，英语中的对应物则是乔叟的《修女的故事》，在他的故事里，狐狸不再聪明狡猾，不再获胜，如《伊索寓言》一样，将这样的形象转化为失败者的形象。在晚期的法国文学中最伟大的寓言作家是拉·封丹，他书中的内容并不是取材于中世纪的作品（事实上，直到19世纪，中世纪的那些作品仍然不被人重视），更多的时候，他以古典作品为素材，凭借其敏锐的讽刺和丰富的想象力进行创作。中世纪的这些诗体故事都只是一些简单的动物寓言，并非是对当时社会状况的一个透视和素描，从中透射出反映人性特征的幽默之光，正如美国的《利马大叔》中的那样。

第二类则与此不同，带有寓言式的道德说教。角色都是抽象出来的美善、邪恶、爱、恨、嫉妒等。其中的代表作是《玫瑰的罗曼史》，这是一篇关于爱、勇敢的长诗，并且从中吹拂着一股带着讽刺的微风。由于骑士道、社会规则以及庄重的礼仪等方面的原因，中世纪的人们都喜欢放声大笑。《玫瑰的罗曼史》以认真而又略带戏谑的态度忠实地描述了那个时代的特征，在这方面，相对于其他作品来说，它是最重要的。更难能可贵的是，虽然它是由两个未曾谋面的诗人先后完成的，但这部长诗却出奇地维持了风格的统一与完整。在13世纪的上半叶，吉约姆·德·洛里斯完成了整部诗篇的上半部；下半部则是在20年后由让·德·默恩完成的。默恩是一位非常杰出的诗人，他的创作并不仅仅以爱情为创作题材，大部分内容涉及到中世纪时期的社会思想，他的眼光颇具前瞻性。法国最为犀利的批评家之一，兰森博士说，从这位诗人的作品中，我们可以看到一种正在发育的东西，一种萌动着未来的东西。因为那时的生命，是整个民族的生命。乔叟翻译了《玫瑰的罗曼史》中的一个片段，对于其他署有他的名字的翻译文稿，学者依然表示怀疑。诗歌冲击了中世纪里保持了3个世纪的幻想，这是对中世纪思想许多方面和整个人性的解放。对于这部作品的历史地位，我们不容置疑，而至于它给我们带来的阅读快感，则是另一方面的问题。当这部作品被赋予了诙谐幽默的笔法以及诗一般的意境时（类似于埃德蒙·斯宾塞的《仙后》一般的意境），近代的读者并不能像中世纪的先祖那样敏锐地意识到这是一部长篇的道德寓言。

中世纪第三种非常重要的诗体是抒情诗，不管是在创作的种类还是写作的数量上，它都显得很繁盛。虽然有的抒情诗依然有迹可寻，但大部分都是佚名之作，作者隶属于社会上的各个阶层。有的学者将他的学识与音乐结合起来，试图用他们的作品来改进文学及其语言的品味和形式，有的是贵族，热爱艺术而亲自创作。在那些日子里，甚至国王们都是很好的歌手。在这些皇族歌手中，迪波尔特斯四世最具有代表性，他会记得其他具有歌唱才能的君王，英格兰的理查德一世、苏格兰的詹姆士一世、西班牙的"博学之王"阿方索十世等，都具有诗歌天赋。另一方面，诗歌之花也并不仅仅开放在贵族的花园中。许多普通人创作的流行诗作反而更加贴近生活，就像所有国家的民间歌曲一样，它们表达了最基本的感情、坟墓、同性恋、轻佻和激情飞扬的心境。

傅华萨的《编年史》是一部14世纪的骑士浪漫小说，也是当时的一部伟大的作品，几乎记载了"法国、英国、苏格兰和西班牙"将近一个世纪的全部的历史，这比浪漫小说更加让人振奋，它是对当时代的一个伟大的刻画。傅华萨是一个不知疲倦的旅行家，他永远都在以强烈的好奇心观察着这个世界，并将其所见所闻加以记录。他的文笔活泼清新而且真实客观，这使他不仅成为了一名著名的历史学家，同时也是一位讲故事的高手，托马斯·格雷说他是"未开化时代的希罗多德"。在伯纳斯伯爵将它翻译成为英文之后，还成为了16世纪英国文学的一部分。同时傅华萨也是一个拥有高超技巧的小诗人，但他所生存的年代却是散文的世纪，直到他的下一个世纪，抒情诗才在法国大行其道。在傅华萨之后，法国散文的发展才开始趋于全面，尽管他的记述有些繁琐和零乱，然而却指明了前进的方向，可以算是那些世纪中法国散文的代表。

与法国，尤其是与法国南部文学——布洛温斯的文学创作有着亲密联系的，是西班牙的文学。法国有《罗兰之歌》，西班牙也有民族英雄史诗《西德之诗》。所谓"西德"是一位反抗摩尔人的领袖人物，他的真名叫做罗德里格·迪亚斯·德·比瓦尔，"西德"是阿拉伯语中"王"的西班牙语的音译。正如罗兰以及其他的历史人物角色一样，"西德"的伟大业绩成了传奇的主题。富于智慧的塞万提斯通过他的一个角色之口说道：过去历史上确实存在过"西德"这样的人，但是书中所描述的他的所作所为却值得我们怀疑（这是对文学也这是对历史所作的一个中肯的论断，在阅读中世纪小说时，我们最好记住这一点）。在西班牙之外，"西德"也是一个大受欢迎的伟大角色，比如法国剧作家皮埃尔·科内耶就以他作为其悲剧杰作的创作主题。

13世纪，博学的阿尔丰索王有许多离奇怪异的事迹，这些事迹在史籍中都有所记载：这位西班牙卡斯蒂利亚国王一方面以武力征服了整个世界，另一方面又在文学上有所作为——他从主观上判断他所见到的一切事物，他钦定了卡斯蒂利亚诗歌的形式规范、亲自创作或者指导创作了各种有关艺术与科学的作品，并接纳了那些在法国，特别是在布洛温斯的政治叛乱和社会动荡中无处安身的艺术家和诗人，把他们供养在自己的宫廷里。在法国，任何时期的西班牙诗人都没有像当时那么多，因为西班牙是一个相对来说更为贫穷的国家。但是他们创作了大量的抒情诗以及表达各种情绪的吟游歌谣，从感情、内容到格律、形式都很可观。那种确切无疑的西班牙旋律除了在现在的乡村或者在西班牙影响下的更早时期以外，其余我们都无从查考，对此，我们应该追溯到中世纪的诗作，以探查其对西班牙抒情诗风格和色彩所带来的影响。而今天的西班牙（这是现在最不能算作近代的近代国家）在外表上依然保留着中世纪精神的一鳞半爪。在下一章，我们将看到文艺复兴时期的西班牙向我们所展现的风采。

第十六章 早期的德意志和斯堪的纳维亚文学

　　尽管存在着不同的政治、种族和语言，但是中世纪的欧洲国家并没有在智识上相互隔绝。他们之间思想的交流虽然不像电报那样的迅速，但是如果我们把视线放长，放到历史之中再来进行思考的话，我们就会发现这个速度依然是非常迅速的。那些非常优秀的工匠们，能够用木料和石材建筑成一座宏伟的宫殿，他们在欧洲四处游荡，他们涌入城市，只要那里有工程，需要他们去修筑。在任何国家，说拉丁文的牧师和学者都身居在家。一个文学的大使对他所到之处的仪节都是了如指掌的。政治家常常会遇到神秘的、暴力的死亡，但对那些不问世事、专心于诗歌研究和创作的人来说，几乎没有卷入政治阴谋的风险（虽然他们私人之间的斗争和冲突很多），上流社会为诗人和吟诗者提供食宿，而平民则聚集起来倾听那些艺人的吟唱，感受战争、骑士精神和幻想的仙境所带来的激情与冲动。当人们可以通过吟唱诗篇来满足基本生活需求的时候，以"吟游诗人"为职业的人多如牛毛也就不足为奇了，为了更好地回报忠实的听众，他们便努力去提高自己的专业技能与素养。

　　没有哪个国家的诗人，能够像德国诗人那样受人尊重，尤其是在其南方的巴伐利亚和奥地利。在布洛温斯吟游歌手的影响下，形成了一种爱情歌谣的传统，具有繁文缛节形式的宫廷恋爱传说受到喜爱，因而被纷纷吟唱。和布洛温斯比起来，德国的吟游歌手更是毫爽热情，减少了舞台表演成分。他们用一种极为认真的态度来对待这种艺术，并且在12和13两个世纪中，创作了大量的抒情诗歌。有些作品虽然有因袭前人的成分，但是我们能从中看出后人的天赋。并且以此为基础，融合了更多的流行歌曲和德意志民谣的成分——同时包括旋律和辞章——为德意志文学提供极为丰富的素材。那些吟游歌手常常是地位较低的骑士，他们所创作的歌谣常常是为了表达他们对某一位少妇的爱慕。就社会地位而论，这些别人爱慕的少妇是远高于自己之上，甚至是遥不可及的；有时候这样的女郎是一位侯爵的妻子，而有时候只不过是他们创作中的一个幻想而已。情窦初开的年轻人对那些可望而不可及的女人那种纯洁的献身精神，在中世纪以及文艺复兴时期的许多诗歌当中比比皆是。这些都是有一定戏剧味道的，但是那种由最纯洁的感情所激发的灵感往往也是诗人们要在诗艺上一争高低的。

沃尔瑟是当时最为杰出的爱情歌手，他擅长此项技艺；但是，更重要的是，他扩展并且深化了抒情诗，给它灌入了一种奇特的近代情感元素——不像只是为了一位女士礼貌地弹唱，而是诗人在直抒胸臆。近代诗人对他评价甚高，认为他比同时代的任何作家都与我们保持着更加密切的联系。他的作品《菩提树下》（这首诗与柏林那条著名的大马路没有任何关系）使之成为了海涅的长兄，对其作品影响甚深。诗中的女子不是拥有高贵地位的妇人，而是普通的平民少女，但我们仍然可以从中体会到那种缠绵而真挚的感情。

13世纪初，沃尔瑟在图林根的宫殿里遇到了沃尔夫拉姆·冯·埃申巴赫——这是两个最富有创造力的德意志诗人们的会面。沃尔夫拉姆·冯·埃申巴赫不仅是"爱情诗人"，同时还创造了优美的浪漫叙事诗《帕尔齐法尔》。这个关于圣杯的传说故事来自法国，其中一部分内容来自克雷蒂安·德·特罗，其他则另有出处。沃尔夫拉姆·冯·埃申巴赫比特罗曼更有力度，而且对于故事性以及戏剧性有着更为准确的把握。有时候他的文字显得有些生硬，而且不那么清晰流畅，一部分原因是：在当时用来叙述故事的德语还不像后来的德语在使用上那么便利。和那些生活在自己的浪漫世界中的诗人一样，沃尔夫拉姆成为了后期浪漫传统中的代表人物。在瓦格纳的歌剧《汤豪瑟》中，他向那些数以万计的从未听过他的诗歌的观众们吟唱。在这部歌剧中，歌者被展现为相互竞争的艺术家，而不是像在古希腊的人们那样，为了荣誉和奖励而唱。也许是沃尔瑟出生得太晚，这位历史上的"爱情诗人"并没有见到那个并不值得人们尊崇的沃尔夫拉姆·冯·埃申巴赫，这未免有点遗憾。在浪漫小说中，时间都是真实而准确的，但是在真实的文学史上，人们更看重的是精神，而不是"具体而准确"的时间。

在德国中世纪时期，与沃尔夫拉姆和沃尔瑟齐名的另一位诗人是戈特弗里德·冯·斯特拉斯堡，他创作了当时整个德意志，甚至是整个欧洲最为优秀的叙事诗。他的《特里斯丹》立足于法国生活的素材，但是作品强大的表现力、内容中心的统一、对人性特定的追索却比当时法国人民所知道的任何一部作品都要高明得多（不时出现的恋爱情节以及其他离奇描写并没有伤害到这部作品的旨趣）。而在他之后的作家中，关于描写特里斯丹的故事的作品都从他这里取材的，包括瓦格纳的歌剧。特里斯丹故事和亚瑟王之间的关系，我们已经在前面讲到，在此不再赘述。

在中世纪德意志诗歌当中，最伟大的一部作品是《尼伯龙根之歌》，其发源、发展、最终的结局都完全纯粹取材于德意志文学自身，是德意志诗歌史上的一座里程碑。这首诗歌是德国中部和南部用德国方言连缀而成的长诗，由13世纪一位或者多位佚名诗人把诸多英雄故事以及与之多少有些关系的神话编撰在一起而成的。其源头已经无从查考，只能凭空猜测。我们可以这样假设，这个传说早在有文字记录之前便已经在民间流传了。瓦格纳把这个故事或者这一系列故事借用到自己的歌剧中，因而德意志以外的近代世界对之都非常熟悉。瓦格纳是否为了适应自己的个人风格以及他所处的那个时代特征——19世纪的象征主义来改编这个故事已经无关紧要，即使传诵者按照他们各自的传统或是风格而各取所需，那些故事的基本核心大体上总是相近的。剧中的核心人物是半人半神的英雄以及非常女性化的齐格弗里德和布伦西尔特。齐格弗里特的原型就是冰岛传抄本故事中的西格特，那个故事本身也是一部罗曼史。

诺斯人——德意志和英吉利人在斯堪的纳维亚半岛上的堂兄弟完成了许多远航，并且带来了新的发现，他们远航到美洲的那些知名的、或者不知名的海域内进行征服、抢劫、进行海盗般的活动。在法国北部的诺曼底和意大利南部的西西里，当然也有他们的印记。他们虽然在此延续下来，但却放弃了原来的语言而采用被征服者的语言，在这一点上还存在着隐约的痕迹。在冰岛这样一个孤岛上，他们没有去征服的民族，长期以来，他们与欧洲大陆被长年的战乱所隔，他们把冰岛周边区域、苏格兰以及西边岛屿的文明融合起来，发展出了一种彰显高贵和美的新文明。从这些冰岛人民的身上，我们继承了一种独特的文学，尽管我们对其起源的认识相当模糊，也弄不懂它与德意志文学之间有何关系，但可以肯定的是，它们之间关系密切。

我们的祖先：维京人是一个同时具备勇气和诗人气质的伟大部族。我们只有关于部落中歌手生活的一些稀少的记录，但幸运的是，这些都包括在他们所创造的歌曲之中。在13世纪，一个名叫斯诺里·斯图尔拉逊的诗人兼学者创造了一部故事集——《埃达》。"埃达"这个词带有童话的意味，其本意是老祖母，它暗含着书中的这些故事开始于拥有叙事技巧的故事家讲给小孩子听的。

文学的故事

《埃达》的第二卷由诗歌构成，而这些诗歌在冰岛人那里险些遗失（如果他们不通过口语传统保存的话），直到17世纪被一位博学的主教重新发掘出来。当波希主教、托马斯·格雷以及其他人开始对北方诗歌感兴趣的时候，这部诗歌的一些片段在18世纪进入了英国文学。50年前威廉·莫里斯创作了《古来梯尔强大王》和《伏尔泰和尼伯龙根的故事》。正如我们都知道辛德莱拉和巨人杀手约克一样，我们也都熟悉齐格弗里德煅出一把有魔法的剑来杀死龙的故事，我们还知道布伦西尔特的恋爱和哀伤，以及她最后杀死齐格弗里德的故事。这些故事在斯堪的纳维亚语中表现得更为雄劲，而在具有中世纪罗曼史色彩的德语中便有些逊色。撇开其中巨大的音乐成分不谈，瓦格纳那部以这一题材为基础而创作的英译剧本虽然缺乏诗意，但说它很有意思却也并不过分。肖伯纳的那篇《完全的瓦格纳主义者》中的评论与分析含蓄而且精彩，或许有些地方甚至可以让瓦格纳大吃一惊。

《尼伯龙根之歌》自身的伟大足以让它站立在古代德意志人民智慧的丰碑上。但是它的脱颖而出却在一定程度上取决于周边国家的平庸。在我们发现名著歌手、新一代牧师、诗人、反叛者以及清教徒路德以前，德意志人几乎没有创造出一部具有里程碑意义的文学作品。著名歌手是吟游诗人的直接继承者，他们相对来说更加激情，在韵诗的形式、规则和组织上更加学术化，他们承接起了德意志抒情诗歌的传统，使之永不止息。

第十七章 但丁与《神曲》

没有哪一段历史是在一个特定的年份开始或者终结的。人类的生活如河流般向前流淌，时而和缓得像经过了一片浅滩，时而汹涌湍急得如巨浪波涛，而且盘旋虬结，迂回曲折。编年史的划分只是为了标出我们在时间之河中所处的大致位置。在真正的航海中，它对我们的帮助不大，只不过是调查者钉在岸上的树桩。"中世纪"、"近代"这些词只有在我们灵活地对待它们的时候，才显得有用。而如果我们在任何给定的时间上拦腰截断河水，只会造成河流的崩溃。"中世纪"这个带有某种轻度责备的表达，暗示着某种之前的事物，古代，或者说此后的事物要好过中世纪这一段时期，这是对历史的误解。卓越的天才会超越所有人划分的时间段，因为他着眼于整个宇宙，至于他为什么会诞生在时间之流的这个特定时间，他也无从解释，并且无法解释。

但丁诞生于13世纪中叶，他的生命走到了14世纪。他的诞生稍早于官方所认定的文艺复兴的时间划分。但是就其本人而言，他的确是文艺复兴时期中的一员干将。他的家乡是佛罗伦萨，在他的年代或者二三个世纪之后，这个城市成为了欧洲文学艺术的中心，其盛况只有黄金时期的雅典才能够比得上。然而，但丁并非是在佛罗伦萨完成其杰作的。在当时残酷的政治斗争中，他的那一派处于下风，于是他被驱逐出这个城市，成为难民，寄居在富裕的赞助者家里。他就这样在意大利的很多城市中流亡，尤其是在维罗纳和拉维纳城。

Commedia，我们常称之为《神曲》，尽管但丁并没有给它冠上这样的名字。《神曲》包括了在地狱、炼狱、天堂游历的三个梦，在这部宏伟的著作面前，所有形容词都将失色。这是一部在所有文学作品中，将宏伟的计划完美实现的一部。它不能被归类为"史诗"，或者在任何其他的我们所知道的文学形式当中——因为在它之前，绝无此类作品——没有任何一部作品可以与之相比。但丁创造了这个奇迹，完成了他所期望所有的内容、形式和语言的创作。

在此之前，从来没有任何人有过此类构想。《神曲》是但丁个人智力的原创。

如果我们说但丁创造了他所有的素材，并且在同一时间里集合了他所在时代的全世界人类的智慧的话，一点都不为过。他用简洁的韵文诗描述或者隐喻了各种罪人、好人和幸运者，这些神幻的故事大多以人间生活为模型，这一点在地狱里最为突出。但丁以清教徒的眼光审视他笔下的那些罪人，所以他作品内容中的有些叙述在今天看来有点难以接受。在他笔下，罪人同时受到肉体和精神两方面的惩罚，但我们可以看到洋溢于其中的不是认同和歌颂这种惩罚的态度，而是一种深深的怜悯之情。同时在他的作品中，我们还可以看到一般人的感情，像罪人的苦恼或者是幸福者的快乐，比如《地狱》第五篇里描写保罗和法郎赛加动人的爱情故事时，那种真挚而热烈的感情是其他任何叙事诗也无法相比的。更为可贵的是，在全诗所有想象的人神世界之间，我们都能看到这种真挚的感情合乎情理地流露着。在这个朝圣之梦的结尾，是一个神性的幻想，将个人的意志融入"移动太阳和其他星辰的伟大的爱"之中。

但丁自己承认，他的最终目的是要向所有人展开一幅美丽的景象，将人们从悲惨的境地中引导出来，走向终极的幸福。然而，他做得并不成功，他没有解除人们困苦的心态——从可预见的结果来看，这个任务超越了一个诗人的能力所及，即便是但丁所追随的那些先哲大师们，恐怕也是力不能及的。作为一个诗人、创造者，他的确是成功的。他留下了神学和哲学上的许多难题，学者们虽然经历了6个世纪的探究，但仍然没有得出一致的结果。作为读者，根据数量有限的注解，我们只能够领会但丁最表层的价值。通过诺顿的翻译，我们也只能泛泛地去领略其表面的美，尽管其中蕴含了许多深刻的理念和最本质的美。至于但丁表达自己心声的时候所大量运用的象征手法，我们可能永远不得其详。而引导但丁进入天堂的女子贝雅特里齐，是确有其人，还是只是一种象征，对此批评家的意见是，她是一个以面纱掩盖其美丽的女子，是但丁理想人物的化身。

但丁理念上的广袤无垠比不上他所赋予的形式之精彩。被认为是技术性成就的结构，是文章的奇迹。而在形式和连贯性上，它也是远非其他任何诗歌可以企及的。《神曲》是由三个部分或者说是由三篇圣歌组成：地狱、炼狱和天堂。这每一部分又都包含了三十三个章节。在地狱篇之前还有一章介绍性的内容，因此总共是一百章。这些章节的长度都大致相同，在一百四十行左右，这就是所谓的三韵句，下面，不妨列举近代诗人沃尔特·阿伦斯伯格所翻译的

《地狱》篇第十五首歌的最后十行，这些诗句堪称三韵句的标本：

当我们读到一个多情的公子哥儿，

是如何地吻到了他渴望已久的微笑，

这个人，他总是伴我左右。

全身战栗，吻我的嘴，

这是个略特所写的书，

我们不再阅读，在那一天；

一个灵魂在说话，

另一个灵魂在狂热地叫喊，

因为他的恐惧，我垂死般昏厥；

像要死去一样，我倒在地上。

三行一段，与其他两个段落前后相连，这样的次序以最后一句作结，终断全篇。采用连锁式押韵，即前段中一句与中段前后两句相押，《神曲》一百篇全部采用这种押韵形式。但丁的三韵句是形式和内容的统一，使整个诗篇井井有条、无懈可击。他发明的这一种写作形式，不仅仅只具有韵文的艺术鉴赏力，而且还将他的作品体现了自己各种不同思想的载体，内容包罗万象，有叙事、描画、抒情、哲理等各方面的内涵。对其杰作和诗的一个反面证明是，在但丁创造出了三韵句诗体之后，很多诗人都尝试着采用这种形式来进行写作，但是没有一个人能够成功地向但丁一样运用自如。这是他的创造，而且保留了他自己独一无二的表达风格。

除了三韵句之外，但丁的语法以及语言的运用也很有独创性。当人们还在千篇一律地用拉丁语写作时，但丁已经开始采用通俗的多斯加纳语来进行文学创作了。通过以但丁的用法为基础，对多斯加纳语进行修订，于是便产生了意大利语。当时还在意大利流行着许多通俗、纯净同时也具备文学艺术特点的方言，或许佛罗伦萨以其周围的邻邦也能成为意大利的文化中心，但只是因为有了但丁，多斯加纳语才在众多方言中脱颖而出，成为正式的教育语言。《地狱》中引导但丁神游的是诗人维吉尔，但丁年幼的时候十分敬仰维吉尔，认为是他授予了自己"美的诗体"。维吉尔对但丁以及中世纪和近代欧洲的学术派诗人有着重大影响是一个不争的事实。如果说哪一位诗人创造了他自己的美的诗体，那么这个诗人就是但丁。

费朗罗在翻译《地狱篇》的时候，他在其前言的十四行诗中，将但丁的诗比喻为一座宏伟的大寺院。对于富有智慧的人来说，用石头建造的建筑杰作和用言语建造的建筑杰作之间没有太多明显的区别，但在旁观者的眼里却存在着不同。当我们接近并且进入这样一个教堂，不管我们花多长时间仔细研读，它的宏伟壮丽都会立刻让我们为之倾倒。而一首诗歌却没有这样的突兀的效果。如果我们要想对它有一个整体印象，那么我们需要从第一行到最后一行仔细阅读。但丁把他的诗作想象成为一个球形，因此，当我们仅停留在这个球的一个碎片之上，那么它就不再成为一个完整的球了。尽管如此，我们依然建议一个悠闲的读者（完全违背了但丁的计划和他的逻辑）沉入到《神曲》中，然后他将会发现精彩的章节俯拾即是，比如我们所推荐的《地狱》第五、第二十六两篇。我们从朗费罗对教堂的想象中，找到了比他所要告诉我们的更多的东西。我在参观罗马圣彼得寺院的时候，久久仰望着米开朗基罗的塑像、手扶高耸的皮亚塔——虽然这只是装饰于整个寺院的一小部分，但我们瞬间完全领略到了朗费罗企图展示给我们的大寺院。这可能不是一般的文学欣赏方法，但我们觉得这可能是最接近但丁审美趣味的方法。

不懂得意大利语的英国读者们可以从不同的译本中领略到但丁诗作的实质和精神，尽管在这些译本中，但丁的魔力已经丧失了很多。其中译得最好最优美的是查理·爱略特·诺顿的散文体译本。除了《神曲》，诺顿还细致地翻译了但丁的早期作品《新生》，这是记述但丁少年时代对贝雅特里齐的爱情诗，同样也是《神曲》最原始的创作素材。在19世纪早期，亨利·卡利将《神曲》译成无韵诗之后，这一版本便成为了英文经典。朗费罗同样把它翻译成了无韵诗，但是内容进度却过于和缓、缺乏激情。如果读者稍懂意大利语，那么在读完《寺院古典丛书》中缩略的三卷《神曲》之后，一定可以获得那种难以言传的快乐。该译本右边是英文翻译，而左边则是意大利原文。但丁是一个深刻的思想家，他的思想十分精妙，并且也包含在了译本之中。但至少有一点，他的意大利文还不至于令我们费解。他希望可以对所有人说话，因为他极为相信自己作品的价值，认为它并不亚于基督的传道。如果我们从数量日益增长的各种语言的《神曲》译本、评论、传记上进行判断，他的作品基本上实现了他要造福全宇宙的"成一家之言"的愿望。

第三部分 19世纪以前的近代欧洲文学

第十八章 文艺复兴时期的意大利文学

很多年以前，摩根先生花巨资买进了中世纪时期的一份文学稿本，这笔钱足以使得那些无名的书记员和佚名的作者变成难以置信的富翁。与但丁同时代的薄伽丘在参观一座著名寺院的藏书库时，发现那里的僧人将书页撕成碎片卖给那些认为它们具有怯罪免灾魔力迷信的人们。

世界一如既往地残酷着，也许还没有哪个时代，像受到今天这样更残忍的摧残。19世纪人们非常尊重学识、学者以及书籍，这大大不同于蔑视文化的9世纪。一个机会、一线光明，一团越燃越炽热的智慧火焰的确照亮了14世纪到15世纪的欧洲人民。这束火光最先出现在意大利，所以，文艺复兴就是意大利的文艺复兴，尽管形式上是在法国。这束火光从薄伽丘对寺院里文稿的兴趣开始，因此，文艺复兴事实上是对才学的复兴和为文学的发展带来一次焕发生机的机会。碰巧的是一系列天才人物的出现，使得这束火焰光芒四射，并照亮了前行的方向。

彼特拉克就是其中之一，他比但丁年轻，但是在他的那个时代，甚至在两个世纪之后，他的声誉超过了但丁。他是当时罗马众多诗人中的佼佼者，享受了时代能够赋予他的所有荣誉。对我们来说，他依靠他的诗歌活着并且红极一时，尤其是十四行诗，这种英文中最优美的诗体依然让他享有盛誉，并被命名为"彼特拉克式"。彼特拉克远非仅仅是一个诗人，他还是文化的传道者，一个人文主义者，是希腊和拉丁文明的信徒。

相对来说，薄伽丘更具有人道关怀思想，即便不能算是一个完美的人文主义者，他也是意大利的第一位散文大师。根据许多评论家的观点，他还是在写作短篇故事方面上无人能及的大师。和他的朋友彼特拉克一样，他也是一个满怀热情的学者，收集并且抄印了许多文稿，同时还鼓励同时代学习希腊文与希腊文化。他比同时代人更了解但丁的伟大，于是为他写了一部传记。他是一个多产的诗人，但其短篇故事集《十日谈》光彩夺目的艺术魔力使他的其他作品黯然失色，在这部作品中，我们能够充分地欣赏到薄伽丘的伟大艺术成就。这部集子共有一百篇短篇故事。在17世纪的英文译本中，译名为《欢乐、机智、雄辩和谈话技巧》的一本书倒是能够准确反映原创的风格。无论是插科打诨，还是细微的描写，每一篇故事的内容与写作方式都是十分杰出的。其中的一些故事讲的是非常琐碎的事情，而另外一些则具有一些污淫的内容而不太适合刊登在近代家庭杂志之上。但是从文学的角度来看，它却不像绝大多数作品那样枯燥乏味。《十日谈》既夹杂着薄伽丘的想象，也有他改写的当时盛行的民间故事，而其余部分则直接取材于法国古代诗歌中的故事。《十日谈》成为了全欧洲文学的一个重要组成部分，从乔叟到济慈，许多英国诗人都从中获取灵感和借鉴。我们永远不会忽视《十日谈》中浓郁的地方色彩，它忠实地反映了14世纪时意大利社会生活的各个方面。

薄伽丘清新灵活的散文也是一种能够带给人愉悦享受的艺术样式。到他的下一个世纪，马基雅维里将意大利散文锻造成为阐释和分析的利器。马基雅维里是一个政治家，但同时又是擅长文学的艺术家。在意大利文艺复兴时期，身兼多个身份，也不会产生排斥。一个人可以同时是诗人和政治家。一个雕刻家可以写诗，上战场作战，还可以坐在城邦议会厅里参议邦国大事，这对于文艺复兴时期的意大利来说并不是什么稀奇的事情。佛罗伦萨的统治者洛伦佐·美第奇比马基雅维里年长，马基雅维里对他的生平业绩进行了详细的研究。马基雅维里曾被任命为驻外使节，这使他有机会行走于宫廷之间，从而极大地增强了他对世界的了解。他观察所驻国的政治，并以此为基础来对本国政治进行考察。他在《君主论》中最早记述并讨论了社会政治问题，指出了君主维护其统治地位所必须采取的手段。"马基雅维里主义"这个词成为了政治上忽视道德考虑的决断行为。这是因为马基雅维里抛开伪善、不加掩饰地到处了解政治的真相，以及以往那些用来掩饰政府真实职能的诸如正直、仁慈等说法统统被抛开了。他认为统治十分必要，他远非一个无政府主义者。他并不是在寻找构建一个乌托邦，而是道出了组织和控制的诸多原则。《君主论》是一部伟大的原创思想杰作，尽管其中也不乏一些本土的陈言旧辞，但其主题思想却是全新的。那些以政治为主题的作家，尤其是以宣讲道德和城邦荣誉的那些人可能会对"马基雅维里主义"造成诸多误解。但是随后挑起了世界上的流血战争的实践中的政治家、外交家们，却秘密地在内心里深深敬佩马基雅维里，认为他道出了人类政治生活的真相。他的书含蓄而带有危险性的真诚，具有精神和方法论上的科学性。尽管马基雅维里是一个评价专制，并且列举出其治理原则的保守主义者，并主张应该遵守这些法令和原则，人们用他的名字来标示政治中的阴谋，就像某位外科医生发现了某种疾病，然后用他们的名字来为这种疾病命名一样。

我们正在对文学进行一个匆忙而草率的梳理，文学是艺术的一部分，而艺术是生命的一部分。在文艺复兴时期，正如我所讲到的，现在所谓的各个知识门类却得到了和谐的统一。当马基雅维里在为城邦作诊断的时候，他肯定在佛罗伦萨的大街上、或者在美第奇的宫殿里遇见过那位最具盛名的天才——米开朗基罗。他是一位雕塑家兼画家，但是我们也把他归结到文学中来进行讨论。他除了擅长使用凿子、斧头和画刷以外，还写了很多优秀的诗，甚至到了60岁，他还用自己充沛的精力来创作诗歌。在米开朗基罗数年之后，另外一个雕塑家切利尼的那部著名的《自传》为意大利散文增添了一道亮丽的风景，也为世界各国的读者们贡献了又一道精神大餐。《自传》是浪漫主义的先驱之作，也是切尼自负的精神画像。他塑造的那座波尔修斯的青铜雕像，至今仍屹立于佛罗伦萨，这也表明了他的确有自负的资本。

文艺复兴时期的作家和艺术家们既有浪漫主义的代表，又包含古典主义的代表人物。他们之间的区分并非十分明显。将近代的韵诗和古典叙述方式漂亮地结合在一起的，是阿里奥斯托的浪漫主义叙事长诗《疯狂的罗兰》。这部作品是15和16世纪最为有名、最为流行的一部浪漫主义诗篇，它使作者赢得了"圣罗道味哥"的称誉。直到今天，这部作品还没有精彩的英文译本，所以我们并不能准确地认识到它的审美价值。约翰·哈林顿在16世纪发表了一个英文译本，伊丽莎白时代的诗人们对它十分熟悉，就像他们熟悉众多法国和意大利的浪漫小说一样。疯狂的罗兰就是查理曼帝国的大贵族、我们在前面提到过的法国英雄传奇中的罗兰。

意大利16世纪最负盛名的诗人是托尔夸脱·塔索。他的作品《被解放的耶路撒冷》是一个关于十字军东征的故事，讲述了戈德弗雷占领圣城的经过。这部作品具有史诗的篇幅，其主题所具有的宗教内涵对塔索和他同时代的人有着巨大的鼓舞力量，虽然在今天看来并非如此。但对于我们而言，《被解放的耶路撒冷》所具有的价值似乎等同于斯各特的小说《护符》。

我们还不能忽视意大利诗人兼批评家卡杜奇的评价，他称塔索为"但丁的继承者"，这是一个光荣而公正的评价。除了伟大的《被解放的耶路撒冷》，青年时代的塔索还创造了大量的作品。在他步入中年之前，塔索患上了严重的疾病，尤其是精神病。不过他凄婉的人生际遇也和他那个时代的历史趋势合拍——在他之后，意大利的文艺复兴便开始走向了终结。文艺复兴这一隐喻在逻辑上更显得美丽而富有吸引力，因为文艺复兴从未真正衰亡。雕塑、青铜、绘画和文学作品使它永远保持着强盛的生命力。文艺复兴逐渐向其他国家扩展，甚至即便在意大利，虽然诗歌的盛世已逝去，但其思想上的成就依然顽强地挺立着。在当时黑暗的政治现实中，思想显得更富生命力，这体现在布鲁诺和伽利略的哲学散文当中。这些人并非纯粹的技术型的哲学家，他们在很大程度上隶属于文学范畴。据说当宗教官员强迫伽利略放弃他那地球围绕太阳转的观点时，他拍案而起，大声说道"它的确是那样转的"。这个故事也许不是真的，但当人们思考宇宙、思考人生，或者思考生命之中的某一部分时，布鲁诺的这句话却是一句再好不过的格言——这就是文学。

第十九章 19世纪以前的法国散文

在16世纪的整个法国文学界，有两位极具原创天赋、并广受人们欢迎的思想家支配了法国散文的发展，他们就是蒙田和拉伯雷。拉伯雷生活在16世纪上半叶，而蒙田则属于16世纪的后半叶。这两位作家具有完全不同的性情，拉伯雷诙谐幽默，使人倍感亲切，而蒙田总是严峻地沉思。似乎没有任何痕迹可以表明蒙田深受他这个伟大的前辈的影响。蒙田是一个博学好古的古典主义学者，对所谓纯粹的法国事务持一种轻蔑的态度。但是他们两人凭借各自的天赋和才能共同开创了法国的散文，他们的作品对英国的论文家和讽刺作家也产生了巨大而深远的影响。我们在近代作家阿纳托尔·弗朗斯的身上，还能窥见拉伯雷和蒙田在创作上的流风余韵。

在文学史上有两种人并不多见：一种是诗人，另一种就是惹人发笑的喜剧作家。拉伯雷就是这样一个惹人发笑的幽默作家。一种幽默作家和另一种幽默作家之间有何区别，这是在哲学和心理学的文章中一直严肃地谈论着的主题。对于这个问题的答案，至今还没有提出很好的解答，我们只能用一些简单的实例来进行粗略的对比。毫无疑问，斯威夫特是知道拉伯雷的，但他的幽默从来不会让你放声大笑，只是使人颤抖，因为他的幽默是悲剧性的。

狄更斯和马克·吐温，他们绝对都是严肃的人，甚至在生活上是艰辛与苦楚的。他们的幽默也能制造一种使我们大笑不止的快乐气氛。与他们一样，拉伯雷的幽默也是一种既聪慧又高明的幽默。他在那部结构松散的《巨人传》中，描述了主人公卡冈都亚和他的儿子庞大固埃以及众所周知的那位滑稽而无用的家伙巴汝奇三人离奇的冒险——既有现实世界的影子，也有虚幻的成分。对他们冒险过程的叙述，如实地反映了当时社会生活的各个方面，没有一点虚假的感觉。在小说中，他们遇到了各种人物，带着强烈的震撼前来：学者、牧师和律师。拉伯雷曾出家做过僧侣，后来成为了一名外科医生，对法官的长袍以及地位没有那种世俗的敬畏。作为一部优秀的喜剧作品，在其严肃的主题之下却潜藏着躁动的愚弄。他说律师是披着"法律外衣的猫"，在引人发笑的同时还会带给人刺痛的感觉。因此，在酒吧的聚会上大声地朗诵这样的作品也是一种冒险的行为。但是他的像其作品中巨人英雄一样的大笑，却使人难以在脸上找到强扮起来的正经、严肃。如果那些精神或者灵魂的疾病能够得以根治的话，那么它将成为解除伪善和忧郁的一剂良药。他有巨大的词汇量，作品中有些单词是他自己发明的，他的想象和推理快速、奇特并且丰富。对于拉伯雷和我们来说，更为幸运的是，17世纪时出现的厄克特和莫托克斯的英文译本，不仅重现了原作那种奔放雄浑和他那令人捧腹的怪诞的句法，而且英语的表现手法和方式也因这部作品的翻译而更加丰富。厄克特和莫托克斯的译本后来成为经典并一再重版发行。其中伦敦的卡托和温督斯兄弟出版社的版本中还加入了由古斯塔夫创作的和文本一样传神的插图。如果只想大概了解一下的读者可以在莫利的《世界文库》中找到该小说的删节本。我认为一个人只要有一个强健的胃和一个健全的大脑，那么他是完全可以将拉伯雷整个吞下去而不会留下任何不良后果。拥有极高审美能力和文学素养的学者柯尔律治说："虽然一篇文章并不能够完全充分地赞美拉伯雷作品中那种高尚的品德，但我还是应该写一篇文章来赞美他，拉伯雷的作品痛斥了高尚的道德，这足以使教会瞠目，异教徒发出无谓的呻吟。"但是拉伯雷并不需要这样的一篇文章，因为他本身就是一个杰出的文学家，而且，更重要的是，他的非凡幽默总是令人狂笑不止。

"变轻松些，我的伙计们，让你的心振奋起来，开怀大笑吧。"这是拉伯雷所传递的信息和情绪。蒙田却从来不会关注这些嬉笑的朋友，而只是默默地思考、著书写作。散文是一种可以查考到其开创者和诞生时间的文学形式。戏剧、抒情诗、短篇故事、小说的起源都退到历史的身后，慢慢消失了，没有哪个天才人物可以站出来明白地宣称他就是这种种文体的开创者。唯有散文，拥有记录下来的确切的时间。在此之前，散文这种形式不存在，从那以后则永久流传：1571年3月，迈克尔·德·蒙田从一个喧嚣的世界中退隐，回到他城堡的塔楼里，开始和自己交谈关于自己的事情，散文便这样构造出来了。准确地说，散文的诞生是在9年之后，蒙田的第一部散文集出版之时，他的第一部作品是最伟大的。在蒙田之后，不同的语言国度里出现了许多杰出的散文作家，如果说蒙田之前的亚里士多德、西塞罗的论述也是散文，那么甚至更早，在他们之前用母语写作的东西也都可以叫做散文。但是从蒙田避难的塔楼里写作出来的文稿被认为是散文开端的说法却占据着主流的地位，蒙田是公认的"散文之父"。

蒙田说："就像与我遇到的第一个人交谈一样，我用心和纸进行交谈。"而在另一个地方，他又讲道："我自己就是我创作的素材。"同他相比，没有一个人能有更加坚实的基础做素材，没有一个人有更加丰富的写作主题，也没有一个人怀着比他更加高尚的目的。在涉猎的范围上，蒙田的散文是百科全书式的。蒙田阅览了他所有的藏书，使之成为自己的第二天性，转化为自己的思想。在书中，蒙田用一种客观的，甚至冷峻而充满好奇的笔调剖析了自己，他是一个怀疑主义者，对自己所处的时代充满了怀疑。但对于人性的种种说法，他却持一种包容态度。他的这些矛盾是生命和同一个生命的观察者在不同的心境下所产生的矛盾。"我不是一个哲学家，"他说，如果说哲学意味着充满理性的系统的思想的话，那么这一论断是真实的。但如果说哲学意味着智慧，那么他又是一个真真确确的哲学家。他因为不停地讽刺而遭受了迫害和肉体上的痛楚，却从未有过抱怨。艺术家约瑟·康拉德说他是"从不唉声叹气，微笑面对苦难生活的人群中的佼佼者"。蒙田说："世界由废话和语言组成。"人们一直没有忘记这句话。

蒙田的《论文集》是一部"对话"集锦。在17世纪早期的时候，约翰·弗洛里完成了第一个标准的英文译本。弗洛里的母语是意大利语，但他通晓数国语言，在牛津大学教法语和意大利语。他的"世界大同主义"使得从小小的塔楼里洞察整个宇宙的蒙田散文成为了英语世界的杰作。蒙田这个孤独的哲学家，成为了英语读者，以及他自己国家的读者，甚至是全世界读者的好伴侣。

在从小就读他们作品的法国人眼里，拉伯雷和蒙田永远都不会被淘汰，也没有人胆敢说他们是"无名之辈"。他们风格朴素、平实、自由，走着一条独立的创作道路，就像伊丽莎白时代英国的散文家那样。17世纪的法国散文不仅在形式上进一步完善，同时在鲜明性、精确性上也有所改进。大约与拉伯雷同代的卡尔文不仅有极好的文学功底，同时还是一位演讲的高手，在重大场合演讲时泰然自若、清晰流畅。他演讲时采用的文体，已经不是原先惯用的拉丁体，而是新的法国体。在宗教研究者的重要文献《基督教的制度》中，他的口吻虽然有些冷漠和晦涩，但优美流畅的文笔及其显示出的文学天赋却掩盖了这一点。17世纪初，让·路易·巴尔扎克对法国散文的贡献，类似马勒布在法国诗的发展上做出的贡献一样。巴尔扎克希望法国散文在思想深度和韵律节奏上进一步成熟起来的理想也得到了延续：在古典时代这一"伟大的世纪"里，法

文学的故事

国的散文家甚至是那些不知道他的理想的散文家都自觉地向这个目标迈进。而在后来设立的法国学士院，巴尔扎克这一理想更成了评价作品优劣的基本原则。对法国散文来说，演讲的准则以及西塞罗所创设的狭隘的标准并不会产生不良影响，那个时代的天才人物能在自由接受老师传授的知识及思想的同时，在精神上不受束缚。我们知道，因为受法国的影响，在英国文学史上也随即出现过一味讲究形式而忽视内容的趋势。与法国人相比，英国人在精神上更具有不受束缚而专心走自己的路的传统。

要在一些具体的情况下判断一位思想家到底是文学家，还是隶属于哲学或者自然科学中的某一个门类，这是一件很难的事情。不得要领的读者无须急着做出一个判断，因为它可以根据他的兴趣来选取阅读的书籍范围。但是在一部文学作品中，像我们在这里所做的快速梳理一样，我们需要粗略地在法文所谓的"优美文字"和虽然重要但是不属于文学范畴的文稿之间划一条界线。先不说戏剧、小说、民谣，即使是对哲学史的一个简单叙述，其规模也远远大于本书。当我们努力去画出这样一条界线的时候，我们将会不可避免地做出错误的判断，并且出现不严谨和定义模糊不清的种种问题。因此，我们可以举出一些实际的例子来概述。哲学家柏拉图是历史上第一重要的文学艺术家，弗朗西斯科·培根也是如此，还有叔本华。如果单从文学的视野之下来进行审查，其他一些具有非凡天才的人物则可以武断地被排除到一边，比如说托马斯·阿奎那、康德、黑格尔等。我很高兴会有人对这些例子提出他的不同意见，因为这些例子将会使我误入歧途。

在17世纪的法国，有两位哲学家不仅是技术标准上的思想家，而且他们都是散文大师：笛卡尔和帕斯卡。和培根用英文教哲学一样，笛卡尔用法语教哲学。西塞罗许多博学的论文都是用拉丁文写就的，笛卡尔和培根在写作他们大部分的作品的时候，都采用的是传统的学术腔调。笛卡尔用法语写就的论文《论方法》在论述的顺序、明晰程度、逻辑，以及质量上都是其才气的例证，我们可以认为它彰显了法语论文所具有的一般特征。我们无力讨论笛卡尔的哲学论文。让我们离开这个话题，来看看那些哲学家们。我们不能不提到他的思想的核心——强调理性与思考的力量。这个观点的形成比蒙田的死晚了一两年。他的哲学以那句著名的格言为起点：我思故我在。他的思想被如此准确、光辉灿烂地表达出来，这成为法国所有成功的哲学家，甚至那些不同意他观点的哲学家们的典范。他的一些重要作品被翻译成了英文以及其他各国文字，他的作品属于全球性的文学。

笛卡尔是一个理性主义者，他相信我们所知道的一切真理都根源于我们的心中。帕斯卡比笛卡尔晚一代出生，他不相信人类的理性，并认为真理存在于我们之外，需要有执著的信念才可以寻找得到。致力于天主教会并因此敌视所有基督徒的冉森派强烈谴责帕斯卡是异端，对于这场古老的争端我们并不感兴趣，但值得注意的是，帕斯卡的《致外省人书简》和《思想录》正是产生于这场争论。在这两部书中，我们可以领略到神学争论和宗教沉思的无上乐趣。帕斯卡是格言警句的大师，常常一句话中便包括了整章的所有内容。它富有激情的修辞通过一种将近完美的形式表达出来。他写道："当一个人看到自然的风格时，他会为之震惊，并且感到愉悦。"因为人们期望从文章中找到作者自己，从这种自然朴实的文风中找到人的真情。帕斯卡肯定会得到蒙田的赏识，而蒙田也正是他景仰已久的作家。更为肯定的是，伏尔泰极为欣赏帕斯卡，他认为：《致外省人书简》囊括了所有的雄辩。

古典时代最多产也最为精力充沛的散文家是博须埃，这个人浑身充满了巨大的能量。在他勤勉的一生当中，曾经做过教师、牧师、主教。勤奋和多产使他成为了法国文坛上的领袖。在研习法国文学的学生心目中，他得以在法国文坛享有盛誉不是靠我们通常所认为的文学艺术作品，而是说教性的文字、大量的论文和演说辞。尽管演讲这种文学形式在当时不会受到多大的尊重，但他依然不愧为一个伟大的演讲艺术大师，他的演讲辞被列为最优秀的演讲作品中。他攻击剧场中的弊端、驳斥新教教义、宣传真正的天主教教义，从他使用的方法和取得的效果来看，博须埃的确称得上是一位天才演说家。博须埃不是繁琐的布道者和保守僵化的教士，也不是一个玄学家，而是一个很有个性并且多才多艺的人物，他语出犀利，但从未有过不公正的攻击。在演讲的时候，他能够运用大量的手势，使用醒目的并且具有震撼力的语言短语，总的来说，却又简练而诚恳。从庄重到平常，他能够很好地掌控各种情绪和语调。

来自喀莫布的善良僧人费奈隆（Fenelon）向博须埃一样，也十分擅长演说，虽然他的演讲不如博须埃激烈。他有一个相对柔和的灵魂，他的写作总是依附于其专业劳动，是对其关于教育、道德和宗教思想的发展。那些没有感受到天主教国家精神的读者们必须记住，具有智识力量的人们很自然地走进宗教变成神父。这就是为什么我们看到红衣主教成为一个国家的首相，而不同等级的僧侣又对世俗的散文和诗歌做出巨大贡献，那时意大利画家不是穿着工作服，而是穿着一身僧衣。只有在人们逐渐忘掉是宗教动力促成了他们的杰作很长一段时间之后，世界才会珍视艺术家和文学家。费奈隆在《圣徒的格言》中表达了自己的信仰："在神面前，我们应该忘记自己，作为耶稣的罪人，我们不仅要为自己赎罪，而且还要为全人类赎罪。"由于博须埃反对他这种宗教信仰，因此费奈隆的书为罗马教廷所不容。我们并不关注这两个牧师的争论是否有价值，不过我们可以肯定，在文学史上，他们都拥有不朽的地位。法皇英诺森二世在责难费奈隆时有两句话值得一提："失去爱神是费奈隆的一个错误，而博须埃则太不爱费奈隆了。"这并不是一句戏言。费奈隆并不是一个躲在象牙塔中的学者，在《特勒马克思历险记》中，他便用寓言方式描绘了一幅理想社会的图景，这也是18世纪的自由主义者和民主主义者的梦想的最早表现。

并不是所有17世纪的散文作品都是有学问的牧师创作的。出身其他阶层的一些著名散文家的创作也构成了17世纪散文的一部分，律师拉布吕埃尔就是其中之一。他的《性格论》模仿了希腊哲学家特奥克里托斯的风格。但是拉布吕埃尔超越了他的这位老师，做得更为出色，它深刻地揭露了当时社会生活的各个方面，他犀利的笔法激怒了许多同时代的人。但是他的兴趣集中在对人类自身的研究上，这也让我们十分感兴趣。他并非只是在对其同伴进行观察而已，他的格言和警句深邃而富有智慧，是明晰的法语文学的典范。

另外一个格言作家，虽然其才华比不上拉布吕埃尔，但是也不乏精明，他就是拉罗什福科。他是一个诙谐机智的人，但是由于现实生活中的失败而缺乏幻想。他不是犬儒主义者，但是他根本的思想（或者说是他众多思想之一）认为，人类一切形式的动力都可以降低为个人利益。即使两个世纪之后，他的格言依然是那么鲜活与生动，虽然他所说的并不都是放之四海而皆准的真理，但是却十分有道理，比如："我们所有人都有足够的能力去忍受别人的苦难与不幸。"

在这个"伟大的时代"中，妇女们在政治和文学上扮演了很重要的角色。她们的教育在很多方面受到了限制。而在其他方面，她们却是享有相当的自由，不管官方教育是怎样说教妇女的，她们都可以通过自己的才智而具有影响力。许多由伟大的女性主持的沙龙对文学都具有很大的影响。许多女性，尤其是社会上层的妇女，她们为文学留下了自己的印记。

塞维尼夫人就是这些女性作家中影响力最大的一位，她被誉为书信作家中的"女王"。她的早期生活由于痛苦和失望而显得灰暗，但是她有一颗坚强而冷静的心，她用坚韧和幽默来忍受悲伤。这些信件是一个受过高级教育的妇女写下的生活感悟，她用自己的笔记录下日常生活和事物，有时候也写一些公众事物和文学性的东西。但她并非闭着眼睛写作，她密切地关注着自己的素材和风格，就像一个淑女总是关注着自己礼服的材质和风格一样。她的信件反映了她在贵族圈中的生活，透露出一个让人敬佩的清新的灵魂和真诚的品格。

曼特农夫人是另一位极具文学天分但出身卑微的妇女，后来她竟成为路易十四的王妃。在30多年的时间里，她实际上拥有女王一样的权利，虽然她并未干涉内政，但她却用自己的聪明睿智来帮助国王处理一些事物。她的文章是对当时社会生活、政治活动的最翔实也最重要的记录。曼特农夫人曾在宫廷中设过讲堂，并撰写了一些十分精彩的关于女子教育的文章。她似乎生来就具有明白年轻人想法的天赋，更重要的是，她能用这种天赋来指导自己的教育实践。

虽然塞维尼夫人和曼特农夫人无意成为文学艺术家，但是她们的天分却使她们出乎自己意料之外地成为了重要的作家。拉法耶夫人的文学地位要稍低一些，但在本质上她还是一个文学艺术家，她的小说《克莱夫王妃》也许是第一部由女性写成的写实小说（honest novel）。不仅如此，这还为某种革命奠定了基石：与过去的那些愚蠢、不可能的冒险或传奇不同的是，她的小说直接取材于现实生活，语言清新自然，风格稍显夸张。虽然拉法耶夫人还无力写得十分深刻，但是她对真诚的极大追求影响了后来法国小说家的创作。

在18世纪，小说得到了发展，尽管并没有走得太远，但是其他的文学形式却依然遵循着古老的传统。许多伟大思想家都是论说者和散文家。虽然18世纪也难免有疯狂和轻率的时刻，但它仍然是一个理性的时代。注重理性思辨的传统对文学产生了两方面的影响：有利的一面是小说逐步健全起来；弊端是有的诗歌在风格上受到了破坏。在理性时代里，最初的小说家主要从事戏剧故事的创作，这其中的一位杰出人物是凭借《吉尔·布拉斯》成名的勒萨日。《吉尔·布拉斯》是一部关于流浪汉的冒险故事，以西班牙的风格为基础，并且还把场景设在西班牙。不仅如此，他在情感和风格上却完全是法国式的。还有，小说富有朴实的人文主义关怀。其兴趣点不是人物的内心、深刻的情感，而是其外在的表现。《吉尔·布拉斯》极为灵敏地通过了许多的冒险，没有时间休息和思考，但是却有足够的时间为下一步的冒险做准备，并将之记录下来。这本书在全欧洲流行，和在法国相比，它在英国的地位显得更加重要。也就是说，在自己的国家，它没有多少跟随者，而跨过海峡，却深深地影响了它的翻译者：斯摩莱特和伟大的艺术家菲尔丁。

浪漫在文学中永远都发挥着作用，维·普莱伏的唯一一部浪漫主义作品《曼侬·列斯戈》使得他在文学史上名垂千古。这部作品是第一个在主题和叙事风格上使我们认识到何谓小说的作品。其中的爱情故事带着哀婉的情愫，满含激情，其动机也让我们很清晰地认识到，文风简练、直接，没有使用明显的技巧。在小说写作的两个世纪之后，世界依然为曼侬的悲剧而流泪。

18世纪法国的强盛不是体现在小说和诗歌上，而是名家辈出的伟大的思想家们，我们可能永远都会记住这四个人：孟德斯鸠、伏尔泰、卢梭、狄德罗。他们通过不同的形式表达出他们各自的思想，但主要集中在一些哲学形式的论文和散文上。他们都在一定程度上反抗当时现实的社会秩序，而且他们全都为法国大革命提供了思想动力。

当时，孟德斯鸠是一位杰出的与卢梭同处在空想家和激烈的革命者之间的自由主义改良家，他的声望仅次于伏尔泰。从本质上讲，他是一位保守的贵族，但他对自己所在阶级的权利和德行没有任何错觉。在他早期作品《波斯人信札》中尖锐讽刺了教会、政府、社会以及文学中的种种弊病，虽然他以后的作品更为出色，但我们仍对这部使他一举成名的作品中调侃的笔调下所蕴含的智慧记忆深刻。在历史和法律方面，他都作过精深的研究，这使他成为历史学家和政治学家的先驱，他的《罗马盛衰原因论》对后来英国的吉本创作的《罗马帝国衰亡史》有一定的影响。如同孟德斯鸠受到一部分英国式教育一样，他也深深地受到法国文化的熏陶。以偏概全是天才的历史学家包括吉本在内力求避免的一个坏习惯，但孟德斯鸠却未能避免这一缺点，因此他的许多历史学观点并没有得到大部分睿智的历史学家的赞成。然而孟德斯鸠那种不拘俗套的学术观点却激起了这些历史学家的关注，他们由此出发去细致地阐述和说明某个事件的来龙去脉。孟德斯鸠是一位天才的历史学家，他的著作清晰流畅、通俗易懂，而且其中包含着他的许多思想观点。我们熟知的《论法的精神》是一部关于法律、社会、政府机构以及古代至近代各国习俗研究的不朽巨著，今天，我们大概要请来至少几个不同专业的教授精深地研究它，才可能解决这部著作中所涉及的众多问题。

在那个时代，人们可以在许多方面自由地挑战权威，知识便开始被分为不同的门类，而通往真理之路则是去收集最好的思想家的智慧。这一基本理念来源于狄德罗，他的《百科全书》是一个知识库，可以按门类被分为许多的卷本，如自然科学等。《百科全书》是法国最优秀的思想家以及地位稍低的思想家集体智慧的结晶。这部作品的编撰是狄德罗在人类知识领域上的丰碑，但是使他在文学界成为一个原创思想家的，却是他的论文和信件。在价值上，他的文章良莠不齐，但所探讨的话题却无所不包。也许他没有一篇论文堪称大师之作，但他的每一篇又都十分重要，具有启发性。他博采众长，广泛涉猎，以一种革新的精神涉猎到每一个科目。他无畏地独立思考，他想洞察的一切意念，都在他那些著名的文章中有所体现。在他早期那篇著名的《致无视其论绘画论文者的信》中，他表达了自己最基本的哲学思想，即自然主义。和同时代的其他思想家一样，他发现自然包括并且解释了一切，它成为了他（传统之神）的富有诗意的女性替代物。狄德罗的自然不像卢梭的自然那样柔弱且感伤。它更加富有理性而稍有诗意。狄德罗的艺术成就并非体现在那本通常认为是其杰作的《拉摩的侄儿》当中，这是一部幻想讽刺小说，经过戈斯的翻译之后引入欧洲，这部小说灵敏机智的对话体现了狄德罗的天才，是对话题札记的最好例证。

　　和狄德罗的自然相比，布丰的自然有更多的不同之处。布丰是一个自然主义者，一个专业的生物学家，研究动植物以及矿产，描述它们，为它们分类。他不是近代的在野地里和图书馆工作的生物学家，而是一个富于想象力的人，他努力地想要去寻找和表述自然的秩序。他所发现的自然秩序已经被改鞭挞、甚至遭到了毁坏，很明显地，布丰忽视了许多的自然发现。但是他所发现的秩序依然在一定程度上得以保存，因为那时他依靠许多综合能力所做出的一个预言，通过这样的一个秩序，他创造了一个真正的全世界的集合，它通过一个灵活的而不是死板的系统来保护自然中大量的生物。他的《自然历史》是自然科学史上的一座丰碑，其中包含了一切有关自然科学的内容。这就是科学家布丰，他在整个法国学术界面前宣告了自己的就职演说。他的《论风格》给那些以文字为业的人颇多教义。

　　在对自然进行沉思的时候，布丰是平静的。他的自然没有机会向他自己叙说。正如爱默生说的，"为什么会这么热呢，小家伙？"当时许多作家，甚至是大部分的作家，直到今天他们依然为人们所津津乐道，他们一直充满热情，或者说装作很有热情的样子，在一种激烈的情绪下，写了很多东西，也许是写得太多了。这些作家中的干将，大都多才多艺，而其中最富有争论性的一个人是伏尔泰。他尝试过戏剧、诗歌、讽刺小说、历史、文学批评及书信等几乎所有的文学创作形式，在他的作品中，我们能感受到那种因贴近生活而来的对人生深刻的体悟，这一切使他成了那个时代的代表和缩影，同约翰逊博士一样，人们对他的生平比著作更感兴趣。伏尔泰虽然一度是普鲁士菲特烈大帝的座上客，但一生却很少在政治和宗教势力面前低头。尽管人们公认他是基督教的敌人，但实际上他只是抨击知识文化里宗教的独裁专制，对于基督教本身，他并没有多少兴趣。不仅当时的批评家叹服于他的睿智，甚至后来像卡莱尔这样的大批评家也在他面前困惑不已。我们关注的是他大量的散文，其中许多被译成各种文字，而后来的法国散文家更是从他那里获益多多。在《查理十二》中，我们能够感受到他那种真诚，而在《老实人》中，我们则能领略到他的喜剧讽刺气质和乐观向上的精神；另外在他的书信中，我们则可以看清他思想和性格的清晰脉络。

伏尔泰是一个天生的戏剧作家和理性主义者。比他更年轻的同时代人让·雅克·卢梭比他在思想界和历史中都更有影响，他天生没有幽默感，但他对感伤和美却怀有特殊的敏感。他是当时社会秩序的一个多愁善感的反叛者，是法国大革命的预言者。虽然我们不能说法国大革命是由他或者其他的哪个人的思想和行为所引起的，但他却雄辩而准确地说明了这场运动的动机和目的，并且我们所熟悉的像杰弗逊那样的美国革命的预言家也从他的思想中获益匪浅。卢梭的观点，其中有一部分早已过时，但是还有些部分却远远超前于现今的实践。他的《社会契约论》为我们描绘一幅缺乏经济事实基础的不可能实现的乌托邦式理想社会的宏伟画卷。但在政治学的无休无止的争论中，它却点燃了一支火炬，指明了正义的方向。他相信人生来就是善良的，但是邪恶的社会组织和种种腐败导致了人类的蜕变。他认为个人必须为了共同的善好而牺牲自己的部分自由。"最大多数的最大程度的善好"依然没有丧失它的意义。卢梭的民主观是一种"回归自然"运动的综合，主张回到天真无邪的状态中，回归到历史事实中所描述的古代希腊和罗马的社会秩序。像卢梭一样的充满情感的作家的功能便是富有启发性和鼓舞力，而且逻辑精准和严密。他认为我们天生良善，天真无邪的这个信念衍生出了他的教育理念，这在他的小说《爱弥儿》中得到阐发。其主要原则是儿童应该保有足够的自由，不应该用老师和家长的学识经验去影响他们的思想和行为。而《新爱洛漪丝》也是充满优美恬淡的感伤的那一类小说的首创。在这部作品中，善良的人性和美好的自然界相得益彰，互相融合在一起。不过很遗憾，在后来我们看到，这种艺术成就在后世的小说中却常常因为那些虚伪的感情而变得沉闷繁冗，最终索然无味。自传体的《忏悔录》是他的晚年之作，这部作品的重要之处在于从中我们可以窥见作者的性格和品质。

第二十章 19世纪以前的法国诗歌和戏剧

在15世纪之前，抒情诗已经发展出了许多的规范，并形成了韵文的形式，这使得它们常常只是一些没有感情的人矫揉造作的对话，而不是一种纯粹的诗歌形式。但是这种样式却为真正诗歌的诞生做出了准备：诗人们需要使用这种形式并从中填注生命的内容——这是诗人最终必定要达到的一种境界。它们在15世纪开始出现，许多还伴有歌唱的技巧，有三位诗人是最为杰出的：查理·德·奥尔良、弗朗索瓦·维庸和克莱忙特·马洛。

查理·德·奥尔良公爵，他的诗作中的歌声虽然不算新颖，但却十分的真实。在他的韵文和思想中可以体现出来，他带有中世纪的贵族气息。也许感情不那么强烈，但这丝毫不损其诗歌的魅力和诱惑力。他的《春之歌》之所以真诚，是因为他自然、朴素地表达了对于女子的殷勤。这个曾经在英国坐过监狱的公爵，并不是一个名垂青史的历史大人物，但是他在英吉利海岸吟咏出来的对家乡的思念却会在法国人民的心中永远铭记。

和这位高贵的公爵形成鲜明对比的是在他之后的另一位诗人，一位更加伟大的诗人：弗朗索瓦·维庸。他做过流浪汉，当过小偷，多次几乎被处以绞刑。他必定有不可战胜的性格，而博得了命运之神的垂青，他得到了赞助，被送往学校接受教育。根据我们对他所了解的一切，他将自己的性格和热情投入到由前几个世纪的宫廷诗人所形成的诗歌形式当中，并给它们注入了前所未有的、甚至在他之后也很难再有的活力。下面这首三节联韵诗是他在想到第二天他和他的同伴们将被送上绞刑架的时候所写的，由斯温伯恩翻译：

人们，在我们死后还将活着的兄弟，

你们，对我们的心肠别太坚硬，

如果你们给我们怜悯，

你们也就可以得到深切的同情。

看哪，我们五六个人被绑了起来。

在这里，我们那被喂养的好好的肌肉，

被撕扯成碎片，一点点被吃掉，腐烂，

而我们的骨头，也终将化为尘土。

你们切不可幸灾乐祸，

请向神祈祷，宽恕我们所有的过错。

如果我们叫你，兄弟们，原谅我们，

尽管我们理当受到法律的惩处，

你们不会嘲笑我们的心愿？

我们知道，一切活着的人们，

不可能永无过错。

所以，请你们真心地祈祷，

那位从童真女胎中诞生的君主，

请求他的恩惠不要向干涸的泉水一般，

对我们，不要让地狱的闪电降临。

如果我们死去了，

你们也不该打搅虐待死去的我们，

还是祈求神灵宽宥我们吧。

大雨冲刷着我们五个，

太阳将尸体晒得干燥黝黑，

我们死了，

乌鸦和喜鹊用嘴将我们扯碎，

啄出我们的眼睛，拔除我们的胡子和眉毛。

我们得不到片刻的休息。

而肆虐的狂风，

把我们的肉吹得一片狼藉，

就像院里墙上的果实，

引来群鸟争相啄食。

人们啊，为了神的垂爱，

不要对我们恶语相加，

还是祈求神来宽宥我们吧。

耶和华，一切的主和统帅，

愿你使我们免于堕入黑暗的地狱。

在这样的主的厅堂里，

我们无所事事。

所以，愿你不要审判我们，

还是祈求神来宽宥我们吧。

在法国诗歌中，我们直到19世纪才看到像维庸的这首或者其他诗歌一样悲伤压抑的作品。他的精神意境和诗歌写作的形式深深地吸引了英国的诗人们。斯蒂文森在《对人及书籍的切切的研究》中，极富同情地批评了维庸。斯蒂文森还以维庸的生平为基础创作了短篇故事《宿夜》。斯蒂文森对查理·德·奥尔良的研究论文也是颇有价值的。

维庸让我们逐渐远离了中世纪的法国诗歌，而他的后继者和编撰者克莱忙特·马洛，则是一个颇具近代气息，带领我们进入16世纪的伟大诗人。其优秀作品的魅力和显著特色在于轻快的节奏、日常生活语言的使用和考究的紧凑的形式。这种诗节奏清新明快，单纯雅致，但创作起来却有相当的难度，就像纺织品一样，没有任何一种精美的刺绣可以用来遮盖上面的缺点。在19世纪的英国作家中，英国读者们能够找到一位写作此类诗歌的大师，他就是奥斯丁·多布森。马洛为近代一切充满技巧但却不矫揉造作的诗歌的爱好者所敬仰，他的作品虽还称不上伟大，但却足以让人感到快乐、欣慰。曾几何时，模仿古典、旨在净化法语的强有力的诗人诞生了，马洛便消失在他们的"影子"里。这些新诗人是文艺复兴的产物。他们从古诗中吸收养料，并把意大利短诗输入法国。由于仰慕那七个希腊诗人，他们自称"七星诗社"。他们力求打破法国古体诗的传统，在改良和润色语言的行动中，他们和法国式生活的一些重要组成部分分割出来。他们下定决心，法国应该如希腊一般美好，而且他们几乎要取得成功，但同时却又将法语变得人为地僵硬化。他们创立了法语的古典韵诗形式，并且一直延续到19世纪，直到"自由诗"的兴起和其他诗体的反叛才得以将其打破。在16世纪"七星诗社"中最重要的两位诗人是让阿基姆·都贝莱和皮埃尔·德·龙萨二人。他们的诗歌对法国韵诗的形成起着决定性的影响，甚至在他们退出文坛200年之后，这种影响还长盛不衰。还有，随着文艺复兴的浪潮袭卷到英格兰，他们的作品也进入到了我们的文学当中。斯宾塞翻译了都贝莱德《罗马的古迹》，这些诗人都被英国诗人，特别是被伊丽莎白时代的诗人们所熟知。他们是盲从法国诗歌的形式主义的典型体现者，过于注重诗的修辞法。读一读都贝莱的《子犬的墓地》，不难发现法国的诗歌并非诗味淡漠而是过于注重形式，其中不乏人情味和真挚的感情。这种诗味和感慨颇有19世纪的意味。如果说16世纪的诗仿古味过重而失之自然的话，那么，相对于20世纪后期诗歌的严峻无情和过于理性化，此时的诗歌又别有一种触人心扉的温柔。诗人批评家马布雷不仅没有促使法国的诗歌走上繁荣，反而加速了其凋零和冷淡。他那索然无味、毫无生气的诗歌实在使人想象不出他有什么伟大的影响。近代人是通过冰凉的玻璃才领略到维庸、德·奥尔良和马洛的温暖的。

在这一点上，让我们适当地查考一两首法国的诗歌，这可以帮助我们更好地理解近代诗。具有这种节奏、长度和章节的韵文是人为努力的结果。但是诗歌同样是一种自然的事物，根据韵律学理论，人们歌唱是因为他们必须抒发内心的一种情感，诗歌来自于那些并非有广博学识的普通人的嘴唇和喉咙，是自然的天籁之音。所以，诗歌有两个源头：流行的和文学性的，自发的以及经过深思熟虑的人为之作。这两者之间并非有严格的区分，或者正相反对。也许民歌之中包含了最多的智慧和技巧，而那些高度文学化，字斟句酌创作出来的作品则带有生活的口音。完美是由自然和我们所谓的艺术结合在一起而产生的。但是人们往往会因为过于追求诗歌的形式而导致形式主义，其代价是思想的停滞和束缚。然而，这就是法国诗坛曾出现的状况。《牛津法国诗选》的编撰者说过："追求形式的热忱……这幽灵在诗的背后起着帕加萨斯。"那就是为什么许多法国诗歌留给我们的是冰冷的感觉。但丁之后的意大利诗歌中也出现了这种走向形式的僵化的趋势，但丁把平近易懂的俗语和复杂的诗歌结构最巧妙地结合起来。18世纪的英国诗歌是近代诗歌中最伟大的作品（这并不是语言上的爱国主义，所有的欧洲评论家都会认同这一"伟大"）。它们总是自由、灵活、具有多样形式和接近自然的真实，除此之外，其外在的形式也经过了细致的修饰。在18世纪这个时期里，文学风格在英国的韵文中变得更好起来。但那只是暂时的胜利，而且还是因为在一定程度上受到了法国的影响。到了18世纪末期，英国诗歌再一次获得了它本身的自由，并且在以后的150年中，从未丢失这一品质。这就是所谓的"自由诗"，无论是谁的作品，无论写得多么的拍案叫绝，在英国的诗歌领域中并不能算作新鲜的东西，掀不起丝毫涟漪。在德国，流行歌曲的传统一直保持着，甚至在古典时期，巨人歌德也没有将之打断。歌德将荷马、维吉尔的六步韵句借过来，成了欧洲最深邃的古典主义研究者。但是他的抒情诗却依然保持着德意志风格，而且他的天才还将圣诗和德意志的音乐结合起来。在俄罗斯、匈牙利以及其他语言区，那里也都有同样的结合。不管是从信仰上，还是屈从权威，我们都应该接受它们，因为我们的耳朵可以很容易捕捉到音乐这一全世界的新娘，但是对显得相对男性化的语言的收听却有一定的障碍。在阅读由语言写成的诗作的时候，每个人都可以感受到油然升起的自然和美丽，当它被一个真正的诗人所吟唱的时候，每一种语言都会变得无比美丽。但是那些本身是有趣的，和那些可以帮助我们达到文学之境的作品之间依然存在区别。但是请记住，这种区别并不明显，我们可以说英文诗歌就是它自身的音乐，因为缺乏一流的音乐家，所以诗歌是融会通俗与文学艺术于一体的音乐。但是德意志的诗歌却要伴着音乐得到升华，让它保持流行的感觉和形式，所以这是一种民主的艺术，甚至在许多博学、字斟句酌、对形式有着冷静考虑的诗人之中，也同样如此。法国的诗人在思想上和艺术形式上都有所创新，但又小心翼翼，害怕失去平衡，故满心赤诚地因袭前人。这一局限，在另一个方面，又造成了无心插柳的意外收获——法国散文的明朗清澈。

和法国诗歌一样，其戏剧也有流于形式主义的倾向，这种倾向至今仍有余响。与全欧洲的戏剧一样，法国戏剧的源头有二：一是古希腊或者拉丁的文学和书本，另一个则是来自于民间。民间戏剧由道德说教、奇迹和神话构成，对话简单明了，主题从圣经故事到街边的打情骂俏不等（有关这些，我们在二十五章谈到英国戏剧时，还要涉及）。16、17世纪的法国作家对这种中世纪的戏剧缺乏兴趣，而把他们的精力主要投注于将古典戏剧本土化上。

法国最伟大的悲剧诗人是皮埃尔·高乃依，他的一生几乎贯穿了整个17世纪。他写了三十多部戏剧和悲剧，其中有一些是非常成功的，直至今天还被常常搬上法国舞台，长盛不衰。他创作的戏剧在很大程度上决定了法国诗意戏剧的发展方向和路径。他的最受欢迎的戏剧——《西德》，原本来自于西班牙的传奇小说，主人公是一个西班牙队长，一个半历史半传奇的人物。对于这个人，我们在中世纪的浪漫传奇中曾经邂逅过。高乃依的戏剧已经被转移为现代的欧洲语言。在他的时代和他的国家，其作品曾一度引起轰动，包括黎塞留在内的与其竞争的诗人和批评家都曾经对它给予过抨击。由于人们的热爱，恶意的批评没有起到任何的作用。而我个人认为，争论这部剧作是有益于还是有损于古典戏剧是没有意义的。戏剧的活力不在于文体本身，而在于用这种文体所表达的浪漫传奇的主题。我认为，众多伟大的戏剧和故事不是因为评注，而是从戏剧本身字里行间透露出来的野性的、鲜活的生命力和原本的精神力量，我们就是被它们所打动的。高乃依拥有这样的技巧，可以创造出高水平的悲剧作品来。他的作品内容策划得井然有序、具有戏剧的场景和行为。他能够牢牢地把握住人的性格，他对人性，尤其是人内在的冲突、意志的崩溃有很深刻的研究。他像莎士比亚一样保持着诗人高度的技巧和品位，虽然在当时也写了一些平庸之作。他使诗像人们挂在口头的语言一样自然地作响。在《西拿》、《贺拉斯》、《罗多格》等作品中，我们都听到了优美的音调。在当时大受法国民众欢迎的、更为精彩的剧作，现在看来则未必是最好的了。他的戏剧200多年来一直都在舞台上长盛不衰。在高乃依的戏剧之后，出现了更具热情和色彩的浪漫主义戏剧，以及更加贴近生活的现实主义戏剧。许多古典剧作都凋败了，并非高乃依的所有戏剧都值得一读，但他最优秀的作品却是不朽的。

高乃依的继承者、竞争者是更年轻的拉辛。他的创作主题是希腊和罗马，正如《安德罗马克》和《弗德尔》所表现出来的。《爱丝苔尔》和《阿达莉》则是圣经风格。他以文体的优雅多变和确切使用而被人称誉，这些文体在我们看来有些冷漠，但在法国人眼里是富有感情和热情的。即使是冷漠平庸的翻译，也不能掩盖拉辛那颗秘密的心灵和他对人性的丰富了解。他笔下的人物既不是希伯来人、法国人，也不是希腊人，而是我们所有的人，就像莎士比亚和易卜生笔下的人物一样。拉辛的理想是形式和辞章的完美，并将之运用到了有完整的结构和典雅的语法（就最高意义上讲）的那五六篇最长的戏剧中。在这一方面，高乃依以后，柯洛泰尔以前，没有哪个法国诗人比他做得更好。他将自己的文学观点毫无保留地阐述在剧本的序文中，虽然遭到了浪漫主义诗人和近代剧作家的攻击和破坏，但对古典戏剧却是绝对的健全和适应。他把自己认为最理想的叙述形式写在《希立坦尼》的序言之中："戏剧不需要太复杂的情节，也无须繁杂的角色，任何一部戏剧都无法远离自然而变得杰出。它的发展取决于人物的兴趣、内心感触和热情。"我们通常都会将拉辛和高乃依作一个对比，就像将本·约翰逊和莎士比亚进行对比，把丁尼生和勃朗宁相比一样，尽管这种对比没有任何意义。但有一点却值得我们关注：高乃依是一个更加精力旺盛和更富有独立精神的天才，而拉辛则更加细致和潜心训练。

英国读者想要发现法国悲剧的秘密，需要他们付出相当大的努力。法国的喜剧在全世界大放异彩，给我们身边大多数的无知者带来了光明。文学史上最大的喜剧家是莫里哀。他与高乃依、拉辛生活在同一时代——17世纪，但是他的艺术却没有国界，也没有时间的界限，和拉伯雷、阿纳托尔、西班牙的塞万提斯、英国的莎士比亚、菲尔丁、肖伯纳、美国的马克·吐温一样。

和传统上的莎士比亚一样，莫里哀是一个演员兼剧场管理员，他的戏剧不仅可读性很强，而且也极具表演性——法国的剧院从来都没有忽视过它们。在文学上，他是独一无二的，并且居于领导者的地位。作品通过塑造一些愚蠢的角色来奚落人类。有人说，莫里哀的角色都十分典型，而且很具讽刺性。在他的戏剧中，伪君子就是伪君子，智者就是智者。但是莫里哀知道，那些舞台上的角色必须灵活而且明确。"人物素描"贴近生活而线条坚硬。正因为线条坚硬，所以在翻译之后还能够很好地保留其本质的形状，尽管对话中很多充满机智的语言将会丢失。恶棍塔丢夫同狄更斯的帕克斯尼夫是同道中人，《中产阶级的绅士》中的汝耳当同辛克莱·刘易斯笔下的乔治·巴比特可谓是难兄难弟。莫里哀不但将他的"匕首和投枪"投向狂妄自大、炫耀、伪善、贪婪等诸如此类的罪恶，也不放过小小的过失、愚蠢和无能，他的有些匕首和投枪还是带毒的，这就难免为自己树敌。他被称为道德家、哲学家和社会改革家。有人说过，所谓喜剧不过是笑剧罢了。确实，莫里哀关注生动有趣的场面，他的许多作品是笑剧，有些至今还有生命力。他的杰作比单纯的笑剧要更为深刻，是对生命戏剧性的批判。

在莫里哀的朋友拉封丹的作品里，喜剧的精神在戏剧之外通过它自身得到表达。拉封丹的《寓言》是那种故事形式的最好例证，在这部作品里，人是伪装成为各种动物走进我们的视野里的。这是一种很老的故事，可以追溯到《伊索寓言》，回到那个人们依然相信动物可以说话的时代。在熟悉的民间故事和神话中，比如乔尔·哈里斯在《立马大叔》中所描写的那样，动物的言谈举止和人一样。新近作家肯尼思·格雷厄姆在《杨柳风》中，借小动物的形象，将它们直立行走的可爱的弟兄们描写出来。动物故事，无论是否影射人性，注定是要风行的，直到所有孩子长大为止。我们所知道的《伊索寓言》中的动物故事都是一些短篇的小故事，以达到道德说教的目的。拉封丹将这宗单调的形式发展成为令人快乐的诗篇，他用精心设计的幽默刻画人类的特征。由于小朋友们喜欢那些生动的故事，而成人喜欢那些精道的对人性的点评以及故事里所透露出来的智慧，法国文学史上没有哪位作家的书像他的作品一样被广泛地阅读和一次又一次地被重新印刷。

在所有的戏剧家和诗人当中，有一个天才式的人物可以称得上他们的统帅，他是继亚里士多德之后、阿诺德之前最富盛名的天才批评家：布瓦洛。他博古通今、傲视群伦，他直接发现了拉辛的美学趣味和莫里哀的天分。通过翻译，我们也认识了与布瓦洛的天分相仿的贺拉斯和亚历山大·蒲伯的价值。蒲伯的《论批评》和《夺发记》取材于布瓦洛的作品，布瓦洛的诗的艺术是以贺拉斯的《诗艺》为基础的。布瓦洛和蒲伯一样，用他自己的双腿，一个独特的、精力充沛的人格，以及敏锐的、一定程度上狭窄但学术化的思想坚定地站立着。在他的文章中，我找不到任何魔力，我的"非法式"双耳像冰柱一样锋利而且冰冷。至于他作品中所包含的智慧和优美之处，我认为，和戈替尔的《艺术》和魏尔兰的《诗学》相比，那是差着十万八千里的，而且他说：

阳光下令人目眩的一切，

都统统交给意大利吧。

他的确指出了17世纪意大利文学的短处。但我们不免要想一想他是否读过但丁，从时间和地域上来说，我们这位法国的批评家都不过只是"村夫野老"罢了。

在18世纪，出现了两到三位戏剧作家，他们发出的笑声是爽朗的，而且是发自内心的：乐萨日、马利伏和博马舍。乐萨日，作为一个杰出的幽默小说大师，我们曾经提到过他。他的讽刺戏剧作品《瘸腿魔鬼》在喜剧史上占有一席之地。在他之后，出现了一个奇特的天才——马利伏。马利伏是文学界最有独创性的人物之一。他不重复别人讲过的故事，讨厌冗长的形容词和名词，甚至索性将一些古老严格的短语拆开来用。他喜欢尝试不同问题，且风格多变。小说《玛丽亚娜的一生》古风犹存，但向近代现实主义跨了一大步。他具有一种梦幻般的文学风格，过于隐喻和奇特。他给法语带来了一个新词——马利伏式文章，相当于英文中的Euphuism。

马利伏的先锋创作并没有使他在法国民众中产生有口皆碑的效果，而且在法国之外几乎没有人了解这位大师。稍晚的一位戏剧作家则给全世界带来了永久的欢乐，这个人就是博马舍。《塞维利亚的理发师》和《费加罗的婚礼》，大约比包括《查理的伯母》在内的任何戏剧都更会使人开怀大笑。配上莫扎特和罗西尼的音乐，博马舍制造的戏剧效果无人能敌。费加罗是喜剧画廊中不朽的人物之一。假如作家们能在天堂什么地方相遇的话，我倒希望博马舍和谢里登就戏剧问题谈一谈，看能否写出关于神和人的作品来。

第二十一章 古典时代之前的德国文学

许多人既有实干的才能，又有文学天赋。比如沃尔特·拉雷和葡萄牙诗人珈芒斯。但在历史上具备极强的政治才干和文学天赋于一身的人却只有一个，他便是马丁·路德。从文学的表述中，要把人物性格的一方面和其他方面分开，以及将生活中的每一个部分分开是不可能的一件事情。我们无法说出马丁·路德的宗教和政治上的权利在多大程度上来源于他对文字的掌控，我们也无从知道作为德国的民族英雄，他对从萨克森分化出来的德育的发展，以及对构成近代德国文学的基础——德语的贡献。我感兴趣的仅仅是文学事实。在文学史上，可以和路德媲美的只有但丁。他们都是对祖国或者一些松散地关系着国家文学的发展做出贡献的"唯一者"。在意大利文学史上，但丁第一个用多斯加纳语进行写作，并形成了自己独特的多斯加纳语风格。从文学的观点来说（让我们记住，历史的观点并不是唯一的一种观察事物的方式），路德对《圣经》的翻译使他成为权威并且变得重要。德意志在16世纪进行的宗教改革并不完全只是为了反对教堂对权力的滥用，也不完全只是神学意义上的革命。它确实是一场轰轰烈烈的斗争运动，让人热血沸腾。路德意识到，把《圣经》译成本民族的语言，让本国人民都能够了解其内容，这是形成自己强大号召力的唯一的方法。此前，《圣经》用古语写成，话语权掌握在一些有知识的学者、僧侣手中。路德的目的就是把基督教的一切有记载的内容昭示给本国民众，把引起宗教争端的一些基本教义告诉民众，这一点与英国的《圣经》译者相同。毫无疑问，许多人无法阅读或者没有钱买《圣经》文本，但当有人读给他们听的时候，他们却能够理解本国的语言。不久之后，德国学者和哲学家的散文也发展起来，但是这些散文陈腐艰涩、声名狼藉，甚至本土的德国民众都难以理解。而路德的共通德语，不仅使远离人间的《圣经》重新焕发青草的气息，而且其清新活泼的文风一扫当时晦涩难懂的风格，还德语以活力。路德并非首先希望成为一个文学艺术家，他是为实际目的而写作。那个说他将墨水瓶投向恶棍的故事很可能是真的，但他说扔出去的是墨水，而不是墨水瓶。像他同时代的人一样，从君王到农民，他对一些简单的音乐非常熟悉，还擅长演奏琵琶。他是听着重新焕发活力的15世纪的赞美诗成长起来的，那时候它们在曲调以及歌词上都和英国的赞美诗非常相像（音乐常常是从德国借鉴过去的）。路德写了一些很有影响力的赞美诗，歌词是不用说的，有时候他还亲自编曲。他创作的最著名的赞美诗是《坚固的堡垒是我的神》。这首诗气势磅礴、文笔简约，其神的意蕴很难也不可能被英文译者完美地把握，哪怕是德国人最崇拜的天才托马斯·卡莱尔也不例外。路德的诗句"没有神，人就无能为力"，就像来自天堂的声音，虔诚而激昂。但这么美丽的诗句却被卡莱尔译成"用人的腕力，我们什么都做不成"，没有丝毫的美感。这也许是我们只能找到少量解释的原因，这也显示了翻译的困难：文学故事中一个很重要的问题。

路德和他的宗教改革并没有吸收德国在16世纪的一切聪明才智。在当时，世俗诗人辈出，在手工艺人、商人、绅士和骑士当中，还存在着以"歌咏师"形式组织的公民大众，他们继承了12至13世纪"吟游歌手"的传统。他们的艺术是很严肃的，要想成为歌咏师，候选人必须证明他的作词和编曲的能力，而他的成功也相当于获得骑士身份一样重要，或者相当于获得了一个大学学位。

歌咏师、诗歌和喜剧的精神都保留在瓦格纳的歌剧当中。在歌咏师生活的时代里，虽然仍存在着君主与平民这种阶级地位上悬殊的鸿沟，但这却是德国有史以来最民主的时代。工匠由早先的出卖劳动的奴隶转变成独立的手工业者，接着成为拥有公民权力的工会成员。所以歌咏师中最著名的诗人，是生于纽伦堡的汉斯·萨克思，虽然他是鞋匠出身，但地位并不比绅士、学者们低贱。这一点可以从伊丽莎白时代的剧作家托马斯·德克尔活泼、风趣的喜剧《鞋店的节日》中看出来。剧中主要描写了15世纪的一个当了伦敦市市长的鞋匠的故事，虽然故事纯属虚构，但真实地反映了当时社会的实际情况。萨克思是一个多产的散文和韵律诗歌作家，他的很多作品都成为了德意志文学史上永传不衰的部分。但比任何作家的作品都更加永久的是正常运动所产生的效果。成千上万的受过训练的业余爱好者——他们中间有平民、面包师和匠人——都来参与创作歌曲。而那些不会创作的人至少也可以得到一个无处不在的诗的氛围。在这些大众艺术和将诗歌与音乐作为一门课程来学习的德国人之间有一个最基本的联系。最为平凡、最为普通的德国公民都能够吟唱和表演巴赫与舒曼的作品，他们还阅读歌德和席勒。当伟大的德意志音乐家和诗人来临的时候，就连那些乡野村夫都能够理解他们。

但是在德意志，伟大的天才推迟到18世纪和19世纪才姗姗而来。17世纪对英国和法国来说是一个辉煌的时代，但对中欧来说则密布着黑暗。30年的战争一直持续到1648年，而且甚至到那个时候还没有完全终止。德国遭到了毁坏，成年人受到了摧残，年轻人惨遭屠戮（如果有谁能够统计出战争中死亡的人数，那他毫无疑问是个天才）。文艺复兴之光照遍了欧洲的其他地方，却在德意志熄灭。这使得德国产生了单调的拟古主义文学，或使德国没有选择地一味模仿邻国的文学。值得庆幸的是，即便在这样黑暗的时代里，德国在思想上的光芒却未消失。在30年战争快要结束的时候，德国诞生了第一位伟大的哲学家：莱布尼茨。在18世纪，他的理性主义思想不仅在它自己的国家产生了重要影响，而且盛行于法国。但是在德国，文学虽未终结，但在再次复兴前的百年间，则是极其暗淡的。关于这点，我将会在第四十章再次提到。

第二十二章 19世纪以前的西班牙和葡萄牙文学

对我们来说，西班牙是一个浪漫的国度，满怀热血豪情、黑亮的眼眸、独特的装束，还有让人毛骨悚然的冒险。归纳出这些品质的，不是游人留下的印象，而是西班牙自己的作家们，甚至包括近代一些非常著名的电影艺术家。但是对具有如此骄傲、有骑士道精神和优美礼节的西班牙人来说，最令他们感到骄傲的应该是他们光芒显赫的幽默感。17世纪的早期，塞万提斯写下了小说《堂·吉诃德》，这是文学史上最伟大的一部喜剧小说，甚至连拉伯雷都无法与塞万提斯相比。对于做不同事情的天才之间，当然是不具有任何可比性的。拉伯雷写出了许多荒谬、滑稽可笑的巨人英雄，而塞万提斯则创造了不可否认、令人信服的角色，他们忠实于生活。他那奇异的骑士唐·吉诃德的思想因为阅读了太多的骑士小说，而希望像故事中所描述的那样去四处冒险。他把风车误当做巨人，把平静的酒馆误当成骑士城堡。而他滑稽的随从桑丘·潘沙则随和直率、善意地指正他冒险所犯的错误，预言他的厄运。这是梦想与现实的戏剧性冲撞。对着做梦的人，塞万提斯和读者一样都抱有极大的同情。唐·吉诃德是一个年老的愚人，他也是一个犯了错误的好人。塞万提斯的意图是要对抗造成唐·吉诃德失常的原因。他曾说在小说的结尾，展现了他唯一的目的，那就是"他对骑士的奢侈以及对于纯骑士小说的蔑视"。

也许塞万提斯在创作《堂·吉诃德》的时候，唯一的动机在于批评，但《堂·吉诃德》却远远超越了这一设定的目的，别人对他的浪漫小说的抨击他一无所知，甚至他一点都不在意是否为别人带来了快乐。这部小说的活力远比滑稽要深刻得多。塞万提斯想在狭窄的风雨飘摇的小路上进行奚落和嘲讽，但是他却踏上了一条充满人情味的大道。他对作品中的两个角色充满了关爱，这是一种像父亲般的关爱，而不是所谓的伤感。在书的第一部分出版之后，一个厚颜无耻的对手就给它写出了一个结局。这一伪造的作品更加鼓舞了塞万提斯写出才华横溢的第二部分，能写得比前一部分更好，这在历史上是罕见的。在第二卷中，塞万提斯虚构了一个名叫西德·哈迈特的人，并假托自己的作品取材于此人可靠的纪录。《堂·吉诃德》已被译成欧洲各国预言，其中最标准、最完美的译本出自莫忒克。这是所有时代最伟大的作品之一。堂·吉诃德和他忠实的随从在他们的旅行途中遇到了各种各样的人，从他们身上，塞万提斯描述出了当时西班牙人民的生活状况。但是这些人不仅仅只是西班牙人，而且也是我们自己的影子。狂傲的骑士、怪癖的哲学家，他们今天都还活在我们的周围。

如果塞万提斯没有写作《堂·吉诃德》，那么他有可能作为戏剧和短篇故事作家而在文学史上获得一个忠诚而有趣的位置。就像乔叟如果不写作《乐谱架的故事》，他将会是历史上一个很重要的是人一样。但是当一个人用一部高耸的杰作超越了他自己，他便可以抱着它高枕无忧，而将其他的小作品放置一边。

在塞万提斯的时代，西班牙的政治、文化正处于全盛时期。塞万提斯死后，最早的西班牙画家维拉斯克诞生了。西班牙文化、艺术的繁盛一直持续到17世纪。1588年，塞万提斯41岁，英国舰队击败西班牙的无敌舰队，这就是"阿达马事件"。从此以后，西班牙的鼎盛局面结束了。西班牙戏剧的创立者罗普·德·维加原本是西班牙一个青年水手，在17世纪的西班牙文坛上，他具有君主般的权威。他的戏剧虽对伊丽莎白时代的戏剧或多或少有些影响，但遗憾的是，其作品除了本国文学之外，对其他国至少对英语文学没有任何实质性的价值。但无论如何，维加本人是西班牙文学的骄傲之一，算是一个了不起的人物。他写了一千多个剧本，或者，如果那个数字显得有些夸张的话，那么他写的数量，没有一个西班牙人可以假装读过他的全部作品。除此之外，他还写了许多非戏剧类的文学作品。但是没有一部作品可以代表他的天才，其原因可能在于他写得太多了。当我们的文学故事讲到这里的时候，我们需要暂停一下，向这位可以在仅仅24小时之内就写作出一部三幕剧的天才致敬。

整个17世纪都活跃在西班牙剧院的人是卡尔德隆。他是罗普·德·维加重视的后继者。当时，西班牙盛行一种Auto剧，它类似英、法两国的奇迹剧，其背后是宗教的推动。演员们穿着美丽但是显得庄重的服装，随着剧情的进展穿越街道，受到国王或者主教的接待。对于这种类型的戏剧来说，卡尔德隆是一个公认的大师。他还写了一些浪漫荒唐剧，例如《大魔术师》，在所谓的浪漫时期，他受到了德意志和英国诗人（通过列举那些伟大的名字，我们便会认识他们：歌德、雪莱、以及半个世纪之后，《鲁拜集》的作者、诗人菲茨杰拉德）的尊敬。这种浪漫荒唐剧是无聊的人互相玩耍的把戏，是堂·吉诃德的胯上马为骑士道争面子的事。西班牙人至今仍旧关注着它，维克多·雨果也曾同样如此，因为它是大歌剧的绝好素材。但它需要有一流的音乐家和真正的诗人将它推到悲剧的高度。卡尔德隆做到了，同样还有高乃依、雨果。

在西班牙半岛的末端，有一个邻国，它就是葡萄牙。葡萄牙也是由西班牙分化出来的一个小国。但在16世纪，它却拥有强大的海上力量。葡萄牙的诗歌王子——康芒斯，便是一个敢于乘着小舟挑战大海的水手之一，凭着经验，他了解到他所崇拜的英雄，第一个到达好望角并且因此发现了通往印度新航路的达·迦马所遭受的种种艰辛和危险。他从那场辉煌的冒险和古老的残忍的海岛故事中取材，写出了一部辉煌的叙事诗。虽然葡萄牙语是欧洲众多语言中的小语种，但这并没有遮蔽那部伟大作品的光辉。康芒斯最杰出的作品《卢济塔尼亚人之歌》来源于葡萄牙传说，它不单是描写达·迦马的故事，也不仅仅只是描写葡萄牙人的故事；它是一部关于发现海洋、同海洋斗争和征服奇怪土地的浪漫史。它是继《奥德赛》之后关于海洋的最强有力的一部诗篇。如果哥伦布是一个诗人，那么他一定能写出此类的诗篇来。理查德·伯顿在19世纪的时候，曾经写过一个气势磅礴的译本。理查德和康芒斯一样，既是文学家，又是旅行家和探险家。当西班牙占领里斯本的时候，卡斯提尔语成为了官方的正式语言。而正是由于康芒斯的作品，才保护了他们的母语免遭毁灭的厄运，并且这些作品还激励了葡萄牙人民勇于站起来，抵抗西班牙侵略者，为维护本民族的独立而战。文学之笔也许并不像剑那般具有力量，但它往往也在一定程度上决定了国家的命运。

第二十三章 伊丽莎白时代之前的英国文学

在乔叟之前的英国文学更多地隶属于历史，而非艺术，尽管背后的推动力是人为的技巧和努力。我们可以饶有兴致地阅读这些作品，但却不会有任何愉悦的快感。但乔叟的出现改变了这一沉闷的现状，他仿佛一场突如其来的（要解释是徒劳的）风席卷过英伦大地。他如一颗耀眼的星星在平庸的英国文学界脱颖而出，其横溢的才华使其出类拔萃、鹤立鸡群。像14世纪所有的英国绅士一样，乔叟的身上有着很深厚的法国文化底蕴。英国的宫廷，如国王查理二世，以法语为高雅身份的象征，甚至在一定程度上蔑视英文。他翻译了一些法国人的作品，同时又大胆地从意大利文学形式上获取借鉴。但他的语言却是英文，尽管并不是非常近代的英文。要想能够理解他的词汇量和很好地理解他的诗篇的丰富价值，做一些小小的研究是必要的。这样我们也能知道将他的习语和句式移用到后世的英文中为什么是不可能的，德莱顿当年在这上面碰过钉子，是在所难免的事。

乔叟的不朽名作《坎特伯雷故事集》，是从许多源头获取灵感，但又在同一条主线上统一起来的故事集。故事讲述的是一个到坎特伯雷区的朝圣者，但与其说这是一个充满了宗教信仰的虔诚的旅行，倒不如说他们是在假日进行的远足。乔叟的著作每个故事都是优美的，其中以记叙朝圣者们的序言最为经典。在书中，乔叟以寥寥数笔将骑士、牧师、僧侣、院长以及其他人物，惟妙惟肖地描写了出来。除此之外，没有任何一部文学作品能塑造出如此优雅和清晰的人物性格。人物是从生活的各行各业中选择出来的不同类型，所以，这部作品其实是14世纪英格兰社会的一个缩影。故事集中运用了几种不同情绪的叙事风格，从宏大忧郁的悲剧冒险到快乐的喜剧不等。

如果乔叟没有写作《坎特伯雷故事集》，那么他的其他作品，比如一些诗作也足以让他在英国文学史上享有一个很高的位置。他的长诗《特洛勒斯与克丽西德》，是依据薄伽丘的《菲洛斯特拉托》创作而成的。事实上这也是莎士比亚的一个喜剧主题，不管是在谁的作品中，这都不是一个带有刺激性的令人感到震撼的故事。乔叟短诗中最优美的是《公爵夫人的书》。他的随笔取材广泛，他把自己的知识和梦想用一个松散但相对稳定的形式统一起来。乔叟的散文全部值得一读，大部分散文都具有很强的可读性，至少还能让读者感受到考古学的兴趣。值得注意的是乔叟对哲学家波义提乌作品的翻译，在他的时代以及此前的1000多年间，波义提乌能比今天受到更高色推崇与尊敬。但其作品已经流失，我们无缘一读，因此不好对其妄加评论。

乔叟在他那个贫瘠的时代是如此的显赫，以致于让我们忘记了与他处在同一个时代的另外两位诗人，不管是在语言上还是在思想上都能与乔叟并立为两极：高尔和朗格兰。

高尔是一个沿袭传统的韵文诗人，他用法语、拉丁语和英语进行写作，在他的时代，他享有很高的声誉。但是遗憾的是他没有注重诗歌的音乐性。《恋人的自由》不乏好的诗句，但过于正式，而且显得枯燥，除了学者，没有人愿意去读这些作品。作为献给高尔的一份特殊礼物，乔叟在《特洛勒斯与克丽西德》的末章中写了这样一句话：

"啊！高尚的高尔，我谨以此书献给你。"

乔叟是一个伟大的艺术家，对他同时代的人对比十分了解，我们也愿意接受他做出的判断和评价。高尔在当时为自己赢得的声誉在时间无情的流逝中渐渐暗淡了，因为他不能给我们带来感观上的刺激和音乐般的享受。但是沃德和其他的学者所精选的高尔的两三首意蕴深长的诗却常常让那些在英国文学中悠闲地徜徉的朋友们玩味不已。

朗格兰的生平我们一无所知，他是一位奇妙的诗人。他写过《农夫皮尔斯》，从这部富有独创性的作品来看、作者一定是一个强健的人。这是一部关于天堂、地狱和生活的寓言，结构十分散漫。与乔叟温文尔雅的风范不同，其用韵比较粗俗，是后世流行的头韵用法。总而言之，朗格兰这部作品是空幻、有趣、感情真挚的好诗。

由于诗人中没有一流的天才人物，也由于当时的诗人还没有从语言的桎梏中解脱出来，所以在乔叟以后的世纪里，英国在诗歌方面是没有取得什么进展的。关于韵文的艺术还得重新再学习。最可爱、动人的抒情诗从北方的苏格兰传来，在亨里森、邓巴、道格拉斯及詹姆士的诗作中（尽管那些署着他们名字的诗歌是否为赝品还值得怀疑），他们都声称是乔叟的弟子，但是他们并非一味地模仿和抄袭。他们的个人风格因为苏格兰词汇而变得丰满，使得他们可以保持清新自然的活力。

如果说15世纪并不出产文学性很强的诗歌，那么这是一个民谣的伟大时代。许多传到我们手中的最好的英格兰韵文和苏格兰民谣都使用的是15世纪的语言，但要确定它们产生的具体时间既不可能也没有必要，因为许多民谣在更早以前就已经存在。对于它们的作者，我们一无所知，因为一篇韵文不可能自发地生成，肯定是有某一个人给已经存在的民谣赋予了最终的形式，但是它的起源却像神话一样扑朔迷离。专业的民谣歌手会把自己熟悉的诗歌进行修改以适合自己演唱。即便是在稍晚的时候，印刷技术出现以后，那些不是很重要的民谣也难以保持永久的形式而不改变。民谣的内容涉及到恋爱故事、类似于罗宾逊的奇迹探险、人物传奇等。

民谣与中世纪盛行的叙事诗以及浪漫传奇有着明显的联系，只不过民谣的篇幅较为短小。现存最早的民谣文本是伯西助教的译本，在浪漫文学的复兴过程中，这部作品起到了非常重要的作用。最终完成的一部民歌集是美国学者切尔德教授的杰作。除了大众化的，我们认为那些是自发产生的民谣之外，还有另外一些字斟句酌的模仿之作，比如柯尔律治的《古舟子吟》、王尔德的《累丁狱之歌》以及斯温伯恩相关的作品。但是一些文学杰作如《古代的水手》不同于传统的民谣，就像香槟不同于苏格兰威士忌一样。甚至沃尔特·斯格特，他用心记住了民谣的乐谱，也依然没有弄懂自己创作的歌谣的口音。尽管如此，民谣还是对英国文学产生了重要的影响，具有真正诗歌那样的魅力。

16世纪早期的英国诗人充当了伟大的伊丽莎白王朝报幕者的角色。在太阳升起之前的两位最重要的歌手分别是托马斯·怀亚特和亨利·霍华德伯爵。怀亚特翻译并模仿彼特拉克的短诗，为英国诗歌开辟了一个优良的传统，他还尝试着用其他韵律方式创作。萨里比怀亚特年轻的时候，他的诗作虽然平平，却以其《伊尼德》译本将最初的无韵诗——即后来莎士比亚和密尔顿的十行诗——带进了英国文学。对于这些开拓者和发现者来说，这都是让人敬佩的事情。但萨里并不是一个伟大的诗人，乔叟之后最伟大的诗人的出现，则是很多年以后的事情了。

怀亚特和萨里算得上是伟大的诗人了，因为他们从意大利为英语带来了一种新鲜的形式。不仅是怀亚特和萨里，甚至其他的小诗人如托特尔的《杂录》

也都展现了意大利给他们带来的影响。这部《杂录》在英国文学史上是一部里程碑式的作品。在那个时代，贵族绅士们写作散文，并且礼节性地把自己的创作在朋友之间互相传阅。一个有心的印刷者可以获得所有的手稿并且将他们合并为文集，而无须过多考虑文稿的征订以及版权等事务。要不是托特尔和其他杂记作家，那么毫无疑问，很多的散文将会流失掉，而无法保留下来。

在那些小诗人当中，因为其开创性作为先行者而被历史铭记的是加斯科因，其代表作《钢铁之杯》是英国历史上的第一部讽刺文学的作品，这也是一个可悲的开始。另一个更好的诗人是萨克维，他参与写作了《县长的镜子》中的一部分，而且是唯一真实而富有诗意的部分，这是一部描述诸王之死的故事，其格调优美，是乔叟和斯宾塞之间不可多得的诗作。

15世纪和16世纪的早期，许多英国散文作品在我们看来显得比诗歌更加陈旧。真正的诗歌是跨越时间界限的，不管散文是否依然保持着新鲜品质或者早已过时。但是那个时期的很多散文作家，他们的活力战胜了他们所处的时代和当今方言之间的不一致所带来的困难。15世纪晚期，出现了一位天才式的人物——托马斯·马娄，他的作品《亚瑟王之死》在前面的叙述中已经提到过。这是对法国浪漫传奇的一个翻译，虽然结构更加松散，但是又有机地统一在一起；其古朴的文体对我们依然有吸引力。

最开始英国文学的丰饶获益于对外国文学的翻译和吸收。最早、最丰产的翻译家是卡克斯登，他被誉为英国文学上的"印刷之父"，他既有很好的文学修养又颇具品味。他认识到乔叟为英语优雅化的过程中所做的贡献，他通过研究乔叟的法国根底，而对这位大师进行模仿，卡克斯登使英文变得更加优美，他对我们今天的散文产生了远久的影响。他翻译了二十多本书，并且在他自己的出版社（这是英国的第一个出版社）付梓出版了五十多本。他翻译并印刷的作品之一就是马娄的《亚瑟王之死》。

在大约与马娄进行翻译的同一时期，诞生了一位最为高贵的英国绅士，"神佑"的托马斯·莫尔。莫尔的杰作"乌托邦"在英国文学史上具有这不可撼动的核心地位，尽管它是用拉丁文写就，并且在莫尔生前没有被翻译成英文。这本书也被译为欧洲其他的各主要语言，这本书的标题也成为了一个被普遍使用的专有名词，意指一种理想状态的社会。通过向人们展示一幅如天堂般美好的理想画卷，莫尔抨击了当时社会的诸种弊端，就像我们现在所存在的顽疾一样。如果说莫尔"乌托邦"的原则无法在现实生活中实现，那么柏拉图的

《理想国》和任何政治哲学家的理想也是如此。这是对历史的一个无情的，当然是不同寻常的嘲讽：当时最优秀的人物莫尔，却仅仅因为对亨利八世有所不恭而遭到了杀头的厄运。在学识和品德上，他都是英国第一个人文主义者，尽管莫尔的文学天赋不如他的好朋友荷兰人伊拉斯莫优秀。人文主义者的功能不是成为他自身语言的艺术家，而是要传播古典的光辉。

宗教的争论与说教并不能引起普通读者太多的兴趣，而这正好是对坎特伯雷的第一任新教大僧侣克兰默天才才能的证明。他是宗教改革历史上的关键人物，也是伊丽莎白王朝以前散文领域里的先锋。他的作品因其雄辩有力的文体而被人们争相传阅，遗诸后世。他有跨越时代的魅力，他的作品内容具有纯粹的现代风格。

另一位主教拉蒂莫尔虽然不如克兰默雄辩，但他的文章的力度和表现出来的热忱却与克兰默不分上下。他也是宗教改革历史上的一位重要人物，他之所以能有如此大的影响力，在很大程度上还因为他的理论能够得以保存。他的文风直接而富有活力，值得一读。他的文章之所以具有这样的力量，还在于他从与牧师有关的一切事情中脱离出来，采用一种源于生活——不是书本上的——如家一般亲切的说教。

本章最后，我们还得提一提阿斯凯，作为伊丽莎白的家庭教师，他在现实意义上可以说开辟了伊丽莎白时代。他的代表作《校长先生》在英国文学史上是第一部描写论述教育内容的著作。尽管其中有不少地方值得商榷，但某些文字却折射着一种永恒的生命力。阿斯凯是一位学究式的人物，而不能算是一位艺术家，因为有一件事情能够表明他的一些特点：他认为给人们带来了纯真快乐的《亚瑟王之死》有伤风化，是一部危害社会的作品。

第二十四章 伊丽莎白时期的非戏剧文学

　　16世纪中叶，英国文坛开始出现一派繁荣的景象，新人辈出，诞生了一批文学巨匠。例如：菲利普·锡德尼、埃德蒙·斯宾塞、沃尔特·罗利和其他一些我们无法提及的人。菲利普·锡德尼的一生都奉献给了诗词，他用自己的笔和富有诗意的人格形象塑造了自己的一生。他在战场上最壮烈的举动就是当他遭受枪伤生命垂危之时，他把自己仅有的最后一滴水留给了一位濒临死亡的士兵，这一壮举可以和罗兰或者传奇中的任何一个骑士相媲美。不管锡德尼对于嫁做他人妇的斯苔拉的爱慕之情有多少可信性，但至少这是个极好的浪漫故事，并进一步激发锡德尼创作出第一部英文体十四行诗系列《阿斯特洛和斯苔拉》。他的短诗感情相当真挚，而真诚的感情正是文学中最重要的价值所在。当然，真诚的感情不是文学重要性的全部，语言运用的能力也是非常重要的。锡德尼工于十四行诗，并且使之成为了英文诗的自然形式。

　　如果说《阿斯特洛和斯苔拉》并没有直接激发锡德尼创作十四行诗系列《恋情》的灵感，那么实际上，《阿斯特洛和斯苔拉》对一些更伟大的诗人也产生了影响，甚至对莎士比亚也有一些影响。我们应该了解的是，十四行诗在当时的那个年代是非常流行的。高雅的绅士和专业的诗人像学习剑术一样，热衷于学习十四行诗的创作。其中一些十四行诗注重形式，极具优雅的格式；而另外一些则是富含热情的佳作。至于诗中所歌咏的女恋人是否确有所指，大多数情形下我们并不知晓，这或许能够在锡德尼那里找到答案，但是在沙翁的诗中却一直是个无法解开的谜团。就我所知，仅次于斯宾塞和莎士比亚，并且创造出同样优美的十四行诗的诗人当属德莱顿了。德莱顿虽然身处戏剧界之外，却给后人留下了一大批真正的诗歌，仅次与他同时期的斯宾塞。像这样优美动人、深情悱恻的爱情短诗为数并不多。有一首这样写道：

　　无可奈何处，吻别寄情思。

另外一位创作了优美诗歌的诗人是塞缪尔·丹尼尔。他在一首短诗中这样写道：

她的美使天生沉默寡言的他开了口！

这样优美的诗句能够使丹尼尔克与沙翁相媲美。

锡德尼被德莱顿誉为"格言散文大师"。锡德尼的散文有两篇：《阿卡迪亚》和《诗辩》。后者虽然附在前者之后，但是却更为重要。《诗辩》是相当优美的散文，简单精练，读起来朗朗上口，是英国批评文学的三四篇开山之作之一。它是对名为高森的批评学派对戏剧和诗歌所作批判的回击。这些小册作品反映了当时文坛形势和诗歌最终战胜所有的批评走向正途所进行的斗争。可以和《诗辩》相提并论的，或许也受到它的影响的一篇散文是韦伯的《英诗论集》。而当时比锡德尼更重要、更具指导意义的批评文论是《帕特纳姆英诗学》。但是，锡德尼的散文仍然是最优美的散文，尽管他英年早逝，但他仍不失为文坛泰斗。

让我们从这位已故的文坛鼻祖的散文和诗歌中回转身来，看看《阿卡迪亚》。这部著作尽管不乏吸引人的段落章节，但是结构松散拖沓，素材矫饰考究。《阿卡迪亚》作为浪漫的爱情故事之一，迎合当时时代的风气，逃遁现实；或许这类素材只能在诗歌中被使用，化入诗歌仙境中才是符合我们的审美趣味，正如莎士比亚把洛奇的《洛查林》改编为《如愿》，以及洛奇本身富有魔力的歌谣等。我们可以自然而然地接受诗歌的离奇出轨，却无法忍受散文的怪诞与不合理性。典型的例子就是黎里的《尤弗依斯》，他为文章制造的紧张气氛，对于我们来说非常荒唐可笑，然而一旦沾染上诗歌的笔触，便是无害的了，反而平添了许多文采。

那些说《尤弗依斯》式文章对莎士比亚产生了某种不良影响的人实际上是对诗歌和文体的一无所知。《尤弗依斯》的内容天马行空，没有一个作者不对之心生羡慕。对于英国文人来说，运用雕琢华丽的词藻和精巧的句式取悦女王或者别的女人是一件自然而然的事情，正如她们穿着带有蕾丝的衣领、粉红色丝质的马裤、刺绣的披风和拿着镶有珠宝的宝剑一样顺理成章。这些只是简要说明了为什么诗歌华美、高贵而往往流于矫饰，为什么散文却往往流于浅薄和怪诞。这里所说的散文是指浪漫性散文，因为说理性散文是严肃的、高贵的和合理的。从一定意义上说，这些都在《阿卡迪亚》和《诗辩》中有所体现。散文中的说理部分坚定、流畅、健全，抒情部分具有诱惑力，其他部分则像婚礼上的蛋糕一样毫无意义。

但是英国诗歌极富生机与活力，例如我们在前面章节中提到的田园诗就非常纯真、自然，以至于使我们想起英国燕麦笛的调子或者安马力斯的声音，想起赫里克的迷失的妓女被称为伊莉莎了。1579年斯宾塞发表了他的《牧人日记》，这在英国诗歌史上是一件具有重大意义的事件。它宣告了一流诗人的诞生，紧接着问世的《短诗集》进一步确证了这一宣告。我们经常会因为过多的关注诗人的杰作而忽视其创作的小作品，但这种情况没有出现在斯宾塞或者弥尔顿的身上。将他们两人的名字放在一起是适合的，因为不管他们还有别的什么头衔，他们都是无可比拟的抒情诗人。

抒情诗节奏明快，诗人们却擅用短言的四行诗来表现宏大的宇宙世界。如果能够用诗的长短来衡量诗人的伟大的话，那么真正伟大的诗人必定有宽阔的胸襟，能够制订出宏大的计划或者情节，并将抒情诗中所有的爱意都纳入他的框架之中。斯宾塞是继乔叟之后第一个运用绝妙的概念和技巧处理艺术主题的英国诗人。斯宾塞本来计划将精品寓言《仙后》写成十二卷，结果却只写了六卷。寓言的每一卷都叙述了一个骑士的功绩，它象征某种道德品质，如神圣、克制、忠贞等。或许我们对寓言体浪漫传奇的兴趣并不是很浓，而且《仙后》的篇幅实在太长了，在《人人丛书》中就占有两卷的篇幅，在格罗布版本中也占有满满的四百页。所以，它不符合爱伦·坡所说的规则，爱伦·坡认为，诗歌的长度应该以一口气读完为宜。这是一部巨大的著作，它被斯宾塞同时代的人所羡慕，也被自他之后的所有诗人所推崇。斯宾塞被兰姆称为"诗人中的诗人"。原因之一在于诗人们欣赏他的多产和诗中所蕴含的力量；这部诗中的押韵方式是斯宾塞发明的，被后人称做"斯宾塞体"。这种形式能够弥补内容的沉闷和乏味；另一个原因在于斯宾塞对韵律、节奏和形象具有无可企及的天赋。即使不能通读《仙后》（除了诗人、学者和考据者，没有人能够通读），只要随意翻开任何一章，都能够遇到像古代挂毯般璀璨的诗句。那些"陈旧的语调和过时的言辞"曾被同时代的人所诟病，却为他的辞章平添了许多色彩。

这个时代顶尖的抒情诗人的确是伟大的诗人，这个时代是歌谣风行的时代。伊丽莎白王朝和詹姆士王朝以至于整个17世纪（第一时期直接进入下个时期，没有间断）都有着丰富的乐章，所以人们根本没有办法全部涉猎。这个时代的丰富、鲜活和几乎令人眼花缭乱的多样性，即使是诗歌及其发达的19世纪也难以与之抗衡，19世纪的诗人也转而向那个时代寻求支持与灵感，其中的秘密何在呢？如果我们翻开这个时代的诗集或者文集，例如《英国的佛罗伦萨》、1600年出版的《近代英国的名花独秀》和同年出版的《英国的赫里克》等等，都可以欣赏到优美的篇章。有些诗歌的作者甚至不为大家所熟知；还有当我们转而看那些剧本的作者，甚至那些二流人士所写的剧本时，我们会发现所有的诗人都是既能够写作，又能够在舞台上歌唱的。为了"抒情诗这道美味的大餐"（见赫里克《献于生存》的诗中），让我们翻开一本现代文集，这里面有一些优秀的选本，是那些有鉴赏力和辨别力的编纂者编纂而成，例如谢林教授的《伊丽莎白时代的抒情诗》及姐妹篇《十七世纪抒情诗》、阿伯的《英国锦囊》以及布伦德《伊丽莎白王朝歌谣集》等。

伊丽莎白时代的诗歌最为明显的共同特征就是，纯粹的抒情而不是叙事、喜剧、讽刺或警世，即在于其自身的可歌性，尤其是那些散见于戏剧中的抒情诗都适合用于歌唱。有一些抒情诗是根据传统的旋律写成的，还有一些是依据新的曲调谱成的。在某些情况下，诗人既是写诗的行家又是弹琵琶的能手。诗人音乐家最典型的例子就是托马斯·坎皮恩。他的《歌曲四书》既是诗歌又是乐曲，所有的诗歌和大部分乐谱都是由他亲自完成。每一首诗都可以作为歌词，即使没有谱曲的诗歌，读起来也有一样曲调蕴含其中的感觉。奇怪的是，这位完美的歌者轻视自己的歌，同样，令人感到奇怪的是他还主张写无韵律的诗歌，最不可思议的是他竟然被世人完全地忘却了，直到近现代的学者再度发现他。

本·琼森被他同时代的其他诗人誉为"歌之王"。我们在谈到戏剧的时候会再次提及他。有这样一首众人皆知的诗歌：

用你流转的秋波，敬我美酒一盅。

这首众人皆知的诗歌之所以令人难忘，不仅仅是因为它优美的形式和精当的遣词，而是在于诗中所蕴含的优雅的感情和压制的热情。或许因为琼森的博学多识使他的悲剧略显沉重迟缓，但是在他的歌谣中，他的博学犹如被优雅有力的翅膀载着自由飞翔，他的声音如云雀般清脆动听。琼森对于古典诗歌所做的贡献，对他自己的诗歌以及追随他的人的诗歌产生了全面的影响，这些皆缘于琼森从不盲目因袭古人，他学习古人并能取其精华为己所用。贺拉斯、卡特拉斯、马西阿尔深深地影响了琼森，视他们为自己的楷模。像阿诺德、丁尼生这些后世诗人一样，琼森也敬佩罗马的诗人，相信他们对艺术，对称美的要求，让英国诗歌具有重要意义。伊丽莎白时代的诗歌有流于怪诞的危险，琼森则借助自身的权威使诗歌虽然有规则却不生硬、考究却不因袭传统、清晰却不流于俗泛。

德兰蒙德是琼森的朋友，他在英国诗歌史上占有很高的地位，擅长优雅、精美和充满感情的长诗与短诗的创作。可以说，如果济慈也看过德兰蒙德歌颂夜莺的短诗，也一定会被他折服，有什么比夜莺的低唱更美妙的呢？

英国16、17世纪伊丽莎白王朝时代的欧洲非常可贵的特点是：强烈的求知欲、勇敢的冒险精神以及实验新思想、尝试新表现形式的开拓进取心。那个时代实际上正如丁尼生所说的，是"洋洋大观的时代"。那个时代的人们具有惊人的多才多艺的才能。作为陆军大尉，同时也是探险家的沃尔特·罗利是最卓越的抒情诗人之一。当他被囚禁在伦敦塔里的时候，曾用12年的时间写就了《世界史》聊以自慰。

伊丽莎白王朝的抒情诗具有与人的心灵相契合的种种品味，它是如此恢弘壮大，以至于我们应该用一首柔美的恋歌结束对它的简短的概述。但是，在这个时代，生活和舞台同样演绎着悲剧。因此，罗利的带些悲凉色彩的《临终》，无论是在思想上还是在行动上，也许更能恰当地表现那个复杂多样的时代。

　　我坚信，这就是时间！

　　时间拥有我们的青春和欢乐，以及我们所拥有的一切。

　　但当我们走完了各自的人生之路，

　　结束了人生的故事时，

　　时间归还给我们的却只有，

　　在那黑暗、沉寂的坟墓里飘扬着的尘埃和灰土。

　　但是从这灰土、坟墓和尘埃中，

　　我坚信，我的上帝依然会提携我。

最独立、最具元创性的思想家弗兰西斯·培根，他是近代英国哲学的创始人。我们暂时不讨论培根是不是一个诗人。培根最负盛名的著作是《论文集》，在这本著作里，他把所有他要表达的东西压缩成五十个、一百个题目。培根似乎知晓世界上所有的智慧，并将其中的精华提炼出来。他在一封信中写道："我将一切知识取而用之。"如果他只写了这本《论文集》而不曾写过其他的东西，那么他能够证明他自己所说的。培根的文风清新流畅，多用讽喻，重平实、通俗，这与其他那些太具幻想性的散文风格相区别开来。然而，《论文集》只是他的英文和拉丁文著述中的一小部分。他最重要的作品是《新工具》，这只是他计划完成却未完成的巨大哲学体系中的一个部分。实际上没有人能够完成这样一个庞大的计划。培根所犯的一个最大的错误在于他认为一个人能够彻底地洞知整个宇宙的全部真理，能够用最终的形式将全部知识归纳起来。培根最重大的贡献在于他提出了实验的科学方法，并且动摇了学院派的权威。我们知道，几个世纪以来亚里士多德和他的信徒们一直支配着人类一切的思辨方式，他们推崇所谓的演绎方法，即根据一般原理进行细则的推理。培根推翻了这种演绎方法。他说我们必须先抓住事物的特殊性，然后从它们出发推导出其中的一般性。这种方法类似苏格拉底的方法，也就是归纳法。培根倡导的这种探索方法引发了欧洲思想界的革命并且风靡于近现代的科学界。培根《新大西岛》的问世促进了"皇家学会"的成立，这对于科学界的进步可以说是一个有力的推动。对于思想独立自由、个人研究的权利和义务的确立，没有谁比培根的贡献更大。在《学术进展》中，培根说："人们对自然的观摩和经验的参照偏离得太远了，这就难免缠身于自身的理性和怠慢而难以自拔。"他又说："有良知的学者要对学术的进步有所贡献，而事实上，为了博得劣质的赏赐，他们劳其心智埋头于做诠释、编提纲。这样所造成的结果是，因袭的知识财富虽然有所挖掘，但其向前发展的可能性却是微乎其微的。"自培根以来，人类的知识已经取得了长足的进步和发展，但是培根的话对当今的文学界仍然具有警示意义。

　　从某种程度上说，伊丽莎白时代在文学上繁荣兴盛不仅归功于致力于翻译古典文学的大翻译家们，还归功于致力于翻译同时代欧洲文学的翻译家。我们已经谈过弗洛里奥的《蒙田》、托马斯·诺尔斯的《普鲁塔克》和查普曼的《荷马》。今天的翻译不太注重文风，却分外注重忠实于原著，即使是文丐之流的翻译家也要求具有某种文学的诚实品质。伊丽莎白时代的翻译却不是如此，这个时代的翻译根据译者自己的喜好随意取用材料，为了顾及英文的独立性，对原著的内容进行随意取舍，丝毫不尊重原作者的权利。这样做所造成的后果便是：伊丽莎白时代的外国文学翻译带有浓重的英国民族色彩，不太像是翻译文学，更像民族文学。而此时，英国的民族文学已经迅速成长起来了。

第二十五章 莎士比亚之前的英国戏剧

英国的戏剧有两个主要的来源：一是大众日常生活；二是文学作品。莎士比亚最倾心的戏剧先驱是中世纪的奇迹剧。奇迹剧是在诸如亚伯拉罕、恺撒以及救世主的诞生等圣经故事的基础上改编而成的一些简单的对话。这种奇迹剧在教会演出的时候是相当严肃和壮观的。但是演员们，包括牧师和平民，却喜欢把一些世俗的思想和喜剧的因素掺入其中，教会权威人士却禁止在教会里表演这些戏剧。而一些行会、贸易团体却喜欢这些，并以自己出色的表演为荣。这些存留下来的戏剧是以它们得以发展的城镇来命名的，例如柴斯特、约克和卡文特利。或许这些戏剧还有另外的名字——《神秘剧》。实际上，神秘剧和神圣的事物没有关系，却和它的词源有关。神秘剧来源于英文和法文中的词语"神秘"，它是指一种职业，因为所有的演员都是匠人。戏剧对话、训练有素的演员和最初的舞台艺人都起源于此。除了奇迹剧之外，稍晚的时候还出现了道德剧。道德剧中的人物是抽象的，是带有寓意的。当然，道德剧中也不乏文学佳作。《埃惠丽》就是其中一例，几年前这部剧作仍然活跃在我们的舞台上，事实证明它是相当成功的。

许多做礼拜用的戏剧，都是用简单的对话表演《圣经》中一些丰富的情节，通过人物的表演来表达那些罪恶、仇恨、傲慢、愚蠢等一些抽象的概念。虽然此时的道德剧还比较缺乏诗的品格，但是它们却带有尘世娱乐的特征，其中不乏对人性的冷嘲热讽。今天这些戏剧仍然应该被我们所关注，而不应该被忽视，它们的价值体现在历史意义和考古意义上。塞恩斯伯强调这种说法是言过其实，他说："奇迹剧演变为道德剧，道德剧又演变为现代剧。因此，是奇迹剧滥觞了现代剧。"但是，如果一个人能够在庞大而令人心生敬畏的知识面前隐藏自己的无知，那么我斗胆认为塞恩斯伯是言过其实了，他说："虽然对古典戏剧的模仿，及其在学校的表演暂时促进了现代剧的形成；但是，从古典戏剧对近代戏剧的整体影响来看，后者之出于前者，并不少过于斯宾塞之出于维吉尔，或者胡克尔之出于西塞罗。"

不管怎样，最早的略具近代戏剧形式的英国戏剧剧本是由古典大师创作的。最早的"合法的"英国喜剧《佗伊斯》是由16世纪中期牛津大学毕业的尤德尔创作的。这个戏剧本质上是英国的、带有闹剧般的幽默，但是它有戏剧的框架和连续性，这又对英国古典贵族幽默有所缓解。

另一部廉价滑稽的笑剧是《迈迦登的针》，出自于剑桥大学，后来又成为出自母校副校长约翰·斯梯尔之手。这部剧的滑稽口味是典型的英国口味，但其中的古典构架对于英国人来说却又是新鲜的。

英国最早的用常规体例写成的辛迪加式悲剧是《高布达克》。据说这个剧本是由抒情兼叙事诗人萨克维尔写的，虽然剧本从头到尾的韵文被人诟病，但在戏剧形式、动作及人物性格塑造方面却有一定的进步意义。

这些戏剧全部出自于摸索阶段的实验作品。在伟大的女王掌权的早期年代，这些戏剧显得是如此幼稚、枯燥，这种局面一直延续到马娄出现才得以改变。但是在马娄崭露头脚之前，在他周围活跃着一群戏剧家，他们同时也是抒情诗人、小册子及随笔作者和被誉为"大学才子"的一群人，其中有黎里、格林、奈什、皮尔、洛奇及基德（他所在的是一个公立学校，如果不是综合性大学的话）。这些人里除了马娄之外，其余的并不是特别伟大，因为我们是透过伊丽莎白成熟的戏剧时代的光辉来看待他们的，所以他们的价值遭到了贬抑。

黎里的散文文风及其浮夸，当他转向创作浪漫喜剧之后，他的文风有所提高。《恩底弥翁》和《同世界的女人》两部戏剧不是永恒的想象，就是不朽的幻想。很明显，莎士比亚是熟知这两部戏剧的。琼森在附于莎士比亚二折本之前的纪念性诗篇里，将黎里同基德和马娄列在一起不是没有道理的。

皮尔在《帕里斯的受审》和《大卫和贝丝萨蓓》两部戏剧中达到了他艺术创作的高峰。前者包含了一些优美田园诗的宫廷客串剧，后者包含了许多诗意之美的圣经故事的选段。

格林最优秀的戏剧是《僧侣培根和僧人邦格》，这个剧本是超自然的、不合情理的游戏和爱情故事的混合品，这种混合在马娄的《浮士德》中有很高的体现形式。更有意思的是比起格林戏剧的小册子，比较为人熟知的是《万千悔恨换一智》，其中包含了一些有名的对莎士比亚的不敬之词。

作为一个抒情诗人和小册子作家，这比洛奇作为一个戏剧家更为重要。奈什这个聪明机警的小册子作家几乎没有接触过戏剧。

基德的《西班牙悲剧》是最初的血的悲剧，里面充斥着骚乱和谋杀；换言之，是极富骚乱色彩的传奇剧。

马娄是戏剧史上最早的，也是最伟大的悲剧诗人。一个过早逝去的孤独的精灵，在他短短的29年的人生旅程中却完成了美的奇迹。马娄与那些渺小的人相比，其光彩丝毫不逊色于莎士比亚或者弥尔顿。马娄一生写就了四篇剧作，每一篇的主题都是关于人对权力的野心和贪欲，都是关于人刺探宇宙奥秘的种种欲望。他最好的剧本是《浮士德》，取材于一个古代传说，传说中的主人公是一个魔法师，他将自己的灵魂出卖给魔鬼以换取无穷无尽的权力。这个故事曾经被高德写进他深奥的哲学诗之中，《浮士德》是永远流行的歌剧主题。在马娄的剧本里，悲剧的英雄人物是诗人自己，他力图冲破人间的一切藩篱，寻求无限的真理。剧本中有许多夸张之处，同时也不乏令人艳羡的精彩部分——它们是英语中最精美、最壮丽的诗篇。其中的无韵诗，即使是莎士比亚也是无法与之相比的。当墨菲斯特命令特洛伊的海伦时，浮士德说出了这样的名言：

这就是那张使无数船舶沉没，

使高耸云端的巨塔焚毁的脸蛋吗？

美艳绝伦的海伦啊，

请给我一个吻，

使我永恒不朽。

当浮士德问他：

"你是怎么从地狱中出来的呢？"

墨菲斯特回答说：

这怎么会是地狱，我又怎么出了地狱呢？

你以为瞥见了神的面庞，

体味了天国永恒欢乐的我，

就不会在十八层地狱遭受折磨，

永远与极乐无缘么？

《浮士德》是马娄的杰作。但是马娄的另外三篇戏剧也同样富有特色，其中充满了华美的篇章。《帖木儿大帝》是马娄对诗歌界首次傲慢的挑战，这部戏剧以拜伦式的英雄为主人公，气势相当雄浑壮观。其中包含着令世人惊诧的词句，被琼森誉为"马娄伟大的诗章"。马娄极其娴熟地驾驭着戏剧中华丽的章法，使剧本既不失其美，又不流于矫饰。《马耳他的犹太人》以它具有的残酷的血腥气，成为血的悲剧的极好范本。但是这个剧本暴露了马娄的一个缺点——缺乏智慧。这可能是因为青春的热情，对人性的漠视或忽视导致了智慧的缺乏吧。《爱德华二世》中历史的事实和现实的因素使得马娄稍稍有些招架不住，虽然这部剧中没有太多华美的词句，但是就其戏剧性和人情味而言却是最好的。

马娄是一位伟大的抒情诗人和叙事诗人。仅凭一部《英雄和林德》（*Hero and Leander*）就确立了自己不朽的地位。下面这句诗是人们耳熟能详的，但是并非人人都知道这是出自马娄之手，他说：

相爱的人，哪个不是一见钟情呢？

不管是马娄还是其他人，对于无韵诗和英国的悲剧都没有开创之功。但是斯温伯恩的一段话却颇为正确，他说："正是马娄发现并开拓了我们的一切诗歌的王国，正是马娄给莎士比亚开辟了道路。"

第二十六章 莎士比亚

1623年，英国文学史上最重要的书籍——莎士比亚戏剧集最初的二折本出版了。（我们不必把圣经从我们至高无上的文学中排除出去，因为圣经不是最初具有创造性的英文文学艺术。）二折本集子的作者对于我们来说一直是一个谜团。这是一个至今仍然未解的谜，人们为此争论不休，但是这个谜如此复杂，以至于我们囿于篇幅却无法展开讨论；我们只能简单提一下这个问题，因为这个问题非常重要，至少在英国文学故事里是非常有趣的问题。莎士比亚是谁呢？正如我们对其他天才知之甚少一样，我们对莎士比亚也知之甚少。传统的莎士比亚传记中说他出生于1564年，18岁和安娜·哈莎薇结婚，大约20岁的时候去了伦敦，并成为了一位演员。30岁的时候以诗人和剧作家的身份闻名于世。莎士比亚集作者、剧场经理和主人于一身，大概46岁的时候便退隐故乡斯特拉夫镇，于1616年在那里去世。大约在19世纪中叶，一些富有怀疑精神的人提出了这样的疑问：对于一个没有受过高等教育，又没有机会读书的人来说，他能否写出富有学识和文学修养的剧本呢？关于这个疑问，有一个没有被学者们广泛接受的答案：莎士比亚只是弗兰西斯·培根的别名而已。我们无法对此继续深究。培根学者认为，来自斯特拉夫镇的演员绝对写不出那样的剧本，但是培根却可以写出。研究莎士比亚的学者则坚持认为，从培根的散文著作来看，他写不出那种戏剧和诗歌，而莎士比亚不但能够写出，并且他已经做到了。

争论仍在继续。我们拥有著作、短诗和剧本，这些都是英国诗歌中的极品。短诗很可能具有传记特征。但是实际上，关于短诗到底有怎样的含义，谁是莎士比亚所热衷的恋爱对象，这些议论非但无益于挖掘诗的深层次价值，反而模糊和掩盖了其表面的美。我们赞同勃朗宁的观点，他认为，莎士比亚一生中遭受了太多的评价，他并没有用短诗来启发自己或者读者的心志，"果真如此，莎士比亚的价值就要打折扣了。"其实，莎士比亚时代流行的爱情诗续列，只不过是当时的一种习俗惯例而已。正如我们所看到的那样，许多人写诗，并且有人写出了精美的诗篇。诗人以诗人的身份写诗，而不是作为恋人写诗。唯一的疑问是：莎士比亚能够写出怎样优美的短诗来？理解下面短诗的美妙之处当然不成问题，但是关键在于，只有诗人知道如何表达每个人都曾经有过的心情感触。

> 时运不济，遭人冷遇，
>
> 我哀叹被唾弃的自境遇，
>
> 徒然的呼叫不能使苍天怜悯，
>
> 我审视自己，诅咒厄运。
>
> 唯望理想长驻心中，
>
> 我渴望拥有美好的容貌和永恒的友情，
>
> 再加上这个人的本领和那个人的才能，
>
> 以便在属于我自己的人生旅程上驰骋；
>
> 沉湎于这种苦衷，未免糟踏了我的灵魂，
>
> 偶尔想起你，我的心境就会像云雀一样，
>
> 在黎明时分，
>
> 从幽暗的大地凌空展翅，一踏高歌飞向天国的大门；
>
> 你甜美的爱是我取之不竭的财富，
>
> 国王也忌羡我的拥有。

莎士比亚最初的二折本有十四篇喜剧，十篇是以英国国王的名字命名的历史剧，还有十一篇是悲剧。我们无法确知，也无须确知这些剧本创作的先后顺序。人们通常会以为最差的作品往往是最早创作出来的作品，我们无法确定这个一般性的规则是否也适用于莎士比亚。艺术家青年时代创作了遒劲有力的作品，中途在巅峰中滑下去，这是经常发生的事情。这是研究莎士比亚的专业学生没有达成一致的问题，无须我们费心去解决。我们只需要关注戏剧，"戏剧本身即是事实"。

当你快速回顾莎士比亚戏剧史的时候，一个令人震惊和感慨的事实便会出现在你眼前：至今还活跃在舞台上的莎剧，在数量上比莎士比亚时代其他剧作家的戏剧之和还要多。历经300年的风风雨雨，莎剧可能有过不太风靡流行

的时期，但是他从来没有被人们遗忘和冷落过，也从来没有丧失吸引广大观众和那些以能够出演莎剧为毕生目标的演员们的魅力。19世纪产生了一批以出演莎剧而闻名的大艺术家，例如爱德文·蒲士、亨利·欧文、牧德杰斯卡和萨尔维尼等。在过去，我们已经欣赏了许许多多成功的演出，例如《错误的喜剧》、《仲夏夜之梦》、《威尼斯商人》、《如愿》、《第十二夜》、《查理二世》、《亨利五世》、《罗密欧与朱丽叶》、《恺撒》和《哈姆雷特》等。在德国，莎剧连续不断地被搬上舞台，而且取得了很好的演出成果。之所以会这样，一个重要的原因就是戏剧中包含着最为美妙的英国诗歌，而这些诗歌是非常适合演出的。在莎士比亚所处的那个历史时代，书籍并不像今天这样唾手可得，相对于今天来讲，剧场是传达思想和观念的相对重要的媒介物。

优美的情节和感人的故事是莎剧的根本特征。莎士比亚会随处收集自己剧本所需的素材为他所用，意大利的故事、英国的编年史，普鲁塔克的《传记》等，都能够被莎士比亚用优美鲜活的语言化作故事的"血肉之躯"。或许莎士比亚是一位重实际的作家，或许剧作中的某些情节因循守旧或者略显单薄，但是莎士比亚具有驾驭故事的非凡才能，人物形象的塑造、词汇的运用、语言和诗的幽默感，这些都展示了莎士比亚的天才表现。即使是最差的戏剧，也包含了莎士比亚风格的优美之处。但是我们应该记住，这种诗体风格的形成绝对不能完全归功于莎士比亚个人的天才，而应该得益于所处的得天独厚的时代，也有几个诗人创作出了不逊于莎士比亚的诗作。不管怎样，莎士比亚是人而不是神，他也有过平庸之作，也有过许多枯燥场景的描写和散漫的诗作。因此，仅仅根据文体风格的优劣来断定是否是莎士比亚的作品，是一件徒劳的事情。

我们之所以认为莎士比亚剧作中的一些段落极其优美，是因为我们预先就知道它们出自莎士比亚之手的缘故。还有谁可以具备他那个时代不能使其褪色，引用不会使其陈腐的语言魔力呢？

普洛斯在《暴风雨》中说到：

狂欢作乐的时代结束了。

正如我所预言的，那些优伶，那些精灵的化身，

迟早会飘散在稀薄的空气中。

浮云遮盖的高塔，

华丽的宫殿，

雄伟的寺院，

还有大地上的一切，

同样都会化为乌有。

如同眼前消逝的幻影，

不留下一点尘埃。

我们可悲的一生，

只不过是梦里游魂，

从做梦开始，又以做梦结束。

克莱帕特拉被毒蛇咬后，临终所说的话是：

和平！和平！

你难道没有看见我怀抱的婴孩，

正吸吮着乳汁睡去？

现代舞台使用的《哈姆雷特》剧本，都有所删节。就整个剧本而言，就人物形象的塑造和场面描写的语言而言，《哈姆雷特》在所有莎剧中是最好的，是无与伦比的精品佳作。

麦克白说：

是她死的时候了，

这样的消息不止一次传来。

明日复明日，

时光的脚印步步紧挨，

何曾停过？

昨天曾为痴人们掌灯，

送他们走向死亡的归程。

在莎士比亚的剧作中，这样优美的句子不胜枚举。别的诗人可以将某一类事完美地道出，而莎士比亚却能够将所有的事情娓娓道来。从他笔下所描述的种类繁杂的人物可以看出，他的思想范围和跨度是极其宽广博大的。粗俗的村夫、蒙冤的国王、有趣的无赖福斯塔夫、苦闷不幸的哈姆雷特、敏感的鲍西娅或者工于心计的麦克白夫人等，这些人的思想和情感，从可笑的愚笨到恼人的痛苦，莎士比亚都能够准确、娴熟地表达出来。莎士比亚一个伟大的缺点就是他的创作太过于丰富多彩。当一个场景暗示某种思想的时候，这种思想会在剧作家的剧本中呈现多种不同的方面，以让观众自己判断和思考。这就是今天他的剧本被搬上舞台演出，并大幅删减的原因所在。例如，麦克白在杀害熟睡中的国王之后，在恐惧中说到：

啊！好像什么地方又传来呼号，不能再睡去了！

麦克白谋杀了睡梦中的人！

莎士比亚让麦克白走进含有六个重要隐喻的，关于抒情诗的睡眠中，这对于处在焦虑烦恼中的麦克白来说实在是太多了。本·琼森说过，莎士比亚的戏剧应当删掉一千行，这很可能不是针对某部剧作来说的，而是对莎士比亚的对手和仰慕者而言的。然而，也正是琼森本人这样赞美莎士比亚：

莎士比亚不只属于一个时代，他属于一切时代！

第二十七章 伊丽莎白时期的其他剧作家和詹姆士一世时期的剧作家

在英国文学史上，为了方便起见，常常会以君王或者世纪的名称来给文学时期断代。（在英国文学史上，伊丽莎白、安娜和维多利亚女皇具有至高无上的地位）但是，没有哪一个文学时代的发展阶段恰好与统治者的生涯或者朝代是十分吻合的。伊丽莎白时代的戏剧大部分是在1603年伊丽莎白死后詹姆士即位以来所创作的。但是英国女王的名字却在文学史上存留了下来，并且"詹姆士王朝"一词还暗含着后来詹姆士诸王朝紧密相关的一些历史事件。伊丽莎白时代的戏剧在17世纪最初的25年发展到了一个巅峰的状态。在那个时代，除了莎士比亚，还出现了许多文坛巨匠和二流的天才剧作家。没有兴趣和机会通读这些剧作家剧作的读者，可以找到《人鱼丛书》来读一读，因为这些剧作家最优秀的剧本都收集在这部丛书中。那些只想品味剧作中精美片断的读者则可以读一读兰姆的《莎士比亚时代英国戏剧诗人雏形》。

这个时代的优秀人物之一是乔治·查普曼，但是他不是因为剧作，而是因为翻译荷马作品而被人知晓的。查普曼不是一个天生的戏剧家。他转向戏剧是因为当时的戏剧是一切文学体裁中最流行的。正如现代社会一样，许多有文学天赋的人醉心于小说创作，并不是因为小说表达自己思想最好的媒介，而是因为小说是时下最为流行的文学体裁。查普曼的喜剧十分沉闷。在喜剧《一群傻瓜》中，连琼森式的粗俗幽默都无处可寻。他的悲剧《波西·德·安波斯》及续篇《复仇记》是在当代文学史的基础上创作而成的充满血腥的悲剧。剧作中优美的诗句和浮夸愚蠢的词句并存。查普曼是一位富有哲学反思精神的诗人，但是他的天赋发展却极为不平衡。

文学的故事

本·琼森的成就接近于戏剧之王莎士比亚。打个比方，如果莎士比亚参加那个时代人鱼酒店的精英诗人的聚会，那么坐在首席主持位置的应该是本·琼森。在整个17世纪，本·琼森的名声和威望在莎士比亚之上。如果我们择选他的一部剧作并且只选一部剧作来读的话，那么我们应当选择《人人高兴》这部剧作。（"幽默"意指一种心情或性格，例如好心情或者坏心情）这部剧作嘲弄了那个时代的弊端，是一部非常有力度的"风俗喜剧"。如果需要在这部剧作之外寻找证据来证明他的生命力，那么我们应该记得狄更斯让演员们排演的第一部戏剧就是这个剧本。琼森不仅是一个学者，而且还是一位人间喜剧的洞察者，他能够洞察人世间的悲欢。他的学者风范在悲剧《西亚努斯斯的覆灭》和《卡塔林的阴谋》中有所体现。在这两个剧本中，琼森没有卖弄文学，剧中的悲剧感是深刻的。琼森的罗马剧在人物的塑造和语言的运用上丝毫不逊色于莎士比亚。他的罗马剧《蹩脚诗人》是莎士比亚和其他诗人都无法写出的。这部剧作的内容主要由那个时代的诗人维吉尔、贺拉斯、奥维德、提巴拉斯之间的对话组成，看起来每个对话者的语言像是取之于他们各自的著述，但实际上却是琼森自己的创造。剧作实际上具有双重含义，琼森以罗马剧为掩饰，讽刺与他同时代的人德克和马斯顿。弥尔顿说琼森是"博学的袜子"下面隐藏着一双踢人的脚。

琼森最重要的喜剧作品包括《狐狸》、《沉默的女人》和《炼金术士》。琼森喜剧的特点在于塑造具有单一"气质"的人物形象，例如具有幽默、贪婪、狡诈和傲慢的气质等。琼森所有的喜剧中塑造得最好的一个人物形象是伊壁鸠·马蒙，这是《炼金术士》中的一个人物，正如他的名字那样，他是一个具有幽默气质的人，言谈举止同福尔斯塔夫一样是一个吹牛大王。

17世纪初叶，在宫廷贵族中盛行一种"假面剧"，因其奢靡所以只在宫廷贵族中盛行。琼森就曾经写过许多"假面剧"。"假面剧"和今天的化妆舞台剧差不多，是以载歌载舞的形式表演，谓为壮观。建筑家伊尼格·琼斯充当出色的舞台导演，而一流的作曲家则负责谱曲。这种"假面剧"的趣味主要体现在表演上。其中流传给我们的还有许多优雅的抒情诗。在他那个时代，除了培根，琼森算得上是最博学的人物。人们总是指责琼森太过强硬和傲慢，而忽视了他精致的一面。无论如何，琼森坚实遒劲的散文诗是不可多得的。他的小论文集《发现》虽然是关于人和事物的分散的摘记，但却是渗透智慧的黄金宝藏。难怪在威斯敏斯特修道院他的墓碑上镌刻着这样的字句："啊！不凡的琼森！"

　　因为琼森的作品涵盖了太多的方面，从而导致他是一个自相矛盾的人。他的抒情诗精致委婉，他的幽默粗犷深刻。与琼森相比，托马斯·德克是一个轻松的幽默家（这里不谈及莎士比亚）。德克既是琼森的合作者、友人又是他的文坛对头。在伊丽莎白时代，戏剧家们一起工作的方式就是在舞台上争论，甚至大打出手，然后饮酒和解，这本身就是喜剧或喜剧的延续。德克最优秀的剧作是《鞋匠铺的节日》，这部剧作刻画了伦敦的生活和人物，是富有浪漫传奇特征的剧作。我们曾把这部可爱的剧作和德国的鞋匠诗人汉斯·萨克思放在一起谈论过。德克的鞋匠不是一个诗人，但却是一个连萨克思也颇为欣赏的出色幽默家。

　　托马斯·海伍德的杰作是《仁慈杀了她》，正如题目所暗含的，这个剧作讲述的是一个受了冤屈的丈夫通过原谅他的妻子，并以这种善意的方式惩罚了他的妻子。它充满了真正的哀伤与真诚的感情。现在看来，可以说这种心理是真实可信的。从语言来看，这部剧作是伊丽莎白时代最朴实、最不加雕琢的作品。即便是在现代舞台上，这部剧作可以与莎士比亚的任何一个剧本一样获得成功。这部剧作的写作动机在19世纪的戏剧中重现，那个时代的复仇未必一定要借助原始的手枪和匕首。海伍德笔下的人物是自然而贴近生活的，正如兰姆评价海伍德所说的"一种散文体的莎士比亚"，当然海伍德不具备莎士比亚的神奇魔力，并不能让我们相信世界之外发生的任何事情。

　　在介绍莎士比亚时代的戏剧家时，很自然地会以莎士比亚的标准将其他的戏剧家进行比较，以便确定哪一位是仅次于莎士比亚的天才人物。这或许不是一个非常巧妙的方法，因为在诗人斯温伯恩看来，伊丽莎白时代的所有事物都是美好的，他崇拜那个时代的一切。但是这种观念至少给我们提供了某种有价值的暗示。位居第二位的悲剧作家约翰·韦伯斯特，他所作的《马耳他公爵夫人》不仅内容恐怖而且令人心碎。意大利风格的剧作在那个时代的数量也是很多的，但是大部分只是用韵文写成的，没有太多价值的作品，只有几部达到了诗的高度。其中有莎士比亚的《奥赛罗》和两个世纪以后出现的雪莱的《辰奇》，以及韦伯斯特的《马耳他公爵夫人》。《马耳他公爵夫人》所蕴含的感情非常强烈，以至于冲破了诗和韵律的束缚。例如，剧中这样描述费迪南德看到他死去的妹妹时的情形，他高声呼喊：

　　"盖上她惨不忍睹的脸；我已经头晕目眩了。她还年纪轻轻啊！"

对于韦伯斯特《马耳他公爵夫人》最为有特色的评价当属兰姆："《马耳他公爵夫人》中描绘了一种令人昏乱的庄严肃穆的哀伤情感。"韦伯斯特的另一部力作《维多利亚·科隆波拉》，讲述的是这样一位美丽的女子，她所到之处必然会带去死亡和灾难。这部剧作对于死亡和毁灭的冥想，阴森可怖，呈现了一种病态，但是却达到了和希腊悲剧或者莎翁悲剧相媲美的程度。

欲想在莎翁其右占有一个位次的竞争者——博蒙特和他终生的合作者弗莱彻。他们既写悲剧也写喜剧，他们的卓然不群在于他们一直注重作品的高质量，而不在意作品是否能够唤起读者的恐怖或者欢笑。他们出身于绅士世家，自身也是休养极高的绅士。德莱顿（他是一位出色的评判家）这样评价博蒙特和弗莱彻："英语语言在他们那里达到了最完美的境界。"他们的创作体裁相当广泛（很难确定这些作品是他们单独完成的，或是合作完成的，或者是同其他剧作家合作完成），他们创作的五十部剧作中，最具代表性的严肃地剧作是《菲利斯特》和《少女的悲剧》。这两部剧作的内容虽然是浪漫的、非现实的，但是结构优美完善，感情委婉，符合人性，具有诗的格调，被看作是真正的戏剧。在戏剧创作方面只有琼森和莎士比亚或许略在他们之上。他们创作的一个优秀的剧本是《柏令派斯特的骑士》，曾经由耶鲁大学的学生们演出过，当时逗得观众们捧腹大笑，足见其逗趣的永恒生命力。

小剧作家马斯顿的许多剧作都是和他人共同完成的。其中一个比较有趣的作品是与琼森、查普曼合作的《向东方》。这里还要提及一件有价值的事情：曾经查普曼和马斯顿因为有辱苏格兰的事情而被捕入狱，琼森自愿跟随他们一同入狱。在那个时代，马斯顿作为一个讽刺家而享有盛誉，他擅于进行辛辣的讽刺。他的讽刺作品在今天读来颇为费解。他的戏剧作品中没有一部作品能够达到二流的水平。剑可以雕刻出精美的艺术品，然而大木棒却永远不可能。我们将《愤世家》中马斯顿对厌世者的评论，与琼森和莫里哀相同类型的人物所作的评价作一个比较，马斯顿的缺憾将立刻得以显现。

米德尔顿的著作颇为丰富，在他大量的作品中，《过继儿》可以算是一部精品。米德尔顿擅长描写有别于英雄悲剧的家庭悲剧。在日常人性的描述方面，他和海伍德非常相像。他的败笔也是及其平庸。但是他的成功佳作也是极为出色的，如果他不是匆匆写就，那么他也将与德克以及其他专业的戏剧作家一样，一直保持优秀。他的《怎样抓住老东西》这篇剧作在对人物气质的刻画方面能够与琼森相媲美。《女巫》颇为有趣，因为她令人想起《麦克白》中的巫婆。其中有两部剧作，米德尔顿翱翔于现实主义和浪漫主义之间。《西班牙的吉普赛人》住在《如愿》的魔幻世界中。《优雅的吵闹》则充溢着戏剧的篇章，正如兰姆所说，是充满着"可歌的热情"。

伊丽莎白时代的戏剧发展如同（虽然此时詹姆士德统治已被查理所替代，但是却依然属于伊丽莎白时代）落日一般明亮而且壮丽。莎士比亚和琼森虽然已经逝去，但是谁又能说马辛杰、福特和雪利不是出色的后继者呢？马辛杰能够被后人铭记主要是因为他那部优秀的喜剧《新法还旧债》，这部剧作在19世纪大受欢迎，一直占据着舞台；其中的主要人物奥维利彻吸引着众多演员。作为一个诗人，马辛杰的热情是不够的，正如兰姆所评价的："文体缺乏激情，唯有宁静、明朗和喜悦值得细细体味。"

福特是一个极易伤感的戏剧诗人，常常深陷人为的情感中无力自拔，使自己陷于痛苦的境地。他以接近分析现代精神的方法剖析自己的灵魂，并且措辞相当巧妙。虽然他的作品常常充斥着鲜血和骸骨，显得极其苍凉，但是福特终究是一位真正的诗人。他的剧作《恋人的忧伤》、《破碎的心》和《恋爱的代价》这些题目的本身就已经袒露了他的情感心声。

雪利的出现已经是戏剧的黄昏时代了。尽管德莱顿认为他是沉闷的，但这仍然是令人愉快的，甚至是美丽的黄昏。当雪利尝试悲剧的时候，正如在剧作《处女复仇记》中所表现的那样，其实他力图提醒我们戏剧已经开始走向没落了。当他开始创作（他创作了许多喜剧）《风趣的女人》这一类的喜剧时，他使我们想起了随后兴起的一种戏剧，即复兴后的戏剧。但这毕竟是多年以后的事情了。1642年清教徒封闭了剧场，伊丽莎白时代的戏剧也走到了它的尽头。

第二十八章 17世纪的英国抒情诗

　　伊丽莎白时代的剧作家几乎都是抒情诗人，他们的剧作中跳动着歌曲的音符。优美的诗歌恰如绚丽的珠宝镶嵌在他们的剧作中。即使他们自己无法创造这样的宝石，至少也能够从别处借用点缀在自己的作品中。巨大的建筑、叙事诗、戏剧、小说，都身披盛装，绚烂夺目。英国的抒情诗是不朽的，它生生不息地喷射着绚烂的火焰。这些火焰永不熄灭，不断地变换色彩，一种同另一种不断混合，令人难以觉察。热衷于分类的人，可以看出17世纪英国的抒情诗被划分为三个发展阶段：第一个阶段以本·琼森为代表，琼森生前在英国文学史上享有的威望是无人可比的；第二个阶段是以多恩为代表，多恩作为权威人物与琼森风格迥然相异。多恩是一个含糊的、注重内省、不遵守诗歌韵律的人，而琼森在言行举止上都是一个古典主义者，虽然很少受到约束，却仍然注重诗歌的形式。随着历史的发展，出现了一群被称为"琼森之子"的诗人，他们同时间接地、无意识地受到了多恩的影响，实际上算是"多恩之子"。他们徒具琼森学识的外表，其实没有真正抓住琼森学识的实质。他们无法企及多恩微妙、奇特的风格，却热衷于多恩那些隐晦的比喻、歪曲的措辞，最终流于空洞和自负中。德莱顿所称的"形而上学派"（约翰逊博士借用了这个词），在其后的一个世纪中受到了应有的责难。

　　在第三个阶段中，诗人们继续追求诗歌的至真、至善和至美。我们已经谈及了德莱顿，现在将要谈到蒲柏。蒲柏是这一阶段的代表人物。人们对于文学的反应和评论就像钟摆，尽管没有那么规则和精确。人们赞成蒲柏反对多恩的时代，实际上和后来华兹华斯和柯勒律治反对蒲柏和约翰逊的僵化和局限性是一样的。生活在这个伟大浪漫时期的人们，更倾向于认为多恩及其后继者们的作品是金银和珠宝，而蒲柏的作品像是沾满泥浆的金属一样并不那么珍贵。从批评的角度和纯粹娱乐的角度来说，这是错误的。对一切诗人和艺术家我们都应当根据他在各自的艺术领域中所取得的成就加以鉴赏和评判,并使他们得到应有的尊重,而不应当考虑他的前人或者后人干了些什么不同的事情。对于两个截然不同的艺术品我们能够说出哪一个更好吗?

所以,尽管为了实现故事的某种连续性,我们有必要理清文学发展的脉络,但是用最简洁的语言直接走向诗人是我们接近诗人的捷径。撰写这一篇章最鲜活的方法就是列出诗人的名字和他们最优秀的作品,因为他们的诗歌就是他们的故事。

约翰·多恩是最具原创性的英国抒情诗人之一。由于他的模糊性和神秘性使得人们很难更好地了解他。他的青年时代写过许多恋歌和讽刺诗,后来他成为了一名著名的传教士,并把写诗的热情转移到宗教诗的创作上。17世纪的宗教诗歌拥有其后的英文诗中罕见的审美趣味。英国的赞美诗和其他形式的宗教诗,宗教虔诚感比诗性更强。即便是在诗人辈出的19世纪,我也怀疑直到弗兰西斯·汤普逊出现以前,我们能否找到与多恩表达宗教感情的诗篇相媲美的作品:

关于圣父的赞歌

谁能赦免我往日的罪过?

我为他们懊悔过,

但我现在仍然犯着,

你能赦免我吗?

你从来就没有赦免我,

因为我仍然有罪过。

我蛊惑别人犯罪,

你能赦免我吗?

我克制了一两年光景,却又长年累月。

沉溺于其中的罪过,

你能赦免我吗?

你从来就没有赦免我,

因为我仍然有罪过。

我只有恐惧,

即使把丝吐完，

也许仍然无法赎罪。

如果你能给以明示，

答应我死后不说你的儿子有罪，

那我就无所畏惧。

因为你真的赦免了我。

有人认为，多恩并不懂得音律艺术，他的诗篇之所以美妙是因为他的热情，但是却因为格律的缺陷而漏洞百出。对于这种观点我不敢苟同。多恩知道自己在做什么；他参差不齐的音律是故意为之，非常滑稽。他能够把他选择的事情做好，他能够写出和约翰逊一样格律齐整的诗篇，正如这首爱情诗所写的：

甜美的情爱让人难耐，

我感到缱绻难以释怀。

罗伯特·赫里克是一个牧师，他的诗作风格比多恩乐观许多。他是格调极为轻松的小抒情诗的巨匠。他创作了许多像下面这首一样优美的诗篇。我选择这一首是因为它太优美了，但是这并不能代表诗人愉快幽默的气质。

致水仙

美丽的水仙啊，我们为你如此匆匆地逝去而哭泣。

那早升的太阳还没有到达中天啊！

且慢，且慢，你的脚步。

待到告别的日子，

行到黄昏的尽头，

我们一起祈祷，

和你同去。

时光何其短——正如你的生命，

春何其短——正如你的旅程。

又有什么能长存人间？

总有一天，

我们也要踏上你的归程。

如夏日的急雨，

朝露的水珠，

难以永久。

赫里克是最优秀的"琼森之子"。正如斯温伯恩所说，赫里克只需要将他那双慵懒、漫不经心的手往老师调好的琴弦上一放，美妙的抒情诗"立刻对他的触摸有所反应，从琴弦上飞扬开来。"如果琼森是他的父辈，那么贺拉斯以及卡特拉斯就是他的曾祖父辈了。他像拉丁诗人一样创作了许多颂诗和婚礼赞歌，献给数十位幻想中的情人。贺拉斯是彻底的异教徒，同时又是虔诚的基督教徒，他写过纷乱、难以引用的讽刺诗。美国作家奥尔德立称他为"伟大的小诗人"。这是一个很好的称呼，但是从某种品味来看，这个"小"字是应该删除的。

加莱是多恩的信徒，他曾给多恩写过壮丽的哀歌。他和他的老师一样，爱花、爱酒、爱女人，并且路德派三位一体的第三位在他的诗作中占有显要的位置。他能够避免他老师的不足。他的诗歌旋律柔和，节奏明快。他的笔触依然具备伊丽莎白时代的风格，但却有了褪色的烙印。他预见到口语体的"世态诗"的出现，此类诗的代表人物是跨越17世纪和18世纪的诗人普赖尔。

塞恩斯伯里极富热情，他曾经感慨，这个时期的诗人如此之多，诗句又如此迷人。他们留下了许多精美的小诗章，以至于我们想从不同的侧重角度来讨论他们，但是囿于篇幅的限制，无论我们怀有多么高的热情，也只能忍痛割爱，适可而止了。在这样一个短小的篇幅里，许多极具价值的诗人我们都无法提及，我们无法在后伊丽莎白时代逗留太久，但是下面三个诗人，即使我们只是一带而过，也要让他们的名字为世人所知。

温和而典雅的诗人是乔治·赫伯特，虽然在我看来他未曾写过一篇动人心弦的诗作，并且他所有神奇的幻想都不适合我们今天的欣赏口味，但是他创作的所有诗歌都十分真挚甜美。亨利·沃恩的诗歌带有一种奇异、飘荡的美，犹如"鲜活的嫩枝"。你遇见了这样一位诗人，他写出了这样的诗句：

夜晚我看见了永恒，

像圣洁永不息的光环。

在理查·克拉肖的诗中，我们可以感受到那个时代世俗、异教的情趣与宗教情怀既对立又融洽的特征。理查·克拉肖的一首精美小诗这样开篇：

谁能告诉我，是什么驾驭了我的心灵？

他还给圣·特里萨写过绚丽的诗篇，他用充满力度的乐调唱道：

啊，你这个一往直前的欲望之女！

在大动乱时代，国王的身边出现了一些绅士，他们中有一些是骑士诗人，其中的两位值得我们铭记：萨克林和勒夫莱斯。萨克林的恋歌极富魅力，这些恋歌洋溢着人世间的愉悦和欢笑，这和同时代的受苦的犬儒主义诗歌相比极为不同。这些诗歌中的精品风格清新，没有太多那个时代损坏诗歌美妙的学者般的"自负"。他的杰作中最为著名的是这样一首：

我的爱人，为何你如此苍白憔悴？

勒夫莱斯的多数作品，包括戏剧在内非常难以读懂。他的大部分爱情诗也非常难懂。但是也有两三篇是很完美的。

亲爱的，我不能太钟爱你，

我也不能太钟爱荣誉。

——《赴战场》

为什么要用石块筑牢狱？

为什么要以铁链造槛笼？

——《从牢狱致阿尔提亚》

在那个世纪，历史是如此连贯、自然，而又被战争弄得如此支离破碎。赫里克的弟弟马弗尔和他的哥哥一样，热爱自然、花鸟和昆虫。如果马弗尔德《土萤和割草人》偶然出现在赫里克的集子里，大概人们也不会觉得不合适：

把盏燃烧生命的灯啊，

携带在身边，

夜半伴你到更深。

马弗尔还是一位优秀的庭院诗人：

远离人世间的一切，

潜心于绿色的阴影中沉思。

《庭院的割草人》从反面歌颂和赞美了庭院。马弗尔作品的题材相当广泛。他的《年轻人的恋情》非常富有魅力，启发了半个世纪以后普赖尔《上流社会的孩子》的创作。他的《克伦威尔自爱尔兰归来颂》庄重、深刻，和贺拉斯作品的精神和风格非常相近。

考利是一位古今评价反差最大的诗人。在他生活的时代，他比弥尔顿的名声还要大，现在弥尔顿被我们奉为大师，而对他却几乎毫无所闻。我们不应该轻视考利。考利创作的"品达风"的赞美诗，结构巧妙，技艺娴熟，他的抑扬格诗也是非常出色的，只不过考利的光辉被后世的德莱顿和蒲柏所创作的更为雄壮有力的英雄诗的光辉所掩盖了。考利是实现将形而上学时代向理性时代转变的人物之一。无怪乎他被同时代的人看作是一个奇迹。但实际上，考利既错过了吸取正在衰亡的一类诗的力量，同时又未能洞察英国诗歌发展的新方向。

　　德纳姆是处于过渡时期的另一位诗人。德纳姆作品的历史价值主要在于他对押韵对句发展的贡献。这也是瓦勒作品的价值所在，瓦勒是他所处的那个时代诗句最为精巧的诗人。他是一个极为聪明的诗人，他具有一种贴切实际的直觉，这使他敏感地预见到自己这类新诗将会获得成功，成为后人效仿的范本。他像法国的马勒布一样，喜欢把自己看作是天生的真正的古典主义追随者。《走啊，美丽的蔷薇》和《腰带》是真正带有诗意的抒情诗。

　　如果这些过渡时期的诗人摆脱了羁绊古诗的隐喻，那么他们同时也丢弃了古诗中的甜美和芬芳。但是其中有一位诗人使戏剧的力量、抒情诗的美妙等昔日的辉煌一并保留了下来，同时他又为新时代诗歌的诞生披荆斩棘。这位伟大的诗人就是德莱顿。与此同时，和斯宾塞、莎士比亚、琼森一样几乎全然归属于古风的伟大诗人弥尔顿也步入了诗坛。

第二十九章 弥尔顿

弥尔顿的一生跨过了整个17世纪的四分之三。正如我们所看到的那样，弥尔顿是他那个时代的文坛巨匠，以及继莎士比亚之后英国的主要诗人。他的传记比其他诗人的更为重要，也更为有趣，因为它与主人公生活时代的历史紧密相连。可以断言，任何一位诗人都受到他生活于其中的环境的影响，以及受到童年时代的影响，并且有一些诗人直接投身于实际事务之中。但是弥尔顿的一生或许恰恰是他所生活的17世纪思想史的基础。弥尔顿在他的青年时代就是一个出色的学者和早熟的诗人，其思想境界属于伊丽莎白时代。他出版的第一部诗集是1632年附于莎士比亚第二折本里的颂诗。他创作了《快乐的人》、《幽思的人》和《利西达斯》等精致美妙的短诗。

这些诗作足以促使他在英国抒情诗坛上占据一个显要的位置。1642年国内战争爆发，他站在叛军的一方，随后的20年他背叛了缪斯精神，把主要精力投入到小册子的创作中，为自由党服务。后来他开始变得盲目起来，部分原因是因为他担任克伦威尔的外国语秘书。大英联邦失败王朝复辟之后，由于朋友的帮助和敌人的手下留情，弥尔顿幸免于走上绞刑架。退隐后，他把余生投入到他的杰作《失乐园》《复乐园》和《力士参孙》的创作中。因此他的职业生涯可以根据17世纪的历史划分为三个阶段：伊丽莎白王朝的尾声、共和国时期以及王朝复辟时代。

弥尔顿早期的诗歌并没有显出他稚嫩的痕迹，他初出文坛就立刻显示了他在抒情诗方面的天赋才能。21岁的时候创作的《基督教降生的早晨礼赞》气势宏伟，宣告了一个在其后时代创作基督主题叙事诗的伟大诗人的诞生。《快乐的人》洋溢着生活的欢欣：

晴朗的假日，

老老少少相携而行，

待到日落西山，

便品尝麦酒的香甜。

这些诗句使我们想到清教徒的反对世俗的欢乐并不必然。弥尔顿就是一个明证，早年他就主张思想和艺术的自由。最初清教徒是为了廓清教会，矫正时弊，但是因为太过狂热，所以有些过火。马可利这段著名的话可以解释很多问题：清教徒之所以反对"弄熊"这项活动，倒不是因为它伤害了熊，而是因为它给民众带来了娱乐。清教徒反对剧院，导致剧院被关闭，并且把任何形式的演出都当做犯罪活动。这种敌对不是反对戏剧艺术本身，而是对已经腐败的制度的道德反抗。正如诗句中所写的那样，弥尔顿是喜欢剧场的：

赶赴激情的舞台，

穿上琼森博学的鞋。

用"空想之子"莎士比亚的快板，

歌唱故乡园林的美好。

清教徒同时也可以是热爱生活的艺术家。在斯宾塞和锡德尼身上具有强烈的宗教气息，但是他们对清教发展带来的偏狭和无知并不是持同情的态度，比较起来，弥尔顿则宽容多了。对于弥尔顿和17世纪的其他诗人来说，宗教不是严厉的苦难，而是庄严的欢乐。《幽思的人》让人想起弥尔顿在音乐方面受到父亲的训导，原本就是一个钢琴家：

在苦修庵的庭院，

我徘徊、缱卷。

沐浴在那幽暗的微光里，

品味着那些装饰着故事画的门窗，

还有那高耸的圆柱

和坚实的屋梁。

那里有高声诵读的功课，

明净的圣歌。

响亮的乐器，

伴着悠扬的合唱，

袅袅飘入我的耳膜，

将我包裹在无边的快乐里。

弥尔顿早期诗歌中最感人的诗篇是《利达斯》，这是哀念逝去的朋友的挽歌。与雪莱的《阿多尼斯》和丁尼生的《怀念》并称为英国文学中的三大哀歌。弥尔顿的假面剧《科马西》是为个人欢娱所作，它显示出弥尔顿和莎士比亚时代戏剧的紧密关系。如果弥尔顿早出生一个世纪，他无疑是一位戏剧家。他晚年创作的《力士参孙》就充分显示了他卓越的戏剧才能。

《失乐园》是英语文学中最具古典趣味的叙事诗。尽管它的主题带有圣经的意味，但是与其说它像但丁的《神曲》，还不如说它更像古典作品本身。《失乐园》是弥尔顿根据《创世纪》中寥寥数言的故事，创作出来的具有十二个篇章的宏大的无韵诗。《失乐园》的语言非常优美，以至于它被奉为诗歌艺术的范本。它的结构、表达方式、繁多的隐喻和象征又使它带有了异教的色彩。夏娃比潘多拉更可爱，在《约夫真正的火焰》中，人类的始祖亚当和夏娃出现在同一篇章中。当然这个故事人尽皆知，关于故事情节也是毫无疑问，那么我们的任务便是欣赏弥尔顿语言的壮丽。我以为认真阅读前四本就足够了，至于《复乐园》则缺少《失乐园》的明丽色彩。查尔斯·艾略特·诺顿认为《失乐园》的两卷书已经很清楚地把其中所有的思想传达给了我们，在我看来这种观点有失偏颇。我们无法忽视第三卷，在其中，我们已经失明的诗人祈求宗教能够给他带来光明。在每一本书中都包含着壮丽的章节。除了由于诗人的才情缺乏自省精神，而使得有些语句单调枯燥以外，就整篇诗作而言，《失乐园》仍不失为"雄壮的文体"。也许，今天《失乐园》中的故事不再像昔日那样吸引我们，因为昔日人们相信它是"福音"，但是我们却不得不为其文体风格所深深折服。对于我们而言，弥尔顿的独创性贡献除了使其语言辞章优美之外，还在于他对恶魔撒旦这个人物形象的塑造。亚当和夏娃充其量只是祭品，上帝和天使也只不过是影子而已。撒旦被描写得分外生动，他成为一切行动的支配者，成为诗中真正的主人公。

弥尔顿后期的杰作是《力士参孙》。还有哪一位诗人以更壮丽的演说向世人告别呢？他将自己失明的磨难都寄寓在了盲人参孙的身上。这是英文文学最接近希腊悲剧的作品，全剧以悲欢而沉静的调子结束：

平静吧，所有的热情都已燃烧殆尽。

弥尔顿仍然是他那个时代最重要的散文家、雄辩家和小册子作者之一。那是个辩论的年代，其中的一些争论我们已经不再感兴趣，而一些优秀的争论则被一些劣等的作品所玷污。但是弥尔顿的一些散文和演讲至今仍旧闪耀着光芒，例如《阿洛佩格提卡》这部关于出版自由的作品就是那些信仰言论自由的永恒的宣言："如果说，杀人者沙戮的是有理性的动物，是神的形象；那么，毁坏有价值的书籍就直接扼杀了理性本身，即神本身了。"300年后的今天，我们依然在思索弥尔顿的疑问："有哪个官员不会听从虚伪的报告？假如出版自由落到少数权力者之手，那岂不是助长了那种恶习吗？"华兹华斯在他那可爱的诗句中表达了真理：

> 他的灵魂像恒星一样永不陨落！

在激烈的社会冲突中，弥尔顿耗费了人生中最为宝贵的20年时光，但他以自己无法超越的智识力量卓然不群于英国诗坛上。

第三十章 17世纪的英国散文

　　诗歌和散文之间最大的区别在于：诗歌可以穿越历史历久弥新，然而散文却受到时代的限制；散文的风格随着时代的变化而变化。随着时代的变迁，散文会变得陈腐，不合时宜。如果近代有哪位诗人像弥尔顿那样能够创作出一首短诗，一首真正优美的短诗来，那么，它会像刚刚出炉的面包一样散发出甜美的香味。但是如果一个人运用弥尔顿的风格在国会或者劳工党中演讲，那么他一定是个不可理喻的傻瓜，甚至比当时运用这种风格进行辩论的人还要愚蠢十倍。我们和17世纪的散文家之间隔着明显的18世纪散文的明澈。17世纪的散文带有明显的文学色彩，但是它值得人们探究，尤其是查尔斯·兰姆让我们这样做的时候。兰姆最喜欢的一个散文家是罗伯特·伯顿，这位被兰姆誉为"沉迷于幻想之中的伟大的老人"，著有《忧郁的解剖》，这是作者忧郁气息比较少的一部作品。这是一部伟大的沉思之作，是作者读书破万卷之后的作品。该作品语言雄辩有力，才思文涌，其中可见蒙田的气质、原创性以及魅力，但是缺乏蒙田的沉静和哲学趣味。

　　托马斯·布朗是一位颇具哲学反思气质的散文家，他具有奇异的雄辩口才。他的《医学》（布朗是一位医生）和《骨壶埋葬》是用英文写就的，是关于生与死的深刻的沉思，语言精练，不落俗套，行文轻松活泼，庄严不失诙谐。虽然大部分现代心理学和弗洛伊德的名字联系在一起，但是人们却更倾向于接受和理解布朗关于睡眠与梦境的思考。"我们把睡眠看作某种死亡，然而实际上是清醒谋害了我们，摧毁了精神这个人类生命的家园。"表明布朗远离现世的沉静气质有这样一个事实：他的著作中没有任何迹象表明他经历过大叛乱时代。和弥尔顿以及其他同时代的散文家不同，布朗对教会和国家之间的矛盾冲突置身事外不理会。

　　杰里米·泰勒和托马斯·富勒是两位伟大的文学天才，但是他们并没有得到应得的声誉，因为他们的著作大部分是以说教的形式写就的。说教形式的文章，不管读者的信仰如何虔诚，也不管读者如何热衷于倾听周日的布道，读者仍旧不喜欢说教式的文章。但是泰勒的《神圣的生活》和《神圣的死》已经超越了宗教而具有了文学的意味。而富勒的《神圣及渎神诸形态》以及《英国伟人史》表露了为兰姆和柯勒律治所推崇的天才品质。

一般来说，如果人们不喜欢阅读有关宗教和道德方面的书，那么关于钓鱼方面的书却总能引起他们的阅读兴趣。伊扎克·沃尔顿的《钓客清话》在业余的垂钓者和没有任何垂钓经验的文学爱好者中间一直颇为流行。当然这部书包含了许多垂钓以外的事情。沃尔顿生性乐观，在岸边倾听他的谈话是一件令人愉快的事情。除了这部杰作，沃尔顿还写过关于多恩、赫伯特以及其他一些人的精悍短小的传记。

托马斯·霍布斯是在培根之前，洛克之后出现的伟大的思想家。他的大部分作品不在我们的研究范围之内，而是属于专门的哲学领域。霍布斯也不具备将哲学转化为文学艺术的技巧。但是他的《利维坦》这部书却属于文学著作。这是第一部用英文以同情的笔触写的关于国家和共同社会的书。这部书既引发了同情又招来了反对，对所有的后世政治哲学都产生了影响。书中的主要思想是国家是至高无上的，是吞噬个人的怪物"利维坦"。它并没有阐述国家和政府应该怎样，而是明确描述国家和政府事实上是怎样的。霍布斯的文风并不优美，但是却很耐读。他的鲜活和明晰归功于他毕生对修昔底德的研究。

17世纪大部分散文中尽管不乏雄辩和优美的文体，并且多少带给兰姆和柯勒律治以及其他19世纪的作家以教益，但是散文家的文风都不适宜于我们模仿。可是17世纪下半叶德莱顿的出现却改变了这一局面，他散文的布局、韵律和措词的使用都值得我们借鉴。

第三十一章 复辟时代的英国文学

这一章所讲的时代可以称为"德莱顿"时代。因为德莱顿的杰出，使得他出席祝贺斯图亚特国王重新获得王位这件事情，比王朝的恢复本身更为重要。他是如此的杰出，而与他同时代的人又是如此的平庸，以至于他的名字"德莱顿"成为他所处文学时代的代名词。我们应该清楚，历史时期不可能被截然分开，人类的生活也并非一成不变，文学创作也不是按照固定的模式被创作出来的。年轻的德莱顿结识并崇拜年老的弥尔顿，年老的德莱顿由于对押韵对句定型的贡献而成为了18世纪英国诗坛的鼻祖。开启这一章的押韵对句或许并不那么准确，因为德莱顿是诗歌和散文真正的革新家。他的事迹开始褪色或者呈现出"黄昏的模样"是因为，我们发现在他之后出现了许多即使作家竭尽所能也无法写出的戏剧和诗歌。德莱顿是一个具有广泛才能的天才文人。他擅于创作抒情诗、戏剧、讽刺以及批评散文。

德莱顿的抒情诗明显地带有以往那个时代的印记，直到许多年之后我们才在英诗里看到富有乐感、壮丽的品格。《圣·塞斯丽亚祭日歌》和《亚历山大的餐宴》中有着这样为人熟知的文句：

唯有勇者得芳心！

德莱顿押韵的对句清新灵活，他用这种方式来写英雄悲剧以及其他各类体裁。虽然不是高水平的诗作，但是却在英国文学史上留下了最机警的文句。德莱顿措词极为考究，例如在《麦克弗莱克农》的对句中有这样一个词"偏离"，他重新评判了一首低劣的诗：

The rest to some faint meaning make pretence,

But Shadwell never deviates into sence.

德莱顿的戏剧在他那个时代比在现代更吸引人。在崇拜莎士比亚的我们看来，德莱顿在《一切为了爱》中将安东尼和克里奥帕特拉的故事改换为失礼的事情。但是就戏剧本身而言，这是一部成功之作。不管这部作品比莎士比亚的作品优秀也好，逊色也罢，就它自身来讲确实是一部优秀之作。

德莱顿是英国最早的大散文批评家。关于戏剧他所写的评论比戏剧本身更有趣。他的《戏剧论》以及其他论文是英国文学批评史上和英诗体著作中划时代的作品。德莱顿之后的世纪是散文的时代，而他则是开山鼻祖。

德莱顿时代创作戏剧的人大部分只留下了名字。喜剧这种极易过时的艺术形式很难受到剧作家们的青睐；复古时代的大部分戏剧，因为两个世纪以来人们欣赏口味的变化而渐渐被忽视，只有在得到专门的学者研究后，才能使他们重见天日。但是那个时代有这样一位年轻的剧作家威廉·康格里夫，他拥有不竭的智慧，这使他能够用轻松诙谐的风格勾画出人间的戏剧。康格里夫的戏剧对话闪耀着晶莹的光辉。他的《双面人》和《如此人生》充满了智慧。对于当时势力强大但胆小怕事的清教徒看来，所有复古的戏剧都是罪恶的东西。但是在我们看来，除了简单的小聪明和有时显得滑稽可笑之外，是无所谓罪恶的。

大部分文学艺术家和其他艺术家都是受过不同程度的教育，有修养的人物。当弥尔顿凭借自己的博学多识创作出最伟大的诗篇，当世界上那些才华横溢的戏剧家致力于辉煌乖巧的戏剧创作时，班扬却凭仗自己天生的才能表达着通俗的宗教意识。班扬的《天路历程》和德莱顿的《一切为了爱》都是在1678年出版的，当时弥尔顿已经去世4年。德莱顿是否听说过班扬是不得而知的，但是班扬只字未曾读过德莱顿或者其他任何一个绅士学者的作品，从理论上讲却是有道理的。班扬在高雅文学中开辟了一个平民世界，他属于人民，属于漠视和烦厌高雅文学的平民世界。也许正是在大众居住的世界里，班扬发现了不曾被高雅而又有文学修养的人所发现的更为广大的观众群。班扬的《天路历程》可以算得上是第二部圣经了。他的文体来源于圣经和日常生活的语言。口语化的表现形式，平铺直叙的结构布局，或者以圣经风格的文句加以修饰，这种文体有助于作者达到自己的写作目的。《天路历程》的主题是以梦的寓言形式表现基督徒生活的苦难历程以及最终胜利。总体来讲，这部作品是成功的，它以可读的故事形式完成了自己传教的使命。作品中所富含的宗教热情已经淡去，但纯真的文学艺术却永不褪色。即便是那些对基督徒的精神丝毫不感兴趣的读者也能够非常愉快地接受这部作品。

文学故事中一些最有趣的小插曲往往极具偶然性。班扬一心一意追求宗教真理却不料想达到了文学的不朽境地。更具偶然性的事件是塞缪尔·佩皮斯创作的《日记》的诞生，作者原本没有打算将它付诸出版，直到19世纪早期这部作品才被人们发现，被人们解读。在最近的100年时间里，这部作品和佩皮斯时代的任何伟大的艺术作品一样，深受读者的欢迎。这部作品包含许多那个时代平实的闲谈，佩皮斯没有料想到那些无意中将大小事情记录下来，会为我们展现了那个时代的伟大画卷。佩皮斯、班扬、德莱顿、康格里夫是生长在同一个时代的孩子。思想这张宽大的床，让这些富有不凡才能的孩子躺在了一起。

第三十二章 18世纪的英国散文

18世纪是英国文学史的散文世纪，散文在这个时代是如此优美，以至于遮盖了诗歌的光芒。斯威夫特是18世纪初叶最伟大的散文家。《格列佛游记》是每一个儿童都爱不释手的经典作品。格列佛和丽丽伯特的冒险经历使每个儿童欣喜万分：丽丽伯特是那么渺小，在他面前格列佛是一个巨人；而在真正的巨人中间，格列佛又成为了小矮人。成年读者感悟到的却是格列佛游船上满载着辛辣讽刺，这本书是对人类的极大嘲讽。书中描述了一个智马国，在那个国度，马是真正的人类，而像"雅虎"这样的人却成为了卑劣的奴仆。书中寓含的讽刺力量是英国文学或者其他任何文学都无法企及的。故事中没有流露半点愤怒的痕迹，也没有大声疾呼，语调始终是平淡的、克制的、讽刺的，只有当滑稽味道太过浓烈的时候才不免露出愚弄的味道。

斯威夫特的幽默是冷幽默，几乎没有大笑，就连他自己也几乎从来不笑。他的一生是自命不凡的，他有这个权利！这也使得他没有在教会中得到提拔。由于自己也意识到，在他的生理上有着某种疯狂的气质，所以他终生未婚。但是斯威夫特并不是因为个人的不幸遭遇才对人类充满憎恶。他带着强烈的愤怒，冷漠地旁观着人类是多么愚蠢的生物，并对人类进行了无情的抨击。我们不能说他无情，因为在他表面的冷酷之下，流动着对人类深切的同情和怜悯的血液。他对朋友有着强烈的爱。正如他所说，他喜欢汤姆、狄克和哈立，但是他憎恨人类。然而他为了爱尔兰的正义事业，能够义无反顾地拿起自己的笔为人类服务。他在《温和的建议》中，用"吞吃孩童"的残酷事实来抨击英国人的罪恶。《桶的故事》讽刺了罗马教会、英国教会以及加尔文三派教会的弱点。尽管在内容上它不像《格列佛游记》那样有趣，但却是斯威夫特的最高成就。在自己的晚年中他也宣称："写这本书的时候，我有多么大的才能啊！"

与他之前那个时期的佩皮斯的《日记》一样，《给斯苔拉的日记》详细记录了当时的历史人物以及谈话内容，这是一本很重要的书。书中同样流露了作者本人的心情和品质。然而这部书是隐而不显的神秘之书，从本书中以及其他渠道我们都无从知道斯威夫特和斯苔拉之间的关系究竟怎样。当然我们不必以探究的心态去关注作家的私生活，我们只须读他们的作品就可以了。但是了解斯威夫特的生平有助于我们理解他的作品。误解他就会导致误解他的天才，萨克雷在谈论斯威夫特的时候就犯了这样的错误。关于斯威夫特令人满意的生活传记仍旧没有写出来，或许永远也写不出来了。他的作品带有强烈的个人色彩，即使在《格列佛游记》和《桶的故事》这样个人色彩最为淡薄的作品中也是如此，没有哪个作家的作品能够如此密切地贴近自己的性格。因此，他的传记比起其他文学家的传记更值得研究和探讨。我们研究的越多，就越能体会他忍受着巨大痛苦的伟大人格，也就越能感受他冷漠外表之下深藏的宽容和仁慈的本性。他憎恨的不是人类，而是人类的虚伪，因为他自己是一个非常正直的人。这种诚实正直的品格对他平实无华的文风有着直接的影响。他的作品从不矫揉造作，风格简明，虽然在审美方面逊色于富有诗意的作家，但是就其不加雕饰的文风来说却是无人能比的。

与斯威夫特遒劲有力的文风相比，约瑟夫·艾迪生和理查德·斯梯尔的风格则轻松欢快得多。他们与其他合作者共同创办了《旁观者》杂志。《旁观者》是一种小日报，登载小品文、广告和通告。那个时代没有现代意义上的报纸，英国绅士早餐桌上摆放的不是《泰晤士报》，而是这样一份小报刊。这份报刊办了大约两年，刊载了一些关于风俗、道德、书籍、宗教和人物的清新小品文。艾迪生和斯梯尔，尤其是斯梯尔，作为道德家，他们办报刊的目的在于让人们娱乐的同时培养良好的情趣和品位。他们的幽默是真正的幽默，自然而然的同时又富有批判性和哲理性。艾迪生最优秀的作品充满了机智和幽默，通常是以富有哲理的句子开端的："没有哪一种文章能够同幽默的文章相比。在幽默作品中，作者求胜之心最真切，同时失败之虞也最大。"《旁观者》的投稿者极少失败，我们至今仍可以看到他们清新的微笑。因为社会的弊端由来已久（不管《旁观者》为纠正这种弊端作了多少努力），也因为那些文章运用了一种既轻松又严肃的难以模仿的笔调。约翰逊博士认为，我们要想写好文章，必须潜心学习艾迪生的作品。即使是博学的约翰逊博士也难以践行自己的劝告，但是这确实是一个很好的建议。可能我们无法以斯梯尔为楷模，因为他太伟大了。艾迪生和斯梯尔给《旁观者》所投的稿件以及投稿者模仿这两位巨匠而写的文章都是英文的清澈源流。其中有些文章是在德莱顿之后兰姆之前的最为优秀的评论文章，尽管艾迪生的好恶不能代表我们的好恶（当然是艾迪生自己的好恶），但是他知道如何抓住作者的本质和核心，并用寥寥数语表达出来。在德维力这篇文章中，他描绘了一位乡村绅士的平静生活和天真的冒险，从中我们可以看出小说、人物和社会背景的最重要的因素。由于情节的不连贯使得《旁观者》存在另外一个重要的因素——情节是缺失的。罗杰先生的一生是平淡无奇的，然而他却成了英国小说中最真实的人物。

"旁观者"的志向是"要把哲学从书房和图书馆，从中学和大学里带到俱乐部，带到茶桌上，带到咖啡馆"。这意味着哲学获得了它最广泛、最一般的意义，或者也是它最明智的意义。这个时代有一位专业哲学家同时还是一位文学家，因为他知道如何写作。我们把乔治·贝克莱是否是一位伟大的哲学家这个问题留给哲学家们去讨论，他那有争议性的唯心主义在我们探讨的范围之外。但是他是一位伟大的散文家却是一个不争的事实。大部分英国和德国哲学家的著作都是晦涩难读的，但是贝克莱德《视觉新论》和《认知原理论》以及他所有的著作都像玻璃一样清新透彻。

贝克莱是一位善良的主教，在辩论中他总是沉静的、具有反思精神和克制力的人。而丹尼尔·笛福毕生热衷于争论，虽然他缺乏像贝克莱、艾迪生和斯威夫特的优雅，但是他的旺盛活力却使他立于不败之地，因而他的小册子即使主题已经陈旧，但仍然能被读者所喜爱。但是我们铭记丹尼尔·笛福不是因为他的小册子，而是因为他是《鲁滨逊漂流记》的作者。

《鲁滨逊漂流记》也许是流传最为广泛的英文作品，提及它就会使我们想起它的价值，以及它带给我们的童年欢乐。成年之后，我们欣赏它是因为它其中蕴含的写作技巧。大部分小说和故事都取材于现实社会中人们的故事。《鲁滨逊漂流记》描述了一个与世隔绝的孤独者的奋斗历程，主人公的英雄气质和自力更生的独立精神令人心生敬佩，这种精神是我们很少能够具备的。笛福有着一种新鲜的现实主义想象力。《鲁滨逊漂流记》这部小说是根据一个位孙尔柯夫水手的人生经历写成的。这部小说给人留下的印象是真实的，这倒不是因为小说本身建立在真实故事的基础上，而是因为笛福巧妙地虚构了令人信服的故事情节。如果我们回味故事的情节，我们仍旧愿意相信鲁滨逊的故事是真实的，无人岛上的沙滩脚印不是人为杜撰的，而是向哥伦布发现新大陆一样的真实可信。同样，《大疫年日记》中的细节赋予这部著作生命力，和《鲁滨逊漂流记》相比，这部书缺少些许趣味，但同样引人入胜。在瘟疫流行的年代，笛福还是一个小男孩，凭借个人的经历，他对那场可怕的灾难是一无所知的，但是书中的描写给人的印象仿佛是他亲身经历了这场瘟疫灾难一样。他的《辛格顿船长》让人仿佛置身于美洲（笛福很可能从来没有见过美洲）。《骑兵的回忆》非常像一部历史著作，以至于连劳德·柴德姆这样专业的历史学家都被蒙骗了，更不用说一般的读者了。笛福的其他一些次要的著作被《鲁滨逊漂流记》的光芒所遮盖了，但是它们仍然足以成为作者伟大的财富。如果今天他还活在世上，那么他很可能使威尔士之类的人物警惕他们头上的桂冠，他也必然是出色的记者和报刊通讯员。笛福是第一位现实主义小说家，在人生低谷的时候他是一位现实主义小说家；在人生最辉煌的时刻他是一位伟大的天才。他热衷于冒险而不是小说中的人物，他塑造的人物在外观、在行动上是真实的，而对于那些人物的灵魂他几乎从未涉及过。

塞缪尔·理查逊是英国最早关注人内心的，尤其是关注女性内心的小说家。早在一个世纪以前，剧作家就已经开始研究和刻画人物的性格了。从诗歌方面描写人间万象的剧作家最早可以追溯到乔叟那里。薄伽丘能把一切小说素材安排得恰到好处，所有的英国文学家通过翻译的作品去了解他。英雄主人公的浪漫诗篇则可以追溯到中世纪。就像我们知道的那样，万物都有起源，英文小说起源于18世纪，理查逊是英文小说之父。《克拉丽莎》是最早的感伤主义的小说，它主要的区位不在于冒险情节，而在于刻画女性的情感世界。其中一个简单之极的情节就是放荡子弟对纯洁姑娘的迫害。这部小说通篇采用了书信的形式写成，这对于我们来说是乏味的形式，但是它是最长的英语小说之一。书中没有一丝一毫的幽默感；书中刻画的人物克拉里莎栩栩如生。她那令人同情的遭遇不仅立即风靡英国，而且迅速流行到法国和德国，甚至对现代小说也产生了巨大的影响。在拜伦和斯格特之前的英国作家没有谁能够像理查逊这样在国内外都享有盛誉。

理查逊早期的作品是《帕美勒》也称做《美德的报酬》，作为一部感伤的道德说教，它是一部内容有些荒唐的作品。但是这部作品仍然非常重要，这不仅仅因为它成功的鼓励理查逊继续从事创作并最终写出杰作，还因为它激发了英国最大的喜剧小说家亨利·菲尔丁的创作灵感。在《帕美勒》中，贫穷的姑娘拒绝接受主人给她的预付款，主人用同她结婚的方式回报了她的美德。

小说的价值主要在于它关注女性的道德品行，包括忠贞和坚守。这部小说无论就其自身而言，还是它在小说史上的价值，都是值得一读的。我们不必为这部小说的名声感到尴尬，除去以上说到的那些，《帕尔玛》与一般剧本一样没有太多的优秀之处。

《帕美勒》触及到了菲尔丁的软肋。在《约瑟·安德鲁传》中，菲尔丁改变了《帕美勒》中的情节，转而用善良的青年代替放荡的纨绔子弟作为高雅夫人布比的恋爱对象。如果仅仅到此为止，菲尔丁止步不前，那么这部小说充其量不过是一部喜剧或者模仿他人作品而已。但是他违背了嘲笑理查逊的初衷，渐行渐远，最终竟然写成了一部关于人物和风俗的现实小说。他的兴趣，当然也是我们的兴趣，与其说是在约瑟身上，不如说是在斯立普斯夫人和帕尔森·亚当身上，他们是不朽的人物。通过《约瑟·安德鲁传》这部作品，菲尔丁发现了自己的创作方法和独特的艺术才能，这在《汤姆·琼斯》中有了更进一步的发挥和展现。

在评价我们自己所欣赏的著作时，我们频繁地使用"伟大"和"最大"这样的词语却难免缺乏鉴别力。但是在评价《汤姆·琼斯》这部拥有一切小说的优点，150年来令小说家们垂涎艳羡的小说时，我们却再也找不到除此之外更合适的词语了。实际上，菲尔丁给英国小说定了型。为各种各样的书籍写序言只是菲丁尔的业余爱好，这并不影响他的小说创作。菲尔丁喜欢18世纪言论自由的社会氛围，这符合他直率的天性，在以后的世纪中便丧失了这种自由。正如萨克雷不无惋惜地说道："自《汤姆·琼斯》的作者安葬以后，我们的小说家没有哪一个能够享有竭尽全力去描写人生的权利。"但是自《汤姆·琼斯》之后的大部分幽默英国小说中，菲尔丁的影响还是十分显著的。菲尔丁笔下描绘的人物不仅仅属于18世纪，还属于今天和明天。菲尔丁本人是一个极其认真的人，他非常正直，富有正义感，他运用自己深切的同情心和敏锐的洞察力观察着世态炎凉。他对世间百态报以冷嘲热讽，但是因为他的眼光是宽大公正的，所以他的讽刺也只是略带辛辣的意味。

18世纪不仅是一个散文的世纪，还是一个幽默的令人捧腹大笑的时代。除了理查逊，几乎每一个作家都天性幽默。天性幽默意味着一种人生感受。斯摩莱特虽然在艺术成就上逊于菲尔丁，但是他却是头号的幽默家；他与菲尔丁一样，都具有敏锐的人生洞察力。曾经有一个时期他担任海军外科医生的助手，在那里他了解了英国水手的性格，那些水手是他首次运用粗俗的幽默去刻画的人物。斯摩莱特是第一位航海作家，他的同行还有库柏、马尔维尔和康拉德；

当然，他们中没有哪一个敢于像他那样粗俗泼辣。斯摩莱特也熟悉陆地生活的人们，他的杰作《克林克》中描写的人物不是生活在海上，而是生活在苏格兰和英格兰。他的其余那些为人所知的小说，例如《兰登》等作品对于欣赏口味不太重的读者来说有点倒胃口。但是这些作品充满了生活的气息，受到斯格特和狄更斯的喜爱；尤其是狄更斯，他从斯摩莱特那里学到了刻画奇特而真实的人物的技巧。

笛福、菲尔丁、斯摩莱特和斯威夫特的一个共同特点是他们都有着旺盛的精神，丰富的常识；至少他们都知道如何安排小说的情节。劳伦斯·斯泰恩的幽默壮观而又奇特。《商第传》可能是世界上最狂放的著作了，因为它的格调是最为欢快的作品之一。这本书没有明显的次序，它的主题是从一个跳到另一个，非常怪诞。但是斯泰恩很清楚自己的思路。表面松散紊乱的结构下面隐藏着一条清晰的脉络：那就是商第父亲和心底单纯的老感伤家托比伯父坚韧不拔的性格。斯泰恩才思敏捷，妙语连珠，出口成章，只要他一开口，便能说出最为出色的语言。他的世界里没有恶意。他的短小的半自传体《感伤旅程》没有《商第传》那般多变的文体，但就其哀伤和幽默意味而言，却代表了斯泰恩的最高成就。

后人中也有厌恶斯泰恩的，幽默大师萨克雷就不喜欢斯泰恩，他对毁损斯泰恩艺术天才发挥的形式主义吹毛求疵。但是如果不愿意喜欢那些令人羡慕的朋友，例如塞缪尔·约翰逊，或者奥利弗·哥尔德斯密就毫无道理可言了。不管他们存在着怎样的缺点与不足，都不能否认他们为英国散文完善和优良传统所做出的巨大贡献。

约翰逊博士是18世纪后半叶英国文化生活的核心人物，也是他那个时代文学批评标准的奠基人和文学批评实践的领导人物。一个世纪以来，由于各种文学批评标准的出炉和更为完善的美学原则的诞生，使他远离了我们。他不再是被同时代人崇拜的权威。据说他最优秀的作品是鲍斯威尔为他写的传记。如果这是一部最好的关于文学家的传记，那么原因并不仅仅在于鲍斯威尔杰出的才能和他对主人公的虔诚和热爱，更是因为传记主人公本身确实是一位伟大的人物。这个伟大的人物，尽管他是一位雄辩家，但却不是一位伟大的作家。因为约翰逊是一个重要的文学家，又是唯一一位没有留下重要作品的文学家。他的《词典》是他勤勉和博学的见证，序言中记载了他的高尚人格。尽管词典具有原创性，但是它称不上是一种艺术作品。他那一度闻名于世的小说《拉塞勒斯传》十分单调沉闷。他模仿《旁观者》的论文非常沉重，缺乏早期作家的优雅，更没有他自己最为擅长的愉快的对话风格。他的《英国诗人传》主要记述了一些小诗人的生平，除了作为历史的记录表明了作者及其时代的一些品位外，几乎已没有什么价值可言。他的诗作更是不值一提。然而他仍然是一个伟大的人，鲍斯威尔景仰的人，被他那个时代的人们爱戴和尊敬的最富有智慧的人。

除了为生计所迫草率成篇的文章之外，哥尔德斯密在他涉猎的所有事物中都能体现他作为艺术家的才华。《威克菲尔德牧师传》以它浪漫的情节和幽默的人物刻画赢得了广大的读者，它被再版的次数可能除了《鲁滨逊漂流记》之外高居18世纪小说再版榜首。也许世界上只有马克·吐温一人不喜欢这部小说。马克·吐温认为，少年摩西在集市受骗的那一情节既无趣又可悲。

但是哥尔德斯密自身却知道自己在从事什么，并且深知喜剧人生背后所隐藏的辛酸。喜欢《牧师传》的不仅仅是英国人。萨克雷所说的几乎都是真实的："带着优秀的故事打进欧洲的城镇乡村"。而歌德则认为哥尔德斯密的"冷嘲热讽仁慈而高尚，他对一切错误和缺陷持有仁慈而公正的态度"。

《委曲求全》是哥尔德斯密两部戏剧中较好的一部，这部戏剧极富生命力，在舞台上风行了一个半世纪。与谢里登的《情敌》以及《造谣学校》一样是当时那个时代长盛不衰的戏剧，没有哪一部作品可以企及。不管是在剧场看演出还是在家中读剧本，这都是一部非常好的喜剧。哥尔德斯密不仅具有诗人的气质以及讲故事的天分，而且具有约翰逊、艾迪生和他的同伴们所缺乏的写作通俗散文的才能。他的作品《世界公民》记述了一位中国绅士对英国生活的评论，富有奇异的魅力与辛辣的讽刺意味。在哥尔德斯密的小诗集中也有许多闪光点，他的《荒村》几乎被通篇引用。尽管那个时代有一种传统的说法，认为这部作品有些蒲柏的格调，但是它终究是哥尔德斯密自己创作的东西，蒲柏是很难写出来的。

在《复仇》这部著作中，哥尔德斯密机智巧妙地责难了他的友人，其中有这样的句子：

为世界而生，却无奈心胸的狭窄，

为人类的意识，却又失于党派的纷争。

这些句子指向埃德蒙·伯克，他是一位演说家和政治家。哥尔德斯密认为埃德蒙·伯克将文学的趣味转向实际的政治实践，这也许更为恰当。他的许多

文学的故事

演讲和小册子在今天看来或许已经无足轻重，但在当时那个时代却是十分重要的。其中《与美国讲和》引起了我们极大的兴趣，或许随着时间的推移，英国的政治家们不再需要其中的真知灼见，但是它所蕴含的雄辩口才和严密逻辑却是不会被削弱的。伯克热情地维护着自己的信念，即便被人误解，他的真诚也赋予它华丽的修辞以及所蕴涵的真理。他是一个富有诗意的人，他那优美的诗句能够奏出华美的乐章。

爱德华·吉本和埃德蒙·伯克是同时代的人，尽管他和埃德蒙·伯克具有不同的气质，但是同样具备傲慢、雄辩的口才。在《罗马帝国衰亡史》英文作品中是最为壮美的历史画卷。尽管后世的历史学家们不断对其中的细节进行补充，不断地纠正其中不甚准确的地方，并不断地修改他的一些解释，但是爱德华·吉本开阔的视野和驾驭材料的能力，尤其是他使历史成为文学的能力，令历史学家们汗颜。

吉本的作品是文学艺术。大卫·休谟的作品虽然不如吉本的优美，但是却因为其内容的重要性而获得了不朽的价值。他的《人性论》是直接促进人类思想发展和进步的重要书籍之一，虽然在以后的一些文章中，休谟对其中的一些观点和思想有所延伸，但发展却最终没有多大超越。《人性论》不仅为英格兰和苏格兰哲学的发展指明了新的方向（尽管休谟时代的国民很晚才意识到他的价值），而且成为了德国哲学，包括康德的两三部核心著作的思想来源。

18世纪的古典散文已经被重印了许多次。18世纪的散文距离我们很近，许多19世纪的散文实质上是它们的延续。后世的英国作家越来越欣赏"奥古斯都时代"的价值，这不仅是因为那个时代拥有像斯威夫特和菲尔丁这样的散文大家和文学巨匠，还因为这个时代产生了如此多的壮美诗篇。

第三十三章　18世纪的英国诗歌

　　一个多世纪以来英国的天才诗人们不断吟唱，他们金色美妙的旋律使人们漠视了前一个世纪那些二流诗人的作品。亚历山大·蒲柏这位伟大诗人的诗歌，在当时的约翰逊博士听来是如此优美动听，但对于我们现代读者来说却并非那么悦耳。蒲柏的对句虽然极为机敏和优雅，但是运用太多不免让人感到单调和乏味。在他创作的诗歌短章中，诗人受形式所限，华丽的辞章表达的知识只是作者狭隘的思想观念。他写的格言诗的数量仅次于莎士比亚。他翻译的荷马的作品在前文中我们已经谈及过了。这些作品虽然显露了他的勤勉和聪慧，并且也为他带来了好运，但是却不是他个人天才的表露，仅凭他的天赋是写不出如此壮美有力的诗句的。在《夺发记》中蒲柏制造了令人捧腹的喜剧效果，在《笨伯记》中表现了恶意的机警，在《书信》和《讽刺》中闪现的智慧之光，这些都代表了他创作的最高境界。他的哲学和美学思想在当时都是极为普通的，没有新鲜之处，但是只要经过他自己的语言表达便成了名言警句：

　　真正的智慧在于表达人们想说却始终不能巧妙说出的东西。

　　蒲柏是一个只顾表达明晰和简炼，而不顾诗歌的神秘性和思想的深刻性的诗人。蒲柏的模仿者凤毛麟角，即使有也极少能够取得成功，并且大部分模仿者已经被人们淡忘了。只有马修·普赖尔和约翰·盖伊没有被人们所遗忘。普赖尔的诗格调明快，他是"世态诗"的先驱人物，擅长运用机智的警句，他创作的恋爱诗即使没有热情也仍然极富魅力。他的《献给上流社会的孩子》可谓完美之作。盖伊不仅因为他的即兴之作以及取材于市井生活的《脱力味亚》而被世人所铭记，更多地是因为充满愉快机智气息的《乞丐的歌剧》让人们记住了他。《乞丐的歌剧》200年之后依然活跃在舞台上，获得了极大的成功。和那个时代最优秀的诗人还有普赖尔和蒲柏，盖伊也有这样一个特色：能够在自己所学的诗歌艺术范围之内，即兴写出措辞优美的作品。他们的天赋没有涉及

文学的故事

到17世纪和19世纪最富吸引力的抒情诗的写作。

威廉·柯林斯的风格和蒲柏遒劲的风格迥然相异，尽管力量弱小，但是并没有在诗歌史上消失匿迹。威廉·柯林斯的作品寥寥无几，但其中最优秀的作品却极富抒情的味道，以至于这些作品读起来颇具济慈的风格。尽管柯林斯的名字经常和格雷相提并论，但实际上柯林斯不如格雷闻名。

我们不得不提及格雷的《墓园挽歌》，诗中的那些熟悉的章节和段落让读者熟记于心。不仅诗中的每一节每一句都是完美的，而且整个作品的结构布局也非常出色。格雷那几首为数不多的诗作多半是用来自娱自乐和供友人消遣的。正如狄更斯所说的，他是唯一一位写小卷诗作而跨入不朽的诗人行列的。他是一位学者和历史学教授，精通艺术、建筑和音乐。他所处的那个时代喜爱自然风光，对浪漫主义的复兴怀有热情。他是对古英格兰民谣、爱尔兰以及威尔士的古代吉特勒文学再度感兴趣的为数不多的几个人之一。在作品《巴德》中，浪漫主义和古典主义得到了很好的结合，威尔士擅用颂歌形式的传统得到了再现。回首德莱顿和弥尔顿，并眺望华兹华斯和柯勒律治的浪漫主义时代，我们很快就要谈到他们。阿诺德·马修认为当时散文的精神压制着格雷，致使他没有把话讲透彻。但是他很可能已经把要说的都说了。这个时期的散文得到了过多的强调。即便如此，还是无从得知为何当时的诗人缺少诗歌写作的优秀才华。

但是他们是真正的诗人。对大自然的钟爱之情在詹姆斯·汤姆逊的《四季歌》和威廉·柯伯那带有感伤情怀的作品中得到了很好的体现。威廉·柯伯是一个早夭的天才但却是一个真正的诗人。他的作品《工作》文风淳朴自然，摆脱了修辞的限制，代表了当时新诗的风格。他的诗歌富有轻松幽默的风格，这在他的民谣《约翰·吉尔平趣史》和他那些内容无与伦比的书信中能够充分的体现出来。他是英国最优秀的书信作者，至少他知道如何让生活中微不足道的事情变得富有趣味，如何使重大的事情变得如生活般轻松平常。

乔治·克拉布的作品为英国诗坛注入了新鲜的血液。在他的诗体小说《村镇》、《厅堂的故事》等作品中，他以不同于以往文学作品的现实主义手法，代替了虚幻的田园诗的风格，用来描绘真实存在的世间百态，从而带来了文学发展的新气象。克拉布和彭斯一样是真正的诗人。他的缺点在于他对音韵缺乏感受力，措辞也往往失于生硬和散文化。但是他充满活力，文风真挚，并且常常表现出非凡的叙述故事的才能。

18世纪末叶，出现了两位著名的诗人——威廉·布莱克和罗伯特·彭斯。他们的思想非常接近（尽管彭斯很可能从来没有听说过布莱克），都对人类和动物怀有热爱之情。布莱克不仅是一位诗人，同时还是画家和雕刻家。他的艺术修养与他的诗作互相渗透着。他运用自己发明的制作工艺把写的诗和画的插图雕刻在铜板上，然后，把铜板上的内容印成书页，并用手工为书页涂上颜色。作为画家和诗人，他的名声大噪，最后竟成为了年轻诗人心里的偶像。下面我们引用的他最负盛名的诗剧来体现这一点：

虎

虎啊虎，
你的目光在森林的夜晚熠熠闪光，
你的凛凛威风，
又是怎样的永恒！

在那遥远的国度，
你依然目光如炬。
谁能翱翔于天，
谁能火中取栗？
怎样的力量，怎样的艺术，
铸造了你的心锁？
只要你的心脏开始奋搏，
手足的飞舞是如此地潇洒！

怎样的铁椎，怎样的铁索？
怎样的熔炉铸就你的头颅？
什么样的铁砧，什么样的臂膀，
竟能锤去它可怕的震怵？

当星星投下眼泪般的光束，
将天空洗刷澄清，
神也为他的造就而欣喜。
除了羊，他是否也同样造就了你？

虎啊虎，

你的目光在森林的夜晚灼灼闪耀，

你的凛凛威风，

又是怎样的永恒！

布莱克的《纯真之歌》与《经验之歌》里面包含许多神秘想象的色彩，是朴素和谐的抒情诗。但是他的神秘主义的象征犹如17世纪的宗教诗一样晦涩难懂。此外，他和那些宗教诗人的关系非常密切。也正因为如此，所以布莱克在当时那个时代没有广受欢迎。即使现在，他的伟大和天才也只是被诗人和文学人士所知晓。

罗伯特·彭斯具有吸引读者和打动读者心灵的天赋。生前他是苏格兰的桂冠诗人，死后他仍然享有这一盛誉。他是英国文学史上最伟大的抒情诗人之一，即使是不属于苏格兰种族和语系的人们对他的作品也耳熟能详。英语语言的苏格兰分支（与其说它是方言，不如说是爱尔兰人说英语土腔）令人很是费解，但是只要把他的作品附上一两个注释，那么世界上任何说英语的人都可以理解了。彭斯的光芒是一个帝国和两三个共和国共同的财富。他所创作的歌曲《约翰·安德森》、《汤姆·奥桑特》以及其他百余首歌曲，都是他对苏格兰古老民谣进行艺术创作改写而成的，改写后的作品仍然保留着原有的音调，那些音调是苏格兰传统中固有的，无人知晓这些传统已经延续了多久。

但是他的贡献远远不止于改写民歌。他原创的那些诗歌，例如《致小鼠》、《致山中雏菊》、《我的心在高原》、《夜间》、《一朵红红的玫瑰》和《快活的乞丐》，虽然也借鉴了苏格兰诗歌中的内容，但是其中更多的是融入了诗人自己的感情、幽默与天才。这些都是天才诗人和优秀艺术家的作品。然而他的失败是因为他是一个土生土长的苏格兰人，他呆板、形式化，经常误用语言，这些使他无法创作出像18世纪其他英国人所创造的那样的现代诗歌。幸运的是，这个时代的诗歌从北不列颠那里经历了雕琢、锤炼之后，以欢乐的声音而终结。我所说的终结，倒不如说是达到了高潮。

第四部分　19世纪和当代文学

第三十四章　英国浪漫主义诗歌的复活

　　1978年，柯尔律治和华兹华斯合著出版了他们的《抒情歌谣集》，这本小集子收录了柯尔律治的杰作《古舟子吟》和华兹华斯最优秀的诗篇《丁登寺》。这卷书因其全新的革新性风格，所以被称作英国诗歌史上里程碑式的作品。书中的浪漫主义因子并非标新立异，序言中所阐明的原则甚至连100年前的德莱顿都能够完全领悟。这部书真正的创新之处在于它向世人介绍了两位新诗人，两位真正伟大的诗人。

　　华兹华斯创作了数量庞大的诗歌，其中大部分文笔拙劣、难以卒读，但是他最优秀的作品却富有神性。他崇拜神灵和大自然，认为在星星和雏菊之间存在着巨大的一致性。高贵的上帝、大自然、星星和雏菊有时都能别被他控制在不会停歇的笔端，成为他诗歌的写作素材。让我们回忆一下他的几行诗，以吸引我们阅读他更多的作品。阿诺德·马修为我们提供了许多他的作品的选本。

　　　有谁能告诉我，

　　　她在歌唱什么？

　　　是逝去的战场风云，

　　　还是今朝的不幸人事？

——《孤独的割麦女》

美丽的黄昏，平静而自由，
神圣的时间像修女祈祷般幽静。

——《卡利斯海岸的黄昏》

大地没有更多的力量显示公正。

——《在威斯敏斯特之桥》

瀑布在悬崖上吹着喇叭，
我不再因岁月而感到忧郁劳乏；
我听见了婉转山涧的回音，
风儿——
从睡眼惺松的原野
吹向我的衣襟。

——《永恒之告示》

爱默生认为这首诗代表了19世纪诗歌的最高成就，如此一来只是引用这首诗歌的一部分是不太合理的。华兹华斯不仅是写下优美诗篇的诗人，而且他的诗篇从第一行到末尾一行都是完美的。他那些较差的作品我们可以忽略，但是如果摈弃它们，我们很可能会错过其中蕴含的思想火花。他试图以诗歌的形式对人类、自然和社会做一番哲学探讨的宏伟计划终究没有实现。然而在他的一些短小的诗篇里，例如《麦克尔》，他与彭斯、狄更斯一样关注着人民大众苦难的心灵。他描写大自然的诗篇是如此亲切和精致，以至于后来除了那些离开英国乡村去往荒郊野地的作家，所有描写自然的散文和诗歌的英国作家都成了"华兹华斯派"。

《抒情歌谣诗集》的作者华兹华斯和柯尔律治公开声明了他们的宗旨：华兹华斯要使平凡变得不平凡，柯尔律治则要让平凡变得可信。柯尔律治的部分计划在《古舟子吟》中得到了体现，而充满魔力的民谣之所以可信，恰恰因为它是有魔力的。诗的结构和韵律虽然都是以英国古代的民谣为基础，但是诗歌那独特而神奇的措辞却是属于柯尔律治的。

夕阳落去，星儿出海，

黑夜倏然降临；

依稀的微风从远方飘来，

魔的航船匆匆而行。

继《古舟子吟》之后，诗人在尚未完成的作品《克里斯特贝尔》和梦的片断《忽必烈汗》中再次显示了自己描写奇异和怪诞事物的天赋。

从那绿色的山峦里，

流下神秘的溪水，

上面横躺着杉树一丛。

荒凉的原野，

神圣纯洁，又飘着一些魂儿，

仿佛曾有哪个女人在残月下，

在这里笑寻丢了魂的恋人！

柯尔律治是一位批评家。他教导和启发同时代的人，他扮演着德国和英国之间浪漫主义精神文化使者的角色。柯尔律治著作的《文学传记》内容丰富，不仅表达了他的个人观点，还总结了那个时代诗歌和哲学的丰富内涵。

沃尔特·斯格特在诗歌的秉赋上比柯尔律治稍逊一筹，但是他在普及新诗方面却有着非凡的影响。人们喜欢他的散文胜过喜欢他的小说。不管是因为拜伦日渐风靡，还是因为小说的创作会有更大的收益，对于文学来说，从散文转向小说都是一件幸事。他居于著名小说家之列，但他不是伟大的诗人。他具有运用韵文写作可读性强、情节紧凑的故事的才能，他的作品能被那些认为柯尔律治和雪莱作品难以卒读的广大读者所理解。他的《最后的吟游诗人之歌》、《玛密恩》、《湖上夫人》获得了巨大成就。当更多的玄学诗人被忽视，当拜伦被人们崇拜时，他能够被人们称为浪漫主义之王并加以崇拜，这是难能可贵的。大多数人在学校都读过《玛密恩》，多年之后我们依然记得它是对我们产生影响的最易读、最真实的杰作。简单明晰是它的价值所在。故事流畅连贯，一气呵成，尽管用韵时有俗泛和单调之嫌，但是不至于令人乏味。关于斯格特的散文我们将在下一个章节中谈及。

拜伦是斯格特的继承者，同时也是竞争对手。拜伦一夜之间成为英国和全欧洲的偶像人物。正如他自己所说，在他24岁那年，随着《恰尔德·哈罗德游记》前两部的出版，有一天早晨醒来，他忽然发现自己已经出名了。《恰尔德·哈罗德游记》这部作品记述了主人公在欧洲大陆各种各样的冒险经历以及所见所闻，作品内容活泼有趣、人物形象生动逼真、引人入胜。作品是以斯宾塞式格律体写成的，这本身就是浪漫主义回归的一种标志。和斯宾塞沉静优雅的风格不同，拜伦的诗充满了力度与火一般的热情。但是他所有的著作都流露着一种漫不经心，毫无雕饰的痕迹。他的诗都是即兴发挥而成的，他能写出如此优美的诗人们无不为之惊讶。他不像雪莱对诗歌艺术那么投入，磅礴的气势、如火的热情和机智才是他的诗歌获得赞誉的原因。拜伦在希腊独立战争中患热病身亡，年仅36岁。这是他动荡的一生的高潮，尽管对于拜伦来说，他可能宁愿战死疆场。在他短暂的一生中，拜伦创作了大量像《犀永的囚徒》那样的故事、戏剧和抒情诗——一个世纪以来，仅仅是那些被人们阅读和铭记的作品目录就能列满一页——这些作品有许多不完美之处，但绝对没有一丝怯懦之气。生前没有完成的《唐璜》，是他的长篇巨著，也是他最杰出的著作。这部著作几乎涵盖了拜伦各种各样的思想观念，幽默、讽刺，对人性的刻画，对景色的描写以及一度被人们认为是悲观厌世的哲学观。但是如果从诗人自娱的角度来看，我们是可以欣然接受的。在欧洲，拜伦的名声甚至胜过包括莎士比亚在内的任何一位英国诗人。但是在英国，他的声誉直到最近50年才有所提高。

拜伦的影响力深入且持久，这是因为拜伦的思想清晰明了，至少是容易理解的；还因为他的作品便于被译为外国文字。同那个世纪善长精巧写作风格的雪莱相比，拜伦的诗透着原始和粗犷的气息。将两大诗人相互比较实在有些愚蠢，但是，比较他们的优秀之处却是可行的。同拜伦一样，雪莱也是那个时代的产物。那个时代是文化风暴的时代，法国大革命争取自由的斗争是徒劳的斗争。

这场革命所激发出来的热情在拿破仑的统治下消失殆尽，留下来的只是残缺的理想。拜伦冷静地笑看着这一切，和那个时代少数的几个新闻记者、政治家一样洞穿了这场罪恶游戏的真相，并为自由的事业做出了牺牲。

雪莱一直有个梦想，梦想着在未来世界将获得完全的自由。雪莱死后50年，阿诺德·马修称他为"梦幻的天使"。雪莱如此，阿诺德自己也是如此。所有的诗人和梦想家对现实世界都不会产生任何影响，这一点在1914年以后，或者在起始于公元33年的记述体历史的研究中都能深切地体会到。但是诗歌必然是要高于现实的。重要的是雪莱是一位天使，一位歌唱的天使。他愿意做自己讴歌的《云雀》和《西风颂》中的竖琴。他的竖琴只有一根松弛的琴弦，幸好他没有去拨弄这根琴弦。这便是雪来同弥尔顿一样缺乏的幽默感。竖琴的其他琴弦不断发出饱满连续的声响，或许是神灵无法再容忍一个年轻人这样无休止的歌唱，所以在他30岁那年，就把他召回了天堂。他的长诗《伊斯兰的叛变》（实际上是人性的叛变）和《解放的普罗米修斯》（实际上是人类的解放）中包含了许多优美的抒情诗段，以至于人们在阅读它们的时候忘记了诗中作者的目的。他的戏剧作品《钦契》太过注重文辞的华美，以至于忽视了戏剧动作，这是唯一逊色于莎士比亚的一个方面。悼念济慈的作品《阿多尼斯》没有让济慈成为永恒，反而成就了雪莱。只有最伟大的诗人才能写出不朽的诗行：

人生，似一座水晶宫殿，

在阳光的照耀下闪烁着永恒的光芒。

雪莱是一位灵妙的、超凡脱俗的诗人，他那歌颂人间之爱的伟大诗篇使他获得了群星一样的永恒。

济慈却是最美丽的，五彩缤纷、芳香袭人，活力永存远古与当代的一位人间诗人。他歌唱欢愉：

美是永恒的欢愉。

她歌唱哀伤：

她和美同住一起，

美好的东西注定毁灭；

喜悦把手指留在唇边，

时刻都会与我们决别。

对于一个26岁就匆匆辞世的年轻人来说，能够创作出形式整饬、措辞精美的诗篇，与最完美的三篇颂诗《希腊古瓮颂》、《秋颂》和《夜莺颂》一样是令人难以置信的。诗歌和音乐属于青春，许多诗人和音乐家在孩提时代就创作出了惊人的作品。济慈也是如此，他很快便成熟了。如果他没有英年早逝，他的艺术又会达到怎样的高度呢？尚未完稿的《许佩里翁》只是对他的发展方向提供了一点暗示。但是我们没有必要对他的早夭过分哀伤。他的诗写的是没有未来的青春年华，但仍然是完美无瑕的作品。阿诺德·马修虽然对济慈的信念有所批评，但仍然认为他是英国不朽的诗人。马修对济慈的评价非常中肯，他说："济慈与莎士比亚同在。"济慈是一个技艺娴熟的诗人，是诗人中的巨匠，他在《希腊古瓮颂》中写下了壮美的诗行：

啊，你的形体如此古雅，你的容姿那么妓美，

还有那大理石般雕刻的男男女女，

踏着草坪，穿过丛林。

你默默无言，让我忘怀一切，

引我走向永恒。

啊，你这远离尘嚣的牧人！

当岁月的流逝磨去人生的棱角，

你却依然在为别人而深深忧虑，

丢不下的是给世人的友谊一份，

你如此评价人生旅途——

"美就是真，真就是美"

这也是我们所必须把握的永恒。

济慈英年早逝。沃尔特·萨维奇·兰德比济慈早出生20年，却依然健在，他与柯尔律治、华兹华斯是同时代人。他曾受到青年诗人勃朗宁和斯温伯恩的青睐。他跨越了两个世纪，将一个世纪的诗歌带到了另一个世纪，因而他同时属于两个时代。和华兹华斯不同，兰德的晚年并没有衰落，而是依然充满活力。他闻名遐迩——他应该享有更大的声誉，因为他的散文体的对话录《空想谈话录》是历史人物和传记人物之间的戏剧对白，包含了各个时代智慧的精华。兰德骁勇暴烈，与他同时代的作家一样，他深受法国大革命的影响，拿破仑对欧洲政治风云的影响并没有因其失败而告终。实际上，除了拜伦，没有哪一个诗人能比他更积极地投身于当时的社会事务。他曾经在西班牙组织并指挥了对抗拿破仑的一个兵团。但是他的诗风清新沉静，深受希腊奥林匹亚式风格的影响。我们用他引以为傲的四行诗《七十五岁诞辰颂》来结束这个风起云涌的时代：

没有什么值得我苦苦追求——

唯有自然和艺术才是我一生的探索；

生命之火温暖了我的双手。

面对死亡，我早已准备踏上新的征途。

第三十五章 19世纪的英国小说

整体看来，英国小说的发展令人瞩目。19世纪的英国小说多种多样，拥有数目庞大的小说家，这些艺术家技艺娴熟，能够从无尽的人生题材中掘取创作素材。19世纪的英国小说几乎包括了所有出现过的小说的类型，并且各种不同种类的小说可以和平共处，互不排斥。斯格特和奥古斯丁是处于同一时代的文学家，罗伯特·路易斯·斯蒂文森和亨利·詹姆士则是朋友。

菲尔丁之后的英国小说曾一度衰落，尽管有一部分做了许多尝试并取得了一些成就的作家；但是直到1814年斯格特的《威弗利》出版之后，英国小说才获得了新生。《威弗利》是斯格特长篇浪漫传奇系列的第一部，这部作品被各个国家数百万读者喜爱。对于那些从未到过苏格兰，或者从某种程度对苏格兰当地人来说，苏格兰是斯格特的苏格兰。斯格特熟知并且热爱苏格兰的每个角落。所以，他的景色描写不只是故事的插图和点缀，而是故事发生的关键。他渊博的历史知识使他的想象力更加富有伟大的冒险精神和传统的英雄主义色彩。更重要的是，他对普通大众怀有挚爱和理解之情。他在《米德洛西恩监狱》中对纯朴少女爱菲和珍妮的描写，超越了他对斯图亚特女王引人入胜的刻画。在《拉默莫尔的新娘》中，我们对富有传奇色彩的人物雷兹伍德和老波尔特斯登都有深刻的印象。斯格特的作品是丰富的，但也有草率疏漏之作。斯格特精力一直很旺盛，即使在他生病和过度劳累时也依然充满活力。他天生善于讲故事，他的故事结构和情节浑然天成。他是一个品德高尚的人（尽管这种评论偏离了我们的主题），他承担了法律上本来可以逃避的出版债务，为了挣钱偿还债务，他精疲力竭。但是他从来不会让自己的读者感到厌倦。无论是天真可爱的孩童，还是被文学评论束缚住手脚的成人，都能够通篇阅读《威弗利》、《盖伊·曼纳林》、《洛布桑》、《艾凡赫》、《护符》和《昆丁·达沃德》等等，这些小说单看名字就已经为人们敞开了记忆和想象的大门。

文学的故事

斯格特生活在小说和诗歌盛行的浪漫主义时代，他自然成为那个时代的核心人物，享有盛誉、财富和双重荣誉的骑士头衔。

简·奥斯汀是斯格特同时代最伟大的小说家。她是一位羞涩的女性，她住在远离尘嚣的乡村小镇，她的作品直到她死后才广为人知。斯格特知晓她的作品，他对简的评价成为文学史上的定论："那个年轻女人描写微妙复杂的东西。描写普通人们的情感和性格所表现的才能，它是我曾经见到的最让人惊讶的东西。描写大声吼叫，我做的不会比任何人差。但处理真实的情感，使平凡的事件和人物显得富有趣味，我实在做不到。"

简·奥斯汀创作了六部小说，《诺桑觉寺》、《好事多磨》、《理智与情感》、《傲慢与偏见》、《曼斯菲尔德公园》和《爱玛》。对于欣赏她那略带讥讽的口吻、和精致简单的人物分析手法的读者来说，每一部小说都完美绝伦，没有高下低劣之分。她的小说中没有英雄豪情和冒险壮举。《诺桑觉寺》是对幽灵城堡神秘故事的轻微讽刺。她那些描写青年人恋爱的小说，尽管严肃、富有同情感，但是却以轻松戏谑的幽默风格广为人们所接受。她是第一个描写中产阶级悠闲生活的小说家，其后的英国小说中出现了许多类似的优秀之作。简的文风平易自然，不加雕琢。她是德·昆西所说的女人的很好的范本，德·昆西说，为了学到没有被俗语和隐语所玷污的纯正英语，我们必须转而学习由有教养的女人写成的散文。

查尔斯·狄更斯在简·奥斯汀的《傲慢与偏见》和斯格特的《威弗利》出版的时候出生了。他是继斯格特之后最受欢迎的英国小说家。25岁时他出版了《匹克威克外传》，这部作品使他一举成名。这部小说中包含着他以后一切作品的所有要素：插科打诨、闹剧、可爱的动物、哀伤的情感、戏剧动作和场面。他抓住了读者的心，同时也令文学批评家对他刮目相看。在一部接一部的小说创作中，狄更斯塑造了许多神奇的人物，这些人物符合人们的真实生活。他创造了杂乱的故事情节，然而却通过冗长的篇幅捕获了读者的心。狄更斯成为天才的秘密在于他非凡的创造力。但由于他滥用了这种创造力，所以最终把自己的才能消耗殆尽了。他热爱生活，热爱创作（他写那些私人信件占用了他过多的时间和精力），他非常欣赏并且信任自己所塑造的那些人物。那些人物形象众多，非常受欢迎，为我们的父辈和祖父辈所熟知。青年一代知道韦勒、佩克斯尼夫、斯诺格拉斯、朋波儿、斯威夫勒、伯克退、伯特史赖普、卡特尔、萨克恩、南希、赖尔、爱米丽等这些人物吗？

　　据说，在狄更斯的人物画廊里，很难找到像在斯格特、莎士比亚和萨克雷那里找得到的对贵族人物的刻画和描写。由此可见，他对上流社会的了解是有限的。他的世界是由普通民众的世界和只在头脑中存在的浪漫世界所构成的。他的杰作《大卫·科波菲尔》，就包含了狄更斯所有的优点和大部分的缺点，真理和闹剧，真正的哀婉和感伤，优美的文笔，暴风骤雨式的场面，以及过多滥用的言辞。因为书中贯穿了这一种巨大的驱动力，所以即使是最枯燥的段落也没有让读者失去兴趣。他有驾驭我们日常感情的能力：阅读上一页时，他能够让我们捧腹大笑；阅读下一页时，他又能够让我们泪流满面。狄更斯描写的画面多半只有黑色和白色，间或用多彩的颜色来上浓墨重彩的一笔。他用黑色给恶徒画像，他们经常结局悲惨；他用白色给可爱的姑娘和年轻勇敢的青年画像，他们通常有美好的结局，或者优雅地死去。所以，即使他饶有兴趣地描写可怖的谋杀和无赖的恶行，也没有带来坏影响。正如另外一位伟大的小说家所说的："令我感激的是，《大卫·科波菲尔》的作者给我们的孩子带来了天真无邪的欢笑。"

　　萨克雷是另外一位小说家。萨克雷的早期作品包括滑稽、讽刺性的小品文，非常出色。记得这些是因为我们记得晚年的萨克雷。他发现自己在创作完自称"主人公缺席"却在女主人公贝基·夏普的《名利场》之后，成为了著名的人物。萨克雷笔下善良的女人没有趣味，而他笔下那些不善良的女人却颇具吸引力（尽管萨克雷从来不着力描写不忠的女人）。贝基·夏普是后一类女人，18世纪的历史浪漫传奇《亨利·艾斯芒德的历史》中的那位道德败坏的少女贝阿特立克丝同样如此。萨克雷对过去时代的浪漫喜剧具有敏锐的感受力，这一点和斯格特一样。在《亨利·艾斯芒德的历史》中他不仅描写了激动人心的故事情节，而且还展示了那个时代的知识气息。在《潘丹尼斯的历史》和《纽可谟一家》中，萨克雷用洞悉世事的眼光看待他当时所处的社会。他有着菲尔丁一样的正直，有着狄更斯一样并不熟知上流社会的知识，以及简·奥斯汀那样更为宽广的视野研究和刻画人性。他的故事如生活本身一样闲适随意。但由于其中包含过多的道德说教影响了故事情节的展开。他善于刻画青年人物，如阿瑟·潘丹尼斯和克莱夫·纽可谟，他以长者的慈爱对待这些青年人物。他塑造的年长人物更佳，对大潘丹尼斯这个人物的塑造栩栩如生，就好似萨克雷在伦敦俱乐部曾经见过他一样。还有优雅的老绅士纽可谟大佐是如此的淳朴，在生活中随处可见。这样的人物刻画，对一度认为萨克雷的风格是冷嘲热讽的传言具有极强的驳斥力。他根本不是那样的，他是靠在椅子上和蔼可亲的长者，他热爱生活，热爱人类。同菲尔丁一样，萨克雷既是论文家又是小说家。即便是最不经意的作品，虽然难免疏漏或者不准确，却仍然是佳作。萨克雷擅长宏大的场面描写，善于场景、形势和人物的塑造。例如，他对艾斯蒙德折断宝剑放弃权利的场景描写；对罗登·克罗利到达老雷克·斯蒂恩场景的描写都显示了他驾驭场景的卓越才华。

还有几位女作家对英国小说的发展也做出了杰出的贡献。简·奥斯汀是其中比较年长的一个，未曾婚配。女性在其他艺术形式上是否能够取得很大的成功，还是一个疑问，这里我们无须作答。但是毫无疑问，她们在小说方面都有很深的造诣。如果有必要做出解释，其实是很容易解释的——在描写情感的小说里，聪明的女性对人性的领悟能力完全不逊于男性。并且，对语言的运用是女性的天赋，就像女性最适于向儿童传授语言一样，而且人们都知道很多女性伶牙俐齿。在我们这个时代，女性成为文学家是一件平常的事情，面对一部新小说，我们不再质问："这是女人写的吗？"而是去质问具体的问题："它到底是出于梅·辛克莱还是伊狄斯·霍登或者葛罗德·阿特登之手？"在我们祖父那个时代，女性的文化地位受到比现在严格得多的限制。在简·奥斯汀之前，尽管也有女性创作并出版过小说，但是简·奥斯汀匿名出版自己小说的原因可能和斯格特有所不同，她不是出于自谦。勃朗特三姊妹夏洛蒂、艾米丽及奥斯汀就是分别以卡拉、葛丽丝和阿克登柏尔的别名发表了她们的作品。艾米丽和夏洛蒂是才女，尽管她们俩的天分没有得到充分的发展，但是至少两人都各自留下了一部杰作，即艾米丽的《呼啸山庄》，夏洛蒂的《简爱》。与它之前的小说风格截然不同，它的幽暗诗话的色彩，孤寂的场景和氛围，《呼啸山庄》成为一部感情异常强烈的作品。《简爱》也是一部具有原创性的作品。它是对传统世袭观念的一种反叛，女主人公简爱并不美丽，且出身卑微贫寒；但是这样的一位女子却经历了浪漫的爱情，这在英国小说史上是一种创新。法国的巴尔扎克曾经以不同的方式开拓这个题材，但是勃朗特姊妹是否看过巴尔扎克的小说还是个问题。《简爱》的一举成功和长盛不衰，部分原因在于平常百姓家的女性从大团圆的故事结局中得到了鼓舞和安慰，因为既不是辛迪若拉也不是特洛伊的海伦的那些平常女孩也能获得最终的幸福。

夏洛蒂·勃朗特的朋友和她的传记作家伊丽莎白·加斯凯尔至少写了两部在英国小说史上占有重要地位的小说。《玛丽·巴顿》是一个描写曼彻斯特劳动者的故事，它吸引了广大的读者，而且赢得了卡莱尔和狄更斯的赏识。这部小说真实地刻画了贫苦人民的生活，其中既没有卡莱尔的激愤怒吼，也没有狄更斯在《艰难时世》中的感伤和雄辩。很可能就是因为它平实简单的情节；也很可能是因为人们不喜欢冗长复杂的穷人编年史一样的作品，所以，它的伟大才渐渐被人们淡忘了。但是我们却喜欢读小品文式的、描写百姓生活的乡村生活故事《克兰弗德》——这是一本耐读的书。它描述了藏于妇女针线中的人世生活，在那个小小的世界中，一切都没有发生过，又仿佛一切都已发生过。

　　乔治·艾略特是英国文坛上最伟大的女性。因为她具有宽广的知识面、广泛的兴趣、对人物性格、心理的分析才能以及自身具有的阳刚气质，所以她受到了人们的称赞。然而事实上，她是一个典型的感性化的女性。在她的第一部伟大小说《亚当·比德》中，她刻画了心地善良的亚当、塞斯和罪恶的青年唐尼索恩，但是在人物描写中却没有表明作者本人的性别立场。然而作为女性作家的细腻笔触却体现在她对不幸的海蒂·索勒尔的母性的同情心上，体现在对波伊塞夫人幽默特征的刻画上。波伊塞夫人以其女性特有的微妙情感去捕获男人的心。乔治·艾略特的力量蕴藏在她所刻画的人物之中，她同那些人物一起感受生活，经受生活的苦难，和狄更斯一样袒露自己的心声。她理解塞拉斯·马娄和玛吉·塔利夫的单纯（《弗洛斯河上的磨坊》中的人物），理解《罗慕拉》中漂亮的恶棍梅里迈复杂的性情。她诚挚的感情和理性的力量——晚期作品中理想力量超过感情的力量——由于缺乏萨克雷和狄更斯的长处，因此往往陷入难以自拔的矛盾中。乔治·艾略特的声誉令她自己都惊讶，一旦获得了荣誉，她就不能再重复她的成功，一旦遇到新的题材，又继续自己的创作了。人生问题是艾略特故事中的常见题材，这使她不怎么像一位艺术家，但是我们最终从她那里得到的是面对困难时的幽默和勇气。

　　查尔斯·里德是维多利亚时代另一位深切关注人生问题和社会问题并找到解决办法的小说家。他和狄更斯一样热情，他致力于改革监狱、疯人院以及其他管理制度的不合理之处。但是他和狄更斯的不同在于，他没有后者戏谑的幽默感。里德的代表作与现代英国的作品相隔甚远，《僧院古炉边》是关于人文主义思潮的开山鼻祖伊拉斯谟当年的故事。这个故事部分直接取材于伊拉斯谟的《对话录》和伊拉斯谟的其他著作。这部著作再现了中世纪末文艺复兴初期的辉煌和壮观。书中有许多伟大的戏剧场面，其中有两个场景动人心魄，一个是基赖德初见婴孩的场景，一个是婴孩母亲死时的惨状。任何一个时代都很难再能见到比这更优美的浪漫历史传奇，比这更辉煌的15世纪的写照。

安东尼·特洛拉普是英国小说家中最多产的天才，他的作品具有重要价值。20年来，他以每年三四篇小说的进度进行创作。他创作的作品的目录几乎已经超出了数学家可以计算的能力。就其作品的质量而言，他的小说没有一篇是一流的，也没有一篇是次于二流的。借助平凡中闪现的灵感可以激发作者描绘出壮丽的场景的热情，这在狄更斯、萨克雷、梅瑞笛斯、哈代甚至乔治·艾略特和查尔斯·里德的作品中可谓比比皆是，但是在安东尼·特洛拉普的作品中却很难找得到。但他的整体成就和艺术手段却令世人惊诧。要是偶然能有一束圣火点燃他的笔端，那么他很可能比任何一位小说家更有能力创作出一部《人间喜剧》来。他笔下塑造的人物都栩栩如生，都市的书记员和乡村牧师，国会议员和打猎的地主，俊秀的少女和饶舌的老婆子等，其中的一些人物，他从一部小说中引入到另一部小说中，让人觉得作品中的人物像老朋友一样似曾相识。他比较优秀的作品——从他水平相当的作品中选择出优秀的是比较困难的事情——有《巴哲思德的塔》、《萨德的最后纪录》、《桑博士》、《阿林登的小家庭》和《福兰梅的牧师公馆》等。人们首次发现他的天才的短篇小说是《瓦尔登》。

读者可能不是权威的文艺评论家，但是在读者的眼中，小说（和其他文学形式）作者可以被分为三种：第一种是像狄更斯和萨克雷那样的作家，他们既能捕捉同时代人的想象力，同时又能够使后人感兴趣；第二种作家是那些获得了广泛赞誉，随着时间的推移声誉有所下降，但是不该也不应该被遗忘的一类作家。在19世纪和今天同样受欢迎的故事家不胜枚举。我们应该问问图书管理员和再版流行作品的出版商，有多少人至今仍然还在阅读威廉·哈瑞森·安斯沃斯的《温德森城堡》，詹姆士的《黎塞留》，显赫政治家迪斯累利的《维维安·格雷》和《科宁斯比》，布尔利顿的《庞贝城的末日》，查尔斯·利福的《哈利·罗莱柯》和《查尔斯·奥玛尼》，玛利亚特上尉的《里德船长》、《候补少尉》和《彼得·辛普尔》，克莱克的《约翰·哈利德克斯绅士》，布莱克摩的《罗那顿》，查尔斯·金斯利的《海波萨》和《向西行》，柯林斯的《白衣女子》，玛格莱特·奥利夫特的《异教徒的会堂》等等。被我们的祖辈所赏识的小说家们的作品几乎和我们赏识的小说是一样的，那些小说对于我们就像星星一样发出最耀眼的光芒。

为数不多的第三类作家，包括那些天才人物，总体上来说人们对他们的评价是公正的，他们往往要等待很长一段时间才能够得到世人的认可。1859年，也就是狄更斯出版《双城记》和乔治·艾略特出版《亚当·比德》的那一年，乔治·梅瑞笛斯的《理查德·法弗尔的考验》问世。这本书和其作者注定要被埋没许多年，只有寥寥几个文坛作家，如乔治·艾略特和罗塞蒂，才能够辨明它的价值并意识到英国文坛上又出现了一位天才作家。今天有越来越多的人认识到梅瑞笛斯在世界小说家中居于很高的地位。尽管梅瑞笛斯的小说非常刚健幽默，但是因为他所描写的故事过于悲伤，所以他没有赢得广大读者的喜爱。《理查德·法弗尔的考验》就是一部令人伤怀的悲剧，读者只能从主人公未死的结局中获得些许安慰；他的杰作《利己主义者》结局悲凉，读者只有鼓足勇气才能勉强一笑；《比彻姆的一生》也以悲哀而告终结。并且，对那些只适应简单情节的读者来说，梅瑞笛斯的叙述异常繁杂，读者经常被他发散的思维弄得困惑不堪。他的复杂构思和勃郎宁不分伯仲（他在有些方面和勃朗宁相像，但是他的思想更加错综复杂）。人的思想是复杂的，梅瑞笛斯对人这个奇异有趣的生物头脑中的所思所想充满了兴趣。当然，他的作品中也不乏一些故事，不乏对激动人心的伟大场景的描写。到哪里去寻找比《罗达·弗莱明》更有趣味性的故事？又到哪里去寻找比《哈立·里士满》更有戏剧冒险精神的作品？要想彻底理解梅瑞笛斯，需要读者具备和他一样高智商的头脑。在这一点上，莎士比亚和其他天才人物对读者的要求也同样苛刻。

随着1904年梅瑞笛斯的去世，维多利亚时代似乎也走到了尽头。但是一个时代既不会突然开始也不会瞬间结束。不亚于上个世纪任何作家的托马斯·哈代依然健在。他的第一部成功之作《远离尘嚣》匿名发表在杂志上时，一些读者还以为是乔治·艾略特的作品呢！这也意味着哈代同维多利亚时代小说家的风格是多么相似。但是头脑最简单的读者也应该看到，书中那种带有悲剧意味的冷嘲热讽，以及对女主人公笼罩着宿命论色彩的悲剧命运的讥讽，肯定不是出自乔治·艾略特和其他任何一位我们从前听说过的作家之手。哈代的文风异常清新，故事情节如通俗闹剧般进展讯速，所以尽管他的悲观哲学必定使他远离尘嚣，但是他并不必像梅瑞笛斯那样久久等待为数不多的迟来的读者。

哈代最著名的小说是《德伯家的苔丝》，副标题是"对一位纯洁女性的忠实描写"。苔丝是命运的牺牲品，是意外事件的牺牲品，是一个懦弱的男子和另一个邪恶的男子的牺牲品。这是一个悲哀残忍的故事，悲哀是因为哈代带着对女主人公无限的同情和怜悯来叙述她的种种遭遇；残忍是因为哈代调动生活中的一切力量让女主人公处于困境之中无力自拔。理查德森并没有无情地责骂哈罗·克拉瑞莎。哈代描写大自然之美，他像个书画雕刻艺术家一样（他是职业建筑师和绘画师），描摹大自然的凄凉、盲目和飘忽不定。人间喜剧在带有乡音和原始观念的乡村之间上演，人间悲剧则在人性本恶的争斗中上演。哈代最伟大的小说是《无名的裘德》，书中带有他的悲观厌世主义，难怪令喜欢《苔丝》的读者烦厌。哈代在25年前就停止了小说创作而转向了诗歌创作。

哈代的《无名的裘德》出版的前一年，罗伯特·路易斯·斯蒂文森去世。在19世纪的最后10年里，斯蒂文森以他精巧优美的文风受到文学人士的赏识，又以最早的作品《金银岛》和最优秀的作品《诱拐》博得了非文学人士的好评。斯蒂文森的论文和书信仿佛是借助一种潜在的力量写成的，所以对于不具有这种魔力的读者来说，要对斯蒂文森作品的重要性做出评价实际上是一件不太可能的事情。但是可以肯定，《金银岛》和《鲁滨逊漂流记》一样堪称不朽名著。

尽管斯蒂文森赢得了青年人的赞誉，他自己也乐观勇敢，他对艺术有着巨大的献身精神。他享有盛誉，但是在我看来，他是一个反对进步的、保守的旧式人物。当斯蒂文森潜心雕琢自己的文句以使它臻于完美时，另外一个艺术家也在做着同样的事情，只不过和斯蒂文森相比，他找到了更加值得雕琢的东西。乔治·吉辛的《平民》《漩涡》等使他位居英国最伟大的小说家之列。对这一断言我愿以我的名誉作担保，从人们对吉辛有增无减的兴趣中我感到更加自信。但是预测什么样的命运会降临到他的身上还为时尚早。

在批评时代到来之前，对活跃于20世纪最初的25年间，而且至今仍然健在的小说家的价值评价同样是不可能的。英文小说（包括美国小说）界是由众多有才华的作家组成的、充满生机活力的团体。赫伯特·韦尔斯自身作为一位优秀的小说家，说出了一番颇有见地的话，他说："实际上，在我们当中，是否有接触的可能，谁也说不准；但有一点非常清楚，那就是今天人们一起参加的竞争，比以往任何时候都激烈。"50年之后的人们，如果不知道下面列举的作家及其作品，那将是我们这个时代的无知，并将错过许多优秀的作品。例如，吉卜林的短篇以及长篇小说《吉母》，约瑟夫·康拉德的浪漫故事，还有阿诺德·贝内特的《老妇潭》，梅·辛克莱等的小说，还有萧伯纳的戏剧。我们还可以列举其他尚健在的作家的作品。有一部能被我们的子孙后代所铭记的小说正在这一时刻被创作着，这绝非不可能的事情。

第三十六章 19世纪的英国散文家和哲学家

与其他任何一种简短的定义一样，这一章取这样的题目也是为了方便大家。但是我们不应该让这样一个题目成为一种限制，因为在这一章中我们还会谈及两三位思想家。与其说他们是散文家或者哲学家，还不如说他们是历史学家或者科学家。分类的作用在于确定我们的观念而不是为了束缚我们自己的手脚。

尽管所有的标志都表明查尔斯·蓝姆是英国最有独创性的散文家，但是他自己却反对这种分类。他那丰富奇特的文风部分获益于17世纪的散文家，但是这决不是使他风靡流行起来的拼凑之物，而是非常适合他自己的新事物。他的散文集《伊利亚随笔》、论文、私人书信涉及范围极广，从精致的戏言、无聊的滥调到《梦中儿女》般柔弱的伤感情怀，还有最精辟的评论。为了复兴旧体诗，他比任何人的工作都做得多，同时他也欣赏新体诗人，华兹华斯、柯尔律治、济慈等新体诗人都是他的朋友。从他对"温和的伊利亚特"的喜爱以及他所喜爱的书籍，就能证明他的文学品位。

利·亨特的魅力以及文学批评的洞察力仅次于蓝姆的散文，在悠长的文学史上，他的随笔算不上一流；但是他平易的文风，自然健康的语言却使得我们即使轻快地一瞥英国散文，也不会将他的作品略过。亨特的散文选集虽然不能使世界为之惊叹，却也使世界的一隅焕然一新。

50年前的文学批评也将骚塞列入诗人之列。但是根据我们的欣赏口味，骚塞的诗已经失去了他的价值。我们也无法明白为什么人们把他与华兹华斯和柯尔律治相提并论，正如我们很难理解为什么罗杰斯和坎伯尔曾被认为是那么重要；我们也很难理解为什么受人欢迎的爱尔兰民谣作家托马斯·穆尔能赢得仅次于拜伦的声誉一样。骚塞的诗作当然无法使他跻身于不朽诗人的行列，但是他的散文却有着不朽的价值。他的《纳尔逊的一生》，姑且不论其历史价值如何，却仍是一部优秀之作。这部作品以及他所有风格严肃的作品，都是非常细致，带有艾迪生风格的。但是他天生极富幽默感，在鲜为人知的《博士》中，他极尽幽默滑稽之能事，几乎可以和斯泰恩的连珠妙语相媲美。

骚塞严谨好学，富有学者气质，受到同时代人的极大尊重。蓝姆却以怪异奇特而深受世人喜爱。威廉·黑兹利特与他们相比是更加强势的批评家，他目空一切，盛气凌人。他那个时代的争论激发了威廉·黑兹利特，并促进了他热烈奔放的文风的形成。他不仅是深入、系统研究英国文学的学者，而且是英国最早的艺术评论家（他试图成为画家但是没有成功）。今天，在谈论他的批评思想和对此进行批评的读者中间，他的声誉无与伦比。

读者们发现要想获得读书的趣味和快感，要想进入浓厚的文学空间（激动人心但不沉闷），最好的途径是阅读威廉·黑兹利特的《论英国喜剧作家》、《时代的精神》和《桌边文谈》。他的关于《莎士比亚戏剧中的人物》和《伊丽莎白时代的戏剧文学》的演讲稿，经历了漫长的一个世纪的评论和考验，至今仍然闪耀着绚丽的光芒。

像威廉·黑兹利特这样其主题总是围绕文学批评的作家（尽管威廉·黑兹利特也涉及其他主题），只与那些对文学有着浓厚兴趣的读者具有吸引力，因为很多读者根本就不读文学批评。但是人们都喜欢人物故事，尤其是新奇的故事。托马斯·昆西不仅是因其学术论文，更是因为他的自传体著作《一个瘾君子的自白》而闻名于世。他对伦敦浪荡青年的描述，对流浪女孩的友爱之情纯朴、感人。在分析鸦片对人类的危害时，他说得非常准确到位；关于梦的分析不仅富有诗意，而且在某种程度上还与现代心理学的解释相近。像蓝姆一样，托马斯·昆西回到了17世纪修辞华丽的散文风格。托马斯·昆西的散文风格像大海一样跌宕起伏，时而碎成泡沫，时而成为彩虹。这些都是昆西思潮澎湃的结果，对于深暗音律之美的读者来说，是美轮美奂的；而对于那些喜欢平铺直叙的读者来说则只会遭到他们的排斥和反感。

后一类读者发现他们自己在托马斯·巴顿·麦考利那里更能找到归属感。麦考利的文风清晰明朗，不会引起人们的误解，而且麦考利的文章非常具有说服力，以至于人们不得不深深折服。他的不朽之作《英国史》比其他任何一种历史著作更能受到英国和美国人的广泛阅读。它的伟大价值，公众立刻就能体会得到，专业评论家也无法否定，那就是清晰流畅的解释和描绘人物与事件的戏剧效果。他的论文，特别是在内容上与社会公众人物而不是与文学本身有关的那些作品，也具有同样的特色。代表他最高成就的不是使他成名的《弥尔顿》，而是诸如《查塔姆》和《赫斯汀》这样的论文。

托马斯·卡莱尔是19世纪中叶小说与诗歌（或许包括它们在内）的英国文坛巨匠。他在《旧衣新裁》中将德国哲学和苏格兰哲学结合在一起，用劳伦斯·斯泰恩的古怪问题写成，令英国人耳目一新。那时的英国人对德国哲学并不感兴趣，仅管柯尔律治曾经花大力气教给他们一些相关知识。卡莱尔的书只被为数不多的几个人认可并接受，包括美国的爱默生；然而这确实是一部伟大的著作。卡莱尔以人类的衣裳为喻，象征人类的幻想，试图通过描述人与自己精神之间的斗争来领会社会的意义。它本来应该让眉头紧锁的斯威夫特喜笑颜开，如果斯威夫特能够理解德国风格的文体的话。但是书的主题不是斯威夫特式的，而是属于卡莱尔生活于其中的那个具有双重疑问的特定的时代。那个时代还远远没有结束，它的特征将以更加强化集中的形式在现代重现。

卡莱尔的成长历程是这样的：最初对人生充满厌恶的否定到漠不关心，直至趋于肯定，最后摆出一副战斗者的挑战姿态。40年来他一直以不同的方式阐述自己的世界观。尽管没有几个人能从卡莱尔的说教中获得教益，但是世界至少认识到卡莱尔作品中有着令人振奋、激动人心的力量。他的第一部成功之作是《法国大革命》，这部作品不是评论性、材料性的历史，而是具有戏剧效果的散文体叙事诗。同样的想象力使他研究中世纪的作品《过去和现在》生趣盎然。卡莱尔崇拜英雄和伟大的人物，他在《论英雄和英雄崇拜》、《克伦威尔》中告诉人们："谁想要得到拯救，谁就必须俯身于高贵的伟人脚下。"他的风格和思想从不好的方面看，显得怪异、杂乱和虚伪，这种虚伪同他极力抨击的一般意义上的虚伪同样恶劣；从好的一方面看，他好似一个伟大的希伯来先知，透过冷酷的坚定，依然可见他睿智的幽默。

约翰·拉斯金是继承卡莱尔诸多思想的信徒。和他的老师一样，约翰·拉斯金对道德有着严苛的要求，对当时世界政治、经济的虚伪和残酷深恶痛绝。和卡莱尔一样，拉斯金也是苏格兰血统。卡莱尔出身于贫穷的农民之家，终生贫困潦倒。而拉斯金则是富商之子，能够尽兴地游历四方，并接受早期音乐和艺术方面的启蒙训练。他是一个绘图专家，能写善画，是继黑兹利特之后英国最早的艺术评论家。在他的《现代画家》、《建筑的七盏明灯》和《威尼斯的石头》三篇作品中，集中表现了他视觉审美的感受力，这种感受力转化为充满诗意和色彩的散文创作中，但是这种美的事物被沉闷的道德说教扼杀了一半。

他认为，美术和建筑是宗教与社会风俗习惯的表达形式，并且艺术必须是纯粹的、投入的和真挚的。从历史的角度来看，作为艺术家的工作方式，这是相当正确的，拉斯金的原则成了美学伦理的最终表达。但是这种原则排除了太多的艺术的欢乐，尽管拉斯金本人是如此挚爱着美好的事物。可是人们还是会猜测：折里尼会嘲笑他，米开朗基罗太忙没有时间读它，而在拉斯金喜爱的威尼斯城建造圣马丁教堂和总督府的工匠们，想知道来自北方的这个严肃的家伙究竟在说些什么。

拉斯金对社会问题越来越感兴趣。关于这些社会问题的许多看法他都在《给那最后的人》和《芝麻与百合》中做了很好的表达。他同威廉·莫里斯在英国一起创立了一种艺术社会主义，这种理想主张在这样一个社会中，每个人都能获得艺术，充斥着丑恶的城市和建筑物将不复存在。除了在艺术形式上不像雪莱以外，他仍是一个像雪莱一样的诗人，是被人生现实击败的梦想家。他将省吃俭用的父亲那里继承来的大量财产布施于人，他性情温和，从不自私自利，除了纯粹出于理想而传播自己思想的热情之外，他没有一点自我主义。拉斯金早年就学习了艺术写作，40年来，尽管他也曾在众多的题材中迷失自我，但他始终保持着自己的两种风格。一种对社会、道德、经济和其他学科思想的清晰简单的阐述风格；一种出于艺术热情的精致考究和雄辩的表达风格。在语言运用上，他既没有卡莱尔的怪异，也没有萨克雷的粗率。文学批评家嘲笑他的艺术观，经济学家不遵守他的社会理论。但是对于他的文体，没有人持有异议，也没有人否认他在散文家中高居第一的事实。

拉斯金希望通过艺术、宗教和文学的形式，使每个人都变得文明起来。和拉斯金不同，与他同时代人的马修·阿诺德（他们几乎同时毕业于牛津大学）没有拉斯金对民主怀有的那种热情，他主张只有少数人才有能力接受文化。他的人生观非常势利，但是他的文学观却是宽广的、宁静的、文雅的、幽默的。在《文化与无政府主义》以及其他论文中，他捍卫希腊的思想，反对被他那个时代狭隘的基督教代表的希伯莱理想。在《文学与教理》中，他从那些神学者和俗人手中拯救了《圣经》。如果说阿诺德那些论战性质的论文已经变得苍白无力，也是因为对于今天的有识之士来说，用熟练机巧的智力战斗来维护思想形式已经司空见惯了。文艺评论的发展无法磨灭他关于《记克勒特的文学》、《论荷马的翻译》和济慈、华兹华斯等文学评论文章的光华。因为他自己就是一个诗人，即使不是一位伟大的诗人，他真正的兴趣也在优美的文章上面，而不是在社会问题方面。如果说他过多地谈论了文化，那么他自己也无法预见到由于我们今天频繁的使用文化而使得它变成了一个令人厌烦的词。但是，作为当时英国最有文化修养的文学家，他比其他人都更有权利反复使用文化这个词。

19世纪是经济、宗教和科学问题不断涌现的时代。当时的先进人物卡莱尔、拉斯金、阿诺德和一些小说家也参与到关于这些问题的争论之中，或者回应对这些问题的争论。一些辩论者和解说者，即使不是专门的文学家，也不管他们各自的专业是什么，他们对英国文学是有自信心的，他们也写出了很不错的论文。

约翰·穆勒的《政治经济学》已经过时了。当今社会突飞猛进的发展已经把许多19世纪的经济学理论投进了垃圾箱。但是穆勒的著作本身却是说明文的典范。从现代解放的观点看，他的《好人的屈从》已经过时，但是他的《论自由》却依然有着永恒的生命力。

19世纪中叶，新教和罗马教会之间爆发了一场论战，这场论战极具历史意义，在英国文学世界引起了轩然大波。约翰·亨利·纽曼是罗马天主教的核心人物。这里我们只关注辩论的文学趣味；即使是那些对纽曼的信仰漠然视之，并且持敌对态度的人也不能否认纽曼的文章所具有的极高的文学价值。他那极富吸引力的自传体《生命的自白》，风格简约精巧，富有说服力。尽管他活跃的思想中有一些现实功利的目的，但他本能地是一个艺术家，他同时是一个教员，写过《大学的理念》，其中那些轻松诙谐的段落是所有老师和尝试学习写作的人必备的读物。

另一位思想家查尔斯·达尔文非常注重实践，他把文学作为工具服务于实践。这里我们不去评价《物种的起源》和《人类的由来》究竟有多少科学价值。我们把这些问题交给生物学家去讨论。我们知道达尔文受欢迎的原因是因为他使用了非常切合自己主题的文体，不管他的进化论在将来如何发展，他的文学功利已经使他的作品永恒不朽了；另一方面，达尔文的朋友，进化论哲学家赫伯特·斯宾塞，虽然在哲学领域有着很高的地位，但是在文学领域却面临着被遗忘的危险，因为他不懂得写作艺术。如果我们不做精确的界定，而在最广泛的意义上能够理解这两个重量级的友人和同僚之间的差异；他们有相当的共识，他们之间的差异在于一个懂得如何写作，一个不懂，那么我们就应该对文学的含义略有所知了。

文学的故事

　　托马斯·赫胥黎是19世纪最具文学家气质的科学家。他是专业生物学家，在他自己的科学领域中是公认的权威人物。他的各种各样的论文和演说在他的文学领域也占有一席之地。他的这些作品已经超出了关于科学自由和正统权威之间的无休止的争论，也不再仅仅是技术探讨，而是对自由探索、追求真理之人权的辩护。《人在自然界的位置》和《演讲与说教》是这类作品的典范，对那些没有经过科学培养的人也相当通俗易懂，对于大众观念也具有重大影响。他文风的唯一不足在于缺乏阿诺德、纽曼和艾迪生的优雅。但是对于赫胥黎本人来说，这未尝不是一件好事，这并不意味着他是不礼貌、不优雅的。他凭借满腔的热忱和对材料的驾驭能力，凭借对科学知识和文学艺术相结合的卓越能力，阐述了自己的主题，赢得了自己的读者。

　　远离现实生活喧嚣的纯粹的文学论文创作，在路易·斯蒂文森（我们已经谈到过他的小说）和沃尔森·佩特那里达到了顶峰。佩特的文风极为精练，他的作品少而精，几乎他创作的所有作品都值得我们推敲。他的《鉴赏录》是关于那些著名作家蓝姆、华兹华斯和柯尔律治的优美文章的集子。他死后的一代人中间，有一半致力于文学批评的英国青年，与其说是阿诺德的崇拜者，不如说是佩特的忠实信徒。而对于这些年轻人与后来者在这方面的成败，只能留给历史评说了。

第三十七章　维多利亚时期的诗歌

维多利亚时代的诗歌起始于何时？又是由谁开创的？这些问题没有人能够说清楚。那些出生于19世纪早期，在诗歌领域崭露头角的诗人继承了华兹华斯、柯尔律治、济慈、雪莱等伟大诗人的衣钵。前面提到过的兰登，他的诗作被《牛津维多利亚诗歌选集》选为开篇之作。他一直活到了19世纪。年轻的斯温伯恩在前文引用的诗句中悼念了兰登的逝去。

1842年是维多利亚时代诗歌发展史上最重要的一年。在这一年里，丁尼生出版了他的《英国牧歌与其他诗歌集》。一些丁尼生的崇拜者知道在10年前，他曾经出版过一本小诗集，这本小诗集在当时却是英国诗坛的新生力量。1842年，这本诗集收录了他早期创作并精心修订的一些优秀作品，其中还包括新诗，如《尤利西斯》和《洛克斯利堂》等。还有一些作品，在我们今天看来，其思想和言语皆无新颖之处，但在80年前，英国读者看到它们时的惊喜之情是我们所无法想象的。例如《尤利西斯》中的诗句：

我和遭遇难舍难分，

人生经历犹如明灯。

未来模糊，但依稀可见，

辗转反侧，终明永恒。

《英国牧歌与其他诗歌集》出版50年以后，丁尼生成为英国诗坛的领军人物，一方面这是众望所归，另一方面他的创作也得到了官方的认可。在那几年里，他作为优雅的抒情诗人不断地运用高超的写作技巧创作诗歌，不断尝试使用能够被歌唱的题材。然而当他转而进行叙事诗和戏剧创作的时候，他就不再那么游刃有余了。他的浪漫主义组诗《公主》出版以后，言辞苛刻的评论家卡莱尔和言辞温和的评论家爱德华·菲茨杰拉德都对之进行了批判。但是由于诗中的完美唱词和叙事诗中浓厚的抒情意味，才使《公主》这组诗得以存留下来。下面两段引句可以再现组诗的美好之处，以弥补其整体的单调和乏味：

> 凄凉啊！凄凉！
>
> 犹如夏日清晨小鸟对垂死者的哀唱；
>
> 凄凉啊！凄凉！
>
> 旧日时光，一去不复返，
>
> 江山如画，只有你在歌唱。
>
> 听到了吗？
>
> 流水在草原上淙淙地流淌，
>
> 山鸠在古柏上高声地吟唱。
>
> 还有蜜蜂飞翔的嗡嗡声在左右回荡。

《国王叙事诗》是丁尼生投入了30年的时间写成的，是英国叙事诗中的伟大作品。这部叙事诗的主题相当宏大。弥尔顿，这位唯一真正具有叙事诗才能的英国诗人曾一度想从这部作品中吸取灵感，但是后来因为他的圣经主体而放弃了。丁尼生不具备驾驭主题宏大的叙事诗的能力，但是他却能够将这部古代的浪漫传奇故事写得异常伤感。在他的作品中，亚瑟王是一个沾沾自喜的人，大多数骑士的浪漫也若有若无。当然，丁尼生也有他的可爱之处，他能将声音和颜色处理得非常和谐。例如，贝梯维尔将生命垂危的亚瑟王的宝剑掷入大海中的那一段：

> 宝剑，宝剑，
>
> 在明月下，射出耀眼的光芒；
>
> 却在突然间就没有了踪影，
>
> 犹如那遥远北方坠落的晨星。

在丁尼生的作品中，这样的段落比比皆是。在他创作的无数首抒情诗中，即使是在他的收笔之作《过沙洲》中，他都一直保持着对艺术的精益求精。这就是丁尼生的伟大之处。这种伟大尽管很可能会被批评的乌云所遮盖，但是始终不会消逝。

在维多利亚时代，人们一致公认狄更斯和萨克雷是齐名的两位诗人，在诗坛桂冠的归属上，丁尼生和勃朗宁的名字也时常联系在一起。实际上，在贵族文学和无政府民主文学之间并不存在绝对的对立。每一个天才人物都有自己的人生轨迹，都受自己时代的特点、环境、出身等因素的影响，但是他并不会因此丧失自己的本性，依然会坚持固守自己的性格。丁尼生的成名非常迅速，且声名远播，这不是他处心积虑追求得来的，而是他小心翼翼、尽其所能地不断培养自己的艺术修养而树立起来的。他让读者在阅读自己的作品的时候与他共同感受、共同欣赏、共同歌唱，也正是在其中丁尼生发现了自己的卓越天赋。

与之相比，罗伯特·勃朗宁等待了一段时间之后才被人们认可和接受。因为最初在许多读者看来，勃朗宁的作品晦涩难懂。但是世界必将研读他的作品，并喜欢上他。1868年，勃朗宁56岁，他创作了宏篇叙事诗《指环与圣书》，其中写道：“不列颠的人们啊，尽管你们不爱我，但我还是祈求神保佑你们。”人们逐渐对他有所了解，很可能是因为他在诗歌创作中显现出来的热情、奔放、以及富有乐感的抒情才能：

啊！你那离我而去的天使般的灵魂啊！

惊奇与希望是你的化身。

啊，你雄心万丈，勇猛顽强，奔向太阳，

在神奇的星空里漫游。

当你听到人世间的悲凉、凄苦，

使你理想之国的光环消逝；

于是，你走下神殿，

为苦难的人类，献出了自己。

勃朗宁最擅长创造抒情戏剧或者叫做浪漫戏剧。在这种形式的诗歌中，虚构的主人公以歌唱的方式讲述自己的人生故事。他根据心境和场景的变化，创作了大量这样的诗歌作品，例如《最后一次结伴旅行》、《拉比·本·埃兹拉》、《索尔》、《我的已故的公爵夫人》、《生命中的爱》等。它们是英国诗歌中的艺术珍品，不需要所谓的勃朗宁协会这样的社会团体来解释他的诗歌，普通大众也可以欣赏它们。统观勃朗宁的思想，尽管其思想经常是复杂的、令人费解的，但是他的思想中总是贯穿着一条主线，这条主线牢牢地抓住了那些不愤世嫉俗、不太具有哲学批判精神的读者的心：那就是勇敢的、战斗的乐观主义精神。在他即将离开人世的时候，关于他自己他说了这样一些话：

坚持原则，决不背信弃义，

勇敢向前，毫无顾忌。

坚信正义终将战胜邪恶。

我相信，

倒下是为了重新站起，失败是为了未来的胜利。

白天，脚步匆匆，

夜晚，豪情万丈，

战斗，全力以赴，

即使是在另一个世界的征途。

勃朗宁的夫人——伊丽莎白·勃朗宁也是一位诗人，她具有丰富的情感和异于常人的智力。但是勃朗宁夫人最终没有步入最伟大的诗人之列，这是因为她既没有顺其天才的本能进行诗歌创作，也没有尝试进行诗歌的训练。在她和勃朗宁相识之前出版的一首诗中，她写道：

勃朗宁的"石榴"，

是像金子一样的心锁。

从此他们坠入了情网，成为文学史上最幸福的一对。但是她的身体一直不好，担心成为勃朗宁的负担。在《葡萄牙十四行诗》中，充分表达了她那个时候的犹豫不决和自我否定的情绪。这组诗感情充沛，富有想象力，尽管在结构和技巧方面并不完美，但是在语言的运用上却可以和任何一首英国诗歌相媲美。勃朗宁，一直鄙视歌颂人类自己的短诗，但是他知道他的夫人正在做这样的事情，这是其他英国女人未曾做过的事情。他就是用下面这首诗歌打开了她的心门：

离我而去的你，

是否知道我从此在你的风中伫立。

我的心灵举步维艰，

感情的闸门一经打开，再难关闭。

执手相握的画面时常在心中萦绕，

禁不住让我热血沸腾。

命运不公，分开你我，

但我永远铭记着你的心声。

无论是白昼，还是在梦里，

你我永远携手人生的旅程。

当我为自己祷告，

神灵就会听到你的芳名，

在我的眼里，能看到两个人含泪的身影。

1859年出版了一本不被世人瞩目的小诗集，尽管作者本人从来没有怀疑过这本小诗集的价值。这本小诗集就是菲茨杰拉德的《鲁拜集》。这本诗集是翻译波斯文学的一部作品，但是它已经远远不再局限于译作了，它同样成为英语诗歌中的杰作。罗塞蒂和斯温伯恩最先发现了它，慢慢地这本诗集才有了名气。菲茨杰拉德死后，这本诗集已经成为了文学青年心中的诗歌"圣经"，虽然有些言过其实了，但今天，它获得了更高的知名度，在水平相当的诗歌中，它也是被吟唱、被引用得最多的作品。诗中的磅礴气势，伤感的情绪以及带有浪漫主义色彩的悲观厌世情结触及了一些异教徒内心深处的情感。这些是东方诗人在此之前从未表达过的。而且，一旦人们听过菲茨杰拉德的四行诗，就会再也无法忘掉它，可谓"余音绕梁，三日不绝"。因为这些诗大家都耳熟能详了，所以我们无须再引用其中的诗句了。这里只是让大家领略一下其中的韵律：

　　在树下，摆上一壶美酒，

　　饮着酒，品论诗书。

　　在旷野中的你，

　　陪伴我浅吟低唱。

　　啊，原来，

　　旷野才是最纯最真。

前面已经提到过的马修·阿诺德，不仅是一位重要的文学批评家，还是一位具有娴熟写作技艺和高尚艺术品位的诗人。与最好的诗歌相比，他的作品只是略逊一筹。或许是因为阿诺德是一位专业的文学评论家的缘故，一旦触碰到他的诗歌，神圣的火焰也会熄灭，继而像月光一样冰冷。他最优秀的作品是《生命的毁灭》，诗中充满了对热情的呼唤。我不打算引用这首诗，而打算引用另外一首更具特色的诗——《诗歌的冷峻》，这首诗歌的内容和形式都能够表现阿诺德诗歌的完美与不足：

　　但丁还没有来到，

　　意大利之子就已经开始演奏欢快的圣歌。

　　在祭祀的人们中间，

　　青春挽着新娘一同表演。

　　啊！美丽的新娘，

　　在你的面前，青春是辉煌、高傲和艳丽的衣裳。

　　突然，柱子断裂，高台坍塌，

　　在慌乱的人群中，新娘倒下。

　　除去新娘外边的衣裳，

　　人们发现一层麻布紧贴在新娘的肌肤上，

　　啊，这才是你真正的新娘，缪斯的神光！

　　在灿烂的光辉里面，

　　隐藏的是冷峻的思想。

　　阿诺德严肃的诗歌理念与但丁、弥尔顿的理念是一致的。但是对于那些过多谈论希腊精神的人来说，阿诺德的观点就给人一种不舒服和禁欲的感觉。比阿诺德年轻，且在创作风格上要轻松快乐些、更人性化的诗人是丹特·加布里尔·罗塞蒂，威廉·莫里斯和阿尔歌农·查尔斯·斯温伯恩。

　　罗塞蒂既是一位诗人，又是一位画家。他属于一个叫前拉斐尔派的团体，这个派别的最终目标是使英国艺术从世俗的束缚中解放出来，像意大利的绘画那般清新。罗塞蒂的绘画艺术影响了他的诗歌创作。天才艺术家用色彩和眼睛看世界人生，把语言当作象征符号。罗塞蒂具有双重才能。他的父亲是一位意大利人，从小他就受到很好的意大利语言和文学的熏陶。这就可以理解成，为什么罗塞蒂成为了最伟大的创作英国短诗的诗人，他创作的英国短诗吸收借鉴了意大利文化的养料。而他是一位英文方面的天才，他直接从莎士比亚那里，从英国古民谣，从他的同时代人勃朗宁那里吸收借鉴。但是他把意大利语中洪亮的发音和流畅的表达，加进了世界上最柔弱的语言——英语之中。他的《生命之屋》是继莎士比亚之后最优秀的短诗系列。下面引用的这首《爱之死》显示了罗塞蒂的绘画才能和他作品中经常出现的象征主义（但丁也有这样的特点）：

　　在生命的仆人中间，

　　有一双羽翼，

　　承载着"恋爱"的旗帜。

　　那布匹是何等美丽，那花色是何等迷人，

　　你的姿容让灵魂隐匿，

　　如同春回大地，让人喜不自胜。

　　是你，让我春心萌动，

是你，让我手足无措；

就像呱呱坠地的婴儿，

开始了我新的人生历程。

一个蒙面女人在后面追赶，

她把旗杆抓紧，收拢起"恋爱"的旗帜，

还拔掉了背旗人的羽翼，

送到自己的嘴边。

她对我说道："看哪，活的灵魂已荡然无存，

恋爱和我已成为一身，死亡是我的命运。"

罗塞蒂的朋友，威廉·莫里斯既是一位诗人又是一位画家。正如中世纪文艺复兴时期的许多人一样，莫里斯也是一个全才，他也试图把文艺复兴时期的精神带到工业时代的英国。他拥有奇异的才能，他能够一只手设计墙画，一只手写诗。休息的时候，还能够做一些有关社会问题的演讲。有些人开玩笑说，如果他不是因为懒惰，或许还能创作出几首像贝多芬那种风格的交响乐。

我们只对莫里斯的文学作品感兴趣。《拥护金涅维尔》是他所有诗歌中最美的作品，但是和丁尼生的《英国牧歌与其他诗歌》中声名显赫的亚瑟王的浪漫诗歌相比，莫里斯的作品在精神和色彩的丰富方面就逊色不少。在《贾森的一生》这部作品中，他把大家耳熟能详的希腊传说故事改编成了浪漫传奇故事，并且奇妙地将古代精神、中世纪精神和19世纪令人神经紧张的迅速发展的文明结合了起来。这是当时为数不多的让人通读后不会产生厌烦感的长诗之一，因此，《贾森的一生》立刻获得了极大的成功。随后，莫里斯又创作了《人间乐园》。这是一部从古希腊传奇故事中吸收创作素材的长诗，它由24个故事组成，是继斯宾塞的《仙后》之后唯一一部惊人的长篇巨著。这部长诗取得了巨大的成功。莫里斯的缺点就是写得太多了，虽然他具有极强的驾驭英国诗歌节奏、色彩等的卓越能力，但是最终也没有写出一句完美的诗句来。罗塞蒂的那两本小诗集在莫里斯的煌煌巨著中突然就不见踪影，但是莫里斯却终究没有写出类似罗塞蒂的优美诗句；同样，他也没有能够达到他另一位多产的朋友斯温伯恩的杰出水平。

1864年，斯温伯恩27岁，这一年斯温伯恩出版了自己的《卡利登的阿塔兰塔》，两年后又出版了《诗与民谣》。他把自己火热的青春、叛逆的精神和旺盛的情欲都糅合在复杂的、博学的个性韵律之中。就这方面而言，不仅在他之

前的英国诗人无法与之相提并论，就连与他同时代的诗人也无法望其项背。在斯温伯恩之后涌现出的所有年轻诗人们，在格律诗的创作上都受到他的极大影响，而那些从格律诗创作转向自由诗创作的尝试，在斯温伯恩看来简直就是小儿科。斯温伯恩是驾驭格律、尾韵、重音的行家里手。在古老的材料中，他发现了新格律和诗节的新形式。

斯温伯恩的才能不仅仅体现在他驾驭语言的能力上，他还具有深刻的思想。他有如此多的思想，古代与近代文学的博学和作为诗人所具有的热情互相碰撞、激荡，达到了他思想境界的最佳状态。他的诗歌经常是冗长的——没有哪一个诗人能写出那么冗长的诗歌——但是抽取他诗歌中的片断，我们仍能感受到他诗歌中的清新和流畅。他的诗歌具有很强的音乐特色。下面从《普洛塞赞歌》中引出的四行诗句就可以看出斯温伯恩诗歌中的音乐特色：

> 美好的时光一去不复返，
>
> 忧苦和哀愁也杳无踪迹，
>
> 还有那旧日的沉浮和今日的纷争。
>
> 出发远行吧，到天涯海角，
>
> 波涛汹涌，
>
> 可怕的死亡，
>
> 就在前方。

斯温伯恩作品的语言具有奇异的魅力，这使得他不仅仅是一位抒情诗人，而且还是一位伟大的叙事诗人。许多诗人都写过关于亚瑟王的诗作，但是相比较而言，斯温伯恩的《莱奥涅斯德特里斯特》却是最生动、最热烈的。

乔治·梅瑞笛斯，是我们在前文已经提到过的本世纪里一流的小说家，尽管与斯温伯恩相比，他创作的题材范围比较狭窄，但是在诗歌造诣上却与斯温伯恩不分伯仲。他歌颂大地，歌颂人与自然之间的和谐关系，他的情诗把人类的热情和对世界的爱融合在一起，给人带来了强烈的美的享受。对于他的《谷间的爱》，丁尼生曾经赞美说，听过那些具有神奇韵律的诗歌之后，就再也无法将这美妙的诗句忘掉：

> 如同那飞掠水面欣赏自己倒影的燕子般轻盈，
>
> 休闲的时光，越发飘逸、轻灵。
>
> 如同在树梢跳跃的松鼠般羞怯，
>
> 如同黄昏时分在空中飞过的燕子般固执。

我爱的人啊，如何才能将你把握，

也许，将她驯服的只有那胜利的荣誉！

与《谷间的爱》相比，颇像十四行诗的组诗《现代恋爱》虽然缺少些许吸引人的魔力，但是却更加具有哲理和探索精神。这部诗作与其说是证明了乔治·梅瑞笛斯的诗人气质，不如说是证明了他的小说家的气质。

罗塞蒂的妹妹克里斯蒂娜的作品犹如纯正的天籁之声。和她哥哥一样，克里斯蒂娜也对诗歌形式具有极强的驾驭能力，她尤其擅长写短诗。她的诗作具有中世纪神秘主义的味道，因为她的哥哥是当时复兴中世纪神秘主义团体的领袖人物。但是她的神秘主义精神更具有虔诚、崇高的宗教精神。她的情诗带有看破红尘，弃绝尘世的意味。只是出于习惯而没有什么暗示意义，人们经常把她和勃朗宁夫人相提并论。勃朗宁夫人的诗作更丰富、更富有活力，在格律和语言运用的精练程度上，克里斯蒂娜是无法和勃朗宁夫人相比的。下面这首诗歌虽然不是克里斯蒂娜·罗塞蒂的代表作，但这首诗却折射出了她悲凉的精神世界。作品中有这样美妙的诗句：

在我死后，

亲爱的！

不要为我唱哀歌，

也不要为我种玫瑰和松柏。

青青的小草覆盖在我的身上，

雨水和露珠还停留在上边。

也许你偶然想起了我，

也许你偶然忘记了我。

我再也看不到艳丽的彩虹，

也无法感受嘀嗒的细雨，

更听不到夜莺凄苦的歌唱。

我游荡在没有边际的梦境，

也许我偶然想起了谁，

也许我偶然忘记了谁。

托马斯·哈代是维多利亚时代最后一位文坛巨匠，他在83岁高龄的时候，还出版了一本新诗集。和梅瑞笛斯一样，哈代也是一位诗人兼小说家。如果有

文学的故事

一个人喜欢他的诗歌，那么就会有20个人喜欢他的小说。但是哈代的热情、忧伤和痛苦都蕴藏在他的诗歌中，人们可以从他创作的短诗中，或者从他结构宏大的叙事诗《王朝》中体会得到。他写故事，是因为他具有写故事的能力，而且他对故事以外的事物也同样感兴趣；而他写诗，却是受了内心深处的召唤。他是英国文学史上最悲哀的诗人。我们用悲哀这个词来形容他，没有被人滥用的悲观主义的意思。他和华兹华斯一样热爱自然，喜欢密切地观察自然，但他却没有像华兹华斯那样从自然中获得丝毫的慰藉。他的诗歌虽然非常优美，但是有些呆板，是音律上的呆板，而不是思想上的呆板。在他忧伤悲哀的情绪中偶尔也会有轻松愉快的时刻。这体现在他的《树荫下的画眉鸟》中，在听到小鸟欢快的歌声时，哈代写道：

> 绝少出于周围远远近近的，
>
> 现世的事物的，
>
> 美妙的曲调啊，
>
> 把我所意识到的，
>
> 唯有他才知道的那种
>
> 希望之火点燃。

悲凉几乎是所有抒情诗都具有的特点之一。对于诗人来说，他们知道如何把自己的哀愁用艺术的形式表达出来；而对于普通人来说，只能通过哭泣或者号啕大哭的方式表达出来，好一点的也就是以无声的方式发泄出来而已。没有任何一个世纪的诗歌如19世纪的诗歌一样充满愁苦与哀愁（这和希腊、伊丽莎白时代的戏剧所表现的痛苦不同）。詹姆斯·汤姆逊是一个令我无法忘怀的、早逝的天才诗人，在饱经肉体的磨难之后，他写出了《可怕的城市夜晚》，这是一部已遭毁坏的杰作，然而却是神妙无比的杰作。这里无法通过引用来表现这部作品的出色，因为脱离整体的任何一个部分都无法理解。当然，勃朗宁健康的心灵为人们苦难的灵魂带来了希望。年轻人以自己的热情和勇气阅读勃朗宁的诗作；威廉·厄内斯特·亨里的《隐藏我的夜晚》为人们津津乐道；罗伯特·路易斯·斯蒂文森更擅长用散文而不是用诗歌来颂扬勇气；吉卜林那些主旨健康，语言精美的诗篇在20年前就被人们广为传颂，至今仍然令人无法忘怀。

当我们回首维多利亚时代的诗坛时，我们不禁被它的丰富多彩与多如繁星的诗人而赞叹不已；尽管其中有些诗人我们甚至没有提及，但是这些诗人如果没有我们在前面提到的那些伟大的诗人的影响，他们也会获得世人的赞誉：托马斯·霍德写过三四首相当优美的诗歌，他不是以一名诗人而是以讽刺家的身份出名的；代表作《黑暗的洛萨林》的爱尔兰诗人曼根，他天生具有克尔特人的魔力；阿诺德的朋友——克拉夫，他那为数不多的抒情诗虽然算不上是伟大的作品，却也称得上是文学精品；帕特摩的《玩具》曾令多少人潸然泪下；锡德尼·多柏尔在"自由诗"流行之前，就已经写出了《晚祷诗》；托马斯·爱德华·布朗，一个曼岛语诗人，他的大部分长诗都是用方言写成的，但是他那些用古典英语写成的短小的抒情诗思想非常深刻，极富艺术性和音律变化。此外，还有以轻快的风格见长的诗人兰特、布多孙等人。

即使只是列举出19世纪末叶那些年轻诗人的名字也是不可能的。我们这个时代从一开始就继承了英国民间歌谣的传统，并且为这个传统注入了独具个人特色的因素。例如，奥德加·王尔德写的《累丁狱之歌》，有一种深刻的力量；约翰·戴维森的诗歌是真正的具有阳刚之气的民谣；小精灵赋予威廉·叶芝克尔特的魔力；豪斯曼的《施洛普郡的青年》证明了作品的多寡不是衡量一个诗人成功与否的标准，而关键在于作品的质量；约翰·曼斯菲尔德是一位抒情诗人兼冒险大王；沃尔特·德·拉·梅尔，他的作品在奇思妙想之下蕴含着深刻的思想。英国诗歌之所以如此辉煌，不是得益于某些伟大诗人的"独唱"，而是归功于众多诗人的"合唱"，每一位诗人都是独唱家，因为他们不是为了合唱而歌唱。我们可以在这篇简短的记述中，编撰一部包含诸多诗人的优秀作品的诗集。

19世纪的诗歌发展到弗朗西斯·汤普逊的时候，也就达到了顶点，这一点所有在世的诗人都不会持有异议。他不是最后一位伟大的英国诗人，也不应该存在最后一位诗人。如果我们不对他吹毛求疵，而是用诗意的眼光看待他，那么我们或许能够把他比喻为19世纪是他壮丽的落日，就像他在《落日颂》中想象的那样：

啊！你这固执的放逐者，
你这让周围光芒失色的落日，
依旧具有初现东方时的壮丽、辉煌。
此时此刻，
傲然地，你走上归途；
震动了四周的一切。

　　天空也为你归途的乐章战栗，

　　大火烧天，轰轰作响。

　　你安详地面对死亡，

　　你的乐队演奏的火红乐章在我耳畔回响。

　　汤普逊一直生活得很孤单，并且穷困潦倒，直到他的好友发现了他天才的特性，伸出了援助之手，才改善了他的境遇。他那些奢华的梦想是对现实生活苦难的一种逃避，诗歌对于诗人和读者来说都是一种逃避。他在富有宗教狂想色彩的作品创作中获得了心灵的慰籍，他的《天国的猎物》、颂扬忠贞的情诗《姐妹歌》、凄凉的《儿童歌》等都是这类作品。他在《罂粟》中表达了自己坚强不屈的精神。让我们引用下面这首诗结束这一章，它是诗人经历艰辛最终胜利的写照：

　　恋爱啊！恋爱！

　　你这梦中的花，

　　静静地绽放在韵律的浓荫中；

　　为了避开"时光"之刃，

　　静静地，你在韵律的浓荫中深藏。

　　恋爱啊！恋爱！

　　"时光"让我无所作为。

　　然而，在韵律的浓荫中，

　　依然残留着我的梦，

　　我那凋谢的梦。

第三十八章 19世纪的法国散文

　　法国文学史上的浪漫主义时期，不管是在时间上还是在精神指导上，都与英国文学史的浪漫主义复兴相呼应，二者都与法国大革命中滋生出的思想紧密相连。这场运动在英国，除了遭到勃兰兑斯等少数人的反对之外，事实上，远比法国的运动更为强烈；而且发端更早，影响也更为深远，因为在英国远比在法国有着更多有文学天赋和修养的人。时代（通常以1800年作为其运动发展的分水岭）激发了英国人的思想，并且英国的诗人也在那里做出了响应。而法国人的思想则要消沉的多，在法国，直至经过相当长一段时间之后，才出现了能与斯格特、拜伦相媲美的作家，就更不用说像济慈、雪莱这样的大文豪了，直到他们去世，法国人都从来没有听说过他们。法国人的思想自18世纪诞生了像伏尔泰那样清晰尖锐的睿智大家之后，作为一种文学的影响力已经消失殆尽，尽管伏尔泰本人的个人声誉仍然延续着。占主导地位的思想是卢梭创立的感伤浪漫主义和夏布多利昂的宗教情感和智者感言。后者所著的，出版于该世纪伊始的《基督教精神》一书，曾经是当时法国最具影响力的新书。它是一本捍卫或是赞美基督教的书，但却不是主要从神学上的引经据典，尽管其中也不乏那样的言论。但是太多都是从色彩、美学以及象征主义的角度加以论证。其中，它最糟糕的地方就是蹩脚的传教，而即便是最佳之处也是在混淆是非，因而成为了教堂的代言纲领。其中的一章，也就是雷内的故事，讲的是一个渴望成功、一直在探索但却很容易感伤的年轻人的传奇故事，当时这种故事在欧洲所有的小说及诗歌界简直风靡一时。雪莱的《阿拉斯特》和歌德的《少年维特的烦恼》也都是表达同样观点的小说，尽管没有直接借来用，但所表达的观点都是带有同时代气息的。卡莱尔对此曾用一句话一针见血的指出："年轻人，不要再耽于思索什么了，还是赶紧去工作吧！"

　　在我们今天的小说，依旧可以看到那些忧郁不满的男孩子，但是我们更愿意把他们送到一种叫心理分析学家的医生那里去医治，他们可能对待此类问题比夏布多利昂更有智慧。"一切事物总是存在的。"他笔记上记录下的多愁善感对于英国的读者而言，就像对于100年前的法国读者那样，都无法留下什么深刻的印象；对于英国人而言，传奇故事自两个世纪以前，就因为一个易于伤感、怀疑一切、名叫哈姆雷特的小男孩让人耳熟能详了。在此后的17世纪的英国小说中，尽管当时文学界有些杂草，但还是长满了像菲尔丁和斯莫莱特那样正直、坚强、芬芳的花朵的。夏布多利昂曾在英国住过几年，他的晚年也翻译了《失乐园》等英国作家的作品。同时，他的许多作品也被译成了英文。但是，由于某些不可告人的原因，也可能不是什么好的原因，他在英国并没能拥有很多读者。对近代法国人而言，他的花言巧语可能让人不快，但是他们仍然承认他是在法国散文诗领域转型时期的文学大师，尽管他也像他同时代上了断头台的法国人一样，在文学舞台上已经大势已去。

随着小说的羽翼越来越丰满，其影响力也变得越来越大。就在19世纪伊始的时候——不管是稍微早几年还是稍微晚几年，这一点并不重要——诞生了巴尔扎克、维克多·雨果、亚历山大·仲马（大仲马），乔治·桑这样伟大的小说家和圣柏莆这样的评论家和散文家。巴尔扎克，作为当时法国最多产、最有影响力的小说家，尽管当他写下许多故事之后才意识到这点，并对外宣称他要竭尽毕生的精力编纂一本勾画人生百态的宏伟巨作，而这样一本包含他所有小说在内的作品集名为《人间喜剧》。他没有完成他的心愿，因为他在50岁的时候就去世了。但是《人间喜剧》却是任何国家、任何时代的人都无法望其项背的。

因此，不管是在巴尔扎克之前还是之后的任何一个小说家，都无法像他那样享誉全球。他的书吸引了成千上万讲各种不同语言的读者——因为他的书大部分都被翻译成了欧洲各国的语言，而这些不同的读者，不管他们当地风土人情如何，也不管将他视为敌人还是朋友，都深深地认可了他的天赋。巴尔扎克研究各色各样的巴黎市民、农民和城市小资产阶级。因为在他的生命中，他的大部分时间都是在他的办公桌上度过的；并且，他本人也曾陷入一些足以耗尽一个普通人精力的商业风波之中。他是如何利用时间，来获得对社会各个阶层的第一手资料的呢？答案是：他拥有小说家那种超然的天赋和洞察力。他需要去观察，但只是为了理解、剖析人物和场景，使之变成他身体的一部分。那样，他就可以给人物付之以详实的细节——有的时候甚至是非常详实的细节。

　　他的洞察力来自于他的大智慧，也来自于他的坦诚和勇气。在这方面，他就像他所敬仰的斯格特那样，不得不通过写作来解决他生意上遇到的麻烦；但是他从来没有懈怠过作为作家的职责。他辛苦劳作，有时候一天工作16个小时，一遍一遍修改、润饰、完善他的作品。他把所有的精力都投入到工作当中，因而才诞生了在文学史上万古流芳的长篇巨著。

　　巴尔扎克的作品总是以现实为基调，几乎在它开始之前就有一篇理论上的说教，而且会一直如此，甚至更加琐碎，这是种处于传奇文学和现实主义文学之间的文学形式。把他们的作品归于哪种流派，往往是评论家们和小说家们的一种学术探讨。因为，在法国人所讲的精确的语言当中，任何一部长篇小说，不管它的内容还是处理方式如何，都会被称为是一本传奇小说。而这种称谓会不会因此被人们所认可，或是因为这位仅仅把观察到的生活作为其传奇式心灵历险，而不愿花精力还事实以真相的法国最伟大的小说家的实践，而不被人们所认可呢？在巴尔扎克的作品中，写实主义与荒诞的幻想并不矛盾。读者可能会把它看成一种矛盾，但是巴尔扎克并没有意识到，他的伟大之处就在于他那无边无际的同情心。在《欧也妮·葛朗台》一书中，他描绘一个没有见过世面的简朴的乡村女孩。在他另外的一些书中，他则从另一个角度分别描绘了女人"光艳照人的开怀和悲痛欲绝的失落"。他是第一个把纯粹的生意和金钱引入传奇世界中的作家。在他的《塞沙·皮罗兴衰记》一书中，他借用了自己在商场摸爬滚打的不幸经历。在他很多、应该说是绝大多数的小说中，像《邦斯舅舅》、《贝姨》、《高老头》，都通过多种多样的形式揭露了人们贪婪、虚荣和自私的本性。巴尔扎克不是一个任何爱抚感伤意义上的热爱生活的人，他对生活的看法，在很多年轻姑娘们看来，往往是牵强附会、难以接受的。他对年轻小伙子的态度同样很严厉；他在梅瑞迪斯开始写作之前，就无数次的勾画了那些"自私自利自大的人"了。他把感情生活远远引出了那些开开心心聆听婚礼钟声的夫妇之外的境界。婚姻只不过是人们一直生活下去，一直生活到年老的过程中的一个章节而已——巴尔扎克书中的那些老人，不管是有妄想症的，还是令人浑身不舒服的，或是悲天悯人的，都被描绘得栩栩如生。

　　这位洞察男女内心的大师，对故事的场景和发生的地点也很有感觉，尽管受某种文学规则的制约，他的作品在形式上不能被称为诗歌，但在《塞拉法塔》这样的作品中，他的造诣已经达到接近诗歌的水平了，而这也正是通向斯韦登勃格神秘主义的一项试验。他是一位真正的巨人，或是一尊巨石像，因为后来者都从他身上发掘石头来构建类似的、只是更小规模的建筑。

巴尔扎克的朋友维克多·雨果也是一位文坛巨匠，他的生命几乎横跨了整个19世纪，有近50年的时间都占据法国文坛的主要地位。他是一位诗人、剧作家、小说家，同时还是一位政坛批评家。

投身政坛使他被流放了20年，但是也因此增加了他的知名度，以至于当他返回故国的时候，被人们夹道欢迎，使得法国一些不为人知的批评家对他的声望多有微词。

对于英国和法国以外的其他欧洲国家的读者而言，他是最为大家所了解和认识的，当然也是被拜读最多的一位。他的很多散文体小说，像《巴黎圣母院》（在英语里一般被称为《巴黎圣母院里的驼子》）、《海上劳工》和《悲惨世界》都是人们耳熟能详的作品。这些作品感情夸张，有些情节甚至让人感到狂热的兴奋和刺激。当看到吉列同章鱼搏斗或是驼背敲钟人苦苦哀求他的敌人，让他有机会抓住教堂的排水管而保住小命，结果却不幸跌落而死的那样惊心动魄的场面时，又有谁不浑身颤抖呢？但是雨果的情节剧，就像莎士比亚的一样。事实上，在所有优秀的情节剧当中，都藏有深刻的思想和感情，通过令人感动的情节而达到诠释其思想，并让人们难以忘怀的效果。像狄更斯（注：查尔斯·狄更斯是英国19世纪著名现实主义文学家）一样，雨果也会使用一些令人瞠目结舌的场面，来向我们揭示某种社会的本质，虽然这些东西本身看上去可能是枯燥无味的。

当然，所有其他拥有戏剧性想象力的人或是作家都会自然而然地被这些场景深深吸引。在《悲惨世界》一书中，雨果用五、六本看起来结构松散的小说和更多的描述来讲述主人公冉阿让的事迹。书中囊括了一本小说所不能容纳的东西，而它的名称甚至无法翻译成英文，因为它不仅仅意味着"悲伤"和"可怜"，也不仅仅是"悲惨"，或是"不幸"，它包括上述一切的含义甚至意义更为深远。可能在法文中，正是雨果赋予了这一词汇如此丰富的含义。他所要表达的含义，他所做的一切，都是为了向我们展示一个毫无温饱、毫无公民权利的社会。如果雨果不是一个能说会道的作家，那么这部作品就是一种特别的社会呼吁和一些令人疲倦的琐碎之事了。斯温伯恩曾一时兴起这样来评述《悲惨世界》一书，把它称为"一部人类有史以来最伟大的史诗和戏剧体小说"。我们没有必要对此作深入研究，但是仍然可以参考史蒂芬逊比较冷静的对雨果散文体传奇故事的评价，认为它们"可以让任何作家因此名利双收，但是它们只不过是维克多·雨果向我们展示他的天才的纪念碑的一面而已。"其他的几面，在他的诗歌和戏剧中，我们在下一章节里将会讲到。

　　亚历山大·仲马（大仲马）在100年的时间里，除了斯格特以外，很可能是给读者带来快乐最多的作家了。在弱肉强食、并带有一定历史色彩的骑士传奇故事中，不管是虚构还是真实，都同样栩栩如生，他是一个无人能及的大师。但是，如果大仲马缺乏艺术家的修养的话，他的那些故事很可能会沦落为街头一角钱就随处可买的流行书；它们可能会取悦大众，但是它们不会在文学史上留下任何痕迹；虽然它们也可以留住那些热衷于阴谋和历险而非小说本身的读者的视线。

　　但是，大仲马毕竟是一位艺术家，他不仅仅勾勒了一些扣人心弦的情节，他所创作出来的人物也是栩栩如生、跃然纸上的：可以穿着靴子大摇大摆的行走，也可以发出富有生命力的声音。他的思维从不缺乏活泼和跳跃，尽管他写作的速度与斯格特、巴尔扎克和特洛普（注：特洛普乃19世纪英国小说家）相比慢了许多，文笔也更具有随意性。他有很多合作者，甚至被指控经营了一家小说加工厂。当然，他本人才是他的大脑和心脏以及能量的来源。令人惊讶的是，在他无数的传奇故事之中（就更不用提戏剧、历史、以及回忆录），居然有那么多同类中的经典之作。其中至少有两本书——《三个火枪手》和《基督山伯爵》已经成为了英国男性读者孩童时期的必读之作；甚至都记不起我们是什么时候知道它们的了，我们从不会对波尔特斯、亚特斯、和亚拉米（注：《三个火枪手》中的三位男主人公）失去兴趣，他们已经成为了永远活在我们心目中的三位英雄。如果在永恒的世界里还有什么可以与他们媲美的话，那就是能够让人记忆更深的达尔塔南了（注：达尔塔南是《基督山伯爵》一书中的男主人公）。但是，随着我们的长大，我们确实也意识到大仲马其实是一个聪明的纺纱匠，在《克莱文斯的奥立浦》以及他所著的其他书中，都可以看出他精心选材、严密构思、锤炼再三的痕迹。但是，大仲马写作匆忙，大手大脚、颇具商业性质，作品往往具有戏剧性。他（和他所处的环境）没有为自己提供足够的时间思考。很大程度上，这些作品依赖于他的多产性和他的天赋来做临时的准备。但是，在他迅速点燃读者激情的火花的时候，作品的娱乐性也就因此而变得更富，更有生活气息和大智慧了。

　　大仲马把他的传奇故事定位在户外的历险中或是年代久远的历史时期。而乔治·桑，这位法国小说界最伟大的女人，或者说是法国女人中最伟大的小说家，则把她的传奇故事定位于发生在她自己身上或是她心中的所思所想，或是她深爱的法国乡村和农民的事件当中。不管小说中的场景在哪儿，情节如何，她都能烘托出同一个主题，那就是正直、责任、和爱情的自由。在她用各种形式发挥她的主题的时候，她简直就是一个女权主义者；而她所取的男性的名字，虽然没有同时代另一位与她齐名的英国女作家所取的名字意味深长，但她却总是被拿来与跟她没有丝毫相似性的英国女作家乔治·艾略特进行比较（注：乔治·艾略特是英国19世纪活跃在英国文坛上的女性小说家）。如果说她们有什么相似之处的话，那就是：她们对平凡生活的钟爱，她们对世界上所存在的暴行的反抗，以及可以清晰诚恳地表达她们思想的能力。

乔治·桑最好的作品，是描写那些乡村生活的、被她称为迷人的田园诗或者牧歌的小说，其代表作有《小法德特》、《孤儿弗朗沙》以及《魔沼》。

这一时代最伟大的批评家，可能也是法国文学史上最伟大的批评家圣柏莆，是这些传奇小说家、诗人暂时的朋友或是敌人；当然在长期看来，绝对是那些最好的作家的朋友。但是尽管如此，他的重要性很大程度上还是局限于法国。文学批评是一种并不直接脱离对文人的兴趣的写作形式，很少有批评家能够在国际上占据举足轻重的地位。因此，我们的的确确可以说，批评家除了在自己国家有知名度以外，在其他国家可能都不为人所知。圣柏莆对马修·亚诺德（注：马修·亚诺德为19世纪英国著名文学批评家）和其他英国批评家都有着深远的影响，甚至可以说，欧洲每一位文学批评家都在他那里上过一课。他最大的贡献，就是详细清晰地把法国文学介绍给了法国人，甚至全世界的人，只是世界上很多人是不读文学批评的。圣柏莆的很多散文被翻译成了英文，但是，对于那些不懂法文的人来说，他还是像一本密封的书一样无法染指。而对那些能够读懂法文的人来说，他不仅仅是一本展开的书，而且是一把能帮你打开在他之前，所有的法国文学作品（当然也包括他经常评论错误的一些当代作家，比如，巴尔扎克）的钥匙。一般而言，他总是能够带着一种批评家的睿智和挑剔的眼光立刻做出评论。

在圣柏莆之后，有文化的法国人再没有任何借口说不懂自己国家的文学了。而那些在法国文学中摸爬滚打寻求佳作的外国人，也可以在圣柏莆的引领下做的更好了。

尽管法国人已经掌握了所有的文学形式，但是，他们思维中的理性和批评性的一面，也可能是他们最明显的一面，还需要在爱尔那斯特·芮农和泰纳的作品中才可以得到诠释。芮农最有名的作品是《耶酥的一生》，其中，表现了他的一种既怀疑又虔诚的态度。像所有宗教题材的书一样，它的出现也引起了一场纷争；基督教徒不喜欢它，而异教徒却对它大加褒奖，这也是芮农没有想到的；随后，因为芮农否认了自己对文学的兴趣，使局势变得更加复杂；对他而言，他是一个探求真理的人，一个不拘泥于形式的历史学家。但是，文学却丝毫没有记恨它的敌对者，而是公正的认为，《耶酥的一生》一书可能称不上是对历史的科学分析和论证，但不可否认它是一部艺术佳品。很明显，它对《新约》进行了重新建构，还添加了一些作者想象的色彩，因为此书很多部分都是在圣经故事的发生地——叙利亚写的。他一心想成为一个历史学家、批评家、哲学家和东方学者，同时，他还是一位文学艺术家。人们往往可以自欺欺人地写出认为比他们更好的作品；而文学，这一位不可预测的女神也自然乐意接受它们。

泰纳像芮农一样，宁愿以科学历史学家和逻辑学家自居也不愿意被说成是一位文人。在19世纪下半叶，科学的精神已经占据了思想的各个角落，而"科学"一词所代表的意思或是方法都有些被滥用了。在人类的每一种行为中都存在科学，甚至做爱。此次运动是对浪漫主义时期所形成的懒散思想的一次反思，而泰纳正是法国这一运动的领袖。他认为每一个天才，不管他是政治家还是诗人，只要我们确定了他的种族、他所处的时代以及社会背景，和他的控制能力，就可以被社会所认可。在这个理论之下，批评也很大程度上变成了一种传记和历史。此后，一些批评家发起了反对泰纳主张的运动，他们觉得这并不仅仅是天才人物的事情；而且，事实上泰纳本人也是一位诗人，这一点他自己居然一无所知。因此，在他的散文中，他的美学激情经常让他的思想出轨。对于广大英国读者来说，他的价值是无法衡量的，因为他伟大的著作《英国文学史》一直都不能被后来的研究所超越；而且，我们还能透过这样一位伟大的法国智者的视角来观察我们的文学，这样做绝对是可以泽被后世的。况且，英文的译本也是精妙至极。

一般的想法会把感伤文学视为专属于浪漫主义的流派。但是在法国，却正是那些浪漫主义文学家，像雨果、乔治·桑、大仲马这些大文豪才能尽情享受着生活的快乐；相反的，那些唯理性的现实主义者却非常感伤且悲观。泰纳几乎带着悲观厌世的态度来看待人类世界。而巴尔扎克之后的小说家们——福楼拜、莫泊桑、左拉——都认同泰纳的厌世观点，并不是因为他的影响力深远，而是因为当时的政治气候非常黑暗，其中部分原因来自于1870年爆发的战争。

居斯塔夫·福楼拜不仅冷眼旁观人类世界，而且还试着用其睿智的洞察力来洞悉这一切。他有一种愤世嫉俗的人生观，但是却缺乏使人大笑的黑色幽默感，因此，他的书即便是在他自己的国家里也很少有人问津；但是，对于那些痴迷于写作这门艺术的读者来说，福楼拜无疑是一位登峰造极者。他可以用一周的时间来写一页书，力争找到最恰当的词，不是那种过于讲究、过于修饰或是显露人工痕迹的，而是精确、有力、非常自然，读过去词义跃然纸上，就像是在跟自己玩捉迷藏一样。他最著名的小说是《包法利夫人》，描写的是一个柔弱并且值得同情的妇女，一心想着浪漫而与一些待在无聊小镇上的平凡男人恋爱的故事。这样的概述看起来毫无趣味，但是它确实是一本伟大的小说，这不仅体现在它完美的形式上，还体现在它对人物性格的忠实度上。小说虽然取材于一个令人乏味且没有任何英雄情节的故事，但是在福楼拜笔下，所有的平凡一下子变得不平凡了，小说的进展也非常流畅。译文（有一本很好的英文译本）里仍然保留着原文中的进度感和准确性，尽管重现福楼拜那些"精确的词汇"可能有些困难。

《包法利夫人》成为福楼拜的传世之作的原因很难解释。因为《情感教育》一书看起来更好，它描写一个青年所有的希望都破灭的悲剧故事。福楼拜的视野广阔，他轻轻一挥就清除了所有过去与现在、现实与幻觉、浪漫主义与现实主义的界限。在《萨朗波》一书中，他虽然像浪漫主义小说家斯格特或是大仲马一样回到过去寻找属于自己的色彩，但是，他始终保持着一种客观的科学主义的态度。他有这样一种能力，可以使他从简单事情之中寻找悲剧因素，从柔弱中寻找讽刺材料，从平庸中寻找激情，从过去寻找现在；而这些都不是什么自相矛盾的睿智，而是可以洞悉整个生命的智慧。在他晚年的时候，他的思想完全被嘲讽一切的情绪所占据，在他未完成的遗著《布沃德和佩查特》一书中，他把人类社会形形色色的人都当作傻子写进了一个小乡村中。这位平民阶级中的极其讨厌贵族的文人，最后还是为我们展示了他眼中所有平民的形象。福楼拜将理性引入了浪漫主义之中，也给那些现实主义者上了生动的一课，教会了他们只有大师才能领悟的道理，就是生活中的一些事实也可以以精美的形式表现出来。真理并不一定是枯燥乏味的，而语言的高雅之处就在于其简朴、精确、清晰而又符合逻辑。

盖伊·莫泊桑，作为福楼拜的学生，不管他是一个天才还是因为老师的培养，莫泊桑的的确确称得上是一位短篇小说大师。对于莫泊桑而言，一切事物都存在于小说、推动小说进程的人物、以及小说发生的背景概述当中。除了大仲马之外，没有一个作家对这样一种非叙事体的生命话题这么感兴趣。一口气同时列举出一些知名的浪漫主义文学家和一些难以读懂的现实主义文学家的名字似乎是很矛盾的；但是，他们都有一种共同的天赋，那就是从他们自身的经历中提取素材，而这一共同的天赋对于他们来说，只不过是表现在不同的层面上而已。他们所想的完全就是"人们是什么，人们做什么。没有任何关于人性的分析，没有在善与恶之间的抉择，没有精神上的剖析"。当然，关于大仲马和莫泊桑之间的类比就应该到此为止了，毕竟大仲马生活在一个色彩明朗的过去，并且勾画出了一些让人觉得刺激的场面；而莫泊桑却生活在一间色彩昏暗的街道小房子里，虽然假装不曾创造过什么，但我们都知道，其实这不过是一种骗不了任何人的浪漫主义的谬论而已。莫泊桑在他的观察领域有一种跟大仲马类似的才华，虽然大仲马用它表现在另一个层面，即通过行动让生活本身来展示生活，作者自己完全不加干涉，而且看起来他似乎是没有掌控故事发展的能力一样。这是一种在薄伽丘（注：薄伽丘为意大利文艺复兴时期的大文豪，代表作是《十日谈》）的《十日谈》和《一千零一夜》（阿拉伯世界阅读量仅次于《古兰经》的经典著作）中可以被发掘出来的潜能。不管生活是令人同情的，是趣味百生的，是残酷的，还是不够体面的，它终究只是生活，而不需要让揭露它的莫泊桑对此负责。莫泊桑因为描写了生活中一些未被传统的对话体文学染指过的题材，他的很多短篇小说因此在法国被禁，这可能是因为它们不适宜年轻人和软弱的人去读的缘故。但是，从整体上来说，莫泊桑作品中的伦理观还是健康并且严肃的。在这一点上，我们可以相信托尔斯泰，某一时间，当他已经抵达道德上的最高境界时，他说过："莫泊桑是我们时代仅次于雨果的最优秀的作家。我对他非常钟爱，因此把他放在高于他同一时代任何一位作家的位置之上。"他所有最好的短篇小说都摘自《羊脂球》，而在同名的开篇故事中，我们就立刻感受到了他的才华。该故事极易令人感伤，尽管表面上有些冷漠和令人难以接受。他注意人和事的唯一目的，就是想找出他们究竟能够发展出什么样的故事来。不管故事是喜是悲，他都毫无偏颇的就事论事，把它讲出来，既不支持好的一方，也不与恶势力为伍；既不褒奖英雄也不惩治坏蛋，不去施加任何外力来影响事物的正常发展。他的语言有力精练，没有任何浮于表面的细节描写，也没有任何无用的单词。莫泊桑在短篇小说界取得了如此辉煌的成绩，以至于我们很可能忘记了，他其实还是一位颇有实力的小说家。《一生》和《死一样坚强》都是法国文学可以向我们展示的臻于完美的小说。

莫泊桑以其精练的语言和独特的思想给我们留下了深刻的印象。艾弥尔·左拉，作为自然主义学派或是现实主义学派最多产的作家，其作品总是细节摞细节，纯粹以数量取胜。与他相比，巴尔扎克就显得简单明了得多，而莫泊桑若是跟他比的话，就简单的只剩下一个外壳了。左拉的小说的伟大之处，在于它们所能凝聚起来的巨大的力量；在他笔下，所有的生活琐事都拥挤其中，直到读者感到厌倦并且希望一切就此消失为止。在法国文学中，左拉的作品没有像有着最好表现形式的作品那样的魅力和优雅，因此，法国批评界也总是对它们冷面以对。于是，就有了"在所有左拉的作品之中没有任何代表作、没有任何放光点"一说。但是，在他无数的小说中，如果让我们挑出两三本的话，我们可能会说是《娜娜》、《毁灭》和《大地》，包括以上所列的书，还有更多他的作品被翻译成了英文。在英文译本里，他的才华丝毫没有丢失，因为他的实力在于他的内容而不是任何特殊的魔幻文体。左拉的批评家们曾指控他过于强调那些肮脏、严肃和残忍的事情，对于这一点，他的小说就是不可否认的铁证。他对生活的理念也不是不完整的，他不过是一个想向我们描述痛苦症状的医生，或是一个想通过告诉我们世界存在的问题，来让我们去改变某些事物的改革家而已。他的第一本成功的作品《小酒店》就是对嗜酒行为的严厉控诉。左拉的动机没有任何不良迹象，而且他高贵的性格也使他勇敢地为德雷夫一案（注：德雷夫一案是当时法国最大也是最受关注的一桩冤案，为了帮德雷夫翻案，左拉一直奔波了许久）不辞辛苦地四处奔走，当然，这也使他去世后成为一位民族英雄。

在左拉墓前，是由阿那托尔·弗朗西宣读的悼词，他是一个跟左拉截然不同的法国人，尽管有这么一句俗话说"只要有两个法国人就可能很相象"。法朗士先生以他祖国的名字作为他的笔名（事实上它是他父亲的名字弗朗索瓦的简称），因此，没有人比他更有这个权利来宣读悼词。他特立独行，非常独立，脾气古怪到了喜怒无常的地步，但是他的中庸精神却继承了法国传统中最好的部分。即便我们只读他的书，我们也可以从中学到关于他的国家、他的时代以及拥有最完美表现形式的法语的东西。的确，以他敏锐的洞察力、充沛的精力和怀疑一切的视线，生活中究竟还有哪一面是他从未触及过的呢？

《企鹅岛》是一部对人类文明史的讽喻。乔纳森斯·斯威夫特（注：乔纳森斯·斯威夫特为英国18世纪著名讽刺小说家）可能会对它嗤之以鼻，但是伏尔泰（注：伏尔泰为法国文艺复兴时期著名文学家）却会把它捧到至高无上的地位。他的那套由四本小说组成的，被称为《当代史》的巨著，单眼望去颇有现实主义文学的风范。而名为《塞尔威斯特·波纳德》的作品则是一本悲喜交加的传奇式小说。在处理大事上面，他跟他的朋友左拉一样认真而富有激情，他轻轻松松就能领悟知识的博学程度会让任何一个纯学者瞠目结舌。他的思想经常是革命而激进的；他的文风是纯朴而简约的；他憎恶欺骗和伪善，但是他那种憎恶往往是温和、嘲讽、富含哲理的，而绝不会满腔怒火，蓄势待发。他的天赋在于他批评的眼光，求知的欲望；而他的小说也只不过是他表达思想和观念的一种巧夺天工的工具而已。

19世纪是法国散文最兴盛的时期。小说和文学批评无论在量上还是在质上都得到了全面的发展。我们甚至可以说，即便没有那些卓越的文学大师们，近代法国也一样可以拥有一个兴盛的散文文学时代；虽然在这样一个天才横出的世纪，很难说，也可能没有必要去说，究竟谁是文学的主宰。尽管我们也没有必要去担心什么，但是这一难题，尤其对小说而言，是更加复杂、更加难以解释的，因为公众的品位和批评界的评判也总是迅速变化、难以捕捉的。

在众多作家之中，有一个天才的声望是随着时间的流逝而与日俱增的，他就是亨利·贝耶尔，笔名为司汤达。例如他的小说《红与黑》《巴马修道院》等，都以他对人物性格细微的分析而闻名于世。它们虽然在该世纪伊始就被出版出来，但是却直到司汤达去世以后才为大家所知。巴尔扎克推崇他，后来也有许多法国作家不仅认可了他的影响力，并且捧他为天才。近代最伟大的批评家莱美·德哥尔蒙认为，司汤达是一块试金石，如果我们不喜欢他的话，我们就不属于那"非常开心的少数人"，或是那些能够理解他思想的少数"选民"。

一个真正能通过其小说作品给人们带来快乐的作家是波斯贝尔·梅里美。他的《高龙巴》讲述的是一个发生在科西嘉岛的故事。他是用一种极其完美的叙事体形式写的，内容惊险刺激，文风就像他所有作品一样，简约而不乏诗情画意。他的小说《嘉尔曼》（又译《卡门》）之所以能够名垂千古，是因为它双关的名字，这部作品后来成为了法国音乐家比才同名音乐剧的素材（注：法国音乐家比才所创作的音乐剧名也叫《卡门》）。

文学的故事

阿尔丰斯·都德被称为法国的狄更斯，这在一定程度上也是有一定道理的，因为他在煽情和幽默两个方面，都与英国那位大师相似。他的内心充满了对一切生灵的同情，特别是对那些命运不济的人。在这方面，他不仅与狄更斯相似并且还与雨果很像。他的成名作《大福罗蒙特和小列恩楼》充满了豪放的情感，一点都不含令人讨厌的感伤；而感伤却正是他后来所采用的，使他越来越受公众青睐的作品风格。他的作品的魅力在于（也可能是他本人的魅力在于），能够赢得那些对人生的批判与分析比他更优秀的一些作家，像左拉、福楼拜、爱德蒙·德·龚古尔这些人的尊重。他属于自然主义流派，同时还属于拉伯雷（注：拉伯雷是法国文艺复兴时期著名文人，代表作是《巨人传》）那样善于闹剧和搞笑风格的流派。他的《达拉贡斯的达达兰》是文学史上最搞笑的作品之一。

都德的朋友，爱德蒙·德龚古尔和他的弟弟儒尔·德·龚古尔都是自然主义流派的领袖人物，或者我们最好称其为视觉敏锐者，因为他们认为，生活与其说是叙事不如说是绘画，而且是非常细致的描绘。但是叙事体——正如斯蒂芬逊指出来的那样，毕竟是传统文学的经典表达形式，并且也在他们的理论中有较好的表现。在此仅以《勒内·莫普兰》为例，这本书结合了传统艺术的故事体，与由他们所发展的一种细微分析或是透视作品人物性格的新的艺术手法。比他们所写的小说更为重要的是他们所著的《日志》，它不仅表达了作者们的信念和个性特点，而且成为了19世纪法国文学的一个缩影。爱德蒙·德·龚古尔留下了他所有的财产建立了一项文学基金（即龚古尔文学奖）。起初，这也是为了反对法国皇家科学院的学位授予制度，而现在，该奖项已经被广泛认可，它所授予的头衔和奖金成为无数法国年轻作家们的梦想。此举也成为了法国文学史上，为了捍卫自由的一次英勇抗争。

余斯芒曾深深被龚古尔兄弟所影响，他为人意志坚强，喜欢我行我素，行为又十分古怪。最初他是写一些有着左拉现实主义风格的小说，像《家庭琐事》。但最后却成为了一个宗教神秘主义者，代表作是《大教堂》。余斯芒的著作有些全部被翻译成了英文，有些只是被翻译了部分，因为他独有的文风是很难被翻译出来的。尽管如此，他仍然是一个作家中的作家，一个能给文学界带来快乐的人。并且，他肯定会在未来的某个时候，被法国以及世界上其他国家所认可。

于1923年逝世的文学家皮埃尔·洛蒂，是一个精妙绝伦的艺术家，他的魅力能够让各式各样的读者所倾倒。他原来是一名海军军官，曾经到过世界的很多地方，也感受了海洋和奇异岛屿对他的召唤。他把他的经历和印象都一五一十、细致入微的写进了他的小说和回忆录中。他以他在南海的经历写下了《洛蒂结婚记》，以在日本的经历写出了《菊子夫人》，以他在布列顿海岸和在北海的经历写出了《冰岛渔夫》。在他的作品中，他习惯于用他那敏感的视角来勾画那些异域风光和描绘那些闻所未闻的事情。

洛蒂属于表现主义流派，对于他们来说，世界就是色彩、感觉、经历，它们无所不在，也不分道德上的好与坏。保尔·布尔热则是一个目光敏锐、态度严谨的社会学者，而且倾向于对生活采取一种保守和谨慎的态度。他深入剖析自己的性格，如果不是他过于自命不凡，也是能够深深吸引我们注意力的。他主要还是一位艺术大师，《门徒》和《福地》都是小说中的上乘之作。波尔盖对生活的分析和他那保守的观点，相对他的年龄而言，可能让人难以理解。

在一战之前，有许多年轻人（这里不是指孩子）都带着一种新理想主义来看待生活。他们的领袖就是罗曼·罗兰，他的《约翰·克里斯朵夫》是一部享有国际盛誉的小说，讲述的是主人公，一个德国音乐家，在法国的部分经历。尽管它看起来无限冗长，可还是在法国和其他有英文译本的国家里广为流传。它所要表达的精神，就是张开双臂去拥抱这个美好的世界。但是，这对美好世界的拥抱在1914年一战爆发的时候，却变成了致命的抓挠。罗兰还想通过一本名为《冲突以上》的小册子来翻身，但是，不管是这本还是其他的宣扬人文主义的作品，都不再受到他那些好战的同胞们的欢迎了。此时，像亚纳塔尔·法朗士那样的作家，因为年事已高，保持了缄默，所以导致了像亨利·巴布斯（代表作《战火》）和其他一些好战派作家在这场战争中得利。

回顾当代英美文学，我们几乎不可能说出它们取得了什么样的辉煌成绩，以及时下流行什么样的文学思潮。要想评价、区分，甚至第一手了解到文学界那些未知的、已知的消息，就更是难上加难。但是，我们可以说，而不是预言，那位著有《追忆似水年华》（有英文的译本）的作家马塞尔·普鲁斯特的逝世，意味着一个时代的结束。此书是一个敏感的观察者对近代社会的一次细致入微的研究，看起来好像是一本半个世纪以来的精神分析小说的巅峰之作，同时还是对已经发生过的事情所做的总结和揭开小说界那未知的未来的前奏。

在文学中，有一个领域是法国人最有实力的，那就是批评领域。从布洛瓦到雷梅·德·哥尔蒙再到无数年轻的新生代批评家，法国批评界是最富创造力、最卓越的，其价值也因为它对其他文学形式的影响而无法衡量。圣柏莆、芮农、泰纳、施雷尔、萨尔西之辈依旧活跃在文坛上。在那些老一辈批评大师之后，又出现了两位学者——布鲁内特尔和法格特，以及最伟大的印象派批评大师亚纳塔尔·法朗士，即便是在他的小说中，他本人也经常扮演批评家的角色。还有两位英年早逝的批评家，他们分别是马塞尔·施沃泊和艾弥尔·昂内甘。前者对英国文学的了解几乎达到了他对法国文学的深度和广度；后者对法国作家和一些已经融为法国文学一部分的外国作家，如爱伦·坡、狄更斯的评论也能使他名垂文学史册。在文学批评方面，全世界的文人都得唯法兰西马首是瞻。

第三十九章 19世纪的法国诗歌

我斗胆说一句：英国17世纪的抒情诗人们，不管属于什么流派，也不管是什么风格的诗句，他们都糅合在一起，以致于给那些想要寻找美好诗章的人带来了困惑；我们无法说出哪家流派是从什么结束的，也不能说出另一家是从什么时候开始的。而19世纪（包括之前几年和之后几年）的法国诗歌却大致可以被分为3种：浪漫派、帕纳斯派和象征派。浪漫派不管在英国还是在法国（发生在这两个国家的浪漫派运动令人匪夷所思的相似，但是又有所不同），内容和形式上都是大张旗鼓的脱离了传统阵营，都喜欢回到过去，深入人们内心甚至畅游星际太空，任由自己的灵感像一匹脱缰的野马四处驰骋。帕纳斯派反对浪漫派的放荡不羁、自我哀伤和拜伦式的自高自大，他们试图让诗歌变得更加客观，不夹杂个人感情，不易动情，但并不是像大理石般坚硬、冷酷无情，而是像一尊细致的雕塑一样纯朴、结实、有造型美。这是一种新古典主义，他们视莎士比亚和但丁为"蛮夷一族"。然后是象征派，他们坚持歌颂个性、歌颂自我的必要性，认为人除了能表达自己以外，做任何其他的事情都是不可能的。批评界的代言人，雷梅·德·哥尔蒙说过，人要写作的唯一理由就是表达他的个性。这些主要的"流派"还有一些次要的分支（据说法国每15年诗歌领域就会产生一种新的流派），事实上，它们也不是互相敌对、互相排斥的，因为诗歌毕竟还是诗歌。勒孔特·德·李尔是"帕纳斯派"的杰出代表，就像凡尔纳（注：凡尔纳是法国19世纪杰出的科幻小说家，代表作有《环游地球80天》等）是他的领域里的杰出代表一样。帕纳斯派不仅鼓吹而且实践美的形式、美的声音。凡尔纳有这样一句箴言："音乐应放在所有事物之前。"象征主义者们通过向读者揭示他们内心的感受来表达他们的所思所想，这样肯定不会与早期的浪漫派有任何冲突。让我们来看看拉马丁（注：拉马丁为19世纪法国浪漫派诗人）《沉思集》里的《大湖篇》就知道为什么这样了。如果说帕纳斯派在某些方面像小说中的现实主义作家的话，这里就又要提到那个老掉牙的问题"浪漫主义和现实主义的界限如何划分"。但是，对我们的诗人而言，把他们按派别划分却并不意味着我们能更好的理解他们。

如果硬要给它加一个确切的时间，法国诗歌界浪漫主义的运动应该发端于一位年轻的诗人安德烈·舍内尔，虽然他32岁的时候就被送上了断头台。他从希腊文和拉丁文中攫取灵感之源，尽管浪漫派视他为先驱，但是他却是一个彻头彻尾的古典主义者。但是他的古典主义并不是教条主义，而是一种新型的古典主义，没有借用前人的成果，也不是有意通过勤奋学习达到的，而是他天性中的一部分。他的诗句灵活多变、风情万种，这也是为什么浪漫派把他称做父亲的原由。他的一些诗句，甚至可以与那些古希腊最伟大的诗章相媲美。

贝伦热是最伟大的民谣诗人，他不属于浪漫派而是自立门户，尽管他那些脍炙人口的歌曲，如果没有他所欣赏的浪漫派的作词，也是枉然。他的歌曲、民谣曲调都非常生动活泼，用词也都简朴诚恳，旋律也朗朗上口，在形式上可以成就出最伟大的诗章。再没有比他所做的民谣更为振奋人心了：

曾经有一位亚卫多的国王……

第一位伟大的浪漫派诗人是拉马丁。他的《沉思集》是他最经典的诗集，同时也是法国文学中最经典的诗章。它所采用的旋律自17世纪以来就没在法国诗歌中出现过。它的行文流畅，充满清新的气息，文风也非常坦诚。忧郁和近乎多愁善感的哀伤在他的诗里以一种"模糊的记忆"的形式实现了完美的结合。虽然，他的感知领域可能是有限的，他那微妙的色彩在雨果和后来的一些诗人光怪陆离的颜色面前显得暗淡，但是，他无疑是后来的诗人和批评家们都十分推崇的人。我从特赫雷的译本里节选了几句他最有名的一首诗《大湖》：

啊！大湖！不到一年，

你就变得如此沧桑！

不再以微波迎接她的双目，

看哪！我还是一个人坐在同一座大石之上，

你知道她坐在哪儿？

你是在向岩石林立的港湾低声细语吗？

你是要打碎它那坚硬的胸膛吗？

风儿吹着浪花四溅铭刻在了那些，

她的玉足轻踏过的细沙之上。

　　另一个创始人阿尔弗雷德·德·维尼，最令英国读者熟悉的可能是他的历史小说《五个战神》。他的第一本诗集《古今诗章》正如他声称的那样，是他自己的原创，是通过戏剧和叙事体的形式来表达他的哲学思想。他在法国诗歌的发展过程中有着极其重要的作用，因为他的诗没有仅仅停留在他的年轻时代，而是随着年龄的增长，愈加有深度，愈加有韵味。虽然大多数新诗人都像夏布多利昂一样笃信宗教，但是德·维尼的宗教观念是理性的，应该说还处在18世纪阶段。拉马丁的上帝是一切苦难之父，而德维尼的上帝则是一切思想之源。

　　真正的上帝，强有力的上帝，是思想的上帝。

　　在我们的额头播下随意的种子，

　　让它在汹涌澎拜的大浪中播撒知识吧；

　　然后采集来自心灵深处的果实，

　　一切都浸透着神圣的孤独的香气，

　　让我们把工作投入大海，投入民众的大海；

　　——上帝会用其手指接起再把它引向它的港湾。

　　诗人王国里的王子维克多·雨果一直保留他的桂冠长达50年之久。他的作品种类之多、数量之大已经超出了我们的想象；而后人企图通过批评来降低他威名的原因，也就在于他太多产了。

　　雨果的戏剧非常流行，虽然《拿破仑小丑》自第一次公演以来就被路易·菲利普国王禁演了；但雨果还是幸运地在有生之年看到了它的公演，并且还是像第一次那样，赢得了观众雷鸣般的掌声。在我们的时代，也就是距他的戏剧作品写作近一个世纪以后的时代，法兰西戏剧院仍然每周都要上演一部《艾纳尼》或《吕伊·布拉斯》。雨果的戏剧虽然都是一些虚构的人物性格或情节剧，但是，由于故事情节和台词都非常华丽，以至于它们时常能上升到诗歌的高度。

　　雨果的戏剧，尽管激情四射、用词讲究，但是，现在也开始过时了。而我们之前讲过的，他的散文体小说却仍然富有生命力（尽管当代一些法国批评家也在诋毁它们）；我们在这里可以看出，一部散文体传奇故事，即便用的都是激进的言辞，并且充斥着虚构的场景，但与同等程度的情节剧相比，还是更为贴近生活的。我甚至觉得雨果在文坛的不朽地位，主要还是得益于他的抒情诗

歌和叙事体诗歌。他是一位伟大的歌唱家，他的诗歌均是发自肺腑。在他写作
戏剧和传奇小说的间隙，他还一卷接一卷地出版他的短诗。他的短诗（很多也
是足够长的！）可以折射出他的灵魂。他甚至会作出一首抒情诗来赞美一个婴
儿或是诅咒一个国王。他的很多诗都被翻译成了英文，因为他深受英国诗人们
的推崇。但是他很多诗歌的译文，对我们来说都太长了。下面一首短歌，尽管
摘自一个粗糙的译本，可是依然能够从一个层面上反映出他的信仰：

孩子在歌唱；母亲在床上，精疲力竭，

等待死亡的到来，她那美丽的额头布满阴云；

死神在阴云中盘旋；

我听到了死神的脚步声，我听到了歌唱。

孩子5岁，离窗户很近，

笑着、玩着，发出愉悦的声响；

而母亲，在这个可怜的小东西旁边，

他已经唱了一整天，而她也咳了一整晚。

母亲在修道院的石椅旁悄然入睡；

孩子又开始歌唱——

忧伤是果；

上帝使它成长在一个太弱而不能承担它的枝上。

这首诗相当感伤地表达了雨果对上帝至善和生活中神圣信仰的一种饱经苦
难折磨、至死不渝的忠贞。这可以把他同他那些悲观厌世的同僚们区分开来，
这种同情和哀伤也包含在他所有的作品当中，尽管看起来有些华丽而做作。整
个世界上的人，包括那些对他的艺术挑剔的人和那些与他的政见相左的人，也
都因此而对他尊敬有加。

任何困惑或是希望都不能使大地垂下她那高贵的头颅，誓将正义进行到
底。

诗人阿尔弗雷德·德·缪塞虽然不如雨果精力旺盛，而且他多愁善感的
性格也几乎到了病态和极其脆弱的地步，但是，他还是保存着自己的一份幽默
感。他的实力在于他批评性的睿智，不仅能够控制他多变的情绪，而且来能使
他看到戏剧中的浪漫主义与现实主义之争的无意义性。他的作品结合这两个派

别的特点，他的主要戏剧作品如《玛利亚娜的心潮》至今仍然活跃在法国的舞台上；他的喜剧《姑娘的梦想》和《勿以爱情为戏》，与他的《箴言集》都是法国戏剧的保留剧目。他的抒情诗带有一种拜伦式的狂野、随意和即兴。后者虽然是他所推崇的偶像，但是很明显，他还不能够完全效仿之。因而，他的诗句里还带有一种传统法兰西式的巧夺天工。在他《致拉马丁的信》中，他对自己和他所处时代的精神进行了总结，即包含着忧郁的希望。下面的一首《哀思》，摘自特赫雷的译本，其中，缪塞的忧郁在字里行间可见一斑：

> 力量和生命都已远去，
> 朋友不在，高兴也已逝去；
> 往昔的骄纵也已离去，
> 我的信念也变的如此薄弱。
> 曾经我向一位真诚的朋友致意，
> 不久就看到了她伪善的外衣；
> 当天平在我眼前失去平衡，
> 啊，苦涩的哀思！

> 永存的是她的力量，
> 和所有与她为伍的人，
> 无感觉也无结果的，
> 度过他们每一个小时。

> 上帝发话人类聆听，需要必须有解答；
> 所有善的生命，
> 已经给了我可以擦去我心头泪水的洪流。

这一时期，有三位诗人如果不是因为被遮蔽在一些大文豪的阴影里，也许会非常卓越。他们是布里士，巴比亚和热拉德·德·涅瓦尔。布里士又是一个布列顿，他用他故乡的人物与事件作为他写作的素材，因此，他的诗富有乡土气息，淳朴，且具有人文气息。他还把但丁整本的《神曲》都翻译成了三行诗。巴比亚是施内尔的弟子，他写激情洋溢的讽刺诗来讥讽他那个时代的一切恶势力。德·涅瓦尔是注重细节的抒情诗人，他的诗风，尽管被打上浪漫主义的标签，却仍然带着上个世纪典雅的风采。他翻译了《浮士德》一书，使歌德成为法国家喻户晓的作家。他的散文体短篇小说，著名的有《火的女儿》，其中包括他的代表作《塞尔薇》，都精美绝伦。

在混乱不堪的浪漫主义大潮中，戴奥菲尔·戈蒂叶独树一帜，清楚的标出和其他浪漫主义者的界限。他的诗集《珐琅与雕玉》在法国诗歌中拥有最完美的格律。戈蒂叶的宝贵之处不仅仅体现在他法语的造诣上，甚至可以跨越语言的国界向外延伸。

他对诗学的理论和实践在《艺术》一诗中得到了充分展现，该诗的原意是为了陶冶法国人的情操，因此也被法国诗人视为福音。下面几行诗句摘自乔治·桑塔亚纳的译本：

一切终将回归尘埃，
除了那巧夺天工的美。
雕像也会比城堡
维持的时间更长久。

农夫的脚踝，
经常踏破远古的泥土，
显露出，
恺撒或是神来。

唉！神也难免一死！
然而不死的比青铜更坚硬的，
是至高无尚的歌。

又凿，又雕，又磨，
直到你那模糊的梦想，
雕刻在，
那不屈不挠的顽石之上。

戈蒂叶的散文和他的诗一样精练。他的名作《莫班小姐》虽然不如前者有名，但不乏嘲弄搞笑的传奇小说《青年法兰西》都拥有完美的文体形式。戈蒂叶可能不仅仅是一个伟大的诗人，还是一个深刻的思想家，并且代表了高雅、屏弃一切平庸的品位。他的理想正如他在《艺术》一诗里所表达的那样，可能是他某一阶段突发灵感所创造的产物。"为了艺术而艺术"，或是我们常说的"艺术是为了艺术"，也被帕纳斯派视为座右铭，他也可能因此而成为了该派的元老级人物。

该派最富影响力的，当属勒孔特·德·李尔，他鄙视浪漫主义，也鄙视生活中除了艺术和执着追求真理以外的一切乐趣。像叔本华（注：叔本华是德国著名哲学家）一样，他是一个纯粹的悲观主义者，他企图通过沉思来逃避这个无法预知的世界；虽然他并不喜欢安逸的死亡，但是他更厌恶多变的生命。他甚至愿意去消灭一个包括上帝在内的宇宙。他阴郁的灵魂也像叔本华一样，有一种精致得令他自己也觉得苦恼的美：

在茂密的丛林里甚至像

水底沉睡的仙女，

推开那些不虔诚的手避开不尊敬的眼，

躲藏起来。

啊，丽人儿！

你是照亮我的灵魂之光。

勒孔特·德·李尔是一位伟大的古典主义学者。他不仅从古典书籍中寻找赋诗的灵感，而且还翻译了很多荷马、爱斯库罗斯、索福克罗斯（注：荷马为古希腊著名诗人，爱斯库罗斯、索福克罗斯为古希腊著名剧作家）、贺拉斯（古罗马著名诗人）的作品。所有的帕纳斯派诗人都是热衷于古代事物的，事实上，这也是一种浪漫主义的情怀。尽管勒孔特·德·李尔觉得在大庭广众之下，暴露他的伤痛是有辱一个真正艺术家尊严的事情，但他还是毅然决然地把他的伤痛展现在全人类面前。尽管他为人冷漠，尽管他的感情受过伤害，他还是把它们一五一十地说了出来！可能在下面的诗（摘自特赫雷的译本）中你会感到，没有一个浪漫派诗人比他更自我、更自负的了：

啊！灿烂的血花，

把我卷进你那忏悔的浪潮里，

这样，当卑鄙庸俗的小人叫骂的时候，

我才可以保持着清白的精神，

到达我那无边的王国。

夏尔·波德莱尔是一位比戈蒂叶和缪塞更为年轻的诗人，他不属于任何流派，而是特立独行地走着一条阴暗奇异的道路。在他的诗集《恶之花》之中，有些观点相当晦涩；但是，邪恶只不过是土壤里的一种元素，而花儿则是常开不败的。波德莱尔与爱伦·坡相似，他认为他们的观点之所以相通，只是因为后者从来没有具体地表现出来。

他翻译的爱伦·坡作品脍炙人口，也因此使后者成为了法国文学的组成部分。依此类推，也只有像爱伦·坡那样的天才人物，才能把波德莱尔的作品翻译成英文，但是，还是有一个叫亚瑟·西蒙的诗人已经把波德莱尔的诗集译成了散文。

波德莱尔也像勒孔特·德·李尔一样，梦想着死亡在他的诗里有一种冰冷的美：

> 我如一块梦想的石头般可爱。

他独树一帜，尽管有着跟他们类似的理想，但却并不属于帕纳斯派，因为他公开的表露过他的灵魂，强调他的自我。

特·波卫尔是戈蒂叶的门徒，他像他的老师一样惯用各种韵律。他的思想或许有些浅薄，但是，他依然能把他那些为数不少的作品表达得很完美。他复兴了古法文的一些形式，如回旋诗和维拉内拉诗，并且把它们再现的很美。他同戈蒂叶一道，对英国一些对韵文感兴趣的诗人产生了深远影响。

萨利·普里顿所谓的帕纳斯客观态度，是以哲学和科学的形式表现出来的。他的《正义》和《幸福》都可以作为伦理学和玄学的教材。但是，其作品也并非完全抽象难懂，因为他对劳苦大众所受的痛苦深表同情。尽管他还没有达到对抒情诗痴迷的程度，但是他的思想仍然充满着诗意，而且他的遣词造句也富有很深的造诣。

在勒孔特·德李尔之后，最纯粹的帕纳斯诗人是爱利迪亚，他的一卷本的《特洛菲》是法文中十四行诗最杰出的代表。我甚至敢断言，这也是自莎士比亚之后，任何语言中最精妙绝伦的诗句。爱利迪亚具有历史性的客观态度，他从人类的历史中寻找素材，帕纳斯派的战友古贝就把他的诗称为"十四行诗国度中数个世纪里的传奇"。它们都被翻译成了英文，但是，恐怕也只有罗塞蒂那样的人物才能真正把它翻译出来，因为它们字里行间充满着智慧和精妙绝伦、闪闪发光的意象。

诗人黎塞本不属于任何流派。他的性格诡异，思想活跃，生活漂泊不定。他的第一卷诗集《恶汉的歌》写得如此大胆放肆，以至于黎塞本被以"践踏公众道德"的罪名投进了监狱。

　　但是，他并没有就此罢手，法国人也逐渐习惯了他，认可了他的诚实和他与生活抗争的无畏的意志。更重要的是，他的作品也变的愈来愈睿智，而他的小说和戏剧，在洞察人类精神的层面上也毫不逊色，同时，在法国戏剧史上，他的作品也是被认可的经典之作。

　　在帕纳斯派步入正轨之前，他们就已经被蒸蒸日上的象征派所取代了。我们在本章伊始所触及的那个词是很难被定义的，但是，比起定义诗歌本身，会显得容易一些。我们可以举出一个我们所熟悉的象征主义的例子。如果说爱伦·坡诗中的乌鸦象征着命运或是他心灵深处的黑暗，那么这在诗歌旋律之下就有了双重含义，因而被认为具有象征意义。它不仅仅是一件事物代指另一件事物的意象，它还是贯穿全诗所要表达含义的凝聚。象征主义与诗歌一样历史悠久；而法国诗人们只不过是有意识的采用了它作为写作的方法。波德莱尔的一个弟子斯泰凡·马拉美把它引到了一个不再晦涩的层面来表达他的观点，而这在以往的尝试中都是失败的。他赋予了单词以第二层面的思想和含义，然后有意的把第一层面压制住，这样，读者就无法去捕捉它——除非是通过他们自己的想象。对于一种以清晰而闻名的文学形式来说，这的确是一种新奇的东西，它甚至困扰了一些法国大师级的诗人和批评界人士。但是，马拉美的很多诗还是如青天白日般清晰，另外一些则是隐藏在迷人的黎明微光和暮霭之中，当然，这些对于英国读者而言，都是再熟悉不过了。马拉美也像波德莱尔一样推崇爱伦·坡为大师，并且还翻译出了这位美国诗人很多美妙的诗句。

　　马拉美那神秘的声音也只有他少数的同胞能够聆听，因而法国之外的其他国家的人就更不可能领悟到了。但是，作为一个不同类型的象征主义作家——保尔·凡尔纳却能于有生之年，在法国和欧洲其他国家都享富盛誉。凡尔纳的诗都是他的爱与恨、希望与绝望感受的直接表露。他的语言从不拘泥于法国诗歌的韵律，只是考虑是否与他内心所要表达的感受相符，而这对他来说，才是绝对可靠的。在他著名的《诗艺》中，他给出了一些法则，这些法则都是他的原创，但是也不乏其他诗人的帮助，许多年轻的诗人也因此拜在他的门下。第一条法则是音乐至上。没有聪明、没有睿智，没有修辞都可以，但是一定要有音乐。

　　凡尔纳不仅鼓吹而且力践。他把诗比作晨风，好像他要歌唱是因为必然，歌唱在他看来像鸟儿唱歌一样自然。因此，他的诗也就自然为作曲家所钟爱，很多都被他们谱成了曲子。但是，对于那些想把它们译成英文的人来说，却增添了许多烦恼。凡尔纳是一个感情丰富的人，但是有的时候他像一个长不大的

文学的故事

孩子，一个波爱米亚（注：波爱米亚为一著名宗教神秘主义者）的醉酒小孩，总是有一种通向宗教神秘主义的倾向，最终他也在晚年皈依了它。他或许不能主宰自己，但是绝对能够主宰他的艺术。凡尔纳出道的时候，是一个帕纳斯派，后来成为了一个象征主义者。但是他却特立独性，不按各派行事，创建了属于他自己的，不拘泥于修辞，简单但是无限细致的风格。他讨厌文学上的华丽辞藻，他从来不用任何一个不能表达他意思的单词；他诗中的奇特韵律不似其他诗歌；他富有情感表达力，能够直接打动像海涅（19世纪德国著名诗人）、雪莱这样一些读者的心灵。当然，也与他们截然不同。

与凡尔纳相关的一个叫兰波的男孩，比英国的查特顿（注：查特顿是19世纪英国文坛一位天才儿童，可惜过早夭折）更为聪颖——也更是一个优秀的诗人。在他未满20岁之前，他就写出了令凡尔纳着迷的诗章，他们因此而一起浪迹天涯。

在一次醉酒之后，凡尔纳恶意向他的同伴开了枪，尽管伤势并没有致命，但是凡尔纳还是因此入狱两年。在狱中，他由一个异教徒的身份皈依了天主教，法国文学也因此多了一些极其美妙的宗教诗篇。同时，兰波也放弃了文学之路而浪迹天涯。他的作品虽然不多，但是却包含新旧词汇，充满奇异而富有表现力。

凡尔纳用了一段时间来把兰波的作品整理成集，而且盛赞他的才华。不管是不是受他的影响（影响天才人物的例子数不胜数）所致，所有法兰西最卓越的诗人，不管是否健在，其作品都被结成诗集。

在那些当代诗人中，很少有鹤立鸡群者，尽管可能在我们之后的某个时期，会有人给他们以相应的评价。其中一位小有名望的诗人是魏尔兰，佛兰德斯人。尽管他是一个法国人，但骨子里流的仍是德国人的血。他的刚劲，他那北方独有的粗鲁文风经常在法文中难以表达，因为从本质上来说，它是一门富有哲理且不乏激情的语言。对于魏尔兰而言，生活就是混乱、嘈杂，充满了美也充满了不幸。但是在魏尔兰一卷诗集的结尾之处，有一首名为《通向未来》的小诗里，却流露出他对这个世界的希望："在每一个新的希望到来之前，这个世界的青年都在做梦"。

梅特林克是一位比利时籍诗人，但是他一点也不像他那些有着英雄气概的同胞，而是精巧细致、富于想象，文字瘦削但不乏珍宝。与其称他为一位诗人，不如称他为一位散文家。梅特林克因为他的戏剧和他关于自然与文学的散文而举世闻名。其中，《青鸟》是最受欢迎的一部作品。有人怀疑：比起男人和女人，他更爱孩子、小狗、蜜蜂和花朵，因为他书中的成人角色，特别是女人，都平淡无味。

可能当时健在的、最高雅、最具贵族气质的法国诗人就是德·里内尔了，他是一位文风考究、彬彬有礼、安静而又富有哲理的大师。如果说魏尔兰是一个在森林中咆哮的野兽，那他就是一个居住在护卫森严的公园中娇生惯养的大小姐。德·里内尔与古典主义者有一种很自然的关系，这可能是因为他所发明的名为"颂歌体"的诗体发端于古罗马诗人贺拉斯的缘故。但是，他的思想还是相当近代化的，到处都透视出他对精神分析的洞察力。他不与生活抗争，而是像他的朋友雷美·德·哥尔蒙一样逃避生活，不是躲进一座象牙塔里，就是藏到一座布置得体、相当静谧的图书馆中。但是，这两位有教养的文人却都不是什么书呆子，他们不仅了解了很多东西，而且还知道如何来使用这些书籍，如何把它们转化为滋养他们心灵的养料。

比尔·路易是一位具有古典主义修养、文风高雅且幽默放荡的诗人。他的《波德底斯之歌》事实上是从希腊文翻译过来的，但是却保留了希腊文的原汁原味，因此骗过了很多钟爱希腊文学的年轻批评家的眼睛。但是，老一辈的批评家们还是带着严肃的态度来审视他的希腊风格。路易被称为颓废派，但是，颓废在他看来，似乎是非但无害反倒魅力十足的作风。

现在，既然德·哥尔蒙和亚纳塔尔·法朗士等人都已作古，毫无疑问，法国文学界就会尊称德·里内尔为他们的精神导师了。但是，当选（尽管选举的方式不为我们所知）的诗国王子却是保尔·福尔，一个多产的有男子汉气概的诗人，他曾一卷一卷地出版了《法兰西民谣集》，记录下了法兰西人民每一个生活瞬间，和自拿破仑二世继位起到1914年一战爆发之间的那段历史。他是一个精力充沛、多产的作家，表面看来，似乎很粗犷，但是内里却有着一种细心工匠对传统形式的尊崇，而且他的这种尊崇，任何一个法兰西文人都不能与之相比。福尔用散文体形式写诗，但是，当你大声朗读它们的时候，你就会发现，他的大部分词句都是绝美的诗章。这个诗人真正令人着迷的地方，是他对各种意象永不停息的追逐，他多才多艺的创造力和他控制感情的能力。他的诗里不仅有着纷乱不堪、漫不经心的描述，也有着动人的煽情，甚至在他许多战争诗篇里还有着他满腔的愤怒。尽管大多数战争文学都是服务于新闻，因而无聊至极、让人提不起兴趣，但是保尔·福尔的诗是永存的，因为他是在兰斯大

文学的故事

教堂（注：兰斯地区是一战的战场之一）的阴影下出生和被抚养成人的。

萨曼是一位比福尔瘦弱、也没有什么男子气魄的诗人。他身体羸弱、面色苍白，尽管他体弱多病，但意志力却非常坚强。他那无力的悲哀都可以在他的诗《维吉尔》中体现出来，他希望自己成为"一团纯洁、美妙、耀眼的火焰"。

弗朗西斯·詹姆斯是一个远离法国诗歌各个流派，但却倍受欢迎和爱戴的诗人。他曾编写过《法兰西信使》一书。他生活在远离尘嚣的比利牛斯山上，用优美的叙事体把当地的传奇故事表述出来；他诗中的农民或是山民看起来都非常真实，因为他所表述的语言，都是人间至美的语言。我并不认为他的作品是法国诗歌历史上的巅峰之作，但是，却很乐意借用他《生活的胜利》这首诗的标题来结束本章以及任何章节对诗歌的讨论。

第四十章　德国文学的古典时期

在我们对文学的描述之中，我希望我已经清楚的让大家明白了，思考的习惯和写作的艺术或多或少都是过程性的；它们可能有起有伏，也有到处都充斥着天才和满目萧条的时候。没有哪个"时代"是真正的时代，因为这一个词看起来，暗含了明显的开始和结束。据我所知，在文学史上，还不存在着这样一个有着鲜明分界的时代。时事和思想是相互交融的，因此，即便以19世纪为划分界限，也并不意味着我们只谈那些恰恰诞生于1800年1月1日的思想，况且很多19世纪的经典思想其实都是诞生在18世纪的。

德国古典主义时代就恰恰跨越了1800年的两侧。在本书的简要介绍之中，我就不再给出确切的日期了，因为任何人都可以查阅一本百科全书而得知。但是，为了理顺一些基本的关系，我们需要知道歌德是在1832年（同年英国大文豪斯格特也去世了）去世的，他创作的高峰期跨越了18和19两个世纪，而在他之前的先驱者们则都是在18世纪进行创作的。

为了理解歌德和他同一时代的作家们，我们首先要往上追溯几年，这样就可以沿着历史的蛛丝马迹来找出，究竟是什么造就了一个举世闻名的大师和德国文学的古典主义时代的。

1648年，在威斯特法利亚，和平协议的签署结束了长达30年的战争，当时所有的德语国家都是满目疮痍，人口也只剩下战前的一半了。宗教改革和接下来的一些连绵不断的战争，使德国文艺复兴所取得的成果毁于一旦，在德国的文学中，也只剩下他们传统的民谣这一历史遗产了。但是，即便是在战争期间，文学也并不会完全消失。还有为数极少的几位作家，试着在文明的废墟中，继续传承他们文化遗产的火炬。这些作家们很自然的想要通过校正语言中的错误引进一种新的、更为上口的韵律来保持他们语言的纯洁性。此人就是马丁·奥佩茨，一个被誉为他们时代的和民族希望的诗人。他向德语中引入了亚历山大诗体，并且写了一篇关于改进德国韵文的文章；同时，还运用了许多其他方式来把法国文学黄金时期的一些文体和思想引入了德国文学之中。可能在那个思想贫瘠的时代中，最具创作力的作家就是讽刺诗人洛高了，他的很多小诗通过朗费罗（注：朗费罗是19世纪美国著名诗人）的译文，在我们读起来朗朗上口。这里还要提到剧作家格里普斯，和地方自发组织成立的、为了保持德语语言的正确性和纯洁性的科学院，他们对德语文学的发展所做出的贡献也都是不可磨灭的。

在30年战争到7年战争的这段时间里，只有三位人物值得我们注意。

30年战争的可怕在汉斯·冯·格里美豪森的《痴儿西木历险记》中描写得淋漓尽致，这是一本流浪汉小说，内容极具真实性，直到今天读起来仍然朗朗上口。值得一提的是普鲁士·格哈德，他是德国自路德之后最伟大的赞美诗诗人，他的很多圣歌经过约翰·卫斯理和其他一些人的翻译而被谱成了一些脍炙人口的英文歌曲。

一直到1740年，莱比锡都是德国的文学之都。它已经成为了一座每一个文人都想朝拜的麦加圣地，而高特舍特在其中就是一个布洛瓦那样的先知。值得强调的一点是，在如此贫瘠的时代，文学界却一直被一种虚无缥缈的、浮华的亲法语派所控制。他们采用法语的语法，只是为了解释德语文学里一些最为经典的作品，而在瑞士，他们也拥有他们的同僚。但是，瑞士批评界里的两位大师，波德梅尔和布莱坦戈尔，却毅然决然地与法国决裂，将目光投向了英国。他们创办了一个模仿《观察家》（注：《观察家》乃英国18世纪著名批评杂志之一）那样的期刊，首先就高度评价了弥尔顿（注：弥尔顿是英国17世纪最伟大的诗人）的大气，并且以此来反对法国文学里的矫揉造作。而瑞士诗人阿尔布列茨特·冯·哈尔也比照托马逊（注：托马逊为英国18世纪抒情诗人）的一首名为《四季》的诗，以阿尔卑斯山作为背景写下自己的诗行；还有后来的一些感伤派诗人，像萨利和马特西松也都仿照格雷（注：格雷为英国18世纪感伤派代表诗人）的风格写下了许多优美的诗章，他们经由朗费罗之后，也都变成了我们今天熟悉的一些诗句；与此同时，就诗的领域而言，德国还是处在模仿法国的阶段。

以上就是在古典主义初期的代表人物弗里德里希·克洛卜斯托克和克里斯托佛·马丁·魏尔兰出现之前，文学界的一些基本形势。事实上，从某种意义上讲，这两位文人也分别代表了以上描述的两种倾向，亲弥尔顿派和亲法国派，而且两个人的造诣都很高。虽然克洛卜斯托克的六步体史诗《弥塞亚》在今天已经无法读懂了，但是值得注意的是，它所采用的铿锵有力、高雅优美的措辞，却使那些因为战争和饥饿的折磨，而被欧洲文坛拒之门外的德国人坚信，用他们的母语作诗一点都不逊于其他任何一种占据文学强势的语言。

克洛卜斯托克的《颂歌》不仅仅充斥着宏伟与大气，而且也是作者多姿多彩的想象力最充分的发挥，至今仍然可以称得上18世纪抒情诗中的上乘之作。

魏尔兰不管是在圣歌方面还是在民谣方面，都与克洛卜斯托克呈现出不同的风格。他骨子里流的是法国人的血，但是随着他年龄的增长，他也向一些希腊人和一些像阿里奥斯托和塔索那样的罗马人，甚至是莎士比亚的作品中寻找灵感；同时，还以许多莎翁戏剧为蓝本写作了德国最初的一些戏剧。他的文风灵活、平和、华丽而又流畅，对他本国的读者和作家们而言，都是一笔无法估量的财富。他的哲理传奇故事《亚加松》和具有浪漫主义色彩的《奥伯龙》，是采用阿里奥斯托那样的意大利八行诗的形式写作的，至今读起来仍然朗朗上口。

在我们进入关于大师们的讨论之前，再提及一位文学的先驱。他就是约翰·高特弗雷德·赫尔德。他其实并不是一位诗人，也没有写下任何值得怀念的作品，只是编纂了一些文学选集，留下了一些残缺不全的文学批评而已。但是，却在这一时期撒播了可以肥沃文学土壤的种子。他对莎士比亚和奥西恩（注：奥西恩为传说中3世纪爱尔兰英雄和吟游诗人）的研究以及他所提出来的一些基本的批评学的问题，都结出了无数甘美的果实。他的最重要的贡献在于：他发现了民间诗歌的价值。他的《充满歌唱民族的声音》一书阻挠了矫揉造作的古典主义文化的复兴，打开了一条通往民谣、民间诗歌和歌曲的大门；自此之后，整个浪漫主义运动和对比较语言学、神话学以及民歌的浪漫主义研究都呼之欲出。

高特赫德·伊夫拉姆·莱辛是一位剧作家、学者、思想家，同时还是一位批评大师。但是首先，他是一位散文家，因为他写了许多优美的散文。他一贯认为自己缺乏创作力，但是，正如他平时经常忘记的一样，他又忘记了一种伟大的文体本身就是最好的创作。虽然像卢西安和斯威夫特一样，他的很多批评性论文和一些神学小册子缺乏我们今天认为的真实性，但是，没有一个绘画界或诗歌界的批评家胆敢声称他对《拉奥孔，论绘画与诗的境界》一无所知，也没有任何一个研究戏剧史的专家敢说他不知道《汉堡剧评》，也没有任何一

文学的故事

个研究思想史的学生敢说从来没读过《人类的教育》或是《在沃尔芬布特尔的只言片语》。对于文学的爱好者们来说，上述他的那些著作，还有一些不太知名的作品都是无价的珍宝，因为它们思路清晰、观点明确、修辞严谨、结构至善并且言论恰到好处。与莱辛精神的交流，其实也是一种灌输你自由精神的教育。不管他做过什么，用约翰逊写在哥尔斯密墓碑上的碑文来形容也都不为过："还没有一种写作手法是他从未尝试过的，而且他也是因为喜欢而去尝试的。"人们同样地推崇作为剧作家的莱辛，只是可能少了些许热情而已。他写下了德国文学史上第一部古典主义的喜剧《明娜·冯·巴尔赫姆》，还有第一部高水平的诗剧《智者纳旦》。现在，这两部戏剧仍然是德国戏剧舞台的保留剧目。但是，《明娜·冯·巴尔赫姆》的影响力在逐渐减弱，甚至《智者纳旦》也是如此。据说，它之所以能有这么高的荣誉，是因为它再一次向观众们展示了其作者的高洁、宽容和睿智。

如果仅用只言片语来简要介绍歌德——这位德国历史上最伟大的作家，也可能是世界文学史上最伟大的智者，几乎是不可能的。他在所有超级大师之中，是最具近代化气息的一位，因而在思想、风格和行为上也都是最复杂的一位。但丁的智慧在于他独特的中古时代看待世界和宇宙的视角；莎士比亚的智慧在于他文艺复兴时期的道德观，而这些歌德都没有。他就是一个探求生命真谛、让生活本身融入艺术的近代人。

他是一位第一流的抒情诗人，他还是诗剧《浮士德》的作者，该剧向近代人展现了但丁在他的《神曲》中向他在14世纪的同胞们所展现的，我们的过去、现在以及未来。《浮士德》把我们这个年代所存在的问题通过道德历险的方式展现在我们面前。里面的文字、对话、箴言诗以及用韵文和散文形式表现的名言警句，里面的每一个困难、每一个问题都是至今仍然困惑近代科学界的；也都是可以在任何一位伟大的思想家的思想中得到共鸣的。

不管我们自己是否承认，我们都像亚诺德、爱莫森和摩尔雷一样是歌德的门徒，任何一个有着自由精神的人，也都必须通过与大师的沟通才能意识到拜在他们门下的必要性。

任何一个反对道德形式主义而推崇道德重要性的人，任何一个反对国际敌对而崇尚世界和平的人，任何一个反对文学、生活、政治以及思想神秘主义而推崇共同吸取精华的人，都可以从此人身上获得无尽的灵感、生命力，进而从生活中看到希望。

歌德是一位伟大的诗人，但是又不仅仅是一位诗人——这也可能是他许多像《威廉·麦斯特》和《亲和力》的小说，甚至一些他的戏剧作品至今都不容易被读懂的原因。

歌德青年的时候，曾拜在莱比锡学派高特舍特的门下学习一些亲法派的写作风格，因而当年也写下了一些传统的阿那克里翁风格的诗。然后，他就去了斯特拉斯堡。在那里，他遇到了赫尔德，后者为他开启了通向民歌之路的大门，他也因此似乎在一夜之间就成为了第一流的抒情诗人。接着是在"狂飙突进"的运动中，他转向了莎士比亚派，开始写一些感伤的骑士小说和传奇故事。而作为他这一时期风格的标志性作品，就是在欧洲风靡一时的《少年维特之烦恼》。值得一提的是，作者在写作这本为了赢得国际盛誉的小说时，年仅24岁。不久，这个才华横溢的年轻人就被邀请到魏玛宫廷担任公职，在那里，除了偶尔出访，他度过了他的余生。去魏玛的时候，他带去了《浮士德》第一部分的草稿，其余第二部分是他在剩余60年里完成的。接下来是他繁忙的四处奔波的几年。他到了意大利，在那里，他用他日渐熟悉的威尼斯讽刺诗形式写下了两部戏剧《伊菲格妮亚》和《塔索》，还有精美的田园诗般的《赫尔曼和窦绿苔》。他中年以至到高龄时期的这许多年里，都一直忙于政治、戏剧的改革、研究物理和生物科学，撰写他的自传以及完成他的巨著《浮士德》。但是，在他生命里的每一个时期，都从来没有停止过写下那些其他诗人都无法企及的优美、抒情、充满智慧、并且富有音乐感的诗歌。

但是不管他做什么，他都从来没有忘记过他的《浮士德》。他开始写此剧的时候才23岁，此剧完成的时候他已经83岁了。此剧凝结了他无与伦比的智慧、灵感和想象力。故事非常简单。浮士德是一位对生命有着种种渴望的学者。他知道解救自我的方法不在于从书中寻找理论而在于实践。在邪恶魔鬼梅菲斯特的指引下，他投身于一个充斥着生命实践的世界之中。他尝试过世俗的欢乐，感官上的爱情，有过大权在握的时候，也有过追寻古典主义美的经历。但是，所有这些经历仍然不能让他满足。最后，他在为他的同胞们效力这一再简单不过的事情上寻找到了满足。但是，这也只不过是他奋斗的起点，并非终结点。奋斗探索之路，本身就是目的，生命的开始也就是它的终止，我们只不过要好好活下去而已；完美不是我们所能企及的领域，真正的完美也就意味着静止和死亡。因此，我们所能取得的最高的成就，就是高贵的活着，不懈地创造生命的奇迹。这也是最后能够拯救浮士德于死亡和打败魔鬼梅菲斯特的原因，也是全世界任何阵营都喜欢浮士德的原因。

对《浮士德》如此简略的介绍只不过触及了该书的一些皮毛。值得注意的是，通篇戏剧甚至比弥尔顿的《失乐园》还要长，每一行都新颖活泼、富有音乐的活力，其意义、其勾画的人物性格都是在世界文学史上同等长度的作品中难以寻找的。《浮士德》对今日的人们来说仍然十分重要的一个原因，还在于这是年迈的歌德最后的作品。

正是歌德把席勒介绍到了魏玛宫廷，并且为这样一个曾经激进的、为世界上的不公而斗争的青年谋到了一个在耶鲁大学教授历史学的教授职位。席勒比歌德年轻10岁，起初写过一些散文体戏剧，如《强盗》《阴谋与爱情》，都是一些反映18世纪初发生在新兴资产阶级家庭内部的悲剧。这些戏剧全部采用散文形式写作；情节构思以及人物性格刻画都巧妙绝伦，且极具激进的革命气息，这些都为近代艺术中的散文体悲剧对话奠定了良好的基础。但是，它们的风格仍然还是像席勒早期的戏剧一样狂放不羁。成熟时期的席勒深深为历史和康德的哲学思想所吸引，在他短暂的余生，转向了写作诗体形式的历史悲剧，并且在耶拿和魏玛写下了一系列可以堪称连接莫里哀（注：莫里哀为法国18世纪著名剧作家）和黑勃尔（注：黑勃尔为德国19世最伟大的剧作家）的最伟大的戏剧作品：《堂·卡洛斯》《奥尔良的姑娘》《玛丽·斯图亚特》《威廉·退尔》和《华伦斯坦》三部曲。近些年来，席勒的戏剧尽管仍然是舞台的保留剧目，但是在某种程度上来说，影响力已经大不如前了。自然主义学者更倾向于他早期的散文体戏剧，而对席勒的修辞和他不时的感伤，特别是在他的《奥尔良的姑娘》中，也出现了一些严厉的批评。除了他最杰出的戏剧之外，《威廉·退尔》和《华伦斯坦》等三部曲以及他那些哲理诗至今仍然生机勃勃、生动逼人、富有思想。

席勒于1805年去世以后，从严格意义上来说德国文学的古典主义时期已经结束了。尽管歌德一直活到1832年，但是，此时德国浪漫派已经完成了它的传播使命。随着七月革命的结束和德国诗人海涅流亡到巴黎，一个崭新的时代即将来临。

第四十一章 歌德之后的德国文学

　　有很多文学上、思想上以及政治上的因素导致了德国文学浪漫主义运动的兴起，同时也决定着它的特点。当时，德国仍然处于一个败落、无权无势被法国踩在脚下的国家。这样一来，那些浪漫主义诗人和理想家们就自然而然地从中世纪德意志帝国的威名中，去寻找他们梦寐以求的素材了。这样，就让他们重新审视纽培尔格的那些哥特式和天主教式建筑、科隆和斯特拉斯堡的大教堂、中世纪用高地德语写作的吟游诗人以及闹鬼的丛林、小溪和山谷之中流传的民歌和传奇故事。除了上述动机以外，还有一种哲学上的动机。在康德之后的思想家们，不断地对艰苦的世界这一现实进行延伸，直到费希特宣称：这一切不过是人类创造精神的投影。于是，诗人们就有权利去不断地做梦，也可以通过做梦来演绎他们的梦想并且从中得到满足。

　　浪漫派没有创造出任何有价值的艺术作品。这其中虽然有施莱格尔、蒂克和其他一些人翻译的莎士比亚全集，在语言学领域还有格林兄弟的不辞劳作，这些都曾永恒的丰富了世界知识的宝库。但是，他们的作品都是些只言片语。之所以说他们重要，是因为他们直接或者间接对欧洲文学造成了影响力。只有在抒情诗领域，浪漫派才写出了第一流的作品。诺瓦利斯的《片段》本来可以结成一本深奥的作品集，但是可惜的是，只是一些片段而已。虽然霍夫曼的故事不能被列为第一流的文学，但是诺瓦利斯、布伦塔诺、艾晨多尔夫、荷尔德林、乌兰以及吕刻尔特的诗歌都是抒情诗领域的上品。他们之所以广为人知，是因为它们如同海涅的抒情诗一样，都被舒伯特、舒曼、弗朗茨和勃拉姆斯等著名的作曲家谱成了曲子。

　　浪漫主义的抒情诗生命力极其旺盛。这种生命力一直延续到尼吉诺斯·莱瑙哀伤的旋律中，甚至在爱特阿特·谟利克的抒情诗，也因为雨果·沃尔夫为它谱写了曲子而变的更加知名；它在狄奥多·史托姆的一些臻于完美的诗句之中，达到了它生命的顶峰。

浪漫派的思想或多或少的影响了三位重要人物：叔本华和两位剧作家，一位是普鲁士人海因里希·冯·克莱斯特，一位是奥地利人弗朗茨·格里尔帕策。叔本华以他的悲观厌世主义而举世闻名。他认定生活中的痛苦多得可以压倒一切。他认为，求生只不过是一切生物本能的体现，他还鼓吹寂静主义，同时认为投身艺术是唯一可以通向智慧的大道。之所以把他列在此处，不仅仅是因为他的巨著《作为意志和表象的世界》文笔优美，还在于他的一些不太知名的作品，特别是两卷本的《随笔集》，都是绝佳的散文。不管是在文学、哲学、艺术还是音乐领域，叔本华都是值得大力推荐的。

克莱斯特虽然在早年自杀，可还是留给我们一些戏剧和短篇小说，而它们的价值和声誉也在逐年增加。

克莱斯特是一位近代作家。他摒弃了悲剧里的英雄心理，因为这种心理经常会被僵化定型，继而把人们引向发生在心灵深处的模糊的斗争上来。他的《洪堡的亲王》，还有只为推崇的喜剧《破瓮记》以及一些像《马贩子米歇尔·科尔哈斯》那样的短篇小说，与任何文学的早期作品相比，它们都是不同寻常的，都充分代表了精神领域所取得的新成就，尽管它们是用病态的激情与能力来达到它们的说服力。

奥地利最著名的剧作家格里尔帕策与克莱斯特相比，也不过是一位诗人而已，确切的说，他是一位浪漫主义诗人。他在心理层面上往往能够与近代人并驾齐驱。但是他的戏剧，不论他选择怎样的场景，在本质上都是描写人间仙境的。他的政治观和他的动机一样都充满着诗情画意和浪漫情调。他内心饱受禁欲和激情的折磨，而这种心理的斗争可以在他所创作的一些寓言故事中寻到蛛丝马迹。他不够近代，他也不够睿智，但是，他所创作的那些优美、神秘、华丽的戏剧，如《萨福》、《金毛勋章》、《梦幻人生》、《丽布莎》、《海涛与爱浪》，仍然是极具吸引力的。

有人指出，浪漫主义者们都是梦想家、保守派，往往还都是天主教徒。七月革命爆发，自由的呼唤在滑铁卢战役之后被压下，但是此时又再次响起来。文坛也出现了一批作家，他们以"青年德意志"的名字而闻名于世。他们是一些作风更务实、思想也更自由的文人。但是，他们之中很少有人留下不朽的作品。我们这里只需提一下路德维希·伯尔纳就够了，他是一位写作激情洋溢的小册子的作家。我们可以立刻转到海涅这一位德国犹太诗人身上。他是德国浪漫主义之子，也是德国革命之子；是一个务实的梦想家，对人类的解放充满着渴望与激情；他既为仙境里的光耀歌唱，也为西里西亚纺织工人的苦难遭遇歌唱。为此，霍普特曼视他为神人——海涅矗立在当时德国各种矛盾风暴的中心，有着像拜伦一样的性格，在欧洲拥有非凡的影响力、重要性和声誉。

海涅的作品，或许与他的人格以及他的影响力相比，实在不值得一提。如果说现在，亚诺德视他为歌德式抒情诗天赋的接班人的话，不免有中伤之意。但是，海涅早期的很多诗句都是干巴巴、毫无生趣的，甚至流于庸俗。但幸运的是，他的诗歌数量很大，而在这些大量的作品中，总算有《北海集》这样的佳作。这些作于晚期的诗，内容都很真实，感情也都很真挚，不再像早期那样矫揉造作了。他的散文与他的诗歌相比，在他的名声中遭遇的诋毁是很少的。它们都富有华丽的色彩，流畅且诙谐。他自己也曾说过，他是一名为人类解放事业而奋斗的战士，而他的散文也因此在他洋洋洒洒的笔下保留了他战斗的记录。

19世纪中叶，当海涅已经达到他的声名顶峰的时候，还有两位默默无闻的伟大人物。他们分别是理查德·瓦格纳和弗里德里希·赫伯尔。尽管瓦格纳写过一些韵文，发表过理论性的论文，但从严格意义上来讲，这些作品是不属于文学界的。而弗里德里希·赫伯尔不仅仅是一位伟大的作家，还是一位伟大的思想家。在经历艰苦、孤独，毫无创作灵感的几年之后，赫伯尔终于创作出了近代意义上的戏剧。

这种戏剧最早在他的作品中出现，之后又在挪威戏剧大师易卜生和很多后继者的作品里都有所表现。他把戏剧冲突从集合道德观念严肃的人身上转移到了观念本身；他把宇宙和人类文明史带到戏剧诗人的评论台上；他在一个时代即将死亡，另一个时代即将诞生之时，创造出了一种可以让人和道德共存活的戏剧。他的主要作品有《玛丽亚·玛格达莱娜》、《赫洛德斯和玛丽阿姆耐》、《吉根·斯和他的铁环》以及《阿格尼斯·贝尔瑙尼》都通过戏剧动作和推理的流畅与严谨阐释他的理论。在赫伯尔死后多年，发现他的日记中，真实地记录了他坚强而又诚恳的思想，这可能是一部比他任何戏剧都要重要的作品。

这一时代还有两位著名的小说家：特阿陀尔·冯塔纳和戈特弗里德·凯勒，都是瑞士最有名望的作家。冯塔纳是一位率先在他的小说中采用现实主义，甚至是自然主义写法的作家。他的作品虽然篇幅短小，但却是不可多得的上乘之作。比如说《艾菲·布利斯特》以及《迷惘和混乱》。凯勒是一位在国际上享负盛名的人物。虽然他的长篇小说《绿衣亨利》是一部自传体小说，全部读下来并不容易，但是他的短篇小说却都是经典之作；凯勒有着捕捉生活中的趣闻和幽默的眼光，他看到了瑞士农民和城市市民性格上的弱点；他也是一位散文大师，他的故事也大都取材于他的祖国的过去以及现在的传闻，应该说是19世纪小说中最健康、最让人开心的作品了。

德国与法国的情形一样，从1850年到1870年的20年间是诗歌领域纯粹形式上改革的20年。慕尼黑学派在很多有趣的方面都与帕纳斯派相似。该派的领袖是保尔·海泽，他的小说和故事以其长度曾经轰动一时；但是，现在已经没有什么影响力了，而他也只能靠一些纯朴明朗的诗句来维持他的名声。

另外还有一个领袖叫厄曼纽厄尔·盖博尔，他只写一些德国传统形式的浪漫主义抒情诗，他的诗句严肃、考究、朗朗上口，很多年来他都被誉为德国的民族诗人。但是，此类诗歌中最卓越的诗人，应该是那个用德语写作的瑞士人：康拉德·费迪南·迈耶。他的诗有着所有"艺术诗人"的清晰明朗与流畅，并且还糅进了他独特的想象力和神秘的音乐感。

我们现在已经站在近代主义的门槛上了。在这里，我们会碰到一位奇特的诗人哲学家弗里德里希·尼采。尼采首先是一位艺术家，并且还是一位大师级的人物；他同时还是一位思想家，他向人类教授了关于近代思想核心的一课。他认为，道德世界像物质世界一样都是变化着的，而不是一成不变或者僵死的。因此，人完全能够实现超越现在的自我。他的那些关于变化和超人的观点都为我们播下了种子，它们是使整个近代生活发酵的酵母。正是尼采那无与伦比的口才，把它们以及从它们那里得出的推论演绎得如火焰般灼热。无论是在《查拉斯图拉如是说》中，还是在他其他的作品之中。在《人性的，太人性的》这样的作品中，我们发现了一位有创造力的演说家，他的话语是炙热的、翱翔的、歌唱的。在他的书中，有着可以使这个时代的人心脏为之跳动的信息；书中说服力的语言所带来的狂喜可以与福音书里的词句相比；他的书充满着名言警句，通过它们，我们可以进入一个"人、自然与人生"的新境界；而且这些警句因为他的诗人天赋又时常结构对仗，充满寓言和小故事，这都使它们得以永垂不朽，并且永远生机盎然。

要想理解德国文学史上最后一次革命，我们必须记住：在1880年，黑勃尔、凯勒、迈耶、尼采都还不是太有名望的时候，公众看到的，是一些从奥戈耶和小仲马那里抄袭而来的，粗制滥造的戏剧作品；读到的也都是一些模仿浪漫主义感伤情调，缺乏创作力与美的拙劣的小说和诗歌。因此，80年代早期，年轻的一代奋起反抗，他们组织社团、向海外学习，在阐明了他们所坚持的"彻底自然主义"的同时，为一次生机勃勃的文学运动打下了坚实的基础。阿诺·何尔兹的小册子和范文不久就开花结果了。此时，一位真正的诗人泰脱莱夫·冯·李利恩克龙和一位伟大剧作家哥哈特·霍普特曼在文坛出现了。虽然小说的发展有点落后，但也只是短暂的。一种新的文学形式诞生了。

李利恩克龙的出现，使抒情诗这一德国文学曾经的骄傲重新恢复了坚不可摧、辛酸讽刺和表达真实的特性。他的诗歌和民谣散发着泥土、红酒与面包的气息。与此同时，他不仅仅善于生动入微地表现那些简单的事物，而且还复兴了德国精美、严格的诗歌表达形式。

抒情诗在李利恩克龙的领导下得到长足发展。在他之下的一位最著名的诗人很可能是里查·戴莫尔。在李利恩克龙的生动有力之上，戴莫尔又加进了一种他的哲学视野和一种使他得以区别于同一时期所有欧洲诗人的能力——可以把整个生活中所有复杂的精神上和物质上的烦恼都倾之以诗句之中的能力。他不仅写民谣，而且还写一些中世纪淳朴的颂歌。但是，他的主要成就还是在他的一百首诗歌和《两个灵魂》的诗集之中。在他笔下创造出了一种融入近代男女生活细节的诗：一次骑自行车的旅行、一次电话交谈、一个在邻屋弹钢琴的女人，这一切不仅在他的诗里清晰地表现出来，而且得到了升华。

时代几乎在诞生李利恩克龙和戴莫尔的同时，在维也纳兴起了另一个诗歌流派，它们与北方的现实主义写法背道而驰，致力于把生活中一切元素都融入到一种安详永恒的美上。在这一派所有成绩斐然的作家之中，最值得人们去记住的有三位：司蒂凡·格奥尔格、雨果·冯·霍夫曼斯达和拉芮尔·马利亚·里尔克。格奥尔格是一位严肃、无可挑剔的大师。在他所有的作品之中，丝毫找不到有缺陷的诗句，也没有一首诗是不充满想象力和富有哲理的。霍夫曼斯达采用了戏剧这一形式，在与理查德·斯特劳斯的合作中产生了足以给该派带来国际声誉的巨作。但是，对他作品的翻译之作并不能真正把他的风格表现出来，它们也无法表达他诗句中那近乎完美的形式，和神秘而有魔力的内容。

与上述诗人有所不同的是，拉芮尔·马利亚·里尔克，他出生在布拉格这座古城之中，形式严格而具有神秘色彩。他是所有那些年轻的表现主义抒情派

文学的故事

诗人所推崇的大师，因为从内部再现这个世界，他所重构的现实世界也更加接近于他那精巧、具有音乐性的灵魂。在他的影响下，近年文坛也出现了一股新的表现主义的思潮，他们主要的功绩不在于他们的小说和戏剧，而在于它那富有抒情意味和哲理性的诗歌。在这些年轻的当代作家之中，至少有一个人的名字是值得一提的，他就是弗兰兹·惠尔灰尔。

近代戏剧在何尔兹的实验之后，最初在柏林成立了著名的自由舞台协会，它包括很多视野宽广、内容丰富多样、生动有力的作品。霍尔曼·苏德尔曼是其中一位享有国际声誉的作家，他为人虽然风趣，但却不是一位伟大的剧作家。而其间出现的两个真正的天才人物却是哥哈特·霍普德曼和阿瑟·施尼茨勒。

尽管霍普德曼是一位诗人，是一位当代仅存的剧作家，他也用宏伟文体写过很多大型的诗剧——《沉钟》、《可怜的亨得希》——但是，真正令他永垂史册和展现他鲜明个性的还是他的自然主义戏剧。在这些戏剧中，像《寂寞的人们》、《织工》、《獭皮》、《车夫亨舍尔》、《米歇尔·克拉莫》和《罗泽·贝恩特》，都有一种对现实完美的幻想。在他之前，写作界从来没有出现过像那样真实而又犀利的语言；其次，他从神秘的概念来理解人类的罪恶这一观念也发生了180度的转变。在他的这些戏剧中，悲剧的悔罪感存在于浩瀚的宇宙或是整个人类之中，而不是集中在某个人身上。所有霍普德曼剧中的主要人物都是受害者，他们都是被别人伤害过而不是企图伤害别人的人。他是一个富有同情心的剧作家，也是在工业时代，仍然有社会责任感的诗人中的代表。他最高的成就在于他对人物性格的刻画之上。

但是迄今为止，还没有哪一个作家可以创作出一个栩栩如生、跃然纸上的人物世界，一个可以让后世子孙都能有幸在他笔下看到，一个属于他那个时代的国家生活中的点点滴滴。

施尼茨勒是维也纳人，他在写实和对真实性的忠实度上丝毫不逊于霍普德曼。但他要描写的是一个复杂的社会，一个致力于艺术创作，但是却因官方的审查制度变得绝望和疲倦的社会。他没有霍普德曼那样文笔犀利，但是文风却高雅、细致、柔和。他的质量最好的那些戏剧——《恋爱游戏》、《童话故事》、《遥远的国度》以及《孤独的路》——都是既有写实的准确性又有点挽歌式的忧愁，同时还折射出他思想的魅力。这些赞美之词同样可以用来形容他的短篇故事，它们一样的明朗、富有乐感。

　　德国小说的发展要远远落后于抒情诗和戏剧的发展。它的滞后于德国散文的特点有一定的关系，成熟较晚，直到尼采诞生之后才得到近代意义上的简约、高雅和真实。在所有这些风趣幽默、并且也有创作天赋的小说作家之中，能达到国际知名水平的有古斯塔夫·福林森和克拉拉·法耶比，前者善于描写德国北方农民的生活，后者是一位现实主义文学家，他既关心柏林无产阶级的疾苦，也渴望生活在莱茵河畔的孩子们能快乐。而另一位天才女作家列卡尔达·胡赫作为一个有着高雅艺术欣赏力和丰富想象力的学者、诗人和小说家，迟早也是能够享受到他们那样的国际声誉的。但是，我们首要提及的还是两位文学巨匠——他们不仅是小说界的巨人，而且也是散文方面的天才——他们就是托马斯·曼和雅格·瓦塞尔曼。

　　托马斯·曼是一位严谨的作家。他在他整个的写作生涯之中，写下了一部名为《布登勃洛克一家》的长篇巨著、两卷本的短篇小说和故事以及数不清的散文。小说《布登勃洛克一家》讲述的是一个容克贵族似的大家庭败落解体的故事，是一部宏伟、完美、瑰丽以及祥和的巨著；他的短篇小说和故事集，最具代表性的是《威尼斯之死》，也都具有着无与伦比的美妙篇章和严谨结构。在他那个时代，没有谁能写下比他更高贵的散文来。

　　瓦塞尔曼是一个神秘主义者，他以其代表作《世界的幻影》而广泛得到英语读者的认可；他同时还是一个极具创作力和热情，并在逐渐进步着的作家。他的写作富有幻想力；他经常被拿来与英国的狄更斯和俄国的陀思妥耶夫斯基作比较。经过多年艰苦的努力，他已经使他的诗歌形式臻于流畅和完善，足以用它来表现他所看到的引发他激情的意象。瓦塞尔曼的血液里似乎有一种可以预知未来的能力。他跟施尼茨勒和霍夫曼斯达一样都是犹太人。他和曼的区别，就好像施尼茨勒和霍夫曼斯达的区别，都展现了激情与骚乱，狂喜与追求真理之间的矛盾。之后这些经常出现在后世一些更为年轻的当代德国诗人、剧作家和小说家的作品之中，而他们的作品，本是属于未来而不是现在这个时代的。

第四十二章 19世纪的俄罗斯文学

对于不懂俄语的西方读者而言，俄国文学只不过就是19世纪和当代的一些俄国小说而已。这种看法是很片面的。因为它没有看到天才辈出的俄国诗坛和其他一些文学的表现形式。当然，小说有着更深远的影响力，因为它可以比任何一种文学形式更容易跨越国界。而俄国小说就更是这样一个有力的工具。它不像上面那位批评家所说的，只是一堆垃圾，而是一种可以震撼俄罗斯帝国，甚至是整个欧洲的声音。也正是俄国小说的丰富多彩，使我们忽略了俄国文学一些其他的表现形式——即便我们也知道的不少。最为重要的是，在俄国文坛出现小说巨匠之前，俄国文人还都在向西欧学习和借鉴，而在他们领悟到新事物的萌芽和开创自己的文学之前，西欧的这种影响力还在继续向东方传播着。

他们曾经一度从法国、意大利和英国那里获得创作的灵感，而忽略了他们自己民族的歌谣和故事。

尽管我们主要感兴趣的是散文小说，但是，近代俄国文学的两位奠基人却是两位诗人，他们分别是普希金和莱蒙托夫。当然，他们也写散文。这两位诗人都属于19世纪初的浪漫派，也都像欧洲近半数的青年作家一样，深受英国诗人拜伦的影响。

普希金有着很高的文学天赋，同时他也是一个抒情诗人、戏剧诗人和故事作家。但是，他首先还是一个有着超强表现力和美感的剧作家。他的许多剧作品给很多俄国作曲家提供了可以发挥的主题。根据他的故事和诗歌改编的歌剧有《叶普盖尼·奥涅金》、《鲍利斯·戈都诺夫》、《罗萨尔加》和《别克夫人》。他对其后俄国文学的发展有着深远的影响，因为他可能创建了，或是发展了一种新的简约的文体，这种文体清晰明了而富有表现力。

莱蒙托夫像普希金一样，是具有拜伦风格的诗人，但是他的作品之中也不乏雪莱的味道。他是一个幻想家，对俄罗斯人民内心深处那些神秘的精神非常感兴趣，而这种兴趣也深深地影响了后来的俄罗斯文学，也成为了俄国小说中区分于任何国家小说的民族特点。莱蒙托夫的代表作《当代英雄》，已经被翻译成包括英文在内的很多国家的语言。这部小说以高加索山区为背景，通过高加索山民同俄罗斯绅士们的对抗，来展示一种浪漫主义的骑士精神。这也可以被看做是俄罗斯人特有的精神。我们在这里并不是要支持小说里所表达的观点，但是，与现实生活采取一致观点还是很有必要的，而且从中我们还可以看到形形色色的不同的人性。小说也为我们提供了一次可以领略普希金和莱蒙托夫那个时代的文学状态，以及社会的风土人情的机会。令人遗憾的是，这两位当时文学界的领袖最后都死于决斗之中。

第一位放弃浪漫主义传统，走进生活去寻找素材的小说界大师是尼古拉·果戈里。他的小说《死魂灵》看起来远比它的题目生动活泼的多，讲述的是一系列深入俄国社会底层的冒险经历，在诙谐的幽默之中，充满着对普通劳动人民的同情和对虚伪、欺诈的无情的讽刺。据说，很多诙谐的语句因为翻译的原因已经丢失了，这可能是真的，因为果戈里是一位难以企及的、观察乡村小镇人物风情的大师。但是，我们在其英文的译本里，还是可以看到尽显其伟大之处的人道主义精神。除了他的讽刺和观察天赋之外，果戈里还长于描写戏剧性的冲突，在他的作品《塔拉斯·布尔巴》这一描写哥萨克人和波兰人的对抗中表现得淋漓尽致。但是，他首先还是俄罗斯现实主义的创始人，后世的俄罗斯小说家们也都尊他为始祖，尽管他们在现实主义的道路上比他走的更远。正是那位令人尊敬的学者和前任革命家克鲁泡特金一语道破，我们才真正明白过来：后世俄罗斯的小说家们继承的更多的是普希金，而不是果戈里。但是不管怎样，可以肯定的是，果戈里曾经是、而且现在仍然是一位不可小觑的大师。一直以来他的作品都被读者们争相传阅，而他试图让小说离开浪漫主义之路，并使它们更贴近生活的努力也都没有白费。

在这方面，伊凡·屠格涅夫是第一位实现一次真正进步的作家。他和陀思妥耶夫斯基、托尔斯泰是俄罗斯小说历史上最伟大的三剑客。屠格涅夫首部重要的作品是《猎人日记》，他描述的是穷苦农民的悲惨生活，因此，在推动农奴解放运动中起到了很大的影响。书中的写实手法在托尔斯泰笔下变得更有表现力，在他的笔下，俄罗斯的小说已经不再仅仅是一些田园诗般的故事了，而成为了对现实生活的真实写照。在他的小说《父与子》之中，屠格涅夫描写了一个处在上升时期的新一代与逐渐败落的老一代争权夺利的画面：新的一代有着对科学和智慧的执着追求，而老的一代则是些守旧的贵族。他在他的思想中引入了一种叫"虚无主义"的东西，而这一单词正是当时政府用来污蔑那些新的自由思想的，结果，一时之间使他失去了所有同情他的那些人的支持。而在此之前的几年，他又因为批评政府的官僚作风而触怒政府，结果被短期监禁和流放。这样一位俄罗斯作家的生活，既充满刺激又掩伏着种种危险。

但是，屠格涅夫主要不是一位社会活动家。他是一位艺术家，一位人物性格的研究者，一位热爱一切美好事物的人。他的作品形式时常让我们想到法国作家的风范。他的作品既简约又深刻。有这样一种说法：除了屠格涅夫之外，没有人可以写出完美的小说。这可能是一种夸张的说法，但是，如果他要表达的意思使所有屠格涅夫的小说都臻于完美的话，就不无道理了。在他的作品《前夜》和《春潮》里，他细致地描绘了俄罗斯年轻妇女那楚楚可怜的美。他能够感觉到俄罗斯人民身上的野性和那种觉得自己无用的自暴自弃；也能够明白他们的伤感从何而来——因为他自己也同他们一样。他的悲哀不是病态的，而是不乏柔和的英勇。他作品中清晰明了的分析和充满智慧的叙事，都使他可能成为向外界社会阐释俄罗斯民族本质特点的最佳人选；当然，他也是最易读懂的人选。至于他是否真的比他那些伟大的同僚们更写实，恐怕也只有俄罗斯人民才可以告诉我们答案了。他的小说采用的是欧洲风格，而非散漫毫无剧情的俄罗斯风格。他在巴黎度过了他最有创作力的几年，因此，陀思妥耶夫斯基和托尔斯泰都认为他被法国化了，或是至少有被法国同化的危险。但是，他还是经常返回俄国寻找第一手的材料。他的自我流放使他成为俄罗斯语言的崇拜者，而这语言——连俄罗斯人都认为——在他笔下被运用的到了近乎完美的地步。他写作时善于捕捉任何细微的事物，这可能是他从法国人那里学来的。当然，法国人对他的这种熏陶并没有影响他成为一位伟大的俄罗斯艺术家。而这位俄罗斯艺术家也因此写下了，只有一个处于文学革新阶段的艺术家，才可以用他自己的母语所能写出来的、深富影响力的话语："如果这样一种语言不被赐予一个这样伟大的民族，简直是不可想象的。"

屠格涅夫的小说精巧而拘谨。而费奥多尔·陀思妥耶夫斯基则是一位感情更为强烈，而思想更不为任何事物所控制的作家，任何事实都可以不加任何约束的从他内心奔涌而出。在他青年时代，他就因为一些革命的行为（其实只不过是几句话而已）而被捕，然后被流放到西伯利亚4年。他的这些痛苦经历都被记录在了《死屋手记》一书中。但是，自此之后，他的心就如同坚冰一般，一生都充满着忧伤。也正因为他所遭遇的痛苦，才从他内心激发出了一种同情一切受苦者的激情，他对那些罪犯和被放逐者的同情，在《被侮辱的与被损害的》一书之中表现的淋漓尽致。他最知名的作品《罪与罚》让人看了既恐惧，又感动。该书讲述的是一个叫拉斯科尔尼科夫的穷学生，因为一种病态的自我中心主义和对生活的愤恨，极其残忍地谋杀了一个放高利贷的老太婆。值得让人注意的是，他杀人的动机不同寻常：既不是情杀，也不是仇杀，更不是纯粹的谋财害命。他向他的所爱索菲亚——一个穷苦的、被迫沦为妓女的女孩——坦诚交代了他的罪行，而她最后也说服了他去投案自首。最终，他向警察交代了一切，然后被流放到了西伯利亚，而索菲亚也随他同行。她之所以如此执着的原因是为了替他赎罪。通过对这两人痛苦遭遇的描述，陀思妥耶夫斯基，虽然没有借助于象征主义的手法，却让我们看到了当时整个俄国的现况，也向我们展示了，他所认为的只有爱才可以把俄国和整个世界拯救出苦海的梦想。他不相信暴力可以根治一切压迫。在《群魔》一书中，他向我们展示了进行暴力革命的愚蠢和所产生的悲剧。他认为农奴是俄罗斯的希望，所描述的农奴形象也都是富有道德意识的，而这一思想在比他近代的高尔基看来，也正是当时俄国文学和政治理想之集大成者。

　　陀思妥耶夫斯基的小说中所反映的生活的悲惨，很多时候会被西方一些读者误以为是病态的。说它是病态的，也只有首先承认人类都有着一些不健全的动机才可以。我们不应该因此而责怪作家本人，就如同我们不会责怪一个把一桩谋杀、一次纵火或是一桩绑架放到新闻头版头条去的编辑，不会埋怨一个为了向大自然展示我们人类的勇气而开始征服北极之旅的人，也不会诋毁一个为了挽救更多同胞的生命而牺牲自己的外科医生一样。当然，陀思妥耶夫斯基的素材不是取自新闻报纸，而是取自芸芸众生。他小说中的代表作《卡拉马佐夫兄弟》就是通过描写一群无足轻重的小人物身上的软弱和遇到的困难，来试图解决善与恶的问题。在所有陀思妥耶夫斯基的作品之中，没有任何"英雄"人物。女主角的出现也不是为了勾画感人的一幕。他们都是异常可怜、异常悲惨却又异常真实的人物。陀思妥耶夫斯基的天赋中所缺乏的唯一的东西，可能就是一种幽默感，又或者他的幽默感都掩藏在一种相当苍白、相当富有同情心的哲理之后。而三剑客中最伟大的一位——托尔斯泰有的也只是一种庄严肃穆、不苟言笑的幽默感而已，他的作品顶多只能使人微微一笑而不会放声大笑。当然，我们在果戈里和契柯夫的作品中，几乎找不到任何可笑的东西。

文学的故事

俄罗斯人有时候是难以理解的。但是，也不比理解其他国家的人困难。有人怀疑，是他们斯拉夫民族的秉性所致，但是，这种误以为是"精神学"上的问题也可以在我们周边其他国家的人身上找到。对于研究这种国家之间的联系，唯一有意义的就是，可以应用到陀思妥耶夫斯基的第一本小说《穷人》身上，因为这部作品深得狄更斯的真传，尽管事实上，他也并没有怎么读过狄更斯的作品。陀思妥耶夫斯基认为，他们的民族和他们的文学与欧洲的风格是不同的，这也可以从他对托尔斯泰《安娜·卡列尼娜》令人匪夷所思的评价中可以看出来，他认为"此书是最能证明在解决人类受压迫的问题上，俄国人比西方世界的人更有能力的铁证"。但是，他的小说中所表现的人类受压迫的问题，不管是在西方还是在东方，都没有在小说或是现实中得到解决。我们所能真正从陀思妥耶夫斯基所勾画的俄国中学到的东西，是他可以分散在各个细节和一些相当普通的事物上的沟通能力与激情，就像我们在《卡拉马佐夫兄弟》一书中所看到的那样。他在英美国家中被广为知晓，也是在屠格涅夫和托尔斯泰之后很多年以后的事情了。可能开始是因为他激烈的民族主义使他被挡在国界之外，但是最后，还是他身上所体现出来的人文主义取得了胜利，至少是在那些有智慧的人和所属国家那里取得了胜利。现在，陀思妥耶夫斯基已经成为了一位为世界所认可的19世纪文学大师了。

俄国的小说家们把世界的担子都扛在了他们的肩膀上，至于这样做会不会影响他们的艺术创作，我们就不敢多言了。只要他们为人坚强，艺术作品高贵、真诚就足够了。当托尔斯泰于1910年去世的时候，他已经成为了一位世界上最杰出的文学家了。如果他仅仅是一位小说家的话，他就不会广为世界所推崇了；但是，如果他又不是一个小说家的话，他作为社会改革家和争取自由的旗手的作用也不会有那么大的影响力了。世界上有许多文学家用他们的笔——他们的青春和他们的思想——做武器，勇敢地加入到非文学领域的纷争上去，像英国著名诗人弥尔顿和法国著名大文豪雨果。有些人因为他们的"志向"而贡献了他们所有的精力，或是因此而时常耽误他们艺术的创作；另一些人弃文从军，像拜伦。托尔斯泰具有第一流的创作力，他不像很多作家一样，否认和压抑自己的艺术创作，认为艺术的创作是跟自己更崇高的事业丝毫不相干的。而在这方面，恐怕在世界文坛上再也找不到像他这样的一个人了。值得庆幸的是，在他从自己的小说和故事中发现他的创作天赋之前，这些所谓的崇高事业并没有占据他的心灵。青年时期他是一位保守的贵族并且当过兵，只是因为外界环境的限制而保守，并非本质上就保守。他在克里米亚战争中的经历为他的《萨波斯托伯尔》以及其他一些以战争为背景的故事提供了素材。他自己声称，所有他的主人公的品质都是真实，一点不带虚假的英雄主义和感伤文学的矫揉造作。

他所描写的战争真实可靠，是什么样子就写什么样子，战争在他的笔下是可怕而又起不到任何作用的，普通人只能沦为它的牺牲品。当时他还不是一个和平主义者或是社会宣传家，事实上，沙皇还曾下命令，把他从危险地区调离呢！即便在他的文学事业如日中天的时候，他对人和事的兴趣还是比对文学的兴趣高——这也是他不竭的能量的来源。他花了很多时间在他的乡村庄园里，教育那些村野儿童和改善农民的生活。在做所有社会活动的同时，他还写下两部巨著，分别是《战争与和平》和《安娜·卡列尼娜》。

《战争与和平》与其说是一部小说，不如说是反映拿破仑战争时期，俄国社会生活和历史的一部史诗。它的涉及面极其宽广，它包含了许多部小说结合在一起才能向我们展示的内容；所有人物的活动都有着一定的社会及历史背景，而且他们都是以个人身份活动的人；所有构成本书主要线索的四大家族的成员也都是一些个人。托尔斯泰有一种刻画人物的非凡天赋，他笔下的人物都是栩栩如生的；他的描述能力以及捕捉场景的能力也很强，在他的笔下，不管是烽烟滚滚的战场，还是富丽豪华的莫斯科贵族家庭，都能生动地展现在我们面前。他的叙事手法有些堆积和复杂，这也是因为在他的书中，有太多交织在一起的，关系到不同人利益的线索。因此，他本能的采用了一种后来他为之称道的手法——从来都不硬给一个故事强加一种结局，而是让它们自然而然的发展。他的所谓"自然主义"不是一种理论，而是他天性的一种自然流露。他看事物不仅从表面上来看，而且也通过他的想象力去挖掘其深层次的东西。

可能《战争与和平》唯一的缺点就是它太长了，以至于显得有些松散无形。而在《安娜·卡列尼娜》一书中，他就没有再采取那样恢宏的视角，而是更为集中在了某一点上。安娜的悲剧也如同世界上任何伟大的悲剧一样，都是无法避免的。

她的性格和她所处的环境最终把她引向了坟墓，这就像一条注定要流入瀑布的河流一样。这个罪孽深重的女人离开了她的丈夫——一个尽管刻板但却正直的模范丈夫，来到她的情人——一个外表冠冕堂皇而内心黑暗的浑蛋那里。最后，因为她的情人厌倦了她，而她又抛弃了那个原本属于她的社会，她自己也成为了孤家寡人。她最终得到了惩罚，并不是因为什么抽象的善恶法则，而是因为她的道德被破坏后的悔罪。在生活中没有任何地方可去，她只能选择自杀来结束自己的生命。

　　与安娜和她的情人之间燃烧的激情相比，故事的一条辅助线索是列文和吉蒂平静的家庭生活。书中对这部分的描写看起来可能与悲剧的主题不相干，但是，它之所以重要是因为列文代表了托尔斯泰，他与迷一般的生活抗争，以及最后在宗教神秘主义中寻找到了安慰，这些都是托尔斯泰的思想所经历过的。托尔斯泰将自己的剩余时间都用来发展和扩充他对论理学、宗教学、政府管理以及艺术方面的研究。因此，屠格涅夫曾经说，托尔斯泰的造诣是"在当今欧洲文学界无人能比"的，但是屠格涅夫也认为托尔斯泰不专心于文学创作是一种不可饶恕的罪过。但是在托尔斯泰看来，最不可饶恕的罪过之一，就是只醉心于他已经成为大师的文学！在他的《艺术是什么》一书中，他把包括他的小说在内的，几乎所有我们推崇的著作都视为垃圾之作。当他70岁高龄的时候，他又拾笔写下了一本小说，即《复活》。但是，他的动机并非是为了给艺术界增加一件瑰宝，而是纯属为了解决实际问题——为了帮助当时正在受迫害的、基督教派的一个分支而筹钱。托尔斯泰一生视钱财为粪土，但是，却乐意为那些需要它的人去募捐。整本书虽然充满了道德目的，但是，对人物性格的刻画和场景真实性的描写丝毫不逊于当年。看来这次他身上的艺术之魂又一次占领了先机，也报了多年不被重视的一箭之仇。

　　托尔斯泰的宗教观念虽然深深地扎根在他的灵魂之中，但其实是非常简单的：他认为仅仅靠耶稣的教义就足够了，不需要推崇神职人员的权威性和把神学搞的那么复杂。东正教会害怕他的影响力，而把他逐出了教会并且封禁了他的书。他的宗教信仰很自然的就把他引到了不抵抗与和平的无政府主义上来了。如果他只是一个无名的穷人，那么他早就被投进监狱或是流放到西伯利亚去了。但是，他是文学领域的无冕之王，其影响力甚至超过了当时的沙皇；如果政府对他进行任何处治的话，那么当时整个欧洲就会爆发一场革命。所以，当权者选择了去迫害他那些没什么影响力的追随者，这也一直苦恼着托尔斯泰本人。他能在1914年革命爆发之前去世，也许应该是件幸事。

　　托尔斯泰的主要作品都被翻译成了英文，有些还有便宜的简装版。最好的译本应该是阿尔玛·莫德翻译的。他不仅翻译了托尔斯泰的数卷本的巨著，而且还写下了两卷本的《托尔斯泰传记》。通过他的描述，读者可能会对托尔斯泰生活中的每一个细节都很感兴趣，甚至包括他某个时期因为某种兴趣而搁浅了他的创作事业。他那令人震撼的生动性，使他书中的每一页都那么逼真。

俄罗斯批评界流传这样一种观点，说那些伟大的文学前辈们有条斗篷，或者是斗篷舒适的一角搭在了契柯夫的肩膀上。契柯夫是一位短篇小说家、剧作家和乡村医生。因此，文学对于他来说，至少是短暂生涯中的一种娱乐手段，或是生活的一个小插曲。随着托尔斯泰变的越来越严谨，他开始认为契柯夫不懂哲学。但是，他还是很喜欢他这个人和他的短篇小说以及戏剧作品。契柯夫以一种看似毫无艺术可言的艺术形式，描绘了他所看到的，发生在他身上的一些有趣的幽默逸事。他的文风异常朴实。他的故事尽管描写的都是一些无足轻重的小事，但是却都真实可靠。当然，契柯夫因此也丢弃了俄国人视若珍宝的一些观念。要想领略到他的幽默，我们可以欣赏他的《小人物》，此书是对虚荣女性的一种温和的嘲讽，读起来让人觉得幽默十足。他最杰出的戏剧作品是《樱桃园》，说它是一部奇怪的作品，是因为在令人伤感的背景之中又融入了一种淡淡地诙谐。"悲剧幽默感"——这还是文学史上从没有达到过的境界，而契柯夫却做到了。他的短篇故事是如此的简洁、精练，以至于有些激情洋溢的批评家曾把他与莫泊桑作比较，其实这样是不对的。当一种流派的影响力从一个国家传到另一个国家的时候，跟随大潮流是有趣的；但是，如果硬要把那些从没有听过彼此大名的作家拿来比较就很无聊了。契柯夫可能就在一点上与莫泊桑相似：那就是他们的短篇小说都写的很好。

马克西姆·高尔基在近代俄国文学史上有着令人匪夷所思的重要地位。在俄国文坛有些贵族出身的作家同情农奴，像屠格涅夫和托尔斯泰，另外还有更多出身高贵的俄罗斯人，因为解放农奴的事业而被流放到西伯利亚。而马克西姆·高尔基（他自己这么称呼自己，高尔基在俄语里是"苦难"的意思）出身于农奴和工人家庭。不管是在小说还是自传体书籍之中，他的主人公永远是他本人，一个出生在黑暗之中却不停地追逐光明的人。但他不是一个伟大的艺术家，因为他的战斗精神太激烈，以至于他的每一页书中都充斥着他对革命的宣传。但是，如果你深入阅读他的作品，还是可以发现像《母亲》这样感人肺腑的佳作的。由于某些未知的原因，他产生了对俄国以外的世界的好奇心，因此，他也成为了可能是英语世界里最有名望的当代俄国作家。

与高尔基形成鲜明对比的是安得烈耶夫，他是一位持怀疑论的学者，不与生活抗争，而是试图去理解生活。因此他的世界里也充满着怀疑和幻灭。他的短篇小说《七个被绞死的人》和《赤色讥笑》，语调强烈的让人觉得可怕，戏剧作品如《人的一生》和《被鞭笞的人》都是充满着悲观厌世的象征主义（借用一下这个逐渐被淘汰的词）风格的。这种悲天悯人即便对受苦受难的俄国人来说，也显得过于凄凉了。据说他的戏剧《人的一生》在彼得格勒（也可能是今天的列宁格勒）上演，因为气氛过于阴郁而使很多看过它的学生自杀。如果真的如此，这部戏剧的威力就不可小觑了。当然，或许是因为当时俄国学生的心理太过脆弱造成的。

很多现在仍然健在或是刚刚去世的俄国作家也都属于世界文学的一部分，但是，这部分的涉及面究竟有多广就没有确切的答案了。库普林天生的幽默感可以与契柯夫相比，而他在短篇小说方面的造诣和他稍长些的小说《决斗》，英语读者们都可以找到令他们满意的译本。阿特哲巴舍夫是一个鬼才，他的作品《萨妮娜》在我看来一点都不具有真实性，但是他至少还写过一部值得推荐的作品——一个好人在一个野蛮未开化的世界里败落的故事——《伊凡·兰德之死》。柯罗连科也应该因为一本书而永垂史册，这就是《森林絮语》，它是一部感伤小说，但至少是一本任何一个健在的、有视觉的人都应该视为珍宝的书。但是，我们却不能找出一些至今仍然健在，又很有发展前途的作家，因为即便是以我们有限的视野去寻遍包括法国、英国、德国和美国在内的任何国家，我们也仅仅只能找出不超过10人的作家可以在一个世纪之后仍然留名。近一个世纪以来，俄国一直是一个政治经济复杂的国家，特别是在第一次世界大战之后，有很多经济学家都离开莫斯科来到西方，甚至在本书出版的时候，我们都不知道该把俄罗斯民族称为一个文明开化的民族还是一些蛮夷之流。但是与此同时，俄罗斯的文学、音乐、舞蹈和舞台表演技巧却都已经征服了整个世界。

第四十三章 文艺复兴后的意大利文学

　　塔索是意大利文学黄金时代的最后一位伟大天才。在他和他的时代结束之后，意大利所有的艺术形式都开始走下坡路，直到19世纪在全欧洲再一次掀起了一场新的文艺复兴。在此期间，也就是在17和18世纪的时候，文学却主要在英国和法国兴起。虽然发展过程中也曾遇到一些麻烦，但是，它们在政治上和经济上还是拥有强大的扶持。我们可能不能确切地说出一个国家的繁荣和它的艺术之间到底有没有关系，或者单个的人的生存和他的创作力是否有必然的关系。但是，看起来身体的健康的确是有助于增强你的创作力的，因而也就可以创作出更多的艺术作品来。两个世纪以来，意大利深受内战和外族侵略的折磨。那些曾经强大的城邦共和国也因为你争我夺而一个个衰落下去，意大利人民的精神也开始萎靡了，他们试着去通过缅怀过去的光辉历史来自欺欺人。虽然所有那些模仿彼得拉克和文艺复兴时期其他大师的人没有一个能取得像样的成就，但是，意大利人民的精神也并没有完全的消失殆尽。在我们进入19世纪第二次文艺复兴之前，还是有一些重要的人物需要提及的。在文艺复兴的末期，有两三位有天赋的文人，但是他们却没有真正发挥出他们神圣的光芒。第一个人是古欧里尼，他的《忠实的牧人》延续了阿卡迪亚派浮华的作风，曾一度在欧洲各国宫廷传唱，也影响了两个世纪以来的涂脂抹粉、矫揉造作的牧歌体文学；另一个深沉睿智的文人是塔索，他嘲笑那些模仿彼得拉克的人，他的滑稽剧《被窃的提桶》，尽管内容上现在已经过时了，但是其中还是有许多很有趣的东西在里面。虽然塔索现在已经不适合我们了，但是，他的重要性依旧可以从一位伟大的近代意大利诗人卡尔杜齐不辞辛苦的收集、编辑他的作品中看到。但是，自塔索到阿尔非亚里之间的这两个世纪中，在整个阳光明媚的意大利半岛上就再也没有产生过有影响力的诗篇。

　　意大利文艺复兴晚期，在散文领域还是有几位大家的，他们是布鲁诺、康帕内拉和伽利略等哲学家。很遗憾，我们不能仔细阅读这些卓越的思想家的作品。但是值得指出的是，它们还是属于哲学类而不属于任何文学类艺术品。实际上又有谁可以划清哲学和文学的界限呢？布鲁诺和康帕内拉写的诗固然值得被人们忘却，但是，他们真正的实力是在散文和逻辑思考上。布鲁诺的思想由于长期被教会所压制因而被人们忽视，但在近半个世纪以来逐渐被重新发现，他也因此被认为是一位哲学界的举人，他的作品虽然晦涩难懂，但还是掩藏不住他深刻的思想。他的主要思想是整个宇宙是无边无际、蕴藏着活力的，而这一思想在几个世纪之后，经由德国哲学家费希特的发展也日臻完善。

伽利略是一个非同寻常的天才，他既是一位科学家也是一位文学家。我们都知道，他和哥白尼同为近代天文学的奠基人。但是在我们的读者中，甚至在某些意大利人当中，很可能有人不知道他其实还是意大利散文界的大师之一。这也难怪，因为他的部分散文和书信也是在近40年才被发现的。当然，据我所知，这些作品迄今为止还没有英文的译本。他对意大利的物理学、医药学、电学以及其他科学的贡献还需要另提才行。意大利人一直将这些传统保留到近代——也就是当她的子孙后代们纷纷跑去德国留学的时候，他们不仅在德国学到德国人思想中的深邃，而且也学到了他们的拙劣，其中一则很好的例子就是：迄今仍然健在的意大利哲学家和批评家克罗齐，他的书写是如此的拙劣以至于人们很难读下去。

意大利的戏剧文学很早就将音乐融入其中。很快，音乐的影响力就超过了台词。近3个世纪以来，整个世界的人都在歌唱或是哼着意大利的歌剧。但是，很少有人能记住是谁为它作的词。近代意大利的天才们在世人眼里看来，不，应该说在耳朵听来，绝对不是什么诗人，什么小说家，甚至连士兵出身的政治家加里波第都不是，而是吉鸟瑟贝·威尔第，他是一位在意大利歌剧领域无人能比的风云人物，甚至后世伟大的作曲家瓦格纳都没能超越他。当然，音乐不是我们所要关注的对象。但是我们永远都不能忘了戏剧、诗歌和歌曲（这里的歌曲是指配上所有最高水平的管弦乐的音乐）之间的密切关系。欧洲（又有谁知道呢？也许还包括亚洲、非洲和美洲）各国都在谱写自己的歌曲。但是，只有意大利人做了音乐艺术世界里的导师——这一点甚至连德国人都要自愧不如。

于是，这里就出现了一个有趣的问题（我们可能永远都找不到一个确切的答案）：但丁之后的意大利诗坛就此败落，但是意大利的音乐却一直繁荣昌盛，这二者是否矛盾，又该如何去解释呢？如果把这个问题再带到英国的话，就又有一个新的问法了：英国虽然有着悦耳的民谣，也可能在所有当代国家中，不管是内容还是形式上都有着最恢弘大气的诗歌以及为数众多的天才诗人，但是为什么在音乐领域的发展上却如此滞后呢？

我们已经说过，近代意大利人直接继承了古典主义的传统。虽然他们对古典主义充满着崇敬，但绝没有卑躬屈膝的盲目照搬。开始于18世纪并在19世纪上半叶达到高潮的浪漫主义运动也最终传到了意大利。柴萨洛提翻译了爱尔兰吟游诗人奥西恩的《芬格尔》，而此书参照的是苏格兰诗人詹姆士·马克斐逊的盖尔语译本。但是，不管这个苏格兰人的作品是真正的翻译还是伪作，他都在其中展现了他的天赋，因而他的传奇很快便风靡了欧洲各国。值得一提的是，柴萨洛提的译本还是拿破仑最喜爱的书之一。

另外一位具有特殊才能的作家，他的纯文学方面的成就直到近代才被认可，他就是卡萨诺夫。事实上，他原来还不是一位文学家，但是在他的《言行录》之中，他发明了一种绝美的散文体。可能由于作品内容的缘故，青年人和天真的人都不适合去读它。但是对于能够读懂它字里行间意思的老年人来说，卡萨诺夫和英国的日记体作家佩皮斯一样，是那些既懂得自省又知道如何去表达的、为数不多的人当中的一个。他的名声也随着时间的推移日渐增加，英国批评家和哲学家哈维罗克·艾理斯还专门写过一篇关于卡萨诺夫的美文。虽然他的《言行录》属于法语文学，但是他也用意大利语写作。

意大利从来不缺少喜剧，但是在17、18世纪的时候，意大利的舞台却变的相当僵硬做作（法国戏剧自莫里哀之后以及英国戏剧自德莱顿之后也变成这样了）。可还有一位意大利天才用他的喜剧天赋创作了一种性格喜剧。他就是威尼斯人哥尔多尼。他所创作的角色都是一些威尼斯人，从更广的意义上来说，他们都是意大利人；再进行扩大，他们都是人类中的成员。他在法国知名度很高。但是英文的翻译者们似乎忽略了他，这或许是因为他的戏剧充满着搞笑而无法"跨越"我们舞台的门槛。但是，我们仍然可以读一读他的《回想录》，很多年前，它被一位美国驻威尼斯公使，也是著名的小说家豪威尔斯翻译成了英文，并且亲自为此书作序。

一个新时代的先驱往往是诗歌，18世纪意大利严肃派戏剧的一位最重要人物阿尔非里亚，他不仅有着一流的戏剧创作天赋，而且还有革新创作形式的能力。他的作品大多取材于一些古希腊、古罗马的经典传奇和神话故事。但是，他的创作形式尽管仍然没有脱离马基雅维里的影响，但毕竟属于他自己的风格，新鲜而又富有活力，因此，迅速影响了整个意大利的文学。虽然阿尔非里亚的戏剧从来都不曾穿越国界来到英国，但是他还是一位重要的剧作家、诗人以及散文作家，特别是他为纪念美国独立而创作的几首颂歌都值得我们去注意（他对自由和反对专制制度有着火一般的热情）。但是遗憾的是，据我所知，这些诗都没有被翻译成英文。

18世纪意大利最伟大的作家是帕里尼，他的作品《一日》充满着辛辣的讽刺，而由他首次使用的英雄体无韵诗也赢得了莱奥帕尔迪对他的盛赞，把他称为"近代意大利文学史上的维吉尔（注：维吉尔是古罗马时期最伟大的诗人）"。虽然帕里尼对古代文学的辉煌有着很高的赞美，但是他的作品不是依靠对古代经典作家的模仿，而是有自己独特的写作风格。另一位诗人，虽然缺乏自己的创作力，一味去模仿古代的大师们，但是仍然具有超凡绝伦的天赋，他就是蒙特尼。在文学史上，他之所以取得了如此重要的地位，是因为他详细阐明了文学和现实世界的关系。他甚至写过很多溜须拍马、歌颂拿破仑功绩的诗。但是他对于文学的真正贡献却是他所翻译的《伊利亚特》（注：《伊利亚特》为古希腊诗人荷马所留下的两部史诗之一），他的译本至今仍然广受意大利人欢迎。

当人们提到雨果·福斯科洛的时候，我们不管是从时间上还是从时代精神上都进入了19世纪。他的代表作《雅格·奥底斯》虽然出版于19世纪初的前两年，但是他却被意大利人称为他们自己的歌德，尽管他作品的视野比那位伟大的德国文学家要狭窄的多。这本书向我们展示了意大利人民在奥地利和拿破仑帝国的双重压迫下的悲惨遭遇。而福斯科洛本人就很有趣地向我们展示了位于欧洲两端的、两个似乎看起来毫无瓜葛的国家——意大利和英国之间在文学上的千丝万缕的联系。但是迄今为止，这样一篇描写这种关系的文章还等待着有人动笔。许多英国诗人都曾在意大利居住过，甚至还有很多在那里去世；而罗塞蒂这位英国著名的诗人还是意大利后裔。福斯科洛在英国生活过许多年，在英国批评界里也是一位广为认可、值得尊敬的人物。他的诗取材范围很窄，但是仍然非常优秀。他的《墓地诗选》就是一首忧伤优美的挽歌。他与英国文学最直接的联系就是他翻译的斯泰恩（注：斯泰恩是英国18世纪感伤派的代表小说家）的《感伤之旅》。

这样我们就进入了19世纪的意大利。首先要介绍的，是一位伟大的诗人莱奥帕尔迪，他是一位忧郁、感伤、悲观的诗人，但却是一位天才歌手。我们可以姑且认为他是意大利的拜伦，虽然他不如英国这位诗人那般精力充沛而且多产，但诗风却比后者更细微、更精巧。但是遗憾的是，他诗中的魔力没有、也可能是难以被翻译成英文。关于莱奥帕尔迪，有一位名为比克斯特斯的英国学者写过一本有趣但不乏教育意义的书。虽然这首翻译而成的诗用的是原作的韵律，但是离意大利诗人真正的原作还是相差十万八千里。翻译的作品往往走的是两个极端：要么就是严格地一字一句的直译，要么就是译者用源入语进行艺术的再创作。但是在这里，我还是大胆向大家推荐学习意大利语，即便只是为了能够亲自去领略但丁和莱奥帕尔迪作品中的美妙也是值得的。

　　小说界浪漫主义精神的代表是曼左尼，如果我们在此作一次不太准确的比较，他就像是意大利的沃特·斯格特（注：沃特·斯格特是19世纪英国最著名的历史题材小说家）。他的代表作《约婚夫妇》是小说中的上乘之作，曾被翻译成了欧洲各国的语言，现在读起来仍然是一种享受，尽管它事实上没有意大利人所吹捧的那样无可挑剔。在此书当中充满了柔情蜜意、不仅令人心旷神怡，而且，由于小说的文体是作者集数年之努力而采集的精华所在，文风也就因此充满了写实主义，从此为意大利小说界带来了一股修辞学上的革新力量。同时，他还是一个多才多艺的人。他的悲剧也因为他的名望而举世闻名。他的第一部戏剧《卡尔马格诺利耶伯爵》以其新颖的形式，引起了一位总是对新事物的出现保持警惕态度的文坛巨人歌德的注意。曼左尼是一位才华横溢的抒情诗人。他为纪念拿破仑逝世所作的诗，在世界上所有讲意大利语的地区无人不知、无人不晓。在有限的文学空间里，特别是当我们试图揭示各种艺术形式之间的联系，以及人类表现力的延续性的时候，著名作曲家威尔第曾为了纪念曼左尼，特别创作了一首动人心魄的《安魂曲》。借此，我们也可以看出曼左尼对世界文学有多大的贡献了。

　　19世纪中期，意大利出现了一位卓越而又有着巨大影响的诗人，此人就是卡尔杜奇。他的诗难度之大，几乎不可能翻译成英文。他既是一位诗人，又是一位评论家，同时还是一位把已经作古的意大利文学前辈们的作品结成集子的编纂大师；他既是一位文学教授，同时也是一位艺术家，这在历史上是鲜有其闻的。他的诗歌简洁、严谨而且深邃；在意境的深度上和形式的完美上，没有任何一位意大利近代诗人可以与之媲美。

　　在意大利近代小说史上，有许多才华横溢的文人墨客，但是，真正第一流的天才人物却很罕见。在这方面，来自西西里的维尔加就是最具代表性的人物。他在意大利以外的各国知名度都很高，主要是因为他的一本名为《马拉沃利亚一家》的小说，在此小说的基础之上，著名歌剧家马斯卡奇尼创作了一部迅速走红的歌剧。但是，维尔加的作品要比那些煽情的浪漫故事更为伟大，主要是因为他向人们描绘了西西里和意大利南部的社会和精神发展的历史。

在所有健在的意大利文人中，我们只需要提一个人的名字就够了。他就是邓南哲，他不仅是一位诗人、剧作家、小说家，还是飞行员和政治家。他的多才多艺和他的无限精力是让人难以想象的，即便是文艺复兴时期，最精力充沛的大师也不能与之媲美。他有着惊人的语言把握力；可能在同一时期，在所有意大利人当中，没有任何人能掌握如此丰富的词汇。

在他身上，混合着江湖术士和口若悬河的演说家的气质，这不仅使他的作品征服了所有的国人，也征服了所有的欧洲各国人士；当然，这位写下《死的胜利》和《生命的火焰》的文学大师也因此而名垂青史。他的抒情诗像他的口才一样流畅，甚至几乎到了冗赘的程度；他的戏剧生动，修辞严谨，情节发展紧凑。他根据法朗赛斯加·德·里米亚的故事改编而成的以杜丝为女主人公的戏剧，在任何时代都是可以赚得无数眼泪的感伤派的佳作。

一些更为年轻的意大利文人，像帕品尼和马利内蒂，都在尝试更为大胆新潮的文学形式，并融入他们的一些革命的激进思想。而朱瑟佩·艾里科虽然是一位优秀的短篇小说家，思想上却并不激进，形式上也是沿用着古典主义的完美表现形式。但是有一点可以肯定：读者的品位是在变化着的，文学的流派也是跟着变化着的；然而，意大利作为一个政治上激进、骨子里浪漫的礼仪之邦，从整体上来说，还是依旧忠实于他们古代的先辈，依旧是古典主义的乖孩子。

第四十四章 近代西班牙文学

自黄金时期文学在17世纪开始衰落之后，西班牙文学也像意大利文学一样腐朽、颓废，失去了独创性和特有的风格。在这里，我同样提出那个令人费解的问题，就是一个国家政治和经济实力的下降是不是一定会导致艺术和思想的衰退，当然这个问题我们仍然无法作答。18世纪整个欧洲一片混乱，西班牙王位继承引发的战争使英国、法国、奥地利、普鲁士、西班牙和荷兰都卷入其中，几乎同时，瑞典和俄国也在东欧进行着争夺地盘的战争。不久就发生了席卷整个欧洲的法国大革命。因此那个时期没有任何一个国家完全沉浸在学术的发展之中。但是英国和法国的文学至少在某些方面体现了文学的继承性，而在德国的非普鲁士地区文学也都呈现出了新气象。但是其他国家的文学全部没有突出的发展。

在欧洲大陆上法国是意识形态领域的王者，而西班牙则是他最听话的臣子之一。一时之间，西班牙文学界所有伟大的喜剧和悲剧，所有那些迷人的民谣，所有优秀的流浪汉题材的小说都失去了应有的活力而全部试着向巴黎文学界看齐。甚至在19世纪上半叶当西班牙人民试图挣脱拿破伦的枷锁的时候，整个亚平宁半岛在意识形态领域还是依附于他们政治上的压迫者。但是令人奇怪的是西班牙，尽管西班牙在文学上对法国那样地盲从，但是丝毫没有吸取到法国文学的任何精华。浪漫主义思潮曾经为整个欧洲思想界和文学界点燃了火花，但是席卷西班牙的只不过是一堆滚滚的浓烟而已。整个欧洲声称是最浪漫的国家却没有点燃浪漫主义的圣火，这确实是件匪夷所思的事情。

这其中的原因或许是尽管西班牙人多才多艺，但是也只不过适合在舞台上演出而已，他们的文学天赋与欧洲其他许多文学大师如雨果、梅里美、约翰·萨真特相比只不过是文学领域的一个匆匆过客而已。西班牙人引以为豪的是他们那些最优秀的文学作品和（我是冒着激怒许多画家和艺术批评家的风险斗胆说出来的）绘画作品。因此进入19世纪中叶，当西班牙文学复兴重新在世界文坛站住脚的时候，那些文学新人们也都是一些对西班牙人民生活进行现实主义描写而非浪漫主义描写的小说家和剧作家，只不过人们习惯于用一种浪漫主义的情调来对待他们的作品，因为全世界也是抱着这种观点而去了解西班牙的。

近代西班牙有一位剧作家，他的作品已经融为了西方文明史上不可分割的一部分，此人就是埃切加莱。他在文学界是一个怪才，虽然曾经从事教授数学职业，但是却在晚年下定决心去尝试戏剧这一文学形式。很明显，他的天赋不是从研读卡尔德隆（注：卡尔德隆是西班牙17世纪著名剧作家）得来的，而是因为目睹了19世纪的风云变幻同时以其强烈的求知欲而成为了一个像易卜生、霍普特曼或是萧伯纳（注：易卜生乃19世纪挪威著名剧作家、霍普特曼是19世纪德国著名剧作家、萧伯纳是英国19世纪末20世纪初著名剧作家）那样的戏剧大师，他的作品并没有因为时间的流逝而削弱影响力——而这对于曾经在西班牙人民当中兴盛一时的戏剧艺术或者对舞台表演而言都是一件值得庆幸的事情。埃切加莱幽默中带着严肃，诙谐中给人以启发。他的戏剧代表作《唐煌之子》和《伟大的牵线人》，其中所描写的人物虽然都带有浓郁的西班牙风情，却是世界上任何一个地方的人们都能够理解和认同的。因此埃切加莱也成为了世界文坛中被人们广为传颂的作家之一。虽然他的声望随着时间的流逝逐渐降低，但是我们要知道文学界最风云多变的领域就是戏剧界了，在这样的舞台上恐怕只有埃斯库罗斯（注：埃斯库罗斯为古希腊三大悲剧家之一）、莎士比亚和莫里哀那样的大家才能永远的站住脚。而想要知道埃切加莱、易卜生、霍普特曼或是萧伯纳在后世的知名度如何的话，我们恐怕就要多活上一个世纪才行了。今天他们在戏剧舞台富有生命力，但是谁也不敢担保明天不会有其他的戏剧新秀将他们取而代之。但是西班牙的小说却从来没有真正消逝——在一个曾出现过塞万提斯这样的小说界巨匠的国度又怎么会消逝呢？在19世纪中叶，小说的复兴才刚刚开始。它们在内容上都是具有现实主义色彩的，这个我们应该也可以理解。虽然西班牙是一个浪漫国度，但是在文学上却没有丝毫浪漫可言。其中出现了一位女性现实主义小说家，她的笔名叫作费尔南·卡巴列罗。她的代表作《海鸥》是一部在西班牙广为流传的作品。虽然在今天看来名声已经远没有以前那样显赫了，但是书中写实的精神，对人物和场景真实的描述仍然不失为世界文学史上的一件瑰宝。在阿拉贡的作品之中也可以找到类似的写实手法，他所继承的是西班牙传统的流浪汉小说题材，也只有在这样不流于形式的主人公四处漫游的小说里西班牙文学才是世界一流的。他描写乡村生活的小说《三角帽》真实而有趣。可能阿拉贡不是一位伟大的艺术家，但他却着实是具有西班牙特色的文学的传承者。

在阿拉贡之后西班牙文学史上又出现了一位著名作家，他就是佩雷达。他描写的是农民和水手的故事，并且也善于描绘他们生活的背景，如山川和海洋。他在西班牙文坛被称为"近代现实主义之父"，当然以他的造诣丝毫不愧于这一称呼。在这里需要再次提醒读者，西班牙小说近三个世纪以来所取得成就的作品，不是那些传统的浪漫主义小说，而是那些忠实于人物特点的写实的现实主义小说。佩雷达在形式上面并没有新的创造，而是继承了这一光辉传统。

还需要注意的一点是，当代西班牙小说在对场景和人物性格的描绘上都具有强烈的地方色彩。这可能是它与众不同的优点，同时因为它把西班牙小说局限在了西班牙本地，很少去描写那些大山之外的东西，而使得西班牙文学无法融入欧洲的主流文学之中。佩雷达本人是一个严肃守旧的宗教保守主义者。但是跟他生活在同一个时代的法利拉则是神秘的怀疑论者和享乐主义者，他善于描写城市丰富多彩的生活。法利拉的代表作是《佩比泰·舍美拉尔》，此书向我们展示了他多方面的才华。书中讲述的是一个有远大志向的神秘的牧师在现实面前——当然这种现实的一大部分指的是一个女人——所有的理想和抱负都变的一文不值的故事。法利拉在他50岁的时候突然写出了让他的文学同僚们所震惊的第一本小说，虽然在这之前他已经是一个知名的诗人和散文家了。在此之后他就效仿莎士比亚（莎士比亚在写下他那不朽的戏剧之前已经是一位小有名气的诗人了），专攻小说和短篇故事。在他逝世以后，他被西班牙文学界誉为"西班牙文学的精神导师"。

加尔多斯是一位比佩雷达和法利拉年轻的文学家，他的作品深深影响了西班牙当代青年作家，西班牙文学在他手中实现了从现代到当代的过渡。但是值得一提的是每一位文学天才的出现都意味着从一个时期到另一个时期的过渡，因为即便伟大如但丁和歌德那样的大师也不能有意去发起或是终止一项如火如荼的文学运动。加尔多斯的小说多取材与19世纪的历史，他把他一系列的小说编纂成了一部史诗，取名为《国民插话》。它唯一的缺陷在于史诗虽然取材于第一手的浪漫主义小说，因此看起来没有什么真实的内容，而且也在本应该借此机会席卷整个欧洲的时候却仍然保持着他们那种专属西班牙的气息。但书中还是不乏一些优秀的故事，确切的说作者管它们叫"插话"，而且他还有着独特的刻画人物性格的天赋。除了历史故事之外，他的小说还有各式各样的写实题材，而且因为他笔下形形色色的人物、他独特的故事把握能力和风趣幽默的个性，他常被人拿来与巴尔扎克和狄更斯比较。

生活在19世纪下半叶的巴尔台斯因为受了太多的法国文学的影响而时常遭到后世批评家们的非议。其实文学之间跨越国界的影响只要不涉及侵犯民族权利就应该说是一件好事。巴尔台斯天生就是一个艺术家，他对法国小说的把握是任何其他试图仿效法国，但总是缺乏法国作家文笔的精确和形式的完美的西班牙作家们所难以企及的。他的《泡沫》和《信仰》是一本描写当代生活的现实主义巨著，值得一提的是书中还有着一些绝妙的反讽之辞。在西班牙有一位像乔治·桑一样的天才女作家，她就是伊尔利亚·帕多·巴让。她在很多方面都很像她那位法国的姐妹，尤其是她对祖国和同胞的满腔热爱。在《关于我国》一书之中她描绘了西班牙西北部广袤地域和优美的风景，她描写的人物虽然本身没有吸引力但是因为她对人物性格的敏锐的洞察力使之生动起来。在这部小说和其他一些作品如《母性》当中，她流露出了那些所谓的自然主义学派的一些文风。但是遗憾的是我没有发现她这些小说的英文译本，尽管它们早就应该被翻译过来的，因为在当今英国和美国的写作界和出版界（这其实也就意味着失去许多读者）有许多人士对西班牙小说的兴趣越来越来浓厚。小说或是任何叙事形式都是经过翻译很容易在其他国度开花结果的文学形式，当然最容易翻译的还是散文。19世纪西班牙诗歌在西班牙以外的地区并没有什么影响力，反倒被国外的思潮所影响。厄斯普林特达是一位生活在19世纪上半页的年轻诗人，他像当时欧洲大陆其他的年轻诗人一样也深受着拜伦的影响。从天性上来说他很容易被拜伦所吸引，因为两人同样都是狂荡不羁热爱冒险的革命激进分子，又同样卷入了当时的政治运动和社会骚乱之中。他有着与生俱来的诗人才华，他的革命行动也只是他天性中狂躁、无畏和不羁的一面，而另一面则贯穿在他所有的诗章之中，这一点所有喜欢阅读西班牙诗歌的读者们都可以作为见证。

在19世纪有一位诗人他的作品不仅震撼了西班牙而且还穿越了比力牛斯山脉，甚至跨过了各大洋（因为世界上讲西班牙语的人有大半不住在西班牙），他就是卡莫波麦。如果用一句话来概括他，那就是，他和许多生活在不同世纪的诗人一样是一个象征主义者。他所写的都是一些短诗——虽然他给它们取名为短诗但完全不能涵盖他所要表达的全部意思，因为这些东西在十四行诗、颂歌或是民谣中都是找不到的——通过他的诗我们看到了普通百姓的思想和可以流传千古的一些大师的思想之间的连系。下面把我的拙见与我的读者特别是那些比我学识渊博的西班牙读者一起分享：卡莫波麦是一位熟读贺拉斯、奥维德和朱威那尔一些古罗马大师们作品的人。迄今为止我还没有发现对这位西班牙诗人作品全面翻译的版本，尽管只有一些只言片语的翻译。刚才我已经说过，现在在讲英语的国家里有越来越多的人开始中意于西班牙文学了，但是像这样一位大师的作品却找不到其完整的翻译，这难道不奇怪吗？

　　毫无疑问的是人们对当代西班牙小说的兴趣是浓厚的。就像我们曾经讨论过的一些其他国家的当代文学一样，我们在这里也不想对西班牙的当代作家们做过多的评论。在我看来，读者对待当代小说不应该评价太多，因为没有任何一个人可以有精力去关心世界上所发生的每一件事情。所以那些聪明的读者完全可以把这个担子传承到下一代去。

　　迄今为止所有健在的西班牙作家里，有一位优秀的人物，他一直执著于自己的艺术事业，他就是比奥·巴洛耶。他的作品《小心人的市场》描绘出了一幅城市的全景风貌，里面既有林荫大道也有小弄堂，既有市民之间的勾心斗角也有胡作非为和四处冒险的流浪者。巴洛耶对那些面对压迫没有任何解决办法的社会各个阶层人民怀有深刻的同情，在他的小说《探索》（英文翻译中的名字，其实在西班牙原作里完全不是这样的，但是翻译的还是非常不错的）里他精心描绘了一个当代城市里的夜生活和白天生活之间强烈对比的情景。

　　一般而言，年轻人更容易去反抗那些既定的社会政治秩序，英国最著名的研究西班牙文学的批评大师曾说过，西班牙艺术家们往往因为把艺术和政治联系在一起而损害了艺术的形象。

　　这也许是对的，但是在其他国家里那些最卓越、最勇敢的艺术家们拿起利刃借助他们手中之笔来反抗一个专制政府或是创建他们的理想之国的也大有人在。那些17世纪英国的骑士派诗人，托尔斯泰以及所有的俄罗斯人都曾经为了他们的梦想而斗争过。这里让我们来回想一下维克多·雨果吧，有人问我诗歌与政治之间的关系是什么样子的？这里姑且不管它们的关系究竟如何，我们还要提及的一位作家乌奈莫诺，他或许是当代西班牙最有趣的人物之一了。尽管对他作品的英文翻译没能使他更为知名，但是这位散文家、讽刺大师、记者和诗人还是值得一提的，后来他从祖国流放出去最终赢得了人们的尊重。一般而言，当代一些政府不会再把流放作为他们惩治文人墨客的手法了，因为那样只会立刻使他们声名大震、思想也因此传播到世界各个角落，那些被流放的人也知道该如何用他们的笔来反击。

另外一个因为反抗政府而一举成名的西班牙作家是布拉斯科·伊巴涅斯。那些有能耐的批评家曾经告诉我其实他在西班牙被人们称为"小丑"。不过，他也的确是一个很好的"小丑"。他所写的那部《启示录四骑士》使他在国际上声明鹊起（或许也只是使他变的更有名望了，因为在这之前他的一些作品已经被翻译成了英文和其他的语言了），这本巨著包含了那些唯美、感天动地和戏剧化的一些场景，在人们都饱受战争折磨的时期上演无疑会得到观众的欢心。但是既然我们要说的是"小丑"，我们此刻就要应用后来一位名为豪尔威斯的作家在他为纪念布拉斯科·伊巴涅斯的一篇文章中的一句话："伊巴涅斯所取得的艺术成就要远远高于亨利·詹姆士（注：亨利·詹姆士乃同一时期美国一位著名小说家），只是在细节和美感上略逊于后者而已"。

豪尔威斯先生热爱西班牙也阅读过许多西班牙的书籍，他可能会对我们接下来要提的两位当代西班牙作家独特的写作方式感兴趣的。他们分别是巴勒·因克兰和路易斯，后者常称自己为亚若林。巴勒·因克兰是一个写作风格细腻的作家，是《公爵勃拉陀明的愉快的回忆录》和以卡洛斯党的战争为素材所写的精美的三部曲的作者。亚若林写过《小哲学家的自白》，这是一本充满睿智的书，值得并注定（如果这里我们借用一下那些信命的人的话）被收入世界文学的宝库之中的书。在当代西班牙文学之中有着许多有价值的作品，但是我们这里也只能说到这里为止，因为我们现在必须得迅速搭乘一架飞机驶向一个历史上曾被西班牙蹂躏过的国家了。

第四十五章　荷兰和法兰德斯的文学

几乎所有在本章有限的篇幅中讨论的作家都生活在19世纪以前。虽然这样看上去有些打乱时间上的顺序，但是也只有如此处理本章才更容易让读者了解，因为本章在文学上虽然内容奇特但是并不占有重要地位。

对于荷兰人来说，文学并没有什么重要性。有两位博学的荷兰人曾经给我的话题提过一些意见，但是他们却一致认为他们国家没有什么好的文学，特别是19世纪以后的文学。不论哪一个偶尔参观过欧洲美洲美术馆的人都会被荷兰的多姿多彩的绘画所震撼，虽然在文艺复兴时期在绘画方面也只有意大利人可以与荷兰人和法兰德斯人相媲美。但是荷兰人却把他们所有的精力都用在了除文学之外的所有艺术上。或许因为这个原因，荷兰语像它的邻国德国的语言一样直到近代一直都过于笨拙、不够灵活。

在荷兰文学史上有两位最伟大的文学家，但是他们却不是用荷兰语而是用拉丁文进行写作。这两个人分别是斯宾诺莎和伊斯拉默。斯宾诺莎是一位人文主义者，也是托马斯·莫尔的朋友，他们早年就已经认识了，此人像所有人文主义者一样也倾向于使时间逆转和阻止近代语言的成长。因为在所有的人文主义者眼中，人类所有的道德和智慧都可以在希腊文和拉丁文中找到。伊斯拉默则是一位真正意义上的学者，他喜爱文学，特别是古典主义文学和教会文学，因为他也像所有那个时代的人一样认为可以在它们之中寻找到他所认为的真理（要知道1500年这一年把他70岁的一生等分为两个部分）。有很多文艺复兴时期的古典主义信奉者们不是什么异教徒，也不信奉什么古希腊或古罗马的经典（因为如果是一位古罗马的崇拜者就会理解那些经典的真谛了），而是地地道道的天主教徒。伊斯拉默的才华全部体现在了他的书信集和他的《对话书》之中，这是一本收录了他一生针对过的所有话题的对话集。如果我们不是硬性做一些谁更有价值的评判的话，那么把柏拉图的《对话录》同伊斯拉默的

《对话书》以及兰德的《空谈集》放在同一个书架上来阅读应该也不失为一个好的主意。

伊斯拉默逝世的大约一个世纪以后，在阿姆斯特丹有一位既不是天主教徒不是异教徒的犹太人斯宾诺莎诞生了。

他和英国的培根、法国的笛卡儿以及意大利的布鲁诺同为现代哲学的创始人。在这里我甚至有些怀疑该不该把斯宾诺莎列入本章之中，因为他是一位严肃、难懂而又非常专业的哲学家，写的一手非常凝练而又有学者风范的拉丁文。就连那些拉丁文专家都告诉我他的造诣几乎纯熟到了无可挑剔的地步。斯宾诺莎毫无疑问是一位思想家，但是却缺乏一种艺术家和文人该有的天赋（伊斯拉默跟他一样缺乏文学细胞，培根、以至我们今天哲学界的名流尼采、伯特朗·罗素，威廉·詹姆士和桑地亚那也通通如此）。他所采用的方法是一种哲学上的方法，像几何学一样，设出前提然后用数字和其他的证据来证明它。他也因此而被人们遗忘了一个世纪之久，直到大约进入到了19世纪初期才有一些哲学家和文学家像赫尔德、莱辛、诺瓦利斯和歌德又重新发现了他的价值，现在他已经重新成为哲学界的一位主要人物了。可能他也不是完全没有文学天赋的，在他的《论理学》（当然指的是英文的译本）一书之中有一章叫做《人类的枷锁》，而这个名字正与我们现在熟悉和喜爱的我们当代的一位作家萨姆塞特·毛姆的代表作同名。

在荷兰语文学之中我们必须去寻找他们那些最带有本民族特色的东西，例如民间传说、民谣和通俗传奇故事。荷兰人至少为世界文学宝库贡献过一件瑰宝，那就是由吟游诗人威蓝姆所写的在世界上广为传诵的诗歌《列娜狐》——这是举世闻名的故事的最初几个版本之一，它由卡克斯顿从一本荷兰文散文版本翻译成了英文。这些神话、传奇和讽刺诗都在国与国之间相互流传。现在不论在小说、诗歌或是批评方面都存在着这样一个问题，那就是翻译者的水平高低直接影响着文学的传播。在中世纪的时候人们还没有任何关于文学专利权的问题出现。一个作家在任何时候都可以随意引用别人的观点也不用指明出处。

而荷兰语的那部《列娜狐》似乎也是这个伟大故事的唯一版本，因此它也有着深远的影响。而歌德的《列娜狐传》则是最伟大的现代版本。

另一位重要的中世纪神秘主义者他曾写了许多流传至今的宗教学著作，此人就是生活在14世纪的布鲁塞尔修道士望·勒斯勃洛克。一位比利时的诗人梅特林克曾经在他的《卑微者的财富》一书中提到过他，并且还把他一本名为

《与精神联姻的美》的著作翻译成了法文。

思想是应该在国际之间传播的，荷兰的道德剧《每人》就是一个很好的证明，事实上它后来也成为了著名英文道德剧《凡人》的蓝本。

另一个国际之间思想互相交流的例子，就是荷兰文艺复兴时期第一位诗人望·台尔·诺特和英国当时的著名诗人斯宾塞之间的联系。这种关系在伊丽莎白时期的大多数传记的描绘中是很模糊的，看起来似乎是这位荷兰诗人曾经教育过当时那位年轻的英国诗人要经常去阅读法国作家拉伯雷和意大利文艺复兴之父彼得拉克的作品。

荷兰文学史上最伟大的作家是封德尔，他出生在16世纪末，他的悲剧不仅富有戏剧表现力而且还极具抒情诗的美感。他一方面被比做荷兰的拉辛，这是因为他的戏剧大多都是取自圣经中的一些英雄故事；另一方面，他的代表作《魔鬼鲁西凡》则让人们自然而然地想到了弥尔顿的史诗《失乐园》。弥尔顿有着荷兰文学家对荷兰戏剧的热爱，但是不能说他借用了后者作品中的一些内容。事实上《失乐园》、《复乐园》和《魔鬼鲁西凡》除了都是描述的同一事物，除了都拥有精美的形式以外没有任何其他相似之处。这两位诗人虽然想要表达同一主题，但是却有着不同的处理方式，《魔鬼鲁西凡》是具有抒情诗性质的戏剧，而弥尔顿则不管是《失乐园》还是《复乐园》都是大型叙事史诗。关于这位伟大的诗人和他所生活的政治和宗教的背景，巴尔奴教授曾经专门写过一部封德尔的传记。

在封德尔之后的荷兰文学彻底走上了下坡路，18世纪所产生的那些作品大多枯燥无味。荷兰文学的真正复兴开始于18世纪末19世纪初。在这个新时代到来之前有一位先驱者值得我们一提，他就是皮尔戴蒂克，一个训诫诗人，他所作的那些富有智慧的诗在荷兰具有非凡的影响力，但遗憾的是，没有影响到其他国家。在人才辈出的英国，他只称得上是二流诗人，但是他以他的博学赢得了像罗伯特·项迪那样著名批评家的尊敬。现在，我们可以从他对莎士比亚嗤之以鼻的态度和抵制德国的新诗行动中可以看出他的审美观却没有高明到哪儿去。

尽管德国的浪漫主义运动在荷兰有皮尔戴蒂克这样的人抵制，但是丝毫没有影响它在荷兰的传播，这主要是因为歌德在整个世界的影响力以及英国当时浪漫主义（主要是斯格特的历史题材的小说）的影响。即便是在新时期荷兰文学也没有呈现一派辉煌的局面，相反却变的越来越保守了。有一位名为雅克·培克的年轻诗人曾尝试着打破旧文体僵硬的束缚，遗憾的是他却在21岁时英年早逝。他遗留下来的诗歌展现了他的原创天才，字里行间注入了他深深的感情，因此也激发了年轻一代的激情，他们曾为了缅怀他而创立了一个学派。

迄今为止荷兰当代文学中最杰出的一个人物是路易·库佩拉斯，从他的诗作可以看出他是同情年轻人所成立学派的，但遗憾的是他是一个小说家，他的诗歌造诣和影响力远远不能跟他的小说相比。他的小说曾被翻译成各国文字，因而荷兰文学重新出现在欧洲文学的版图上。他最有名的作品《小灵魂集》，是一部小说的四部曲，英文译本非常优秀。与荷兰文学有密切关系的是法兰德斯文学，这是因为法兰德斯地区在历史上曾是荷兰政治上的附属原因。当1839年比利时从荷兰分离出去以后，这些法兰德斯人就开始反对一切跟荷兰有关的东西，并且企图树立法国风格和法兰德斯自己的风格。当时的政府试图通过压制的手段不让法兰德斯语成为他们的官方语言，却因此起到了相反的效果，许多作家和学者因此而更加努力的推广自己的母语。此次运动亨特利克·康舍斯所著的一系列小说，例如他的处女作《奇异的年代》就取材于荷兰独立战争的历史，因而激发了他同胞的爱国心，从此确立了现代法兰德斯语在他们文学界的地位。他还著有一些描写法兰德斯人家庭生活的故事，这一切都使他成为了法兰德斯人民心中的民族英雄。由于他的作品中对现实生活的忠实描写，我们就不单单认为他只是一位法兰德斯文学上的小说家，而是欧洲文学界的一位重要人物。值得指出的是，他的这种写实还是被高度的理想化和浪漫化了的。另一位小说家斯利库斯则采取了一种完全不同的方法来描写生活，即自然主义的手法，通过精确的观察和细节的堆积来描写生活。法兰德斯的作家不管在比利时还是在荷兰都倍受称赞，这确实是对他们所做一切的一种讽刺。事实上在意识形态上法兰德斯人和荷兰人已经融为一体了。而在比利时虽然他们同时受到法国文化和法兰德斯文化的双重影响，但是从整体上来说还是法国文化处于主流地位。

第四十六章 斯堪的纳维亚文学

很多年以前，有位英国批评家曾经说过：只有300万人口的挪威，在意识形态领域的贡献要比有1亿多人口的美国大的多。这种比较或许是毫无意义的，但是在这种比较之中至少包含着一个的真理：斯堪的纳维亚人的确为世界贡献了无数的天才人物。我们都有幸看到在人类的早期，作为挪威人一支的冰岛人就发展了他们的伟大文学。而近代的斯堪的纳维亚人也理所当然的继承了他们祖先冰岛人的伟大传统。首先让我们先来看一下丹麦人。

当代丹麦文学的创始人是路德维希·赫尔伯格。他虽然出生在挪威人的家庭里，但是在他出生的时候，也就是17世纪末期一直到19世纪，挪威都归属与丹麦，而挪威人也大都使用丹麦语，而不是法语或者是德语进行写作。赫尔伯格是一位一流的讽刺作家和幽默作家，在他生活的时代，整个欧洲也只有英国的斯威夫特和法国的伏尔泰可以与之媲美。他幽默诙谐的叙事诗《彼得·贝格斯》是丹麦文学里第一部经典著作，迄今为止它里面所蕴涵的智慧仍然为丹麦人所津津乐道。

他还为丹麦的戏剧史贡献了一系列脍炙人口的喜剧。而在他之前，丹麦戏剧舞台上一直都只上演法语和德语的戏剧。赫尔伯格教会了他的同胞们用自己本民族的语言去放声大笑。他不仅仅是一位只具有喜剧色彩的文人，还是人类有史以来最博学的人之一。他还就许多不同的话题写过一些严肃题材的论文，这些论文的内容简洁明了，反映出作者爽直的性格特点，也因而成为最初和最终教育其他丹麦作家的素材。他的影响力之大即便是在两个世纪之后的今天仍然能够感觉出来，而且这种影响力已经不再只局限于丹麦一个国家，而是理所当然的波及到了斯堪的纳维亚国家和德国。他影响了德国著名剧作家莱辛，后者的戏剧《年轻的盖哈尔特》就是模仿他的戏剧《伊斯拉默·蒙太拉斯》所作的。而又因为莱辛是近代德国戏剧的创始人，因此，赫尔伯格也在那里间接地发挥了他的影响力。他英文翻译版的戏剧作品选集是由美国与斯堪的纳维亚基金会联合出资出版发行的，这个基金会一直致力于向所有讲英语的国家推广丰富多彩的斯堪的纳维亚文学。

丹麦最伟大的诗人是厄棱斯雷格，他诞生于1779年，逝世于1850年。他所生活的年代几乎与英国19世纪伟大诗人华兹华斯一致，他们之所以重要是因为他们在这一时期覆盖了当时席卷欧洲每一个国家的浪漫主义运动。厄棱斯雷格也是他们国家浪漫主义运动的领袖。他的创作灵感主要来自歌德和席勒。但是他没有单纯的在形式或内容上去模仿两位大师，而是回到他的先祖，那些古老的传说中去寻找素材，然后把它们用浪漫主义悲剧，或者用一种集古典、爱国、与诗性与一体的叙事体文学形式展现在读者面前。他的尚古心理以及他对古代诗歌的钟爱使他跟英国历史小说家斯格特很相似。在他还未满30岁的时候，他的同胞们一致认为他是丹麦最伟大的诗人，而他的威名甚至远播到斯堪的纳维亚国家乃至德国。在瑞典他被一位名为腾内尔的主教和诗人誉为"斯堪的纳维亚诗歌之王"。在整个斯堪的纳维亚地区，恐怕也只有赫尔伯格才能有着像他一般的影响力，而他也像赫尔伯格一样改进了他的母语，而且还让他达到了以往从来没有达到的一种高度，那就是被称为"悲剧的尊严"的高度。

浪漫主义运动对这个国家所产生的影响力持续近一个世纪，在这种历史条件下，产生了像格伦特威格、胡赫、温特尔、和赫尔兹这种伟大的诗人，而在这一点上，厄棱斯雷格起到了很大的作用。上述那些诗人我们也许不太熟悉他们的名字，可能是因为丹麦毕竟是一个小国，很少有人愿意去学习那难度极高的丹麦语。但是还是有一位诗人，他的大名和著作对于世界上任何一个国家的人来说都是无人不知、无人不晓，他就是汉斯·克里斯蒂安·安徒生。在这个世界上哪个国家的孩子没有读过或者没有听过一些他创作的童话故事呢？他的童话故事有很多都是一些世代流传的民间故事，另外也有一些故事是他自己创作的。他的作品给全世界人带来一种新鲜特别的感觉，他的幽默感、他的细致入微以及他的朴素的风格都是一门精美的艺术。如果你手上碰巧有安德鲁·朗编写的《安徒生童话》，不管是哪个版本，不妨拿来阅读一下，感受这种童话艺术。或许你还读过许多由其他作家写的童话故事，虽然那些故事写的也都非常好，但是与安徒生童话故事对比之后，你就会发现几乎没有任何一位作家笔下的童话可以达到安徒生童话的高度，甚至连德国格林兄弟的《格林童话》也不例外。究竟是什么魅力吸引了我们，我们也很难讲清楚，这也许就是他作为一个天才大师的小秘密吧。安徒生除了童话故事之外还写了许多诗歌、游记、小说和像德国作家霍夫曼那样风格的情节离奇的故事。虽然他像塞万提斯那样是一位历史的幸运儿，但是唯一的遗憾就是他们的代表作太伟大了，以至于我们都忘记了他们居然还写过许多其他优秀的作品。

德兹哈曼是一位比那些浪漫主义诗人晚了一个时代的诗人，就其丰富的想象力而言他仍然算得上是一位浪漫派诗人。他出生在19世纪中期，一直活到20世纪。他成年后所从事的第一项职业是作为一个画家去描绘大海，但是中途却放下画笔而拿起文笔，用文字描绘大海了。可以说他是丹麦的约翰·曼斯菲尔德，因为他书中的主人公都是一些水手或者渔夫。他是一个彻彻底底的爱国者，他诗剧中所描写的人物都栩栩如生，他也因此被称为是丹麦戏剧界的领袖。为了研究大海和那些勇于与大海搏斗的人物，他曾随船数次远航，因此他的作品内容总是新鲜、真实、富有朝气和活力。虽然一个人可以一辈子与海为伍，但是却不一定能够用文字表达出来。要想成为一个像康拉德（注：康拉德是英国20世纪初的著名描写海上探险的小说家）或是德兹哈曼这样的人物，必须具备诗人的天赋才行。

19世纪下半叶丹麦出现了几位大有作为的散文作家，而詹姆士·雅科布森不但是其中最有名的一位，而且也是整个丹麦文学史上最伟大的散文家。他身体一向不好因而英年早逝，所以他的文笔总是充满了哀伤。他像福楼拜一样常常为了寻找一个最合适的词或者合适韵律而宁愿耗费半天的时间。

结果他终于写下了两部整个丹麦历史上从来没有过的优秀的小说，《玛丽亚·格鲁卜夫人》和《尼尔斯·伦奈》，还有一卷以第一篇故事标题命名的短篇故事集《莫恩斯》。尽管他的作品不多，但是他的影响力依旧很大的，而且他完美的写作形式也为丹麦和挪威那些对美学、形式和艺术考究的作家们树立了一个典范。他的影响也已经波及到了丹麦以外的国家，他的作品被翻译成了德语，有的也被翻译成了英语。

在雅各布森英年早逝之后，丹麦小说界的领袖就是山陀尔夫了，他是一位现实主义作家，善于观察和描写乡村人民和城市中低层市民的生活。他的代表作是《小人物们》。另一位值得一提的作家赫尔曼·彭，他是一位自然主义作家，他的代表作《离路很近》是一部不仅有深度而且有力度的著作。另外还应该提到的是爱德华·勃兰兑斯，虽然他因伟大的批评家阿尔格·勃兰兑斯的缘故使他在文学史上的地位受到一些影响，但是他确实是一位才华横溢的批评大师，同时还是一位剧作家和两部优秀小说的作者。

在此之后不久便出现了一位我们当代最能够引领时代精神的伟大的小说家，他就是蓬托比旦。虽然大多数英美读者从来没有听过他的名字，但是这种局面也只延续到1917年他获得了诺贝尔文学奖为止。这又是一则能够说明小国也可以诞生伟大的文学的例子。蓬托比旦小说中的表现力和他对弱势群体的同情心让我们想到那些伟大的俄国作家们的本性。他的小说中代表作《里克·贝尔》虽然讲述的是普通人的生活故事，一点都不涉及到任何的英雄主义，但就其结构的磅礴之势还是可以位于史诗之列的。

周旋于以上这些诗人和小说家之间，为他们指引方向和热情地迎接他们的佳作的是阿尔格·勃兰兑司，经过半个世纪以后，他仍然是欧洲最学识渊博的天主教批评家。他的知识面之广让我们觉得他好像已经读完了欧洲所出版的一切书籍。他曾经对莎士比亚、易卜生和亚纳塔尔·法朗士进行过透彻的研究，并且写出了许多优秀的论文。他的传世之作《十九世纪文学主流》同时也是他的批评哲学的集中体现。现在此书已经全部被翻译成了英文，共有六卷，很可能是近150年来对文学最好的介绍。读过他的作品的丹麦读者都一致认为他的文风优雅迷人、清晰明朗。这点也许我们应该相信，因为英文的译本也是同样的清新与流畅。他的同胞们，即使有与他意见相左的，也仍然非常尊敬他。不仅如此，他可能是整个欧洲最知名的批评家。对于丹麦文学和德国文学的特征我也只有引证他的作品才能让人信服。值得注意的一点是勃兰兑斯用局外者的角度看待丹麦人，因为他不是一个斯堪的纳维亚人，而是一个犹太人。他在他的《十九世纪文学主流》第二卷《德国的浪漫主义》中说过：

"丹麦作家的优点，是不会像德国作家那样时常陷入那些浮华没有实际意义的幻想中不可自拔。丹麦人懂得适可而止，他们避免用一些自相矛盾之辞，或者不会以它作为逻辑的推论；他们之所以可以如此镇定，是因为他们与生俱来的一种具有平衡性的思维和凡事都看的很淡的性情；他们不会大胆卤莽的大放厥词，也不会亵渎神明，更不会激进的闹革命，他们从不轻易妄想、从不随便感伤、也从不彻底脱离现实或是彻底依靠感性；他们很少天马行空，从来不会让自己的怒火冲到云霄，也从来不会让自己陷入深坑。这就是他们为什么能够深受他们同胞爱戴的原因。登峰造极的高雅的品位，如厄棱斯雷格和哈特曼，他们最优秀的作品将永远被丹麦人视为高贵而且懂得节制的艺术的最好表现，想想霍夫曼和他的弟子汉斯·安徒生，然后比较一下他们的作品，你就会看到丹麦人与德国人的区别究竟在哪儿，因为后者与他的启蒙老师相比是多么的冷静和懂得克制。"

挪威文学与丹麦文学无法脱离干系。19世纪初，当两国从政治上彻底脱离了关系之后，挪威国内也出现了要创建他们自己独立的挪威文学的呼声。丹麦文学中有许多伟大的文学家都是挪威人，因此一些爱国心过于膨胀的挪威人就试图重新把他们夺回来，但是这当然是没有用的，就像要确定亨利·詹姆士和约翰·萨真特究竟是不是美国人一样。

当代挪威文学可以分为三个阶段：创始时期，易卜生时代和新运动时代。创始时期有两位诗人值得我们一提，他们就是维尔加兰和惠尔哈文。虽然任何人都不可能单独成功，取得丰功伟绩，但是只维尔加兰一个人就可以被称为是挪威文学的创始人。他是一个狂放不羁、精力充沛和热情洋溢的诗人，同时也是一位革命主义的雄辩家，他被誉为是"北方的卢梭"。

但是他却不精通各种文学形式。作品中的含糊其辞和狂放不羁影响了他的思想和教导的传播。他的许多抒情诗都非常优美，可是因为过度的操劳，最终维尔加兰英年早逝。惠尔哈文则是一个保守派，主张清新自然的文学。他曾在他的一本小册子中反对维尔加兰的狂放和他所提倡的纵欲。惠尔哈文主张节制，以及在他的文风中主张明朗，这一点无论是在思想上还是在形式上都对挪威文学产生了深远影响。他不仅是一位批评家，而且也是一位诗人，他的那些以古挪威人民生活为主题所写的诗在挪威文学里也都成为经典之作。

易卜生时代还应该包括班森、尤纳斯·李和克兰特。李和克兰特都是才华横溢的第一流的小说家。两个人中间李的影响力更大一些。他是他们那个时代最伟大的小说家，他的第一部著作《领航员和他的妻子》一出版就把他推向了挪威小说界的领袖的位置。他的小说不仅在他们国内被人们争相传阅，并且在国外也有很大的影响力。有些作品已经被翻译成了英文，比如《生命的奴隶之一》、《海军副将的女儿》和《尼厄比》。他的天赋不在与描写那些惊心动魄的场面，而是体现在于对普通人民的那种细微观察。

易卜生是过去150年来最伟大的戏剧大师，没有任何一个国家的剧作家敢质疑他的这一地位。在世界戏剧史上他是一位与古希腊悲剧大师爱斯库罗斯、英国文坛巨匠莎士比亚以及法国古典主义戏剧大家高乃依齐名的大师，我们这样做并不是为了比较，而只是为了证明他的伟大。他的戏剧作品大概可以分为两类，一种是倾向于浪漫和抒情，另一种则倾向于写实。从整体上来说，那些诗剧要早于那些散文剧。在所有的诗剧当中，有两部作品使挪威文学提高到了欧洲最先进的水平，他们就是《布兰德》和《彼尔·金特》。《彼尔·金特》是一部不仅针对挪威而且是针对整个人类人性的荒诞的讽刺剧。

因此它成为了一部属于世界的文学经典，再配上格里各的气势磅礴的乐章就更不愧是一代佳作了。易卜生第一部现实主义的散文剧《玩偶之家》一公演就吸引了人们的注意，这部戏剧描写的是一个妇女为了争取属于自己的权利而奋勇抗争，反对传统的夫权主义。这一新的观点一经上演就轰动了整个欧洲，尽管"女权主义"在现在看来已经过时了，而曾经反映这个问题的戏剧现在也已经销声匿迹了，但易卜生的作品依然富有活力。他接下来一部又引起非议的剧作品《群鬼》则是一部讨论疾病传染的问题。现在这部剧很明显已经过时了，因为当时他们参考的是不科学的生物学定理。此剧作一出版就引起了无数人的攻击，而易卜生也在他的另一部名为《人民公敌》的戏剧里反击了他的那些攻击者们。有时候易卜生会被认为是一个自找麻烦的人，或者被认为是一个试图改革社会的宣传家。实际上这些观点都是不正确的，因为他不曾有过建立医学院或是创立一种新的宗教信仰的伟大志向。他首先是一个追求一定戏剧影响力的剧作家，也仅仅是在社会可以为他提供素材的时候才会去关心它。这一点在他的问题戏剧《罗斯默庄》和《海达·加布勒》中表现得再清楚不过了，前者描写的是一个软弱的男人和一个强悍的女人之间的争斗，而后者里已经不存在什么社会问题了，有的也只是个人的问题，值得一提的是如果这部剧由著名女演员娜齐马芭那主演的话，那就更能具备戏剧的影响力了。之后他又转向了诗剧的创作，当然不再是年轻时那些风花雪月浪漫派的手法，而是采用一些饱含他睿智和深思的象征手法。这些都可以在他的《建筑师》和他的绝笔之作《当我们死而复醒时》中体现出来。现在已经有了由威廉·亚彻尔翻译的易卜生戏剧全集，我们可以拿来阅读。而对于那些喜欢阅读文学批评的读者来说，我们建议您读一下由另一位剧作家萧伯纳所著的一本小册子，名为《易卜生主义的精髓》。

易卜生把他所有的精力都投入到了诗歌、戏剧和舞台布置之中。而同一时代的另一个作家班森，虽然没有易卜生那样的才华，但是他仍然从各种文学形式的创作之中抽出一些精力，用来参与政治。班森虽然擅长写小说，但是其小说的成就从来没能超越他早期根据农民生活为主题所创作的故事的水平，如

《瓦尔内》和《幸福的少年》。这些作品使他在许多国家都很有知名度。他也像易卜生一样对舞台演出方面的技巧非常贤淑，同时他还曾担任过克里斯坦尼亚剧院的经理。他的剧作富有动作性、情节也非常紧凑，如果作者不是写的太过匆忙，应该会创作出许多优美的诗章的。

　　他的那些英雄题材的戏剧全部取材于冰岛传奇故事《私生子熙哥尔德》和《十字军战士熙哥尔德》。他的喜剧风趣幽默。事实上他比易卜生更具幽默感，至少是一种具有亲和力的幽默感。他既是一位诗人又是一位政治改革家，他对共和主义有着火一般的激情，虽然最终导致他被以叛国罪的名义起诉，但至少让我们想到了同一时代的法国那位文学巨匠雨果。

　　易卜生、班森和李都活了很大岁数，虽然他们现在都已经作古，但是他们的精神依然继续指引着挪威的文学界。

　　此时年轻的一代文学家也都已经成长起来了。伽尔波格，出身于农民家庭，因此他善于用农民的方言进行写作。但是当他开始用规范的语言写下一部名为《疲乏的人们》的卓越的小说以后，他才为广大的读者所了解。托马斯·克拉格则是一位浪漫主义小说家，他的作品构思精巧、语言优美，其中最有名的是小说《艾达·王尔德》。另外一位作家不仅在挪威享负盛誉，而且由于近来其英文译本的发行在英语文学里越来越为人所知，他就是鲍威尔，他的作品结合了浪漫主义和讽刺幽默两种特点。但是真正登上当今挪威小说界巅峰的还是哈姆逊。他曾经写过四十部小说，其中有很多作品都成为了文学的经典之作，特别是《饥饿》和《土地的成长》这两部。他描写生活苦难的一面——虽然用"悲惨"一词来形容可能是有点过了——但是他绝对是描写困苦经历的，而且他所描写的苦难和困苦都是异常真实，并且也都经得起考证。尤为重要的是他的语言十分精美，有些精美的语言也可以通过译文看出来。

　　瑞典文学历史悠久。与丹麦和挪威文学一样，我们也不能确定它具体开始于什么时候。但是可以这样定义：当17世纪古斯塔夫·阿多法使他们国家的军事和政治实力达到最强盛的时候，一直停滞不前的文学也开始繁荣的发展起来了。在17世纪，有一位被誉为"瑞典诗歌之父"的伟大作家，他就是斯特尔海姆。他认为他们的母语过于僵硬，于是就致力于改革他们的语言，使之变得更为柔美，这样就可以用它来创作不同形式的诗歌。另外一位诗人因为引入了一种法国模式的十四行诗而给瑞典文坛带来了一场"文艺复兴"风暴。整个18世纪的瑞典，不管是在诗歌领域还是在散文领域都向法国和英国靠拢，因此这个

文学的故事

时代没有造就出伟大的文学家。但是还是有一位伟大的人物的名字是我们值得提及的——虽然他不属于我们所研究的领域——他就是林尼阿斯，第一个研究植物学的天才。

18世纪，瑞典的理想文学像在欧洲许多其他国家一样，都是只追求理论和形式的，但是却没有像法国和英国那样出现这方面的大家。同样瑞典也像其他国家一样也在19世纪初期出现了反对这股形式和理论主义学派的思潮，最后浪漫主义在这场争斗中占了上风。在瑞典的浪漫主义运动中有一位伟大的诗人，他就是腾内尔。1835年美国诗人朗费罗在瑞典学习的时候曾经写过这样一句话："瑞典有一位且只有一位伟大的诗人，他就是腾内尔。"朗费罗对腾内尔作品的翻译非常有趣、充满着诗情画意，同时又有着精巧的韵律。像许多浪漫主义作家一样，腾内尔也是从过去、从古代那些传说中最大程度的发掘它的素材。他的代表作《弗里希阿甫世家》是一部为他赢得整个欧洲的赞誉的作品，同时这部作品也为他谋得了主教这份并不适合他的职位。

在19世纪上半叶，瑞典还出现了许多杰出的抒情诗人和散文家。最有名的诗人和散文家就是女作家菲德列伽·布莱默。她的小说《日常生活的素描》、《H家族》、《邻人》以及《会长的女儿》都深得她的国家人民的喜欢，同时由于玛丽·赫威特对她作品的翻译使她在英语世界里声明雀起。她的小说充满了感伤，而且是一种过分的感伤。她是一位和法国女作家乔治·桑一样的写实作家，但是写出的故事却远不如后者有趣。同时她还是一位活跃的女权解放运动的宣传家，幸运的是她在这种政治上的热情没有因此而影响她小说的艺术性。

布莱默小姐其实是一位芬兰人。事实上19世纪中期的第一位诗人鲁涅伯格也是一个芬兰人，但是按血统来说，他不能算作是芬兰人，但至少他是出生在那儿的。他的作品大都描写芬兰的生活，因为他生命中的大部分时光是在芬兰度过的。无论是瑞典民众还是芬兰民众，鲁涅伯格在他们心中都有着很高的威望。虽然他只是芬兰一所不知名的大学里的普通教员，但是却被瑞典人认为是近代瑞典诗歌历史上仅次于腾内尔的诗人，因此，腾内尔去世以后，他便自然而然的成为了瑞典的桂冠诗人。现在他的许多抒情诗选集也已经有了英文译本。

19世纪中期，瑞典的散文界还是死气沉沉的，并且有些保守。如果与挪威和丹麦的散文相比，瑞典在这方面就显得更落后了。但是由于受法国现实主义、挪威易卜生戏剧以及丹麦批评大师勃兰兑斯的影响，在19世纪末，瑞典文学终于出现了一次伟大的复兴。

在多种因素的制约下，瑞典新文学界出现了一位著名的怪才，他就是斯特林堡。有这样一则故事，讲的是易卜生看着斯特林堡的一幅画像说："此人将会比我更伟大。"但是奇怪的是易卜生和斯特林堡的人生观竟截然不同。在易卜生最优秀的戏剧里妇女都是有自己独立的思想，不管她们有没有意识，她们也都坚持争取着解放自己。而斯特林堡则是一位憎恨妇女的人，对于当时正在兴起的女权运动非常敌视。他小说中的代表作《红房子》描写的是一些可怜的在贫困中挣扎的艺术家和作家，而在此书中也正是那些女人总是给他们制造麻烦。他有一部短篇故事集名为《婚姻生活》，在这部故事集中，斯特林堡有意地攻击妇女和婚姻制度，这也使他的作品失去了艺术性。斯特林堡的作品良莠不齐，差的作品粗制滥造，好的作品则能达到只有诗歌才能达到的那种美好的境界。但是暂且不提他的作品质量如何，他的作品至少还是有一条优点的，那就是他的写实性，他把他所看到的、所听到的都一五一十的记录下来，丝毫不怕这么做会为他带来不利的影响。

与斯特林堡形成鲜明对比的是塞尔玛·拉格勒夫，她是瑞典最卓越的女性作家。她的作品体现了女性的柔美、富有同情心和丰富的想象力。她的成名作是《哥斯太·培尔林世家》，她后期创作的所有作品也没能超越它。

她还有一本名为《厄尔斯骑鹅历险记》的作品，不管大人还是小孩都非常喜欢，当然安徒生看到了也应该会喜欢的。它讲述的是一个小男孩骑在一只鹅的背上，飞越整个瑞典的历险故事。塞尔玛·拉格勒夫现在已经成为一个世界性的作家了，她的很多作品都被翻译成了许多国家的语言，大部分作品也都有了英译本。在瑞典，她是一位享负盛名的人物，也是唯一一位入选瑞典科学院的妇女。除她之外，还有另一位有名的妇女爱伦·凯，与其说她是一位艺术家，不如说她是一位哲学家和批评家，她在瑞典当代文学史上有着十分重要的地位。她的《恋爱与结婚》以及《童年的世纪》对于解决性和教育的问题都是小有贡献的。

瑞典最具影响力的作家是惠尔莱尔·望·哈伊丹斯特姆，他与斯特林堡截然相反，他是一位理想主义者，同时他还是第一流的诗人、优秀的批评家，他写过散文体传奇故事《恩迪弥翁》和《汉斯·阿利那斯》。在这两部作品之中，他为我们揭穿了现实主义的幌子。最后我们以浪漫主义和理想主义的话题来结束对斯堪的纳维亚文学的讨论也是再合适不过了。

第四十七章 美国的小说

我们都已经看到自18世纪末到19世纪初这段时期内，浪漫主义运动席卷了整个诗歌和散文界。英国文学史上浪漫主义小说的代表人物是沃特·斯格特，但是在他之后很快便出现了被人们誉为能够把握他们一颦一笑的小说之王——文坛巨人查尔斯·狄更斯。法国浪漫主义运动的领袖是维克多·雨果和亚历山大·仲马（大仲马）。在德国，歌德这位最伟大的诗人、批评家，他曾高度评价了德国的感伤小说。在歌德去世之后不久，他就被托马斯·卡莱尔推荐给了英国读者。在意大利亚历山德罗·曼佐尼也凭借他的小说巨著《约婚夫妇》而在世界文坛取得了应有的地位。

与此同时，在大西洋彼岸那个刚刚成立的共和国里发生了些什么呢？美国当时已经取得了政治上的独立，并且开始创造一种属于他们的蒸蒸日上的生活。

但是在思想领域上，美国还是属于欧洲的，甚至是属于英国的，这不是因为美国人跟英国人一样都使用英语，而是因为他们的很多国民都来自欧洲大陆各国。正因如此，美国人对文学的贡献也都是浪漫主义方面的，因为当时所有欧洲国家都处在浪漫主义思潮的影响之下。但是令人匪夷所思的是我们这个年轻、富有朝气的国家并没有用一些新奇独特的文学样式来表现他们的气质。除了詹姆士·费尼莫尔·古柏，其他那些吸引我们先辈视线的那些美国小说家主要是因为他们细腻的描写和高雅的修养。

曾被英国著名作家萨克雷称为"新世界向旧世界派遣的第一位文学大使"的华盛顿·欧文是一个腼腆、有教养、风趣幽默的绅士。他的文学生涯也是始于一则幽默诙谐的滑稽小说——《纽约的历史》，这本小说是假借一个有着悠久家族历史的荷兰殖民者后裔迪特里希·尼克巴克的名义写的。今天尼克巴克这个名字已经与纽约联系在一起了，而那个戴着三角帽的老人的形象也已经在当代漫画家的笔下成为美国大都市形象的代表。在他晚年享受天伦之乐的日子里，欧文也成为了美国国内外享负盛名的人物，他被誉为"美国文学界的导师"，如果他能活到现在看到居然有叫尼克巴克的保险公司和尼克巴克牌面包和冰淇淋肯定也会露出会心的微笑。

欧文笔下另一个不朽的人物是一个荷兰人，他的名字叫瑞普·凡·温克尔。瑞普是一个一无是处的人，由于被一些奇异的人迷倒而沉睡了20年，现在这个故事已经是家喻户晓了。事实上它的蓝本是一个德国故事，只是欧文把故事的发生地点改到了美国纽约州的卡兹克尔山区，并把它发展成为一个地地道道的美国本土故事。故事中奇异的人其实是亨德里克·赫德森和他的船员的魂魄，现在当我们走在以他的名字命名的河岸，听到雷鸣般的声音的时候，我们就知道是他们正在那里玩"九柱戏"的游戏呢。

奇幻幽默的"九柱戏"游戏和在一旁微笑着旁观的欧文，这一切仿佛构成了美国小说初期的一幅温馨的画面。在欧文之前也有许多美国人尝试写小说，但是他们的小说都没有任何文学价值，并且很快就被人们遗忘。但是在他之前我们在本杰明·富兰克林的一些作品中也让可以看到所谓的美国式幽默，但遗憾的是富兰克林只能说是一位哲学家和演讲家，而并非一个专业的小说家。至于美国式幽默究竟是什么？它与那些不在美利坚合众国生活的人们的幽默感究竟有何不同？这个问题迄今为止还没有得出令人满意的答案。当欧文达到他的文学生涯的顶峰的时候，也是他在欧洲长期居住之后又回到了祖国的时候，回国以后，他周游了美国西部一些地区。当他路过密苏里州的时候他可能还不知道，有一个小男孩已经或者即将出世，而此人就是以后大家所熟悉的马克·吐温。在欧文和马克·吐温之间，除了都出生于同一个国度，并且使用同一种语言写作之外，究竟还有没有其他的联系呢？这是一个很有趣的问题，但却不一定会有答案。

欧文不仅是普通的纽约市民，而且他还为他的国家的创立者华盛顿（他的名字也是根据后者而取）写过传记，在这方面他应该以一个美国人而感到自豪。但是他的思想又是属于全世界的，而不是局限于狭隘的乡土主义。他在英国生活了许多年，他的很多知名的故事像《布雷斯桥庄园》都是以英国为背景的，地道的描绘使不知道作者国籍的读者以为是一个英国人写的。曾经他还在西班牙居住过，而在那里居住的成果就是写出了《征服格拉纳达》和《阿尔罕伯拉》，作品通过描写摩尔人和西班牙的生活向我们展示了浓郁的西班牙情调和独特的历险精神。而欧文可能也是因为这两部作品而被任命为美国驻西班牙大使的。

不管是一个普通人还是一个艺术家，欧文都是优雅、细心、大方的，到处都受人拥戴和喜欢。而与这位安静的幽默作家和历史学家形成鲜明对比的就是生活在与他同一时代的美国文学史上另一位重要作家詹姆士·费尼莫尔·古柏。

古柏是一个精力充沛、脾气暴躁的人，不管是从他的外表还是他的文风来看都是粗犷、傲慢的。他经常在与邻居们争吵之后摆出一副盛气凌人的架势，一丝幽默感都没有。但是这个粗野奇怪的作家虽然在他的作品中不出两页就会出现所谓"侮辱"英语这门语言的现象发生，但他还是在近一个世纪里被世界所有国家喜欢浪漫喜欢幻想的读者们所喜爱。整个欧洲甚至亚洲一些国家的读者都知道他的名字。这也不奇怪，在美国还有哪个小男孩没有读过他的《间谍》和《最后的莫希干人》呢？

他的那些故事是十分吸引人的，而且古柏还是一位擅长讲故事的大师。他不仅有着创作的天赋，而且有着对海陆生活的第一手知识，这些都为他创作那些令人惊心动魄的历险故事提供了素材。他出生在纽约州中部地区，虽然那里现在已经发展成了一个繁华的现代都市，但是在他生活的那个年代里还是一片荒芜。他笔下那些红皮肤的印地安人和那些白人开拓者、伐木者和狩猎者都居住在他的父辈们所创建的城市周围。事实上他也确实了解他们或者从他自己所观察到的东西中虚构出他们。他曾经出海远航过，因此他对美国海员和船只有着深刻了解，从而他被公认为是一个世纪之前美国商船海运业的权威人物。

通过他笔下的"皮袜子"——纳蒂·班波，扛着步枪狩猎似的开拓，使文明向西部和北部那些原来荒芜的地区延伸了数百英里。印地安人因此也消失了，现在他们的子孙们只能居住在保留地上。今天古柏笔下那些船只也都像马车一样已经过时了，但是他的文学创作可能就在欧文沉睡地的不远处的森林中，像一棵松树那样，在文学领域永远常青。

这也就无怪乎许多来美国旅游的欧洲男孩都渴望能在纽约市的不远处看到红皮肤的印第安人，就像去苏格兰旅游的美国男孩子希望可以有幸见到罗布·罗伊（注：罗布·罗伊是斯格特笔下的一个绿林好汉）一样。

森林消失了，荒野也离我们远去了，但是海洋却亘古不变，虽然那些曾经在她上面驶过的木船现在已经变成了布列塔尼那样的大轮船。古柏善于捕捉汪洋大海的多姿多彩的特点，因为在所有英语小说的世界里描写海洋的作家都尊称他为他们舰队的船长。可能在这所有的赞誉中最贴切的属当代最伟大的海洋传奇故事作家约瑟夫·康拉德的评论了。康拉德曾说过："古柏热爱大海，因而有着对她最透彻的了解……他知晓海上日落的色彩，海上安静祥和的星空，海的平静，海的惊涛，大海的孤独，一望无垠的宁静的海滩，以及那种终日与海在一起生活，体味她的美感和她的威胁的人们的机智灵敏。"

古柏和欧文都在外界生活的探险中，从外界所发生的事情对人类的影响中，寻求他们传奇故事的素材。但是与他们相比，有两位更年轻一些的作家善于捕捉人们内心深处的微妙变化，从而喜欢精神上的历险，他们分别是纳撒尼尔·霍桑和爱德加·爱伦·坡。他们都是多愁善感的文人，既没有欧文的幽默也没有古柏的粗犷。

霍桑对探索人们心灵深处奥秘的兴趣非常浓厚，这也是有一定原因的。他出生在一个新英格兰清教徒的家庭，尽管他自己不是一个清教徒，但是他也像他的先祖一样喜欢研究人类良知的问题。可是他的这种研究是一种艺术形式的研究，之所以研究人物性格内部的矛盾也是为了服务于他写故事的需要。但是那些新英格兰的清教徒们却不是什么艺术家，他们生活单调，不但没有丝毫美感，而且还把一切美的事物都与罪恶挂钩。霍桑则把他们内心的活动都流露于他的作品之中，于是尽管这些人物可能本身不具有亲和性，但却是可以取悦广大读者。

霍桑的祖父和曾祖父都曾担任过当时盛极一时的马萨诸塞州萨勒姆港口的海上船只的船长。或许他本人出过海，写过海上的传奇故事。但是在他的文学之旅中他并没有驶上一艘大船来乘风破浪，而是一直乖乖地待在陆地上，他的朋友拉尔夫·沃尔多·爱默生曾经说他其实是骑着一匹黑色的骏马驰骋在无边无际的平原上的人。当他从博德文学院毕业以后，有很长一段时间他用来创作他的短篇小说，并且逐渐细致地润饰他的文风。他的文风优雅绝伦，在他的短篇小说中，有一些小说可以成为文学史上的经典之作。但是他的作品却在美国的很长一段时间内不受读者的欢迎。也只有少许文学界的人物，包括爱德加·爱伦·坡在内，欣赏他的才华。为此霍桑也曾自嘲地称自己为美国最默默无闻的作家。

但是他最终因一部《红字》而在美国文学界迅速走红。《红字》是他的第一篇长篇叙事体小说，出版于1850年，当时他已经46岁了。这部现在举世闻名的小说当时能够取得成功也是出乎作者和出版商的预料。霍桑曾一度认为由于他的这部书"缺乏阳光"而不可能博取广大读者的好感的。并且出版商当时也只印制了五千本就把版给毁了，结果是几天的工夫，这五千本就一售而空，出版商不得不再重新刻版印制来满足读者的不停增长的需求。这也向我们揭示了文学界一个非常重要的事实：那就是当一本文学巨著刚在市场发行的时候，可能会有些读者能够一下子就能看出他的价值；但是任何人，不论是作者、批评家还是出版商都不能判断出来那些读者究竟如何去评判它。只有时间是最准确、最明智的裁判，而时间却又总喜欢与那些书籍时不时开个玩笑，这也是我们没有解决办法的事。

如果说《红字》是缺乏灿烂阳光的话，那么它就是充满五彩的云霞和光怪陆离的阴影以及具有神秘色彩的月光的。故事女主人公海斯特·白兰的故事不仅深深触动了霍桑，而且使许多读者也深受感染，他们甚至给霍桑写信，就像向神甫忏悔一样，请求他帮助他们脱离悲伤的苦海。当然我们也不能像那些读者那样把这本书中的道德说教看的那么重。在我们看来海斯特已经成为了我们所喜欢的那些小说传奇故事里受苦受难的，但却异常可爱的女主人公之一了。就像斯格特的作品《玛弥恩》中所描写的那个不笃信上帝的修女，亚瑟王传奇故事里的桂纳维尔，或者是《特洛伊》传说里的美女海伦一样。霍桑是第一位把悲剧的神秘色彩引入美国文学的作家，他在这方面的地位迄今为止也是无可质疑的。

他的第二部长篇小说名为《带七个尖角阁的房子》，在这部小说中他采用了一直被读者和许多作家所喜爱的神秘故事作为小说的主题。在这所闹鬼的房子里到处都是肉体，到处都是曾经受苦的幽灵以及古代的魂魄，在神秘的隔板后还藏着发霉的文献记载。像这种题材已经被许多作家描述过无数次了，因此也就失去了它的恐惧感。但是霍桑却在这再普通不过的材料中注入了他的天才与灵性，因而使得这个闹鬼房子的故事比其他类似题材的故事在文学史上的地位要稳固的多。

事实上霍桑对那些不管是人居住还是被鬼占领的房子都不感兴趣，因为他所真正感兴趣的是那些困扰人们心灵的观点和思想。而面对那些环绕房子周围的景物他则带着一种画家的眼光去用笔将他们描绘。他认为美国不是一个适合写浪漫传奇故事的国度，因为他说"这里没有历史的阴影，没有古老的东西，没有神话，没有独特的事物也没有生活的灰暗面。"但是他的这种判断可能是错误的，因为已经有无数文学天才通过自己的创作证明了他的错误。

当他发现没有自己国家、没有特性、也没有阴暗面的时候，他就开始创造这一切了，这可能也属于他作为一个作家的原创性的一个方面吧。但是当他去新英格兰、去意大利那样的"充满诗情画意，近似人间仙境"的地方寻找创作的灵感的时候，却没有写下他最好的作品。他的《大理石雕像》尽管文笔优美，但故事内容却不因为他描写的是一个真实的还是虚构的新英格兰而被人吸引。

在美国新罕布什州一座高山的侧面有一组石头，它们天然堆砌，形成了一个巨大人物的侧面像。现在它已经成为了世界上一道独特的自然景观，也是游客们所熟悉的一处旅游景点。但是霍桑却用自己独特的视角去描绘了这座"老人山"。他曾经想象如果有一个思维细腻的男孩在山的阴影之中长大，那将是一幅怎样的画面呢，因此他在他的《大石像的脸》一书中把它描写成了一种象征灵感的标志。他赋予了石头以诗性。在霍桑描写那块石头之前，新英格兰可能并没有这样一个令人神往的"人间仙境"，但是在他的细致描写之后，这个地方已经成为了许多传奇小说家书中的常客了。

古柏、欧文和霍桑这些作家在生前就看到自己的作品为世人所接受，并且也从中取得了一些物质的实惠。他们从来不晓得没有衣服穿、没有饭吃、没有地方住是一种什么感觉。但是有一位同他们生活在同一时代的作家——爱德加·爱伦·坡，虽然比他们晚些来到这个世上，但却比他们过早的离开了人间。在他短暂的一生之中，他终日穷困潦倒，直到去世之后整个世界才认可他为美国文学界最伟大的作家之一。除了他之外再没有任何一个美国作家可以对欧洲的文学有如此深远的影响力。在1909年，也就是爱伦·坡100周年诞辰的时候，从纽约到莫斯科的每一位有名望的作家都应该承认他们或是他们国家都深受爱伦坡的影响。

爱伦·坡不仅是一位小说家，同时他还是一位诗人、批评家并且还创造出了一种全新的具有他自己风格的短篇小说。

但是如果单从他的一生来看，就像是一个传奇故事，而他本人也像是他书中的一位传奇式的英雄人物，从这个方面把他看做是一位传奇小说作家也不为过。他笔下故事的主题虽然所反映的不一定是美国人所面临的问题，但是却深深打动了我们，我们不由得对像他这样一位不畏生活艰难，坚持自己理想的人发出由衷地赞叹。我们欣赏那些白手起家的人，不管他们是商人还是政治家。

文学的故事

当然没有人是真正白手起家的，但是如果单从字面的意思我们仍然可以把爱伦·坡称做是一位白手起家的作家。当然毫无疑问他生来就有着文学的天赋，但是他却为了保持他的天才才能，不为社会的庸俗所玷污也是忍受着生活的困难和人们的不理解继续自己的创作的。

爱伦·坡24岁的时候，他因为在巴尔的摩市的一家报纸上发表了一篇名为《瓶子里的信》而获得了100美元的奖金。这个故事有两方面值得我们一提。首先它至少向我们展示了爱伦·坡对文学形式和方法的掌控力，其次它也可能是他唯一能得到如此丰厚稿酬的原因。对于爱伦·坡来说，即便是他最优秀的小说也不能给他带来多少可以维持生计的钱，他的诗歌就更不用说了，他的生活来源主要还是依靠在出版业辛苦的编辑和校对工作。他是一个细致入微追求质量的文学巨匠，即便在他非常需要钱的时候他也不会仅仅为了钱而潦潦写作。虽然文学史上有许多人为了理想的艺术而放弃了物质享受，让自己一直生活在苦难之中，但是还没有一个人能够与爱伦·坡相比，他的精神是非常值得我们尊敬的。他是一个桀骜不逊的人，桀骜是因为他肯定自己才华早晚会被世人认可，不逊是因为他相信自己的作品注定是永留青史的佳作。他从来没有抱怨过自己的贫困，也没有想着去控诉忽视像他这样文学奇才的社会。但是在他的生活中确实发生过我们只有在戏剧里才能看到的场景：他曾经是美国军事学院的候补生，而16年后当他的妻子去世的时候，她床上唯一的铺盖就是他曾在军事学院里发给他的那件军服。

爱伦·坡的小说讲的都是一些神秘事件，或者是这些神秘事件对人们的心灵所造成的影响。他当时所感兴趣的东西就是今天我们称之为心理学上的问题。他在夏洛克·福尔摩斯和亚瑟安·鲁宾这些风云世界的侦探人物诞生之前就开始写侦探小说了。对他来说，侦探小说所要描写的根本不是罪犯最后是否被抓住，或者被惩处的问题，真正的问题在于如何把逻辑推理的过程展现在读者面前。他不仅自己创作了一些像《失窃的信》和《莫格街凶杀案》这样的侦探故事，而且还根据一桩真实的谋杀案编写了一部名为《玛丽·罗盖》的小说，当时写完它的时候案件还正在调查之中，而案件的最终调查结果与他的推理完全一致。爱伦·坡非常相信他所谓的推理能力，也相信任何疑团，不管是机械的还是人为的，只要有人能够策划一起阴谋，就注定有人可以化解。

我们在文学史上还很少发现有像爱伦·坡一样崇尚纯理性的诗人和梦想家。这也并不是说理性一定是和诗歌相对立的。事实上恰恰相反。我们都知道世界文学史上的但丁、莎士比亚和歌德都善于把握一切有思想的领域，但是很少出现过像爱伦·坡这样，将所有智慧与能力都集中在脑子里的人。随着时间的流逝，我们就越来越清楚的认识到爱伦·坡虽然在他还没有充分发挥出自己的才华之前就已经英年早逝，但仍然不失为世界文坛上的一位伟大的人物。

爱伦·坡那些构思精巧的神秘故事也可能只是他一时兴起自己尝试的游戏而已，但是在近一个世纪以来却没有任何作家在这方面超越他。

而他最优美的文字不在于那些构思巧妙的小说之中，而在于他那充满感情色彩和智慧的光辉的诗歌（或许我们应该称之为美妙的音乐）之中。像《丽格雅》和《光影》都是一些精美绝伦的诗歌。如果说爱伦·坡还不是这种散文体诗歌的创始人的话——因为每一种所谓的原创都可以追溯到更早之前——他仍然可以称得上是这种富有魔力诗篇的举世无双的大师。

诗人斯温伯恩虽然认为自己就是一位具有魔术师天赋的人，但是他仍然称爱伦·坡为"一个彻彻底底的天才人物，他总是能透过他的思想，创作出唯美并且永垂青史的诗篇。"爱伦·坡在这两方面都是完美的：他完善了他的思想，而且又赋予他的思想以完美的形式。同时他还是一个多才多艺的人，单靠他的短篇故事已经可以为他带来在世界上的知名度，但是即便没有它们，他一样可以被人们记得是一位卓越的批评家和诗人。

对于爱伦·坡的一些批评在今天已经失去了它们的价值，因为那些曾经引起过他批评的书在今天已经作古，但是如果没有他的评论的话，也许他早就被人们遗忘殆尽了。但是即便是他在一些新闻报纸的评论里所提出的观点，也都对文学的发展有着举足轻重的意义。他所有的文学评论比生活在他那个时代的其他美国人的评论都要深刻、渊博的多。不管是对一般读者还是对文学研究者来说，他的思想在1850年以前都是美国文学界最杰出的代表。就连今天我们也都应该记住他为了维持自己的作品和与他同一时代所有的优秀作品，与生活的疾苦和落魄进行过英勇地战斗。他几乎是一个人在孤军奋战，因为在他生活的时代里，几乎没有任何人能有他那样的勇气和力量，以及就文学天赋而论能够追随他的。他的批评和他魔术师般的短篇故事以及他优美的诗歌都一直让欧洲的批评家们困惑。

美国这样一个新生的国家居然可以有他这样的天才。其实这恰恰也证明了一个伟大的天才可以生长在任何环境之中，当然可能也没有人能够解释出原因。而这样一个难解之迷爱伦·坡最终也没能给出一个令人满意解答的。

文学的故事

在19世纪上半叶美国作家中还有一位非常重要的人物，她的作品迄今仍然被历史所记住，她就是斯托夫人。她在写作小说《汤姆叔叔的小屋》的时候，也没有料想到它所能带来的如此大的影响力。美国总统林肯曾经风趣地称她为"引发南北战争的小妇人"。而一向喜欢在小说中寻求道德因素的俄国著名作家托尔斯泰也称这部书为他所见到的为数不多的小说中真正可以体现艺术的佳作。但是这本书我认为却是一本质量只能算是二流的作品，因为里面到处充斥着呼吁、宣传，似乎仅仅就是为了宣传造势。但是除了书中那些老掉牙的道德说教之外，文字还是十分优美的，其中所洋溢的激情也似乎让我们看到了战胜那些感伤派小说四处感慨的希望。

在他们这一代人中有三位作家在内战之后迅速成熟起来，并且一跃成为美国文坛最重要的作家，他们分别是马克·吐温、豪威尔斯和亨利·詹姆士。当然除了他们之外还有一些略逊于他们的作家。

马克·吐温是所有我们提到的美国作家中最具创造性，也是最具有美国特点的作家。豪威尔斯称他为"我们文学史上的林肯"。在他知识的丰富性和深刻性上以及他对美国人民生活各个环节的描写之上，没有任何一位美国作家可以与之媲美。他出生在美国密苏里州，这个地方当时还属于中西部偏僻地区，在南北战争中也是属于南方的地界，他曾在加利福尼亚州、纽约和康涅狄格州生活过许多年。

近些年来，美国批评界中有些年轻的批评家认为马克·吐温的创作翅膀被剪断了，他对美国生活的过度推崇阻碍了他文学天赋的充分发挥。但是我认为这种观点是毫无根据的，事实上没有哪个作家可以把他自己的祖国阐释得如此淋漓尽致，也没有任何一个国家曾经出现过这样一个作家来好好地阐释自己。他写想要写的东西，也知道该如何去表达，而创作的环境也滋养了他的才华。

他刚出道的时候是内华达州和加利福尼亚州的一个新闻记者，当时他就以其风趣幽默的风格在当地有了一定知名度。他所服务的报社派他以联络员的身份跟随一支由朝拜者组成的旅游团到欧洲和基督教的圣地耶路撒冷去采访，之后他把他在这期间的所有的书信结成集子，这就是他的第一部重要著作《傻子出国记》。这本书并不诙谐幽默，虽然在其中也有一些滑稽之处，但是却充满着大量低水平的搞笑和嘲讽。书中所描写的大部分事情都是真实的，因为是作者自己独立完成的，并且充满着作者敏锐的洞察力和实际经验的总结。他文章的字字句句都充满着慎思明辨，文笔也异常优美，而他作品所散发的那种美感也随着年龄的增长、变得越来越睿智、越来越深邃。迄今为止没有任何一部游记可以达到他那样的高度，他天生就有种敏锐的洞察力，并且他很清楚用怎样的情节可以把它们更完美的表现在读者面前。他的这种特殊的才华还在他晚期的一些作品如《海外旅行》和《赤道游记》中有所体现。

他小说的代表作还包括《哈克贝里费恩历险记》。这部作品在他所有的作品中是独一无二的，即便是它的兄弟篇《汤姆索耶历险记》也不能与之相比，虽然毫无批评眼光的马克·吐温本人依旧认为后者更出色。《哈克贝里费恩历险记》不仅在马克·吐温的作品中是独一无二的，在整个美国文学史上都是独一无二的，就单从它丰富的场景变换和叙事的多姿多彩方面来说，也是没有任何一部作品可以达到它的境界。但是如果我们把背景放大到世界文学史上的话，它就不再是特立独行的，因为至少我们还知道一部充满幽默和历险的巨著，它就是塞万提斯的《堂吉柯德》。马克·吐温的《哈克贝里费恩历险记》虽然描写的是一个小男孩的故事，但它不仅仅只是写给男孩子们看的儿童书，可能会有许多年轻的读者喜欢它，虽然他们不晓得书里所要表达的真正东西，却仍然像喜欢斯威夫特的《格列佛游记》一样喜欢马克·吐温的《哈克贝里费恩历险记》。

透过哈克天真无邪的双眼，我们看到了整个人类社会的文明（或者是毫无文明可言），我们也因此带着一种史诗中经常采用的视角对这个正处于上升时期的国家的地理概况做了一次全面扫视。马克·吐温那些带有轻喜剧色彩的小说里充满了风趣幽默，他对人物性格的观察也达到了细致入微的程度，但是遗憾的是他的这些作品质量参差不齐，不少都是匆忙所作。

他的小说《傻瓜威尔逊》几乎成了为了他写作生涯中的分水岭。此书之后，虽然马克·吐温在他的书中依旧延续着他尖刻的讽刺和诙谐的幽默的风格，但是实力已经大不如从前。《圣女贞德》这部可以称之为小说的作品文字优美，展现了女主人公的高风亮节。但是马克·吐温最好的两个讽刺故事（仅次于《哈克贝里费恩历险记》）还是《使哈特里堡的人堕落的人》和《神秘的陌生人》。尤为值得一提的是《使哈特里堡的人堕落的人》还是作者的身后作。马克·吐温有一种斯威夫特式的辛辣讽刺，虽然嘲讽，但是不乏同情，因此那些笑的最厉害的人也往往是那些缺乏同情心的蛮夷之徒。《亚瑟王朝廷的一个来自康涅狄格州的美国佬》从表面看来似乎是一场哗众取宠的闹剧，但是深入分析起来，可以从中看出作者对民主制度的研究和他对人类的愚蠢的强烈攻击。

也就是在这本书当中马克·吐温表达了他晚年希望全人类都灭绝的极度悲观厌世主义。

马克·吐温是一位语言大师，同时还是一位讽刺大师，他有一种善于讽刺一切他所讨厌的事物的天赋，这也就使他成为一个写宣传册子的作家。如果读者忽视了他曾经一度写下来的表达抗议的论文，那么就有可能因此而错过看到他英气逼人令人景仰的一面的机会。

马克·吐温的许多幽默已经被岁月湮没，有些也只是昙花一现，很快又被人们遗忘，除非他的一些书可以继续保留它的生机。但是严肃的马克·吐温却同样可以在19世纪的散文家中保持不朽的地位。当他敢于破除传统文学形式的束缚而坦白自己内心所想的一切的时候，就像是在《密西西比河上的生活》里一样，他又是一位文学体裁上的大家。他经常会说自己是他们民主制度所产生的桂冠诗人。

布莱德·哈特在描写加利福尼亚州的人土风情上与马克·吐温有着类似的风格。他在西部以拓荒者的身份写下了大量作品来娱乐那些生活在东部的读者。

他的书也非常畅销。他笔下的那些赌徒和矿工似乎是从狄更斯书中走出来的一样，是那么的令人同情。他的散文写的很好，他还擅长写作短篇故事，特别精于描写充满浪漫色彩的爱情故事。他还是一位多产的作家，虽然现在他的大多数作品已经被人们遗忘了，但是还是有一些像《扑克牌公寓的流浪汉》现在读起来仍然觉得惬意。在我看来他有一部作品肯定永远不会被遗忘，因为它的风趣幽默和第一流的间接地文学批评。这部书就是两卷本的《浓缩小说的精华》。

在美国文坛上被认可的导师是威廉·迪恩·豪尔威斯，在他的后半生里，他一直都是桀骜不逊的马克·吐温的老师和朋友，同时他还为美国文坛培养了年轻一代的新人。他是一个和蔼可亲的人物，浑身上下都散发着艺术家的气息，他所有的著作从第一部到最后一部都充分展现了他艺术大师的魅力。如果能在豪尔威斯的作品中发现词不达意的一句，读者的惊讶程度将不亚于在福楼拜或是亚纳塔尔·法朗士发现这样的毛病一样。但是豪尔威斯顾虑太多，缺乏豪气，也缺乏力度，这也许是因为他不仅鼓吹"谨慎的现实主义"，而且亲自实践用智慧压制激情的这种他所鼓吹的理论的艺术表现形式。事实上这种谨慎要本没有必要，因为豪尔威斯其人其作品是没有什么需要特别谨慎和提防的地方。在他所有的小说之中——虽然他是一位勤奋耕耘多产的作家——只有三四部比较突出。《当代实例》描写的是一群无名的小人物遭遇了海难，而他们船舶失事却没人搭救的原因却是因为他们是群微不足道的小人物而已，这在美国小说界也是一个非常新颖的题材。《希拉斯·拉佛姆的发迹》可能是他首部以一位普通商人为主人公的作品。接下来一部小说是《肯顿家族》，这是一部他最好的作品之一，但奇怪的是这本小说没有从读者甚至是那些豪尔威斯的崇拜者那里得到它应得的评价。他认为自己受到了俄国大作家托尔斯泰的影响，但是在他的作品里托尔斯泰的痕迹并不比霍桑小说中的菲尔丁（注：菲尔丁为英国18世纪著名小说家）的痕迹多。豪尔威斯阅读量很大，同时也写出了很多有价值的书评。不管你是否同意他的观点，当你读过他的书后，你就会觉得自己好像已经在与一位博学的大师为伍了。

美国最伟大的小说家除了从出生上可以证明他是个美国人以外，其他一切都没有美国人的特点。此人就是亨利·詹姆士，他的文学创作的成熟时期，大部分都是在欧洲度过的，他看问题的观点也是属于欧洲的，或者说是全球的。他是19世纪最伟大的散文大师之一，一个卓越的艺术家，他的唯一缺点可能就是为人势利，虽然不能说是卑劣，因为他的天性还是大度而富有同情心的，但是在思想上他是"自闭"的，他所有的知识都来自于宾馆的画室、艺术博物馆和他自己家里的书房内。虽然存在这种缺点，他仍旧是一位研究人性心理的大师，或许我们用"心理学家"一词来描述他可能更科学一些。据说他创作了国际题材的小说，这可能因为他书中许多人物都是在欧洲居住的美国人，但是我认为一个真正意义上的国际主义小说家应该是双向的，不仅要展现在欧洲居住的美国人的生活，也要展现在美国居住的欧洲人的生活才对。但是在美国的欧洲人往往是疲于工作的，而在欧洲的美国人却是有钱又有闲情逸致四处游山玩水的人，这也就是詹姆士眼里所谓的阶级。我们可以把他的作品分成两个阶段来研究。在第一个阶段，他写了《罗德力克·沃特森》，讲述的是一个意志薄弱的美国雕刻家的故事；《戴茜·米勒》讲的是一个天真的美国姑娘不能理解欧洲旧世界的人际关系的复杂和道德的败坏的故事；《一个妇女的画像》，是对美国人粗鲁、新奇和庸俗（"庸俗"是詹姆士惯用的一个词，他用的次数太多了以至于把它都变的庸俗化了）的研究，同时还是一部精心创作的精神悲剧；还有《美国人》，讲述的是一则真实的悲剧故事，故事的主人公是一个真实存在的人，虽然不谙世事但却非常聪明，然而最终陷入了他所不能应付的局势之中。

在他创作的第二个阶段，詹姆士无论是对于他狭小圈子里的崇拜者还是对圈外的那些人物而言都变得越来越微妙，越来越复杂了。他的这种复杂写作手法叫做反人物性格。他故事里的人物可能出入在非常普通的场景里，也可能出入奇怪的场合，或者是自己想办法创造场合。随着场景的变换，他所描写的那些人物的性格也一个个的展现在读者面前。如果读者跟着小说的发展一路走来就会发现其实小说家为他构建了一种完美的人类的性格。《鸽翼》和《金碗》都是他这种写作的杰出代表。詹姆士经常在他的小说里花上很多时间来探寻人物的心理发展的轨迹。他还是一位短篇小说大师。他有一卷包含了八九部经典短篇小说的作品集，在我们这个时代没有任何一位作家可以在这方面超越他。他还是研究法国文学和英国文学的一位卓著的批评大师。如果他没有把主要心思放在小说的创作上，那么他也将会是一位文学领域的散文大家。

当然一个国家的故事不是单靠这些伟大天才人物的叙述，而是还应该包括一些不太有名望的作家的作品，这样才能真正构成一个国家的社会历史。美国的那些文学家最好按他们所居住的州进行划分。一个人又怎么可能同时既是佛蒙特州的农场主又是乔治亚州的奴隶呢？许多二流的小说家仍然可以在文学史上留下永恒的影响，这主要是因为他们小说的艺术。艾尔里奇不是一位有名的诗人，而且他写了许多优秀的短篇故事，其中《玛格丽·道尔》是最让人所熟知的一篇。美国人的生活中可能没有什么奇异的现象发生，但是却充满了诙谐和幽默。佛兰克·斯托克顿的小说就是这样的，当然其中最著名的要数《是淑女还是母老虎》，有许多作家的作品都描写了真实的南方生活。盖博在新奥尔良的一些讲法语的人的生活之中发现了可以描写的浪漫的景象。哈利斯的作品《雷姆大叔》也塑造了一位不朽的黑人奴隶形象。而作家爱德华·艾格尔斯顿的《印第安人校长》则以美国中西部为背景，也是第一部精美的表现了地方方言的美国小说（因为它的出版要比马克·吐温的《哈克贝里费恩历险记》要早许多年）。而玛丽·威尔金斯·弗里曼和萨拉·奥恩·朱威特这两位女作家则都擅长描写新英格兰地区的人物和风景。而在那些描写社会底层人们生活的作品中，我认为威尔金斯·弗里曼夫人的《母亲的反抗》是美国文学中最优秀的。

对于那些刚刚去世的作家来说，我们最不能忘却的就是斯蒂芬·克兰，虽然他的一生很短暂，但一样成为他那个时代最伟大的美国作家。他的代表作

《红色英勇勋章》，讲述的是一个发生在美国内战时期的故事，虽然故事描写了太多战争中的恐怖事件因而影响了它的表达，但它仍然不失为一种小说的艺术形式。另外一位也是英年早逝的美国作家——弗兰克·诺里斯，他是一位现实主义作家。

弗兰克·诺里斯善于处理恢弘的主题。他最伟大的作品是他的小麦史诗系列。在所有仍然健在的小说家当中，最优秀的当数艾迪斯·沃顿。她小说中的背景常常是纽约或是那些有钱的纽约人去度假的乡村小城。在某种程度上来说，她属于贵族阶层，尽管非常聪慧，但是处理事物却有些势利，但是总体来说对穷苦大众还是富有同情心的。在《爱旦·弗洛摩》和《盛夏》两部书中，她以新英格兰为背景写了乡村生活的悲剧，这些完全可以与威尔金斯·弗里曼夫人最优秀的作品相媲美。

我们有很多短篇小说家都深受欧·亨利的影响，欧·亨利是一个天才幽默家，也是一个天生的短篇小说家，虽然有创作天赋，但是却不善于作品形式的把握，因而常常写的像新闻稿一样。讲到欧·亨利写作的缺陷，许多读者可能自然而然地就想到了他的文学前辈班纳，与欧·亨利相比我们可以看到在这位作家幽默的背后也有着高雅的文学形式。人文的内容加上文学的艺术形式就构成了迄今仍然在我们生活中占很大分量的小说。我已经在美国小说中发现了日渐增长的人文的内容和大量丰富多彩的艺术表现形式。但是在这种形式上的优化仍然还是赶不上其他国家发展的速度，只要朝着那个方向不懈地努力，迟早可以达到文学形式上的至善至美。

第四十八章 美国散文及其历史

整个19世纪美国文学的中心一直都在波士顿和它周边一些地区，像剑桥镇和康克尔德镇等。新英格兰地区并没有完全地控制美国的思想界。在纽约和费城还有一支有生气的文学力量。一代文学大师欧文和古柏都出生在纽约州，而文学新秀爱伦·坡虽然四处闯荡但他创作的最佳时期都是在纽约度过的，当然他也因此大力抨击了纽约这种一家独霸的局面。但就像是佛罗伦萨在意大利的地位一样，这种一家独霸的局面也是不争的事实。波士顿这个城市曾被人称为美国的雅典，虽然不知道这种称呼是一种赞誉还是诋毁。

很明显这种绚丽的思想在美国人的心中迄今仍留有余光，而这种光辉的思想起源于一个乡村小镇，因为那里居住了许多思想家。我们的时代喜欢低估这种思想的价值，事实上它也确实存在很多弊病。它所产生的诗歌虚弱、无力，无论是在内容上还是在形式上都缺少一种原创性。在散文方面真正的艺术家仅仅只有霍桑和赫尔莫斯。当然这些值得人们记住的大人物的缺点我们在这里暂且忽略不提。但是新英格兰的作家们还是创造和表现了一种崭新的文化，这种文化的影响也已经超越了新英格兰地区，变成了属于这个处在一盘散沙阶段的国家的一种民族主义。

这个时代思想界的领袖是爱默生，他出生在一个清教徒世家，但为了追求自由而敢于反对他的父辈们的保守主义，当然他也吸收了他们道德中的精华部分。他所要教导的道德再简单不过了：自助、不忽视生活阴暗面的乐观主义、安静、亲和、对人以及心中的上帝（不是一般宗教教义里的上帝）的信仰。

爱默生的许多论文和演讲都具有布道的性质，他终生都在宣传他的信仰，尽管他最终退出了唯一的神教会，并且再也没有坚持信仰过哪种宗教或是哪个教派的教义。他布道的文章不论内容还是形式，一点也不令人乏味，自然而真实地表现了他的雄辩的说服力，在诗性化的引文、类比、警句以及幽默之中彰显他的智慧。爱默生有许多句子以其机智、精粹和富有表现力而被收入名言警句之中。

他的思想之所以如此的丰富是因为他知道如何从其他一些作家的思想中提炼他需要的观点。他曾经说过："仅次于一个好句子的原创者的是第一个懂得去引用它的人。"这句话充分表现了他天才背后的原因。但是他也不仅仅是单纯的去模仿别人或是引用别人的话而已，他会把他所有接触过的事物都爱默生化的。虽然我们现在已经听不到他富有魔力的声音，也不可能再去感受他人格的魅力，但是我们还是可以在他那些有文字记载的书中寻找到一丝他那雄辩说服力的痕迹。翻开他的《随笔集》或是《生活的行为》或是《代表人物》或是《社会与孤独》书中任何一页，似乎都可以感受到他在当面跟你谈话。他的思想大都被归入一些看似抽象的选集当中，这些选集有《自然集》、《政治集》和《补偿集》，但是如果仔细阅读就可以看出这些观点其实一点都不抽象，反而非常直白、明确、清晰。

爱默生对系统和逻辑并不感兴趣，据说他的文章在结构上不够统一并且算不上连贯。他的这些文章我们甚至都可以倒着读。

它们就像一串串的珍珠从链子的哪端串起来都是一样的。但是这些珍珠绝对都是如假包换的真品，贯穿着他的思想。爱默生认为正是他作品中的人物给予了互不相连的思想以整体感。在历史上可能有比他更深刻、更有条理的哲学家，也有文学修养比他更高的散文家，在诗歌领域他也做不到可以永垂史册的地步，但是我们仍然不能否认爱默生的伟大。他的伟大之处就在他自己身上。他曾经引用了自己所说的话，原文是"美的最高境界不在于外在的形式，而在于内在的魅力，它不是研修任何艺术形式就可以达到的，而是一种可以在一件艺术品中放射出人性的光芒的能力。"他自己还曾这样告诫过自己，尽管他可能也不像我们形容的是用来针对自己所做，但是仍然形成了一句值得琢磨的警句："当一位伟大的神明让一个思想家在这颗星球降世的时候，你们大家都要小心。"

神明或许真的让那些伟大的思想家们在这颗星球，一个叫新英格兰地区的小角落里降世了。其中有一位就是爱默生的朋友兼邻居梭罗，虽然他对他们当代人并没有产生什么影响力，但是随着时间的推移他才能的一面也越来越多的被读者们所认可。他的代表作《瓦尔登湖》是一部记录他在康克尔德附近的树林里生活两年的生活的感悟，同时也是他在通往独处和自助道路上的一次实验。他向我们证明了他可以远离社会独自生活，并且可以与大自然融为一体。这本书真正的魅力之处在于梭罗能选择并且能够自由地选择他想要的那种生活、那种乐趣。"每天清晨，我就开始了与自然一样单纯的生活，我想我也可以说我与自然一样天真淳朴。"他所推崇的大自然的确简单又天真淳朴，他对心中的女神——大自然的描写也是直率、简单而富有自己的创造力的，而不是采用了那些所谓的专业"自然主义者"的写作手法。

与其说梭罗是一位自然主义者，不如说他是一位道德家。虽然他对外部世界非常感兴趣，但是他主要的兴致所在还是人类的内心世界以及人类的灵魂和良知，他在瓦尔登湖生活和写作的目的也是为了自娱自乐和完善自我。他不是一位厌倦人世生活的隐修士，而是一位对人类文化了解透彻的绅士，他的思想里汇集了无数书籍的精髓，他从来不曾将它们丢弃，而是在湖面泛舟和锄禾之余反复的琢磨它们真正的含义。从某种意义上来讲他是最没有文学气息的作家，他的笔记也异常随心所欲，格式也不够规范，不管是在形式上还是在内容上一点也不顾及读者们对他的评价。但是从另一个角度讲，他又是一个不折不扣的文人，因为他对所谓的文学形式有着一种独到的感受，他的风格纯粹、清澈、直率、坦然，在文学史上还没有哪一位作家可以达到他这样的境界。他的《在康科特与麦斯马克河上的一周》是我看到的同类题材的短篇散文中的上乘之作，甚至连沃尔特·佩特（注：沃尔特·佩特是英国19世纪著名散文家）最优秀的短篇散文也不能与之媲美。新英格兰地区与日俱增的保守主义之风可能压抑或是泯灭了梭罗思想中较为激进和革命的一面，但是却因此使他把目光更多的转移到户外的生活之中。虽然如此，梭罗仍然对政治上的自由非常的向往，他的《关于国民的不再唯唯诺诺的必要性》一文主要表达的思想是当一个新政府组建之后，一些诚实正直的人们一定要勇于反对它的一些压迫，而事后也成为了所有革命思想的经典。梭罗有一次还对政府的征税采取了一种消极的抵抗对策，因为他觉得那样的征税是服务于不良目的的，结果他因此而被投进了监狱。但是他在狱中只待了一天，因为他的一位朋友替他交了税，结果这件反抗政府之举也就这么不了了之了。梭罗去世的时候，爱默生认为这个世界还有待继续了解这位文学家的伟大之处。

许多卓越的作家在文学的诸多方面都有所建树的情况下，还把他们硬性地划分为散文家、诗人和小说家，这看起来不仅是一种虚伪，而且还体现一种人道主义精神。在这里我还想提醒读者们让我们一起回想一下爱伦·坡，虽然我们曾细心阐述过他是一位诗人和小说家，但是值得一提的是他还是一位第一流的散文家，如果有读者认为爱伦·坡的一些散文和杂记才是最能流露他无双的才华的方面，那么我也没有任何异议。

爱伦·坡的一生虽然短暂曲折，但是他向我们所有人展现了他在新闻叙事领域的才华，尤为值得一提的是他在这方面的才华也已经得到了人们的认可。爱默生就像一位非正式的牧师那样写下他对我们的谆谆教导。至于梭罗虽然以制造铅笔维持生计，但依然给我们展现了一个自立、自强、自助的美国人的形象；虽然他没有真正参与过公共事务，但是却一样写出了触动我们心灵的关于如何解决公众问题的论文。与上述两位文坛奇人相比，在新英格兰地区可能有两位人物在世界上享有比他们更高的知名度，他们分别是卢瓦尔和赫尔莫斯。

赫尔莫斯出生在波士顿的一家名门望族，他不仅是一位内科医生，而且他还是哈佛大学医学院的解剖学教授。他懂得如何在轻松活泼的诗歌中加入诙谐幽默的成分。但是文学女神却并不打算把他造就成一位诗人，而是使他成为了一位卓越的散文家。《餐桌上的独裁者》当时发表在《亚特兰大月刊》上的时候就为赫尔莫斯医生在世界散文界赢得了法国散文大师蒙田和英国散文大师蓝姆那样的地位，作品风趣幽默，内容丰富多彩，在今天读起来新鲜感仍然不减当年。他的朋友卢瓦尔曾经风趣的说他有"可以抵御名誉侵蚀的风度"。

当然卢瓦尔本人也十分具有散文的天赋，至少在我看来要比他的诗歌天赋多很多。

卢瓦尔是这个世界上为数不多的幸运儿，他虽然是哈佛大学的文学教授，但他却没有学术气太浓而让人生厌，同时他还是美国驻英国的大使，可以说他已经是他们那个时代中的佼佼者了。他在对乔叟（注：乔叟是英国古代最著名的文学家）的研究上是最得心应手的。有一段时间当来自伊利诺斯州的那个外表看起来十分古怪的林肯都持怀疑态度，而那些保守派的政治家们也借机对林肯大加诽谤的时候，只有卢瓦尔是最能理解林肯的，他采取了一种"誓与林肯为伍到底"的态度。在这里我有必要提一下他写过的一些迄今为止仍然富有生机和活力的诗歌。然后我们就把目光转向他的这篇名为《关于外国人身上的谦虚态度》，其中充满了大量诙谐幽默之辞，不失为一篇原汁原味的美国式论文。

美国盛产那些创造历史的政治家或是那些不仅了解历史还知道如何用文学来表达它们的作家。那些创造历史又有着口头或是书面表达能力的人物有富兰克林、杰斐逊、韦伯斯特以及林肯。在这里我所挑选的一些人物可能有些读者还有许多要补充的，但是我们在这里主要参考的还是文学的标准，而非政治或者历史的标准。

富兰克林的《我的自传》和他偶尔所写的一些论文和书信虽然在文学领域称不上是什么有水平的大作，但是它们真实而又充满幽默色彩的描写了历史人物的内心世界。之所以说它们具有文学价值，是因为富兰克林，尽管在今天我们可能会称他为一个"追求效率的专家"或是一个只求实际的人，但在当时他还是希望完善自己的作品形式的，甚至在他研读艾迪逊的《观察家》（注：艾迪逊是英国18世纪著名散文家、文学批评家《观察家》是他当时所办的一份在英国颇有影响力的报纸）之后，在不了解自己个性的情况下，学会了如何在写作方式上做一些调整。

杰斐逊的一些政论论文和书信远不止具有历史意义那么简单。

我们所要关心的不是他的政治理论以及实践中的指导观点的正确与否，而要关心的是他作为一个艺术家所表现出来的天赋。他所起草的《独立宣言》，内容清晰、观点明确，在任何时代都是散文里的经典。

丹尼尔·韦伯斯特在公众事务方面至今仍然是一个值得我们永远记住的人物。但是我们主要讲的还是他在文学方面的才华，他的文风优雅、形式上又极具雄辩性，这也可能是因为他曾在一所学校教授过专门的演讲课，当然这些东西在现在看来可能已经有些过时了。像他这种有关演讲方面的学问现在已经没有人再去继续研究了——在今天即便国会里最雄辩的演讲家，如果追随他的学问的话，也会被别人所嘲笑。虽然韦伯斯特时代的许多东西已经失去了研究的价值，恐怕也只有研究历史的人才会把它们重新发掘出来，但是他有两三篇演讲辞还是富有生命力的，比如说他在班克尔山的一次演讲就应该成为教育每一个美国孩子的典范。虽然演讲辞充满逻辑修辞，但是风格还是纯洁朴实的。与他生活在同一时代的一些人可以见证韦伯斯特是一个多么声音动人、并且具有绅士风度的演讲大师。英国批评家卡莱尔虽然一向反感政治演说家——特别是美国的——仍然承认韦伯斯特的"气宇轩昂"。虽然他的演说不一定每次都能有赢得听众的支持，因为有的时候他的立场确实没有什么说服力，但是他还是赢得了世界上其他演说家的尊重。

林肯出道的时候有着很高的文学修养，当然这种修养也是通过刻苦学习磨练出来的，而不是像世界上流传的关于林肯的传奇故事里讲的那样，他中一个上天特别眷顾的普通人。他的目光敏锐、思维敏捷、为人又勤奋刻苦、谨小慎微、善于思考，他身上除了具有这些不为普通人重视的天赋之外再加上命运女神对他的一点小小的眷顾，以及他不同于普通人的前瞻性的眼光，这所有的一切才造就了他成为那个时代的伟人。但是这一切也只能解释他在文学领域所取得的成就，不能说明他作为历史上一位伟大的政治家所做的贡献。让我们再来读一遍他的《葛底斯堡演说》，然后我们就可以在这一短篇诗般的散文里发现一种真正的艺术。他只是用了一些简短的句子就表达了他在那千钧一发的历史时刻所要说的东西，没有煽情，也没有歇斯底里式的呼喊，有的只是掩映在平静祥和的文风之后，他内心所要表露的真实的思想精华。

　　林肯的大多数著作都很严肃认真，因为有无数这样的问题等待着他去处理。但是他还是有一种独到的幽默感，这不仅是为了丰富他的文风，更重要的是为了排遣那些日理万机的国家大事所带来的烦恼。当他把他内阁的成员都召集起来的时候，他没打算向他们征求关于奴隶解放的意见，而是打算直接说明他认为《解放奴隶宣言》的执行时势在必行的想法，在他真正说出自己的想法之前，他先读了阿尔特姆斯·沃德的一篇文章。但是他在天性上可能是一个忧郁的人，当然这也可能是因为形势的发展所致，在内战爆发以后，他就再也不是一个为了拉选票而向听众讲风趣故事的精明的政治家了。我们从那些有坚强意志、人格魅力以及艺术表现力的人身上所学到的主要还是他们的艺术表现力，因为那个人有可能是一个政治家，而你又正好与他政见相佐。

　　历史上罗马的恺撒大帝，英国的克伦威尔，法国的拿破仑，德国的俾斯麦和美国的林肯（一定要记得我之所以这样给他们分组完全是出于文学的角度）都是文体学的大师，他们的文风是如此优秀，以至于在今天的文学界仍然富有生命力。让我们暂且抛开纯粹的"美国主义"不谈，因为我觉得如果给文学硬性地划分国界，对文学批评是非常不利的。但是，我还是要跟所有的读者们说：虽然英国曾经出现过像皮特、迪斯雷利和格拉德斯通那样既是政治家又是文学家的伟大人物，法国这样的人物可能也不少见，但是与他们相比，林肯才是具有最高文学天赋的人。

　　美国那些专业的历史学作家也都做出了非常杰出的贡献。在这里我指的是那些服务于神圣的文学殿堂的人，而不是那些真正做历史档案整理工作的人。华盛顿·欧文在他对美国和西班牙历史的研究上所取得的成就一点都不比他在小说领域取得的成就少。但是他在普里斯科特这个视力有障碍的年轻人面前也只能自愧不如，因为后者写下了一部令他声名雀起、气势磅礴的墨西哥历史巨著。他还写过《征服秘鲁》和一部名为《菲利普二世》的历史传记。我从许多后世历史学家口中得知他的作品在历史学上可能没有什么价值，但是他这种据理分析的态度还是值得表扬的。我认为他的作品还是很有可读之处的，当然我这纯属是一种文学的立场，丝毫不涉及历史的评判。

马克·吐温在列举出他所钟爱的书籍时说过："即便帕克曼出一千本书我也会全部拜读，如果他真的能出这么多书的话。"帕克曼研究的方向是美国西北部的历史，以及在美国独立之前英国人和法国人为了他们在北美的利益所进行的争斗。也许他的《拉萨拉》和《蒙特卡莫与华尔夫》可能称不上是最好的历史传记，因为一个具有严谨科学态度的历史学家可能会认为他在书中加入了太多浪漫化的东西。但是他这样做也是有原因的，主要是因为他所处理的内容从本质上来说就具有浪漫色彩，他的作品从开头到结尾都非常的精彩。

第四十九章 美国的诗歌

在所有文学形式里，在大西洋西北沿岸所采用的一切写作形式之中，美国的诗歌是最没有思想、最没有光华的一种文学形式了，尽管其他的文学形式在这块新大陆上仍然生机勃勃。当然惠特曼是一个例外。虽然很多读者都认为他所写的诗歌完全不能彰显美国的精神，并且只能在几首带着浓郁乡土色彩，用方言所写的诗，或者是描写只属于他们这个国家的一些场景和主题的诗中可以闻出他的美国气息，但是我们还是要指出的是除了他之外，美国绝大多数的诗人所写的诗在英国顶多只能称得上是二流水平。

美国诗歌的这些模仿、依赖以及二流的特点不一定就能说明美国诗人的屈服性，而只能说明英国诗歌的影响力非常大。我们在散文方面还有向美国人学习的地方，但是在诗歌方面他们却只能向我们学习。美国诗人的心里经常想的不是他出生或者成长的祖国，这一点就与法国诗人、德国诗人以及英国诗人大不相同。当然这里绝不是什么爱国主义的问题，因为文学女缪斯神对爱国主义是不以为然，她所关心的只是能不能创作出好的乐章。

在一个诗人是不是美国人和一个美国人是不是诗人这样的问题上还是后者较为重要一些。

美国文学史上第一位具有诗人气质和意识的作家是生活在美国大革命时期的菲利普•弗莱诺。他写过许多具有浪漫主义色彩的小诗，如果在他之后美国出现一个伟大的抒情诗时代，那么他肯定能够永留青史。他的《野金盏花》和《印地安人的墓地》都是具有诗歌情趣的作品。

在他们那个时代享有很大知名度的诗人是博兰特。他像英国诗人查特顿（注：查特顿是英国19世纪一位非常有诗歌天赋的少年，可惜过早夭折）一样思想早熟，写过一首《死的幻影》，这可能是为了响应当时在英国颇为流行的墓园派诗人的作品，但这绝对是他自己的优秀的原创。查特顿英年早逝，而博兰特却

文学的故事

在一片赞誉声中终老此生，他曾经是新英格兰地区新闻界的领袖人物，曾担任过《晚邮报》的主编。他的一生曾写下了无数优美的诗篇，他在写作的技术上越来越娴熟，但是在思想上却一直保留着他最初所写的诗的幼稚。他最优秀的作品也都是一些描写大自然的诗，例如描写温馨愉悦场景的《致水鸟》。

令人奇怪的是美国最不可思议的诗人、也可能是世界上最不可思议的诗人——爱伦·坡就曾在博兰特工作过的办公室附近工作过。爱伦·坡的诗数量很少，只有薄薄一卷（很明显他报社的工作占用了他太多的时间与精力），但是它们无论是在内容上还是在形式上都非常值得称道。他最好的诗作可能有十一二首，其中就包括《伊斯拉菲尔》和《致海伦》，这些优美的诗句也只有最具神秘色彩、最具想象力的真正的诗人才能写的出来。在爱伦·坡有限的视野里，我们可以听到那具有魔力的声音，如果说他渺小也就是说柯尔律治（注：柯尔律治为19世纪英国著名诗人）渺小；而与他相比，其他许多的诗人虽然观察力可靠，却都没有但丁和莎士比亚那样的诗具有表现力。

我们前一页所提到的"渺小"一词其实是一个很令人不满意的词，虽然天文学家们可以用它来描述行星，但是它对于诗人们来说却暗含了军队里那种从元帅到士兵的等级排列。诗人肯定是反对排出他们的等级高低的。一个英国诗人很少会去奢望在法国那个诗人遍地的国度里被人们所认可，但是爱伦·坡做到了。波德莱尔和马拉美都曾翻译过他的诗歌，并且翻译得也很美。任何一个喜欢英语诗歌的读者恐怕都不愿意错过欣赏下面这些摘自他《伊斯拉菲尔》（伊斯拉菲尔是一个可以拨动人心弦善于歌唱的天使）中的佳句吧：

是的，天国是属于你的；

但是人世间也有酸甜，也有快乐和痛苦；

我们的鲜花只是花而已，

而你快乐的影子，

则是我们的阳光。

如果我可以在，

伊斯拉菲尔居住过的地方居住；

而他则住在我住过的地方，

他可能就不会；

唱出如此美妙的，

俗世歌谣了；

而我则可以在天国，

　　谱下更美的乐章。

　　爱伦·坡的天性和抱负是一个诗人应有的天性和抱负。但是我们也会发现他也写得一手好散文，同时在小说和批评领域也都有自己的独到之处。以前我们曾经在其他章节里提到过他的散文，这里让我们再重温一下我们当时对他的评价吧：即便没有爱伦·坡这位诗人，也一样会有爱伦·坡这位散文家的。

　　美国文学的桂冠诗人是朗费罗。他多年以来一直占据着美国文坛的宝座，但他却谦虚谨慎，令人十分尊敬。他也可能是当时美国最谦虚、最具绅士风度的一个人。他写过许多美国式的传奇，像《海华沙》、《站在几英里之外》、《赫斯伯拉斯号的遇难》、《保尔·勒威尔游记》以及许多其他作品，他还翻译过欧洲文学中很多优秀的作品。同时他还写过许多在任何时代、任何国家都可以传唱的歌谣和抒情诗，其中最著名的是《生命礼赞》，虽然描写的是一些平常生活中所发生的平常事，但作者却赋予了它深刻的思想和优美的旋律，因而《生命礼赞》成为了一部传世之作。他的《乡村铁匠》虽然是发表在一家乡村小报的一个角落位置里的一篇文章，但是在技巧上还是有可圈可点之处的，因为朗费罗还是一个非常懂得处理诗歌的艺术家。这位最受美国人欢迎的诗人对美国文学最大贡献在于他所翻译的但丁的《神曲》。而他所写的那些气势恢弘的诗篇也可以说不乏是那位意大利诗人的教导。这样的解释看起来好像即便是新英格兰那些专家级的诗人也都已经清楚地认识到了他们文学存在的不足，并且开始向欧洲寻找他们创作的灵感。而朗费罗的作品也是良莠不齐的，像《盔甲中的残骸》和《鹤的绞刑》都是失败的作品，但是《布鲁日的钟楼》还算是一首不错的民谣。

　　在朗费罗之后美国诗坛的专家级诗人就是卢瓦尔了。他不仅是哈佛大学的教授，他还是许多精品诗歌的作者。虽然他也知道自己国人在诗歌领域的局限，但是还是略有微词，这虽然在他的诗歌上没有什么表现，但是在他的散文《关于外国人身上的谦虚态度》中却表现得淋淋尽致。他那些用标准英语写的诗歌毫无味道可言，但是他的《纪念颂》一诗是为了纪念在南北战争中牺牲的哈佛大学的学生而落成的纪念碑所写，曾经在当时广为传诵。他在一首结构松散的《为批评家所写的寓言故事》中曾经这样自责过：攀登诗坛之路崎岖蜿蜒，我却被囿于诗歌的韵律之中。但是他恰恰是在这些韵律中才可以展现他最光辉的一面，特别是在他用新英格兰方言所写的具有讽刺意味的《别格罗论说》一文中表现的尤为突出，里面充斥着幽默、讽刺，也直击美国政治界的迂腐。在美国文学界也没有任何一篇讽刺诗可以有如此长久的生命力，因为讽刺幽默都是一种依附在某个年代特定的土壤上才能生存的植物，而即便美国有这样的讽刺大师也都是只善于写散文而不像卢瓦尔那样善于写诗歌的。

　　住在查尔斯河岸对面的赫尔莫斯医生是卢瓦尔的朋友，他最好的诗篇是以一种伪美国地方的方言所写的《一匹马的马车》。但是即便是最欣赏赫尔莫斯医学才华的读者，即便是那些在他的《独裁者》一书里看到他文学天赋的批评家，都不能过分的把他的诗当回事。但是他还是为庆祝家人重逢以及其他一些愉快的事情而写过一些充满智慧风趣和幽默的诗的。

　　居住在康科特地区的一位圣贤人物爱默生主要还是一位散文家，他写了许多具有雄辩的说服力和充分的想象力的散文。当然他也像许多作家一样也写过很多诗，只是偏偏缪斯女神不钟爱于他。爱默生曾跟他的朋友梭罗说过他没能从上天赐予他的没药和香料（注：没药和香料都是圣经中耶稣出世的时候东方三贤人所赠予他的礼物，暗含着智慧与健康之意）酿出甘甜的蜜汁。这句话用来评价爱默生的诗歌还是非常中肯的。但是爱默生也作过一两首有诗歌感觉的诗，像表现户外生活乐趣的《蜜蜂》以及具有深刻哲理的《梵天》等。而他的其他诗歌则看上去都很缺乏他散文中所散发出来的光彩。

　　与这些居住在剑桥镇、康科特和波士顿的绅士们都有交情的是一位待人和善的教友派信徒，他心中所压抑的那股做诗的激情一点都不逊于上面所提到的几位。这位诗人就是希提尔。在英国诗人克拉博之后，恐怕就再也没有像他这样虽然没有诗人天赋却硬要以这门复杂的艺术为职业的人了。希提尔也像克拉博一样有着对他居住和生活的场景敏锐的感知。但是他的宗教诗写的却不伦不类，一点没有宗教诗应有的风采。他的民谣基本上写的也很差，但是还是有像《船长艾莱生游记》这样不错的作品。他写的最好的一部当数《雪》，描写出了新英格兰冬天的凄冷和孤独。诗中所描写的场景真实可靠，文风也颇有进步。希提尔有着火一般的写诗的激情，也非常有表现自己内心世界的冲动，但是正如他诗里所说，他却处处都遇到"那些不懂聆听好诗歌的耳朵"。

　　当那些成名的老一辈诗人逐渐老去的时候（如果爱伦·坡还活着的话他还算年轻，但是他已经英年早逝了），一位虽然和他们同样老迈但却一直不被认可的诗人直到那个时候才被人们发现和认识，他就是被人称为"优秀的灰色诗人"的沃特·惠特曼。他之所以被人们这么称呼可能也是因为他的下半生都是在灰暗的日子里度过的。虽然惠特曼已经年迈，但是他的《草叶集》却是美国最年轻、最大胆、最具挑战力的诗集。这是一部不成熟但是不乏美感的诗集。

诗句字里行间的恢弘气魄和自然衔接都增强了这部诗集的表现力。

当然里面也有不少拙劣的句子，但是因为整部书的协调一致部分的弥补了这方面的不足，因为《草叶集》毕竟是一部诗集，同时也是一个诗人多年以来追求诗情画意生活的积累。他把自己当做一个风趣的人来赞美——当然事实上他也确实是一个非常风趣的人。在他中年的时候，他曾经写过大量的诗篇盛赞美国总统林肯的功勋。也许林肯和惠特曼之间早已注定会有必然的联系。豪尔威斯曾经称赞马克·吐温是他们文学史上的林肯，他的联系是对的，因为林肯是理解不了惠特曼的诗的，林肯在诗歌方面远没有他在散文领域有天赋。但是惠特曼却从某种意义上为林肯戴上了桂冠。

随着时间的流逝，他所授予林肯的桂冠也逐渐得到了历史的肯定。《当庭院里的紫丁香花盛开》毫无疑问是美国诗坛最杰出的作品。但是也不能说惠特曼所有灵感的瞬间都是充满美感的，他也像华兹华斯和其他诗人一样，写过一些糟糕的作品。惠特曼是一位最善于描写大海、日出、以及千千万万个在地球劳作的人的诗人。惠特曼曾一度认为自己已经摆脱了传统格律的束缚，创作了一种全新形式的诗。但是他的伟大之处却不在于他所创作的这种形式虽然新颖，但是内容非常怪异的诗，因为像他这样的诗的格律已经在古英语的诗歌里出现过了。虽然他不是原创者，但仍旧不失为一位伟大的诗人。一位伟大的新诗人，也正是他这种创作的精神使他成为一个可敬的诗人。

在惠特曼之后，美国的诗歌就开始走下坡路了。但是任何一本好的文学选集还是会收录下列一些诗人的诗歌的：艾米丽·狄更森的诗歌虽然半数都难以让人参透，但是毕竟向我们展现了一种诗歌的新的表达形式；路易斯·基尼虽然可能不是美国文坛现在仅有的一位爱尔兰籍诗人，但她的诗还是精巧细微，颇有爱尔兰的诗风的；詹姆士·雷利擅于创作一些家常小诗；还有托马斯·贝利·奥尔德里奇，他的诗虽然不是最好的，但是还是非常有趣的；最后还有一位诗人，如果不是因为疾病和其他一些艰难困苦的阻挠，那么他在诗歌领域一定可以达到让缪斯女神眷顾的地步，他就是锡德尼·兰尼尔，如果我们仔细读过他的诗歌的话，就会发现即便是那些所谓的"主流"诗人也不一定能写出像他的《格林的沼泽地》和《日出》那样的诗篇。虽然有的时候美国诗人都没有什么实力，并且缺乏表现力又没有优美的格律，但是伊斯拉菲尔天使并不会因此而停止歌唱；虽然我们可能会认为美国是一个缺乏诗人的国度，但我们还是时不时地能够听到一些纯洁、优美的小调。

后 记

　　我们穿越时空的旅程似乎太短暂又太漫长。短暂是因为我们只用几句话、几页纸是不能说清楚那些连绵几个世纪的思想和成千上万优秀的作家的。漫长是因为在我们的急速之旅中已经徘徊在那迷一般的文学的国度而久久不愿意走出来了；当我们迷失在无知的迷雾之中时，那些文学天才身上所散发出来的耀眼的光芒，就像太阳一样指引我们走出了困境，向着光明的希望的方向前进。

　　但是经过这样一次时空之旅，我们大家可以得到安慰的一点是虽然我们可能会在穿越浓云和迷雾的时候迷失方向，但还是有那些文学大师的光辉给我们照耀大道；而且我们有了此书的指点有问题也可以进行反复的探讨。当然我们也可以去图书馆开始我们的文学之旅，虽然可能就比我们一次这样的旅途要短暂一些，但是我们却不仅可以欣赏到荷马、但丁以及其他一些我们叫不出名字的文学天才的作品，而且还可以看到我们今天市场上最新出版的书籍。

　　现在让我们回到有鲁奥托罗先生为我们所提书名的那一页。在该页的底部我们可以看到一个原始人在用粗糙的石器工具在为我们凿出人类的信息和人类发展的记录。在该页的上半部分我们可以看到但丁和莎士比亚那样的文学大师栩栩入生的面部表情。在该页的顶端放着一本没有字的书，这是一本只有未来的文学家们才可以填写的书。但是我们今生可能已经无缘拜读了，只有等来生再说了。

　　因为过去已经这么教导过我们，所以我们可以确信的是：这本由我们未来的子孙书写的书一定不仅只书写人类的美好、高贵以及智慧的优点，还是不可避免的书写人类的愚蠢和浅薄的缺点的。上帝保佑吧！阿门！